大河역사소설 고국

古國

金夷吾 지음

3권

列國시대

좋은땅

제3권 목차

1부

漢무제와의 싸움

1. 朝漢전쟁과 위씨 몰락

漢나라 동부도위 섭하를 제거한 일은 곧 漢에 대한 〈위씨조선〉의 선전포고나 다름없었다. 이런 상황이야말로 전과 같다면 전쟁의 빌미를 찾던 무제가 고대하던 것이었으나, 당시 무제는 오히려 커다란 딜레마에 빠져 있었다. 그 무렵 잠잠했던 薰의 오유烏維선우(BC 114~BC 105년)가 서역의 차사국車師國, 대완국大宛國 등과 연합해 漢에 대항하기 시작한 것이었다.

무제가 이를 차단하고자 조파노와 왕회 등에게 大軍을 주어 서역으로 출정시켰는데, 하필이면 그때 〈동부도위사건〉이 터진 것이었다. 무엇보다 薰족과 20여 년이나 오랜 전쟁을 치르다 보니 그사이 군사나 말의 수가 현격히 줄어들어, 새로이 군사력을 보충하는 일이 무제가 직면한 가장 큰 문제였다. 정확히는 알 수 없지만, 이 시기에 그간 잠잠했던 薰이 일어나기까지는 〈위씨조선〉의 우거왕과 오유선우 사이에 모종의 밀약이 이루어졌을 가능성이 매우 컸다. 서로 동맹관계에 있던 〈위씨낙랑〉과 薰이, 漢의 동쪽과 반대쪽인 서쪽 끝에서 비슷한 시기에 漢나라와 전쟁을 벌인 것이 결코 우연은 아닌 것으로 보이기 때문이었다.

그럼에도 불구하고, 강고한 무제는 또다시 무리수를 택했다. 무제가 내친김에 흉노의 왼팔과 오른팔 모두를 동시에 꺾으려 든 것이었다. 그해 BC 109년 가을이 되자, 모두의 예상을 뒤엎고 漢무제가 죄수들에게 동원령을 내리면서, 마침내 〈위씨낙랑〉을 공격하라는 명을 내렸다.

"좌장군 순체荀彘는 보병 5만을 이끌고 요수遼水를 건너 패수로 향하라! 누선樓船장군 양복楊僕은 수군 7천을 이끌고 발해를 지나 열수列水 방면으로 향하라!"

그 무렵에 漢나라는 예맥(창해)의 오랜 저항을 누르고 위씨낙랑과 함께 예맥 지역을 나누어 장악한 것으로 보였다. 따라서 漢나라로서는 북쪽의 요수를 건너기만 하면 곧바로 낙랑樂浪(조선)으로 향할 수 있었을 것이다. 당시 위씨조선의 도성은 기씨조선의 도성 그대로인 험독 왕검王儉(험險)성으로 패수 중하류의 바로 동쪽에 인접해 있었다. 무제는 두 장군이 이끄는 수륙 2軍을 이용해 위아래 양쪽에서 험준하기로 이름난 왕검성을 동시에 협공하는 입체 작전을 전개하려 했다. 그러나 이는 처음부터 적지 않은 문제를 갖고 있었다.

작전 자체는 매우 그럴듯해 보였지만, 우선 이를 수행할 병력의 규모가 예상대로 턱없이 부족했다. 그동안 숱하게 벌어졌던 흉노와의 전쟁에 동원된 병력을 감안할 때, 당시 〈조한전쟁〉에 동원된 漢군의 규모는 대제국의 위상에 걸맞지 않게 초라하기 짝이 없는 수준이었다. 게다가 이때 동원된 병사들은 전국에서 사형수와 같은 중죄인들 중 소위 자원자를 선발해 보충한 병력이었다. 그러나 이들 대다수는 주로 흉노와 같은 이민족 출신의 전쟁 포로들로 사실상 강제 동원된 것이나 다름없었다. 따라서 漢에 대한 충성심보다는 오히려 원망을 품은 병사들인 데다 오합지졸로 이루어진 보충병들이라, 명령과 위계가 제대로 설 리가 없었다.

그러나 이 전쟁은 분명 조선의 열국들이 힘을 합해 친흉노 정권인 〈위씨낙랑〉을 쳐내기 위한 전쟁이었고, 이를 위한 수단으로 漢나라에 지원과 협공을 요청했던 전쟁이었다. 즉 조선 열국의 연합군과 漢나라 군대가 하나가 되어 함께 위씨낙랑을 공격했고, 당연히 조선 열국의 군사들이 가세한 전쟁이었던 것이다. 조선 측의 기록이 사라진 탓에 당시 전쟁에 동참했던 나라들과 병력에 대해 자세히는 알 수 없지만, 정황으로 보아 부여夫餘를 위시해 구려句麗나 진변辰弁(眞番), 임둔臨屯, 예맥濊貊

등 열국의 참전이 틀림없었다.

〈朝漢전쟁〉이 일어날 경우 동서 양쪽으로 전선이 확장되어 병력을 분산시켜야 했던 漢무제가 적은 병력만으로도 파병을 결심하기까지는, 〈위씨낙랑〉의 배후에 있던 조선 열국과의 협공이 약속되어 있기 때문이었다. 어찌 됐든 이제 피할 수 없는 전쟁에 직면하게 된 낙랑의 우거왕도 漢과 조선 열국의 연합에 맞서고자 직접 병력을 이끌고 험준한 산지에 군영을 펼쳤다.

좌장군 순체는 마차를 모는 기술이 뛰어나 시중侍中으로 발탁된 인물이었는데, 나중에 대장군 위청을 따라 흉노와의 전쟁에서 공을 세우고 장군에 오를 정도로 무제가 총애하던 자였다. 무인답게 사나운 기질을 지닌 데다 주로 연燕과 대代나라 출신의 드센 군사들을 인솔한 경험 때문인지, 본인을 포함해 그 측근의 수하 장수들 모두가 교만하게 굴었다. 게다가 순체의 군대가 주로 죄수들로 이루어진 보충병이다 보니 기강을 위해서라도 순체가 병사들을 매우 엄격하게 대했고, 그 때문에 두루 욕을 먹은 듯했다.

누선장군 양복은 3년 전인 BC 112년, 무제가 수륙양면작전으로 남월南越을 평정할 때 水軍을 통솔한 장수였다. 결단력도 있고 힘이 센 장수였으며, 남월 평정의 공으로 장량후將梁侯에 봉해졌다. 당시의 누선樓船이란, 갑판 위로 3층 내외의 복층 누각을 올린 함선이었는데, 전함이라기보다는 수병들을 실어 나르기 위한 대형 수송선에 가까운 것이었다. 척당 대략 1, 2백 명의 병력을 태울 수 있는 대신, 파도나 강풍에 약한 구조에다 노를 젓는 방식이다 보니 용도가 제한되어, 주로 해안선 가까이 병력과 장비, 식량 등을 수송하는 데 사용되었다. 따라서 朝漢전쟁 당시는 수십 척 규모의 누선이 동원된 것으로 보였다.

그런데 순체의 육군이 낙랑에 도착하기도 전에 좌장군 휘하의 졸정卒正(태수 급) 다多가 기존 요동郡 소속의 군대를 이끌고 먼저 낙랑에 대한 선제공격에 나섰다.

"이제부터 조선과의 싸움이다. 뒤에서 좌장군의 대규모 병력이 오고 있으니 두려워 말고 진군하라!"

"와아, 와아!"

이윽고 위씨낙랑의 변방에 漢나라 요동軍이 나타나 요새를 에워쌌다. 그 즉시 낙랑의 장수가 의연하게 나서서 싸움을 독려했다.

"오합지졸에 불과한 한적 따위가 겁도 없이 제 발로 예까지 나타났으니 오히려 잘되었다. 이참에 조선 철기병의 강력한 힘을 보여 줄 때다. 자, 모두 나가 싸우자. 북을 치고, 성문을 활짝 열어젖혀라!"

"둥둥둥, 와아, 우두두두!"

위씨낙랑의 철기병들이 영채 문을 열고 나가 질풍처럼 말을 몰아 漢군에 달려들었고, 그러자 순식간에 요동군의 진영이 무너지면서 병사들이 혼비백산해 흩어져 달아나기 바빴다. 결국 漢軍은 첫 전투에서 제대로 싸움도 해 보지 못한 채 낙랑군에 패해 많은 희생을 치러야 했고, 그나마 흩어져 달아났던 병사들도 겨우 요동으로 돌아가기에 바빴다.

얼마 후 요동성에 도착한 좌장군 순체는 패전의 책임을 물어 다多를 군법에 붙이고, 가차 없이 참수해 버렸다. 당시 졸정 다의 선제공격이 공명을 노린 자의적 판단에 의한 것인지, 순체의 명령에 따른 것이었는지는 확실치 않았다. 어쨌든 첫 패전 소식에 분노한 순체는 죄수들로 이루어져 기강이 부족한 병사들을 상대로 군기를 다잡으려 했다.

그 무렵 누선장군_양복은 주로 제齊나라 출신들로 구성된 漢나라 水

軍 7천 명을 이끌고 산동을 출발했는데, 육지가 훤히 보이는 발해 연안의 바닷길을 따라 북상해 무난히 조선하의 입구인 너른 열구께ㅁ에 당도했다.

"여기서부터 강을 따라 조금 거슬러 올라가면 바로 오른쪽 지류인 패수 어귀다. 그곳에 배를 대고, 곧바로 북동진하면 왕검성이니 모두 어서 서두르도록 하라. 우리가 육로를 이용하는 좌장군보다 늦으면 곤란하다. 어서 서둘러라!"

양복은 순체에 앞서 전공을 세워야 한다는 강박관념으로 병사들을 급히 재촉했고, 패수 맨 하류의 동쪽 지류인 계운하薊運河로 들어가는 강어귀에 먼저 도착했다. 드높은 연산산맥의 끝자락에서 남쪽 발해로 굽이굽이 흘러내리는 계운하는 강줄기가 마치 양의 내장 같다 하여 양장하羊腸河라는 별칭을 지녔을 정도로 굴곡이 많기로 유명한 강이었다. 따라서 가뜩이나 느린 누선으로 강을 거슬러 올라가는 것은 오히려 거리만 늘어날 뿐, 의미 없는 일이었다. 양복은 계운하가 시작되는 강어귀의 적당한 만곡에 선박들을 숨기듯 정박시킨 채 병사들을 뭍으로 하선시킨 다음, 그리 멀지 않은 동북의 왕검성을 향해 행군을 서둘렀다.

그 시간 패수 하류를 경비하던 낙랑군의 진지에서는 漢나라 수군이 속속 들이닥치는 것을 보고 병사들이 크게 놀랐다. 초소장이 급히 봉화를 올리고 왕검성의 우거왕에게 파발을 보내 漢의 수군이 도착했다는 급보를 전했다. 이에 우거왕이 재차 사람을 보내 漢군 진영을 정탐하게 했더니, 이들이 누선장군이 이끄는 漢의 수군이라는 보고가 들어왔다.

"대왕, 지금 올라오고 있는 한나라 수군의 규모가 의외로 미미한 수준이라고 합니다. 좌장군의 보병이 도착하기 전에 우리가 한나라 수군을 선제공격해 깨뜨릴 필요가 있습니다. 명령을 내려 주옵소서!"

그러나 우거왕은 혹시 漢나라 수군이 배후에 병력을 숨기고 유인책을 쓰려는가 싶어 병사들을 내보내 재차 확인토록 하는 등 신중한 모습을 보였다. 얼마 후 좌장군의 대군은 성에서 북쪽 멀리 떨어진 패수(경수, 대수) 바깥에 머물고 있고, 당장 성 밖으로 누선장군의 水軍 외에 다른 병력은 보이지 않는다는 보고가 들어왔다. 그 사이 漢의 수군이 과연 왕검성 밖에 모습을 나타내기 시작했고, 이를 본 우거왕이 그제야 결단을 내렸다.

　　"좋다! 내가 한눈에 보아도 병력이 적어 보인다. 즉시 양복의 수군을 공격하랏!"

　　우거왕의 공격 명령이 떨어지자 성 밖 영채에서 적을 기다리던 낙랑 조선의 기병들이 곧장 영채를 박차고 나가, 漢군을 향해 질풍같이 내달렸다. 갑작스레 낙랑 기병대가 폭풍처럼 공격해 들어오자, 놀란 양복의 군사들이 겁을 먹고는 우왕좌왕하면서 제대로 대응하지 못했다. 그사이 사나운 낙랑 기병대가 한 차례 화살 세례를 퍼부은 데 이어, 이내 들이닥쳐 창칼을 휘두르니 순식간에 漢군이 대패해 뿔뿔이 달아나기 바빴다.

　　이들은 산속 여기저기에서 열흘이 넘도록 숨어 지내다 겨우 다시 모여들 수 있었는데, 이때 사실상 궤멸된 것이나 다름없었다. 〈남월전쟁〉에서 승승장구했던 漢나라 수군의 체면이 낙랑과의 첫 전투에서 사정없이 구겨지고 만 것이었다. 양복은 별수 없이 잔류 병력만을 이끌고 왕검성의 남쪽 먼 곳에 진영을 꾸리고, 좌장군의 군대가 나타나기를 기다려야 했다.

　　漢나라 수군이 조선군에 패해 지리멸렬한 사이, 좌장군 순체의 5만 육군은 드디어 요동성(하북계현薊縣)을 나와 왕검성 북쪽으로 패하浿河(조선하)의 지류인 대수帶水(경수浭水 추정)에 당도했다. 순체가 보니 아래쪽 강 너머로 〈위씨낙랑〉의 서군西軍이 패하를 지키고 있었는데, 그 숫자가 예상보다 훨씬 적어 보인다는 보고가 들어왔다. 순체가 지체 없이 좌우에 공격 명령을 내렸다.

"이제부터 낙랑서군과의 진짜 싸움이다. 낙랑군은 병력이 얼마 되지 않으니, 두려워 말고 전군은 총공격하랏! 북을 치고 진군의 나팔을 불어랏! 진격하라! 둥둥둥!"

순체의 대군이 요란스레 강 너머 낙랑의 西軍에 공격을 가하면서 도강을 시도하려 했다. 그러나 강력한 낙랑의 정예 병력은 漢군의 도강을 쉽사리 허용하지 않았다. 활을 쏘고 강변에서 전혀 물러나질 않은 채 군세게 맞서니 순체의 대군이 패수(경수)에서 발목이 잡힌 채 지체하게 되었다. 그렇다고 당초 밀약한 대로 조선 열국이 배후에서 위씨낙랑을 공격하고 있다는 소식도 들려오지 않았다.

그렇게 순체의 본대는 북쪽으로 패하를 넘지 못하고, 양복의 수군은 이미 궤멸된 채 왕검성 남쪽 멀리 달아나 있는 상태로 전선이 몇 달 동안 교착상태에 빠지게 되었다. 이처럼 수륙의 두 장군이 하나같이 공격에 실패했다는 소식을 접한 무제는 고개를 떨어뜨린 채 난감한 표정을 감추지 못했다. 서역으로 파병한 군대를 되돌릴 수도 없거니와, 당시 서북에 묶어 놓은 흉노 또한 휴전 상태라고는 하지만 언제라도 장안의 북쪽을 치고 내려올 수 있는 만큼, 조선 정벌에 병력을 증원할 뾰족한 방법을 찾을 수 없었다.

사실 무제가 위씨조선의 한복판을 위아래에서 전격적으로 가로질러 도성을 장악하겠다는 전략 자체는 매우 대담하고 탁월한 것이었다. 그럼에도 막상 전장에서의 침공이 전략대로 이행되지 못하니 그야말로 낭패가 아닐 수 없었다. 고심하던 무제가 스스로 되뇌었다.

'흠, 변방의 우거왕 하나에 쩔쩔매는 꼬락서니들 하고는……. 조선 열국들은 눈치나 보고 있고, 아니 되겠다. 당장 조선 전쟁을 무력으로 해결하기는 어려울 듯하다. 전략을 바꿔 일전에 팽오를 통해 쓰던 방법을 다시 동원해야겠다. 오랑캐는 오랑캐로 막아야겠지……'

무제는 이제 30년이 넘게 漢나라를 통치해 왔고, 나이 오십이 다 된 노련한 황제였다. 사실 위씨낙랑은 조선인 외에도 흉노 및 중원의 燕, 齊, 趙나라 등지에서 온 망명객들로 구성된 다민족 나라였다. 그러다 보니 당연히 그들 여러 민족과 토착민 간에 차별과 갈등, 불만이 산재해 있었다. 무엇보다 漢나라와의 전쟁을 놓고도 강경파와 온건파가 첨예하게 맞서 있었고, 일부는 낙랑을 떠나 진국辰國으로 망명한 사실까지도 있었다.

그런 모든 내용을 꿰고 있던 무제가 위씨낙랑 내부의 갈등을 부추기는 이간계를 쓰기로 하고는 언변이 좋고 명석하기로 이름난 위산衛山을 불러들였다.

"그대는 낙랑왕과 같은 성씨를 가졌구나……"

"황공하옵니다, 폐하!"

무제가 넌지시 위산을 발탁한 이유를 환기시키고는, 쩔쩔매는 위산에게 밀명을 내렸다.

"좋다. 지금 즉시 사신의 자격으로 낙랑왕 우거를 만나 보도록 해라! 일단은 우리 한나라의 위세를 들어 저들을 겁박한 다음, 이어 우거를 잘 타일러 화친을 제안해 보아라!"

"예, 황상! 신이 죽을힘을 다해 낙랑왕을 설득해 보겠습니다!"

속으로 한없이 난감해하면서도 위산이 기세 좋게 답을 하자, 그런 그를 측은하다는 듯 쳐다보던 무제가 위산에게 가까이 오라고 손짓을 한 다음, 속삭이듯 또 다른 지시를 했다.

"물론 우거가 만만치 않은 위인이라 설득이 쉽지는 않을 것이다. 그럴 경우에는 다음 단계를 시행하도록 하라……"

무제는 위산에게 거액의 보물을 내려 주고는, 우거왕의 전쟁에 반대하는 세력들에게 비밀리에 재물을 뿌려 이간책을 쓸 것을 주문했다. 무제의 지략에 탄복한 위산의 눈동자가 동그랗게 커지자, 무제가 슬며시 미소를 지으며 한마디를 더했다.

"뇌물의 크기는 저들이 상상도 할 수 없을 정도로 과감하게 쓰도록 하라! 20년 전에 창해왕 남려에게도 이 방법이 통했느니라. 황금 앞에 장사가 있다더냐?"

무제로부터 밀명을 받은 위산은 낙랑으로 떠나기 전에 조선 열국 등에 사람을 보내 낙랑 조정 내부의 사정을 조사하고, 누가 우거왕의 반대 세력인지를 철저히 파악했다. 그런 다음에야 비로소 사신의 자격으로 공식적으로 우거왕을 알현하고는, 〈낙랑조선〉의 항복을 조건으로 하는 화친을 제의했다. 그러나 漢군의 일차 공격을 저지하는 데 성공해 자신감에 차 있던 우거왕은 예상대로 무제의 조건을 일언지하에 거절하고는 오히려 으름장마저 놓았다.

"漢나라 대군이 강 하나를 건너오지도 못하는 주제에, 그대의 황제가 우리 조선을 무시하는 태도에 변한 게 없구나. 당장은 그대를 살려 주겠지만, 그대 역시 살고 싶다면 서둘러 조선 땅을 떠나야 할 것이다!"

〈낙랑조선〉의 조정에서 거의 쫓겨나다시피 한 위산은 우거왕의 대신들을 대상으로 즉시 뇌물 공세를 펼치기 시작했다. 이들 대부분은 漢과의 전쟁을 반대하던 주화파들로 가뜩이나 우거왕에게 충성하지 않던 자들이었기에, 과연 황금에 더 많은 관심을 드러냈다. 그 결과 얼마 후 위산의 지속적인 뇌물 공세가 드디어 효력을 나타내기 시작했는데, 낙랑의 조정 내에서 화평을 주장하는 목소리들이 점점 커져만 갔던 것이다. 그리고는 어느 순간 이들이 우거왕에게 드러내 놓고 漢의 화친 제의를 받아들여야 한다며, 항복을 요구하기 시작했다.

"대왕, 지금까지는 漢나라를 막아내는 데 성공했으나, 漢은 중원의 통일제국이자 천자의 나라입니다. 위산의 말대로 추가로 병마를 보강하고, 조선 열국의 연합군과 합세해 대대적으로 우리를 공격해 오면, 아무리 우리의 성이 튼튼하고 험지에 있다 해도 결국은 그들을 당해 낼 수 없을 것입니다. 더구나 우리가 믿었던 동맹 薰은 조선을 돕기는커녕 제 살길 찾기에도 벅차 오히려 우리 조선이 지원을 해 줘야 할 지경입니다. 그러니 이제는 漢나라 사신의 말대로 화평을 생각하셔야 합니다!"

"무엇이라? 漢과 화친을 하잔 말이더냐? 백번 양보해서 설령 화친에 동의한다 한들, 유철이 머잖아 薰과의 전쟁이 끝난 뒤에도 화친의 약속을 계속해서 지킨다는 보장이라도 있다는 말이냐? 일찍이 유철이 예맥에 창해군을 설치했던 일을 모두들 잊었단 게냐?"

"……."

우거왕의 강한 반발에 대신들이 즉답을 내놓지 못하자, 우거왕이 더욱 못마땅해하면서 대신들을 책망하고 나섰다.

"그대들이 요동의 동부도위를 공격하자고 할 때가 언제였느냐? 마침 薰의 오유선우 또한 서역에서 漢과 전쟁을 치르고 있는 만큼, 유철이 쉽사리 병력을 조선으로 돌리기는 결코 쉽지 않을 것이다. 그런 마당에 새삼스레 薰을 탓한다는 말이냐? 도대체 漢에 당당히 맞서자고 하던 그 결기는 다 어디로 간 것이냐? 이미 전쟁이 이 지경이 되도록 진행되었는데 지금 와서 뭘 어쩌자는 거냐? 에잇!"

우거왕의 뼈아픈 질책이 지속되었음에도 대신들 또한 자신들의 뜻을 굽히지 않은 채 거듭 화친을 권유했다.

"대왕, 무턱대고 漢의 요구에 응하자는 것이 아닙니다. 아뢰옵기 황송하오나 일단 태자마마를 漢나라 군영에 보내 사죄하고, 군량미와 말 5천 필을 제공하겠노라 약속하옵소서! 그 정도라면 대왕의 화평에 대한 진정성을 저들도 수긍할 수 있을 것이고, 그리되면 군사를 물리는 일에 대한 본격 논의도 가능하지 않겠습니까?"

5천 필의 말을 바치라는 말도 터무니없거니와 사실상 태자를 인질로 보내라는 말에 우거왕은 속에서 부아가 치밀어 올랐다. 그러나 여러 대신들의 주청을 무시할 수도 없어 고심 끝에 우거왕이 전혀 다른 패를 내놓았다.

"정 그렇다면, 태자가 호위병 1만 명을 이끌고 패하를 건너 한나라 장수를 한번 만나 보도록 하라!"

우거왕은 결코 만만한 군왕이 아니었다. 그는 신하들의 건의를 들어주는 모양새만 취하되, 결코 이루어지기 힘든 조건을 역으로 제시한 셈이었다. 그는 내심 항복이니 화친이니 하는 말들을 전혀 믿지 않았던 것이다.

우거왕이 크게 양보해 과연 漢나라 군영에 사람을 보내고, 일부 항복의 의사와 함께 화친할 뜻이 있음을 전하게 했다.

"조선왕께서 부분적이나마 일부 항복할 뜻이 있음을 전하려 하오. 이를 위해 조선의 태자를 보내 귀국에 사과할 것이고, 말 5천 필과 군량도 보내고자 하오. 다만, 태자의 신변 보호를 위해 호위병 1만 군사와 함께 동행하고자 하니 허락해 주기 바라오!"

그러자 위산과 좌장군 순체가 하나같이 펄쩍 뛰며 이를 반대했다.

"그것은 곤란한 일이오. 그냥 태자가 와서 항복하면 될 일이지, 1만의 군사와 동행한다면 만일의 사태가 벌어지지 말라는 보장이 어디 있겠소? 구태여 군사를 동행하고자 한다면, 무장을 해제하고 들어와야 할 것이오!"

이에 서로가 상대를 믿지 못한 채 결국 화친을 위한 협상이 깨지고 말았으니, 우거왕이 예상한 대로였다.

위산이 무거운 마음으로 돌아와 무제에게 협상이 결렬되었다는 소식을 보고하자, 갑자기 무제가 불같이 화를 내며 위산을 책망했다.

"저자가 제정신인 게냐? 항복의 의사를 내비칠 때 그냥 받아들이면 되는 것을, 병력도 5배나 많거늘 무엇이 두려워 항복하러 오겠다는 사람들을 막고 교섭을 망친 것이냐? 저런 한심한 자를 보았나……. 여봐라! 저자를 즉시 끌어내 참형에 처하랏!"

무제는 교섭 결렬의 책임을 물어 가차 없이 위산의 목을 베어 버렸다. 그는 곽거병의 부하로 마지막 막북漠北전쟁에 참가했던 역전의 장수였으나, 전쟁에 나간 장군들을 강하게 압박하고 싸움을 독려하려는 무제의 가혹한 처사에 그만 희생양이 되고 말았다.

그러는 사이에도 전장에서의 소강상태는 지속되고 있었다. 이때 漢나라와 내통했던 우거왕의 재상인 노인路人과 한음韓陰, 니계상尼谿相 참參과 대장 왕협王唊 등이 漢나라와의 전쟁에 힘쓰지 않고 겉돌기 시작했다. 뇌물이 다시금 힘을 발휘한 것도 있었으나, 사실 이들 중 참을 제외한 나머지 3인은 燕, 齊, 趙 등지에서 망명해 온 漢族의 후손들로 朝鮮 자체에 대한 애국심이 부족한 인물들이었다.

이들은 기본적으로 漢의 힘을 잘 알고 두려워하던 자들이라 漢과의 전쟁을 줄곧 반대해 온 주화파들로, 어느 순간부터 우거왕과는 정치적으로 대립 관계에 있었다. 다만 니계상 참은 예인濊人이 세운 소국의 신지臣智 출신으로 위씨왕조 타도를 목적으로 왕검성에 잠입한 인물이었으며, 사실상 漢과의 내통을 주도하면서 나머지 인물들을 포섭한 것으로 보였다.

漢나라 조정이 우거왕의 망명객 출신 신하들과 내통한다는 정보가 뒤늦게 순체와 양복 두 장군의 진영에 전달되었다.

"무어라? 어쩐지 위산이 그렇게 어이없는 죽임을 당할 때 이상하다고 생각했더니, 폐하는 이미 복안이 있었던 게로구나……. 안 되겠다. 이러고 있을 때가 아니다. 즉시 전군에 공격 명령을 내려라! 서둘러 왕검성으로 가야 한다!"

위산과 함께 협상을 주도했던 순체는 언제 책임을 추궁당할지 몰라 전전긍긍하던 중이었다. 그때서야 무제의 속내를 헤아린 순체가 목숨이 경각에 달렸음을 깨닫고 공격을 바짝 서두르기 시작했다.

다급해진 순체가 서둘러 병사들을 무섭게 재촉하고 다그친 탓인지, 수적으로 월등히 앞서 있던 漢나라 육군이 이번에는 패하(경수)를 지키던 낙랑서군을 물리치는 데 성공했다. 순체의 육군은 패하를 건너 왕검성(하북한성韓城)에 이르자, 그 즉시 성의 서북쪽을 에워쌌다. 그때 이를 목격한 양복의 군사들도 급히 산속에서 나와 왕검성의 동남쪽에 진을 쳤다. 그럼에도 불구하고 우거왕이 성문을 굳건히 잠그고 농성전을 펼치니, 여러 달이 지나도록 좀처럼 성이 함락되지 않았다.

그 와중에도 漢과 내통하던 낙랑(조선)의 대신들은 몰래 첩자를 내보내 여전히 漢나라 장수들과 연락을 취하고 있었다. 그런데 당시 순체가 사납기 짝이 없는 데다 고압적으로 대하다 보니, 낙랑 측에서는 거사와 관련된 계획들을 주로 누선장군을 통해 전달하려 했다. 당시 양복의 군대는 우거왕과의 전투에서 대패해 잔뜩 주눅이 든 채 낙랑의 군대를 두려워하고 있었다. 그런 상태에서 낙랑 측으로부터 화친을 맺자는 연락이 오자, 이를 적극 반기고 사자들을 예우한 모양이었다. 일설에는 당시 양복은 우거왕을 포위할 때까지도 강화를 위한 신표를 항상 몸에 지녔다고 했다.

사실 양복에게는 그럴 만한 이유가 있었다. 3년 전인 BC 112년 가을, 무제의 남월南越 원정 시, 양복은 복파伏波장군 노박덕路博德이 거느리는 육군과 함께 수군을 거느리고 〈남월국〉으로 출정했다. 그때도 먼저 도착한 양복의 수군이 광주光州 일대를 선제공격해 남월의 예봉을 꺾어 놓았다. 뒤늦게 노박덕의 선봉대 1천여 명이 도착했으나, 양복은 육군의 본대가 도착하기도 전에 1천의 선봉대를 수군 본대에 합류시킨 다음 곧장 남월의 도성으로 진격해 들어갔다.

결국 번우성番禺城을 공략해 함락시키는 데 성공한 양복이 이때 도성을 불태우는 과격한 행동마저 서슴지 않았는데, 그 때문에 남월인들이 양복을 두려워했다. 당시 漢의 서변 감숙 빈기邠岐 땅의 견이畎夷 출신들은 漢족들로부터 오랑캐라며 차별을 받고 있었다. 양복이 이처럼 과격하게 처신하기까지는 견이 출신이라는 자신의 한계를 극복하기 위한 공명심 때문일 수도 있었다.

한편, 뒤늦게 합류한 복파장군은 비록 승전을 올렸다고는 해도 자신의 육군에서는 고작 1천여 명만이 참전했기에 난감한 입장이 되고 말았다. 그는 뒤늦게 남월 사람들을 회유하는 일에 적극적으로 나섰는데, 그때 남월인들을 관용으로 대하다 보니 그들이 노박덕을 더 신임하게 되었다. 결국 막바지에 이르러 남월인들이 복파장군의 진영으로 가서 대거 투항해 버리자, 양복은 정작 고생을 다 해 놓고도 원정 승리의 공을 노박덕에게 내주는 낭패를 당하고 말았다. 그뿐 아니라, 전쟁이 끝난 뒤에 열후에 봉해지기는 했으나, 신중하게 작전을 펼치지 못했다는 이유

등으로 무제에게 공개적으로 경고를 받기까지 했다. 이런 경험에다 이미 자신의 병력을 거의 잃다시피 한 양복이었던지라, 적과의 내통에 더욱 적극적일 수밖에 없었다.

그런데 漢나라와 밀통 중이던 〈낙랑조선〉의 대신들은 차일피일 투항 조건만 들먹일 뿐, 정작 결단을 내리고 행동으로 움직이지는 않았다. 초조한 마음으로 거사 소식을 기다리던 순체는 번번이 양복과의 협공 약속이 이루어지지 않자, 누선장군이 朝鮮과 내통하는 게 아닌가 의심하기 시작했다. 무제 또한 소식을 기다리기는 매한가지였으나 아무런 연락이 없자, 이번에는 산동 쪽의 제남齊南태수 공손수公孫遂를 불러 명을 내렸다.

"지금 요동 전선에서는 왕검성을 오래도록 포위하고 있으면서도 결정적으로 성을 함락시켰다는 소식이 없다. 짐이 그대에게 전권을 주겠다. 태수는 이제부터 순체와 양복 두 장수를 감독해 이유를 알아내고, 필요시엔 더 많은 뇌물을 우거의 신하들에게 뿌려 매수하도록 하라!"

그렇게 공손수가 전장에 도착하자 좌장군 순체와 양복이 더욱 경쟁적으로 낙랑조선의 항복을 받아내려 애썼다. 그 와중에 누선장군을 의심하던 순체가 공손수에게 저간의 사정을 이야기하고, 양복을 잡아들일 것을 부추겼다. 공손수가 순체의 말에 수긍하고는, 부절을 주어 누선장군을 좌장군의 진영으로 오게 한 다음 전격 체포해 버렸다. 이어 곧바로 양복의 수군들을 좌장군의 군대에 병합시키고는, 이내 귀환하여 천자에게 그 경위를 보고했다. 그러자 무제가 이번에도 크게 노했다.

"에잇! 이런 한심한 작자들이 있나! 그대는 어찌하여 위산의 행동을 똑같이 반복하는 게냐? 하루빨리 항복의 소식만이 오기를 기다리고 있었거늘, 결국 재물만을 낭비하고 돌아온 게 아니고 무엇이 다르더란 말이냐?"

공손수의 임무는 순체와 양복을 어떻게든 설득하여 즉시 왕검성에 공세를 펼치게 하는 것이었다. 그럼에도 무제의 의중을 파악하지 못한 채 순체의 설득에 넘어가 양복을 감금한 것에 대해 무제가 대노한 것이었다. 조급증이 난 무제는 위산에 이어 공손수 역시 참형에 처해 버리고 말았다. 무제의 가혹한 처사에 조정 대신들은 물론, 전장에 나가 있던 장수들 모두가 전전긍긍했다. 그만큼 〈朝漢전쟁〉은 당시 漢나라 조정의 최대 난제로 부상해 있었다.

양복의 체포로 소신껏 왕검성을 공략할 수 있게 된 순체는 장안에서의 사태와 무관하게 왕검성에 대대적인 공세를 퍼붓기 시작했다. 漢軍이 오랜 소강상태를 끝내고 전격적으로 강력한 공격을 가해 오자, 우거왕과 낙랑의 대신들이 크게 혼란스러워하면서 우왕좌왕했다. 바로 그럴 즈음에 위씨왕조에서도 여러 대신들이 漢나라로부터 뇌물을 받고 내통했다는 사실이 속속 드러나기 시작했다.

"이런 추한 인간들을 봤나? 어쩐지 일국의 재상이라는 사람들이 쓸데없는 말들만 늘어놓더라니……. 쯧쯧! 여봐라. 당장 파렴치한 매국노들을 잡아들여라!"

마침내 분노한 우거왕의 체포령이 떨어졌고, 이를 눈치챈 한음과 왕협, 노인 3인이 급히 비밀회동을 가졌다. 어양 출신 노인이 말했다.

"漢軍과 내통한 사실이 들통났으니 신변이 위태롭게 되었소. 한나라와의 전쟁으로 조선 땅에서 개죽음을 당할 순 없는 일이니, 속히 달아나 한군에 투항하십시다!"

그 결과 한음과 왕겹은 용케 성을 빠져나가 漢나라 군영으로 달아나는 데 성공했으나, 정작 노인路人은 생포되어 곧바로 참형에 처해지고 말았다.

〈朝漢전쟁〉은 이듬해인 BC 108년 여름까지 지속되었는데, 이때도 조선인 니계상 참參은 끝까지 왕검성에 홀로 남아 은밀하게 반反위씨정부 활동을 지속했다. 이때 그가 대범하게도 漢으로부터 받은 거금으로 왕의 측근들을 포섭한 다음, 우거왕 암살 시도에 나섰다. 그러던 어느 날, 용맹했던 우거왕이 배신자들의 칼에 기어코 암살을 당하고 말았다.

"크윽, 네놈들이 어찌 나를……"

하루아침에 나라의 주인을 잃게 된 〈위씨조선〉의 조정이 크게 술렁이는 틈을 타, 니계상 참은 이번에는 우거의 아들인 왕자 장항長降에게 재빨리 접근했다.

"안타깝지만 우거왕께선 이미 돌아가셨습니다. 이제 곧 이 사실을 알게 된 한군이 들이닥칠 텐데, 왕자께서 이 사태를 수습하고 주인 없는 조선을 지켜 낼 수 있겠습니까? 이 이상 강성한 漢을 상대로 싸운다는 것은 죽음을 재촉할 뿐입니다. 그러니 성을 바쳐 漢에 투항하는 길만이 목숨을 살릴 수 있는 유일한 길입니다. 일단 이 위기에서 살아남아야 나중에 뭐라도 할 수 있을 것이 아니겠습니까?"

"……."

이처럼 참이 끊임없이 설득과 겁박을 반복하니, 부친과 달리 소심했던 장항이 결국 그의 뜻에 따라 漢나라에 성을 바치기로 하고, 참과 함께 漢군에 투항하는 사태가 벌어지고 말았다. 참은 끝까지 反위씨정부 활동을 펼쳐 오긴 했으나 그 무렵 漢나라의 위력에 압도당했는지, 그 길로 漢에 투항해 버리고 말았으니 그 또한 어처구니없는 일이었다.

그러나 왕검성에는 니계상 참參과 같이 예濊의 신지 출신으로 위씨왕조를 축출하고, 낙랑조선을 되찾겠다는 일념으로 성에 잠입해 反정부활동을 펼치던 또 다른 인사들이 있었다. 그중에 성사成巳라는 의인이 있었는데, 그가 이 무렵에 의연히 나서서 백성들과 병사들을 설득했다.

"더러운 매국노 참과 폭군 우거의 아들 장항이 漢나라에 조선을 통째로 바치려 들었다. 참으로 비겁하고 역겨운 짓으로, 만고의 역사에 배신자로 기억될 놈들이다. 나는 대조선인으로서 낙랑인들이 이제 스스로 나라를 되찾을 때라고 믿는다. 지금 우리의 전세가 결코 불리하지 않으니 흔들리지 말고 성을 사수한다면, 오랜 싸움에 지친 漢군이 반드시 물러설 수밖에 없을 것이다! 자, 나와 같이 모두 한마음이 되어, 한적들과 내통한 역적들을 쳐내고 목숨을 바쳐 성과 낙랑조선을 지켜 내자! 나를 따르라!"

성사를 따르는 병사들이 이때 항복을 거부하고, 漢나라에서 먼저 들어온 관리들을 찾아 공격하기 시작했다. 다행히 아직 순체의 漢군 주력부대가 입성하기 전이라서, 성사 일행이 재빠르게 왕검성을 장악하는 데 성공했다. 그렇게 왕검성이 漢군의 수중에 떨어지지 않은 채, 또다시 장기농성이 시작되자 좌장군 순체가 다른 방법을 생각해 냈다. 그는 죽은 우거의 아들 장항과 재상 노인의 아들 최最를 겁박해 성안의 백성들을 설득하라고 다그쳤다.

"왕자는 들으시오! 이미 그대의 부친 우거왕은 사망한 지 오래요. 지금 성안에 성사가 고집을 부리고 있으나, 언제까지 버티겠소? 전쟁을 빨리 끝내는 것이 성안의 백성들을 위해서도 좋은 일이니, 백성들을 설득해 성사에게 반기를 들게 하는 것이 가장 좋은 방법이오. 그대들이 백성들을 움직여 이 문제를 해결해 준다면, 내가 반드시 이를 황제에게 고해 크게 후사하도록 하겠소!"

이에 다시 성안으로 들어온 장항과 최가 살길을 택하는 것이 현명한 일이라며, 낙랑 백성들의 설득에 나섰다. 결국은 이들의 뇌물 공세에 포섭당한 성안의 일부 장수들이 마침내 낙랑수복을 주도했던 의인義人 성사成已를 암살해 버렸다.

"이런 배신자들 같으니, 크윽!"

그렇게 성사가 제거되고 나서야 비로소 〈朝漢전쟁〉이 끝이 났다. 위만이 기준왕으로부터 번조선을 탈취한 지 3대, 86년 만에 〈위씨조선〉이 망하고, 마침내 중원 漢나라의 수중에 들어간 셈이었으니, 실로 안타까운 일이 아닐 수 없었다.

그런데 무제는 전쟁이 끝나고 논공행상을 가리는 자리에서 뜻밖의 조치로 다시 한번 주변을 놀라게 했다.

"이번 조선 공략은 결코 승리한 전쟁이 될 수 없으니, 전쟁을 이끈 장수들에게 엄중한 책임을 묻지 않을 수 없다. 따라서 전쟁을 총지휘했던 좌장군 순체를 기시형에 처하고, 누선장군 양복 또한 참형에 처하도록 하라!"

"황상, 저들은 전쟁에서 공을 세우고 돌아온 자들인데, 어찌 죽음으로 다스리려 하십니까? 통촉하옵소서, 황상!"

일부 대신들이 감히 무제를 말리려 들었으나, 서슬 퍼런 무제의 분노를 아무도 막지 못했다. 전쟁터에서 죽을 고생을 하고 돌아온 순체와 양복은 기가 막혀 입을 다물지 못한 채, 병사들에게 질질 끌려 나갔다. 좌장군 순체는 공을 다투고 질투해 계책이 어긋나게 했다는 이유로 사람들이 보는 앞에서 목을 매달고, 시신이 길거리에 버려지는 기시형에 처해졌다.

양복에게는 열수洌水에 먼저 도착하고도 전공에 눈이 멀어 순체의 육군과 합류하기도 전에 성급하게 낙랑을 공격했다가 참패를 당한 죄를 물었는데, 특히 남월전쟁에서의 경고가 가중되어 참형죄에 처해졌다. 누선장군은 속죄금을 내고 겨우 살 수 있었으나 평민 신분으로 강등되고 말았다.

무제가 이처럼 목숨을 걸고 전쟁터를 누빈 장수들을 엄하게 대한 데는 이유가 있었다. 사실 무제는 어마어마한 뇌물을 쓰고, 남아 있는 모든 병력을 쥐어 짜내다시피 하면서 朝鮮을 공략해 겨우 위씨왕조를 축출시키는 데까지는 성공했다. 그렇지만 〈낙랑조선〉이 온전하게 漢나라의 무력에 의해 망한 것이라기보다는, 漢과의 전쟁을 반대하던 낙랑 대신들의 내부반란에 기인한 바가 더 컸다는 것이 문제였다. 피와 살이 튀는 전장에서의 싸움도 있지만, 후방에서 자신이 거액을 들여 추진한 이간계의 위력 또한 매우 지대했던 것이다.

그러나 그보다 실제로는 위씨왕조의 축출을 위해 참전했던 조선 열국들을 제대로 통제하지 못한 것이 가장 큰 이유였을 것이다. 당시 朝鮮 측의 기록이 전무한 상황에서, 漢나라 측의 기록은 철저하게 조선 열국의 참전 사실을 배제시킨 채, 자신들이 단독으로 수행한 전쟁인 양 일방적으로 기록해 놓았다. 바로 이런 이유로 漢나라가 기록한 위씨 축출 전쟁은 무언가 어색하고 논리를 뛰어넘는 구석이 많았다.

조선 열국의 입장에서 위씨왕조는 이미 오래전부터 불구대천의 원수인 데다 자신들의 생존과 직결된 문제였을 것이다. 따라서 죄수들로 이루어진 데다 남의 나라 전쟁에 억지로 동원된 漢軍들과는 전쟁에 임하는 자세부터 서로 남달랐을 것이다. 즉 성 안팎에서의 직접적인 전투는 물론, 정보활동이나 이간계를 전개하고 낙랑의 백성들을 설득, 회유할 때도 조선 열국이 더 큰 힘을 발휘했을 가능성이 높았다.

필시 순체의 漢나라 육군이 방어에 나선 낙랑西軍을 물리치고 패하를 넘는 데 성공해 왕검성으로 향했을 무렵부터, 이들 조선 열국의 참전이 본격적으로 이루어진 것으로 보였다. 중국의 기록에 이 〈패하전투〉의 구체적 내용이 누락되어 있지만, 실제로는 조선 열국의 군대가 낙랑 서군의 배후를 치는 등의 활약으로 낙랑軍의 후퇴를 유도했을 가능성이 컸던 것이다. 누선장군 양복의 수군 또한 1차 전투에서 궤멸된 상태였는데 그 무렵 남쪽에서 왕검성을 포위했다고 하니, 이 또한 조선 열국의 병사들이 양복의 잔병들과 함께 대거 활약했음을 말해 주는 것이었다.

그 후 왕검성이 철저하게 포위된 상태에서도 우거왕은 오래도록 농성전을 펼치며 버텼다. 좌장군 순체가 양복을 의심하게 된 것도 어쩌면 이 무렵부터였을 것이다. 양복이 조선 열국의 장수들과 더욱 친해져서 전투보다는 첩보 활동에 주력하는 모습을 보였기 때문이었다. 1차전에서의 참패를 만회해야 했던 양복으로서는 남월에서 노박덕에게 모든 공을 빼앗겼던 뼈아픈 경험이 있었으므로, 조선 사람들과의 소통과 회유에 발 벗고 나섰고, 그 결과 조선인들이 사나운 순체보다는 이미 친밀해진 양복을 일방적인 소통의 창구로 여겼던 것이다.

〈위씨조선〉의 대신들이 우거왕을 배신한 것은 물론, 심지어 우거의 아들 장항마저 왕자의 신분으로서 성사를 죽음에 이르게 하기까지는 漢나라의 침공과 무제의 뇌물 공세가 큰 힘을 발휘했을 것이다. 그러나 그보다는 조선 열국이 모두 하나같이 위씨왕조 타도에 나섬으로써, 이를 본 위씨조선의 백성들이 어느 순간 우거왕에게 등을 돌리기 시작했을 가능성이 매우 컸다. 그런 상황이 위씨 조정의 대신들과 왕자 장항 등에게 좌절감을 느끼게 한 나머지, 급기야 내부반란이 일어나는 결정적 원인으로 작용했던 것이다.

그런데 바로 이 무렵에 일어났던 〈성사戍巳의 순국〉이 한창 불이 붙은 조선(낙랑)인들의 자존심과 민족애에 기름을 붓는 격이 되고 말았고, 그 사회적 파장이 엄청난 것으로 보였다. 위씨왕조가 몰락하고 나서도 〈낙랑조선〉의 백성들조차 漢나라에 귀속하기는커녕, 전쟁에 참전했던 조선 열국들과 함께 원래 자신들의 영토에 대한 지배권을 되찾으려는 저항이 극렬하게 전개되었기 때문이다.

위씨왕조에 대한 저항이 그 대상을 바꿔 순식간에 漢나라에 대한 저항으로 변질된 것이었다. 그 과정에서 순체와 양복은 전쟁을 승리로 이끌고서도 조선 열국을 통제하는 데 실패하고 말았다. 그 때문에 漢군이 〈낙랑조선〉의 강역을 재빨리 병합하기는커녕 전후戰後 사후관리의 주도권마저 빼앗기게 되었는데, 이것이 무제의 분노를 유발했던 결정적 이유였을 것이다.

漢나라 입장에서는 결과적으로 위씨의 〈번조선〉 자체를 완전히 붕괴시키는 데도 실패했을 뿐 아니라, 오히려 조선 열국들이 기존 위씨정권을 성공적으로 들어내도록 목숨을 걸고 도와준 셈이 되었으니, 이것이야말로 애당초 조선 열국들이 의도했던 바 그대로였을 것이다. 그 결과 무제로서는 수년간 막대한 병력과 재원을 쏟아붓고 수많은 병사들을 희생시키고서도, 최악의 결과에 직면하고 만 것이었다. 기껏 애써서 남 좋은 일만 시킨 꼴이 되었으니 무제의 분노가 극에 달했음은 물론이고, 정치적으로 누군가에게 그 책임을 전가하지 않을 수 없었을 것이다.

결과적으로 실패까지는 아니더라도, 무리하게 실속도 없는 전쟁을 치르고 난 무제로서는 어찌 됐든 다시금 조선인들을 회유하고 사태를 수습하는 수밖에 별도리가 없었다. 그 일환으로 겉으로나마 전통의 강호 〈번조선〉(낙랑)을 무너뜨리는 데 결정적으로 도움을 준 5인의 조선인들을 열후에 봉하고, 발해만을 낀 산동반도 서쪽 일대의 5개 郡을 다스리게 했다.

"니계상尼谿相 참參을 획청후에 봉하노라. 조선상 한음韓陰은 적저후, 장군 왕협王唊은 평주후로 각각 봉하노라!"

무제는 아울러 한음에게는 540호, 참에게는 1,000호, 왕협에게는 가장 많은 1,480호를 내렸다. 또한 탈출 도중 살해당한 조선상 노인路人의 아들 최最는 온양후(하남)로, 우거왕의 아들 왕자 장항長降을 기후幾侯(하동)에 봉했다.

그런데 이들의 영지는 번藩조선의 강역에서 동남쪽으로 멀리 벗어난 곳으로, 주로 漢의 齊나라 산동 지역이었다. 이것만으로도, 당시 漢의 번조선에 대한 직접 통치가 불가능할 정도로 조선인들의 저항이 심각한 수준이었음을 짐작할 수 있었다. 무제는 그마저도 이들 열후들이 서로 간에 상당한 거리를 두도록 뿔뿔이 흩어 놓았을 정도였다. 결국 무제는 궁여지책으로 공이 있는 이들 다섯 제후帝侯로 하여금 번조선의 관할이 아닌, 漢나라 소속의 5郡을 다스리게 해 우대하는 시늉을 내기에 급급했던 것이다.

더구나 이렇게 漢나라 5郡을 지배하게 된 조선인 5후의 삶은 영화롭기는커녕 대부분 비참한 말로를 맞고 말았다. 우선 평주후 왕협은 책봉 4년 만에, 열양후 최는 그 이듬해인 BC 104년에 후사도 없이 일찍 사망했다. 우거왕의 아들 장항 또한 그 이듬해에 죽었는데, 사후에 朝鮮 백성들의 반란 모의를 사주했다는 죄목으로 끔찍하게 맞아 죽었다. 漢나라가 조선에서 제대로 힘을 발휘하지 못하는 모습을 본 장항이, 기회를 엿보다 조선으로 들어가 백성들을 회유해 반대로 漢나라에 대항하려다가 발각되었고, 참혹한 대가를 치른 것으로 보였다.

결정적으로 우거왕 시해를 사주했던 획청후 참 또한 책봉 후 11년 만인 BC 99년에, 朝鮮에서 달아난 포로를 숨겨 주었다는 죄목으로 옥에 갇혔다가 그곳에서 쓸쓸히 병사하고 말았다. 적저후 한음만이 BC 91년, 책봉 19년 만에 천수를 누리고 죽었을 뿐이었다. 漢나라는 이들이 사망하는 대로 그 작위를 폐하고 봉지를 없애 버림으로써, 애초부터 진정성이 없었음을 스스로 입증했다.

그 후로도 漢나라 조정은 〈번조선〉의 강역을 직접 통치하기 위해 다양한 시도를 거듭했다. 원래 무제는 전쟁이 끝나는 대로 낙랑樂浪 지역을 넷으로 나누어 소위 〈한사군漢四郡〉을 두고 관리한다는 계획master plan을 미리 수립해 둔 상태였다. 이를 위해 실제로 무제가 이곳저곳에 관리를 파견하거나 심지어 군사들을 주둔시키기도 했으나, 어느 것 하나 제대로 이행되는 것이 없었다.

가장 큰 원인의 하나는 위씨왕조가 제거된 뒤로 새로이 고두막한高豆莫汗이라는 걸출한 인물이 등장했다는 점이었다. 그가 漢나라에 대한 저항의 중심 세력으로 새롭게 부상하면서, 열국의 백성들을 하나로 묶기 시작한 것이었다. 부여夫餘의 〈고리국〉 출신인 고두막한의 세력이 본격적으로 남하하면서, 낙랑 지역을 놓고 漢나라와의 또 다른 충돌이 치열하게 전개되기에 이르렀던 것이다.

또 다른 이유는 그 무렵 漢무제가 BC 133년 마읍작전을 시작으로 40여 년간 12차례나 반복했던 〈흉노전쟁〉에 사활을 걸고 있던 때라, 요동의 번조선에 신경 쓸 여력이 부족했다는 점이었다. 당장 〈朝漢전쟁〉이 끝날 무렵 서역의 패권을 놓고 흉노와 다시금 치열한 전쟁에 돌입해야 했던 것이다. 이어 이치사선우가 죽은 후 10년 만인 BC 104년부터는, 아兒선우라 불리던 오사려선우가 들어서면서 2차 〈한훈漢薰전쟁〉이 본

격화되었다. 공교롭게도 이후 4차례의 큰 전투에서 무제는 모두 패배하는 쓴맛을 봐야 했고, 그 와중에 2차례에 걸친 〈무고巫蠱의 화禍〉라는 내홍까지 겪어야 했다.

실제로도 漢나라는 무제의 재위 기간 54년 동안 무려 44년이나 흉노를 비롯한 주변국들과 쉴 새 없이 전쟁을 지속했다. 그 결과, 인구와 병력이 반으로 줄고 나라의 경제가 파탄 나는 지경에 처하고 말았다. 결국 무제는 죽기 2년 전, 대내외 전쟁의 종식을 공식 선언하기에 이르렀고, 〈위씨낙랑〉이 몰락한 지 20년 만인 BC 87년, 요란했던 정복 군주로서의 삶을 마감했다.

위씨낙랑의 멸망 직후 漢나라 조정은 낙랑樂浪, 현토玄免, 진번眞番, 임둔臨屯의 소위 한사군漢四郡으로 거론되는 朝鮮 내의 부락들을 억지로 漢의 행정 구역에 편입시키려 들었다. 다만 이는 어디까지나 서류상의 계획일 뿐이었다. 물론 일부 지역에는 실제로 漢족 출신 행정관을 파견하거나 漢軍을 주둔시키는 등, 여러 차례의 귀속을 시도하기도 했다. 그러나 토착민의 지속적이고도 거센 저항으로 계획이 일그러지고, 그때마다 군대가 이리저리 이동해야 했다. 하나로 굳건하게 단결된 조선인들은 漢軍이 한쪽을 치고 들어오면, 다른 쪽을 받아치는 식으로 끊임없이 漢軍을 괴롭혔다.

게다가 북방의 흉노와 오환, 부여 등의 도전이 가중되면서 〈번조선〉 전체를 장악하는 데는 끝내 실패하고 말았다. 이처럼 낙랑 일대가 漢을 비롯한 주변의 여러 나라 사이에 치열한 각축장으로 변해 가면서, 오랜 권력의 공백이 지속되었다. 그러자 많은 사람들이 이 지역의 분쟁과 혼란을 피해 북쪽의 부여나 한반도로도 대거 이주하기 시작했다.

사실 우거왕右渠王은 북방의 최강자 흉노를 제압한 漢나라와 조선 열국의 연합에 맞서 1년 이상 오랜 시간을 버텨 내며, 낙랑의 군사력이 예상보다 강력한 것임을 과시했다. 그리하여 실질적으로 漢나라의 공격을 무력화시키는 데 상당한 수준까지 성공했었다. 그러나 이미 기울 대로 기울어 버린 薰에 기댄 채, 왕검성의 견고한 지세만을 믿고 통일 漢나라를 도발하기에는 다분히 무리한 구석이 있었다.

우거왕은 그의 조부 위만이 그랬던 것처럼 좀 더 유연하고 기민해야 했으나, 영민했던 조부를 따라가기에는 많이 부족한 듯했다. 무엇보다 그는 토착 조선인들과 융화하고 백성들을 보듬어야 했으나, 오히려 그들을 겁박하고 탄압하면서 적으로 돌리기에 급급했다. 진정으로 백성을 위하기보다는 자신의 체제 유지만을 위해 공포정치를 일삼다 나라를 망가뜨린 秦시황의 과오로부터 배운 것이 없었던 셈이다.

무엇보다 위씨왕조의 몰락에는 갑작스레 등장한 연나라 장수 출신이 찬탈해 간 왕조에, 朝鮮의 백성들이 처음부터 철저하게 등을 돌리고 외면했다는 사실이 주된 원인이었을 것이다. 그러다 보니 내부 단속에 실패할 수밖에 없었고, 우거왕의 조급하고 교만한 마음이 조부의 꿈이었던 朝鮮의 맹주 자리를 목전에 둔 채, 자신의 왕조가 파멸되는 것을 막지 못한 것이었다.

한편으로 위씨낙랑은 위만이 처음부터 흉노라는 외부 세력을 끌어들여 기씨왕권을 찬탈했던 기형적인 왕조였다. 韓민족의 역사를 통틀어 이처럼 자신의 정권 창출 내지는 유지를 위해 외세를 끌어들였던 사례는 사실상 위만이 처음이었던 것으로 보인다. 불행하게도 이후의 역사에서 강력한 외세를 이용하려는 유사한 시도는 끊임없이 반복되었다. 그러나 그렇게 집권한 정권의 말로는 늘 끝이 좋지 않았고, 결국은 매번 실패로 끝나고 말았다.

위만이 그처럼 불행한 역사의 첫 사례를 만든 장본인이었다는 점에서 그는 분명 韓민족의 역사에 씻기 어려운 오점을 남긴 인물이 되고 말았다. 압도적 힘을 지닌 강대국과 이웃한 상황일수록, 국민들의 절대적 지지를 기반으로 하는 내부 세력에 의한 자주적 정권 창출이 얼마나 중요한 것인가를 이처럼 역사가 입증해 주고 있었던 것이다.

제각각 역성혁명을 통해 번조선을 대체했던 기箕씨와 위衛씨왕조는 古조선이 느슨한 종교적, 군사적 연맹체라는 구체제에서 벗어나, 강력한 중앙집권국가로 나아가려는 시도 속에 탄생한 산물이었다. 사실 이들이야말로 요동으로 진출하려는 강성한 중원의 세력으로부터 古조선을 수호하는 방파제 역할뿐 아니라, 중원의 발전된 문화와 정치 체제를 전파하는 가교 역할을 충실하게 수행한 왕조들이었다.

주목할 점은 이들이 정신적으로 결코 중원의 농경국가들에 굽히고 들어간 적이 없었다는 점이었다. 〈朝鮮〉이라는 국호를 그대로 계승하면서 북방민족을 대표하던 종주국으로서의 정체성을 고수했고, 사실상 삼조선의 맹주로서 때로는 전쟁도 불사했다. 이러한 불굴의 정신은 이후에도 古조선 후대의 여러 나라들에게 면면히 이어져 내려갔다. 안타깝게도 대략 250년에 걸친 이들 두 번조선 왕조의 역사는 중국이나 한국 양측에서 오래도록 배척당하는 수모를 겪어야 했다. 그러나 그들의 치열했던 삶 또한, 고대 조선朝鮮 역사의 일부였음은 의심할 여지가 없는 명백한 사실이었다.

무제는 낙랑조선을 완전히 장악하고 통치하는 데까지는 실패했으나, 분명 〈번조선〉 자체를 와해시키는 데는 성공했다. 그 바람에 이후 朝鮮의 열국들은 서로 영역 다툼을 벌이며 분열의 시대를 거쳐야 했고, 그 틈을 이용해 漢나라는 조금씩 동진을 지속할 수 있었다. 결국 조선은 어느 순간부터 漢나라에 패수浿水(조선하)를 넘어 옛 상하장上下障을 내어 준 채, 난하의 동쪽 바깥까지 내밀리면서 중원과 더욱 멀어지고 말았다. 이로써 무제는 결국 〈흉노〉의 오른팔에 이어 왼팔마저 꺾는 데 어느 정도 성공한 셈이었고, 평생의 숙원이던 북방민족의 정복이라는 대업의 완성을 향해 큰 걸음을 내딛게 되었다.

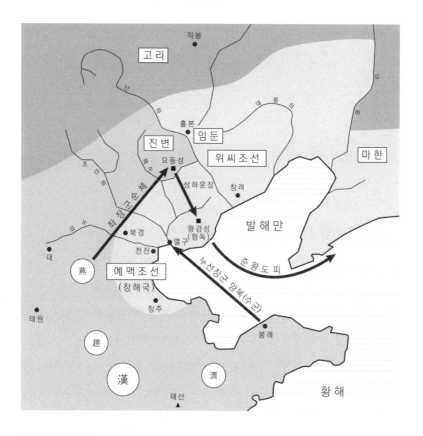

朝漢전쟁의 개요

뿌리 깊은 역사와 전통을 자랑하던 삼조선 연맹은 이후 급속하게 해체되어, 朝鮮의 후국들이 난립하는 〈열국列國시대〉로 접어들게 되었다.

그런 점에서, 무제의 위씨조선 원정은 기원 이전 고대 동북아 역사에 획을 긋는 사건이었다. 무제가 일으킨 〈조한朝漢전쟁〉은 주공단의 〈동이 원정〉, 제환공의 〈산융전쟁〉, 연나라 진개의 〈조연朝燕전쟁〉, 묵돌의 〈동호 원정〉과 더불어 朝鮮에 순차적으로 결정적 타격을 가하고, 그들 북방민족을 난하까지 밀어낸 〈고대조선의 5大전쟁〉으로 기록될 만한 사건이었던 것이다.

2. 무제의 참회록

漢무제의 번조선(위씨낙랑) 원정이 끝나고 3년이 지난 BC 105년, 훈족의 오유선우가 죽었다. 그는 용맹했던 부친 이치사선우와 달리 재위 10년 동안, 무제를 두려워해 漢나라에 제대로 맞서지 못했다. 다만 漢나라가 위씨낙랑을 침공하던 시기에 맞춰 서역의 차사국, 대완국 등과 연합해 漢나라에 대항했으나, 무제가 수만 명을 동원하는 바람에 힘없이 밀려났고, 이후 누란樓蘭조차 내주고 말았다. 그 후에 음산 너머 멀리 북해北海(바이칼호)까지 선우 왕정을 옮기다 보니, 그는 漢나라로부터 차라리 귀부를 하라는 조롱에 시달리기까지 했다.

그의 뒤를 이어 아들 오사려烏師廬(~BC 102년)가 7代 선우에 올랐는데, 나이가 어린 탓에 아선우兒單于라는 별칭을 갖게 되었다. 그해 겨울 북방에 큰바람을 동반한 폭설이 내려 무수한 사람들과 가축들이 추위와 굶주림에 죽어 나갔다.

漢나라의 계속된 경제 제재와 흉노에 대한 고립 정책이 힘을 발휘하는 가운데 재해까지 입게 되니, 훈족은 날이 갈수록 쇠약해지고 위축되었다. 결국은 동북방의 변경을 대거 서쪽으로 옮기게 되었는데, 이때 좌현왕부가 황하 북쪽, 음산 바로 아래인 운중雲中까지 후퇴했으니, 사실상 옛 우현왕부 자리로 이동한 것이나 다름없었다. 우현왕부 역시 남서쪽으로 크게 이동, 하서주랑의 서쪽 끝에 해당하는 주천, 돈황 이북으로 물러나 있었는데, 그나마 서역과의 통로를 지키기 위해서였다. 이제 훈족의 강역은 묵돌이 일어나기 전에 비해서도 형편없는 수준으로 쪼그라들고 말았다.

이듬해 漢무제는 절세의 미인으로 새로이 무제가 총애하던 이李부인의 오라버니 이사貳師장군 이광리李廣利로 하여금 서역의 〈대완大宛〉을 치게 했다. 동시에 인우因杅장군 공손오公孫敖를 시켜 황하 북방 내몽고에 수항성受降城을 쌓게 했다. 이후 무제는 위씨낙랑 공략 시 써먹어 크게 성공했던 이간계를 흉노에게도 적용하려고 시도했다.

BC 103년 여름에는 〈차사국〉을 정벌했던 조파노趙破奴를 준계장군으로 삼아 기병 2만을 이끌고, 멀리 삭방 서북 2천여 리를 올라가 준계산浚稽山(北알타이아리산)까지 나아가게 했다. 당시 흉노의 좌대도위左大都尉가 은밀하게 사신을 보내왔기 때문이었다.

"아선우는 나이가 어려서 그런지 사람들을 죽이고 싸움하는 것을 좋아해서 선우로서의 자격이 없는 사람이오. 나는 그런 선우를 없애고 한나라에 항복하고 싶소만 너무 멀리 떨어져 있으니, 그러지도 못하는 형편이오. 그러나 만일 한나라가 군대를 보내 호응해 준다면 내가 그 즉시 반란을 일으키려 하오!"

그러나 이 계획은 사전에 아선우에게 발각되어 좌대도위가 오히려 주살당했고, 준계산의 조파노군도 되레 훈족의 기습을 받고 말았다. 漢군이 흉노병들과 싸우면서 수항성 북쪽 4백 리 지점까지 후퇴했으나, 아선우가 직접 지휘하는 8만 흉노 기병에 포위당하고 말았다.

"한적들은 이제 독 안에 든 쥐다. 한적에게 자비란 없다. 한 놈도 남기지 말고 가차 없이 목을 베어 버려라!"

마치 10년 동안 漢나라에 벌벌 떨던 부친 오유선우의 한풀이라도 하듯, 아선우는 무자비하게 漢軍을 공격했다. 그 결과 한군은 무참하게 전멸당했고, 준계장군 조파노는 흉노 척후병에게 생포되었다. 기세가 오른 훈족이 연이어 수항성을 공격했으나 방어가 견고해 함락시키지는 못하고 물러갔다. 朝鮮과 서역을 누르고 흉노의 양팔을 꺾었다며 기고만장하던 무제는, 나이가 어리다고 얕잡아보던 아선우에게 톡톡히 망신을 당하고 말았다. 이치사선우 사후 훈족과 벌어진 10여 년만의 전투에서 漢나라가 참패한 것은 다시금 2차 〈한훈漢薰전쟁〉이 재개되었음을 의미하는 것이었다.

이듬해 BC 102년 여름, 무제는 광록훈光祿勳 서자徐自로 하여금 오원五原에서 출발해 서쪽 여구廬朐에 이르는 천여 리에 걸쳐 성벽과 정자를 짓게 하고, 흉노의 공격에 대비케 했다. 강노도위强弩都尉 노박덕路博德에게 갑졸 18만을 주어 주천酒泉과 장액의 북쪽에 주둔케 하고, 거연택居延澤 위로도 성을 쌓아 주천의 수비를 강화했다. 하서주랑을 지켜 내려는 무제의 강력한 의지였다.

그러한 때 훈족의 아兒선우 오사려가 즉위 3년 만에 갑작스레 병사하는 일이 벌어졌다. 아선우의 아들 또한 너무 어리다 보니, 훈족은 부득이하게 우현왕 구리호呴犁湖를 선우에 오르게 했다. 그러나 그 역시 반년도 되지 않아 병사하고 말았다. 이에 다시 구리호의 아우 좌대도위 차제후且鞮侯(~BC 97년)를 9대 선우로 옹립했다. 잦은 선우의 교체는 훈족의 왕정을 더욱 불안하게 했다.

선우에 오른 차제후는 漢나라에 대한 유화책을 펼치고자 그동안 억류하고 있던 漢의 사신 등을 돌려보내면서 이렇게 말했다.

"한나라 천자는 내 연장자 뻘 되는 항렬이다. 나 같은 어린애가 감히 어찌 한나라 천자와 대등하기를 바라겠느냐?"

새로운 선우가 무제에게 바짝 고개를 숙이는 시늉을 하자 BC 100년, 무제는 이에 보답이라도 하듯 흉노 왕정으로 사신 소무蘇武 등을 보내 많은 물품을 선사했다. 그러나 무제는 이번에도 또다시 흉노의 내부자와 밀통해 대범한 간계를 꾸몄다. 밀명을 받은 소무가 흉노의 내부자를 은밀하게 만났다.

"이번 거사는 적당한 때에 선우(차제후)와 알지(연지)를 전격 납치해 漢으로 데려가는 것이오!"

"뭐라구요? 실로 보통 작전이 아니구려……. 납치가 성공한 다음에는 또 어쩔 셈이오?"

"곧바로 조정에 연락하면, 漢에서 대규모 병력을 동원할 것이오. 훈족이 선우를 잃고 우왕좌왕할 것을 노리는 게요. 그리고 이참에 훈족은 완전히 섬멸될 것이오! 새로운 훈족은 한나라의 여러 제후국으로 나뉘게 될 테고, 당연히 공을 세운 그대들이 새로운 왕이 되어 각각 통치하게 될 것이오! 지난번 아선우 때 실패한 경험이 있으니, 절대 비밀 유지가 생명이오!"

그러나 이번에도 밀고자가 생기고 일이 누설되는 바람에 漢나라 사신 일행 모두가 체포, 구금되기에 이르렀다. 아울러 소무의 대담한 음모가 차제후선우의 돌이킬 수 없는 분노를 사고 말았다.

결국 소무를 보내 추진하려던 이간계가 통하질 않자, 무제는 흉노를 직접 토벌하기로 작심했다. BC 99년 5월, 무제가 또다시 薰에 대한 공격 명령을 내렸다. 그는 漢軍을 3로군으로 나누고, 각 군을 지휘할 장수들에게 개별 임무를 부여했다.

"이사장군 이광리는 3만의 기병으로 주천에서 출발해 흉노 우현왕을 공격하라! 기도위 이릉李陵은 5천의 병력으로 군수 감독을 맡는다. 인우장군 공손오는 1만 기병을 이끌고 서하西夏(오르도스 좌측)를 나와 탁야산으로 향하라! 강노도위 노박덕은 1만여 기병을 인솔하여 거연을 나온다음 탁야산에서 공손오와 합류하라!"

그런데 시작도 하기 전에 장수들 간에 이견이 드러났다. 이릉이 직접 전투부대를 이끌게 해 달라며, 보병 5천만으로도 선우 왕정까지 가겠노라고 건의해 무제가 이를 수락한 것이었다. 그렇게 작전이 꼬이는 바람에 노박덕에게는 서하의 흉노를 직접 공격하게 하고, 이릉에게는 준계산으로 가서 흉노의 동정을 살피게 했다.

그해 9월, 이릉이 보병 5천과 소수의 기병만을 거느린 채 마차에 화살 백만여 개를 싣고는, 거연 북쪽을 나와 한 달여 만에 준계산에 도착했다. 그때 돌연 차제후선우가 3만 기병을 거느리고 이릉의 진영 앞에 나타났다.

"대선우, 드디어 한적이 나타났습니다. 그런데 병력이 얼마 되지 않아 보이니, 즉시 공격 명령을 내려 주십시오!"

"서두를 것 없다. 일단 저들을 꼼짝 못 하게 산 아래 계곡으로 몰아 포위부터 하라!"

이릉의 군대가 골짜기 아래에 진을 치자, 선우의 군대가 양쪽 산에서 이릉의 군대를 에워싸니 그야말로 독 안에 든 쥐 신세나 다름없게 되었다. 위기에 처한 이릉이 큰 수레를 연결해 영채를 쌓고, 후방에 궁노병을 집중배치 한 뒤 병사들을 독려했다.

"절대 겁먹지 말라! 적이 제아무리 몰려온다 해도 우리에겐 백만 개의 화살이 있다. 침착하게 신호에 맞춰 일사분란하게 화살을 쏜다! 정신을 똑바로 차린다면, 반드시 살아 나갈 수 있다!"

이윽고 흉노의 공격이 개시되자, 이릉의 군사들이 산 위를 향해 준비된 궁노를 발사하면서 격렬하게 저항했다. 흉노 기병들이 거듭된 한군의 화살 세례에 수천이 죽어 나가면서 주춤하는 사이, 이릉의 부대가 퇴로를 만들고 후퇴하기 시작했다. 흉노 병사들의 추격전이 펼쳐지면서 3차례에 걸친 전투가 벌어졌다. 원래 이릉의 병력은 소수지만, 이릉이 사전에 말타기와 활쏘기를 집중 훈련시킨 정예 병력인 데다 장창長槍까지 잘 쓰는 특수부대 성격의 용사들이었다.

비록 중과부적이었지만, 전투 때마다 흉노 기병 수천이 나가떨어지니 위력적인 화살 공격에 겁을 먹은 데다, 漢군의 유인책이 아닌가 싶어 흉노 병사들이 함부로 다가서지 못했다. 그런데 그 와중에 한군의 척후가 교위에게 욕을 먹어 앙심을 품고는 흉노로 투항하는 일이 벌어졌다. 흉노의 비장이 다그쳤다.

"너희들이 지금 유인책을 쓰는 것이냐? 후방에 지원 병력이 있는지를 말하라! 사실을 고하면 목숨을 살려 줄 뿐 아니라 크게 포상을 내릴 것이다!"

"아닙니다. 사실 우리는 지금 고립무원입니다. 원래는 강노도위 노박덕의 군대와 합류키로 했으나, 그들은 이미 서하로 출정했습니다. 이젠 화살도 모두 소진된 터라, 결국에는 다 죽게 되었습니다. 그래서 이리 투항한 것입니다……"

그때 이릉의 부대는 거연택의 북쪽 산속까지 후퇴를 거듭한 끝에, 漢나라 변경에서 불과 백여 리 남짓한 거리만을 남겨 둔 상태였다. 유인전술이 아님을 확인한 흉노가 즉시 이릉 부대의 퇴로를 차단하고, 漢군을 다시 에워쌌다. 이어 산 위에서 골짜기로 돌을 굴려 떨어뜨리는 바람에, 그야말로 아비규환 속에 한군이 무수히 죽어 나가고 빠져나가질 못했다.

그때 이릉이 말에 올라 십여 명의 장졸들과 함께 달아나기 시작했다. 그러나 수천의 흉노 기병들이 추격한 끝에 결국 이릉은 생포되었고, 그의 흩어진 병사들 중 漢나라로 돌아오는 데 성공한 자는 고작 4백여 명뿐이었다. 이릉의 군대를 힘들게 격파한 선우는 한군의 움직임을 파악한 만큼 즉시 서쪽으로 향했는데, 天山에 있던 우현왕에게 먼저 사람을 보내 군대를 더욱 증원시키라는 명을 내렸다.

그즈음 마침 주천을 나와 우현왕을 공격하기로 한 이광리의 군대가 순조롭게 진군을 거듭한 끝에 드디어 천산에 당도하니, 척후가 달려와 보고했다.

"드디어 우현왕의 군대를 찾았습니다! 지금 저 아래 천산 밑에서 병력을 속속 집결시키는 모양입니다!"

"사실이더냐? 좋다. 지금 기습 공격을 가하면 승산이 있겠구나! 우현왕의 부대를 박살 내 버리자!"

결국 이광리 군대의 기습 공격에 당황한 흉노 우현왕이 크게 패했고, 이 〈천산天山전투〉에서 수만 명의 흉노 병사들이 목숨을 잃고 말았다.

그렇게 대승을 거두고 의기양양하게 귀환하던 이광리의 군대는, 그러나 이오현 동남쪽에서 서진해 천산을 향해 오던 차제후선우의 본대와 덜컥 마주치고 말았다. 처음 漢군은 3만의 기병이었으나 천산전투에서 일부 병력을 잃으면서 사실상 열세에 놓이게 되었다. 선우의 군대가 재빨리 한군을 포위해 버리는 바람에, 전투가 개시되자 한군의 사상자가 빠르게 늘면서 전세가 급격하게 기울었다. 이광리가 급히 가사마假司馬 조충국趙充國을 불렀다.

"도저히 안 되겠다. 너는 급히 수백 명의 정예군을 엄선하라! 너희들이 반드시 포위망을 뚫어 내야만 한다! 그래야 그 뒤를 따라 우리가 탈출할 수 있을 것이다!"

선봉에 나선 조충국이 스무 군데가 넘는 상처를 입어 가며 죽을힘을 다해 포위망을 뚫고, 이광리의 주력 부대가 그 뒤를 이어 탈출을 시도했다. 그러나 끈질긴 흉노와의 추격전 끝에 漢軍의 1/3만이 겨우 도망쳐 나올 수 있었다. 이광리는 처음 우현왕 공격에 성공했음에도 불구하고, 운이 없게도 선우의 본대와 마주치는 바람에 대패하고 말았다.

薰에 투항한 이릉은 대대로 장군과 명장을 배출한 명문가 출신으로 유명한 비장군 이광李廣의 손자였다. 이릉은 이광의 장남인 이당호李當戶의 유복자로 장성해서는 건장감建章監으로 지내고 있었다. 이 무렵 무제가 그 가문을 인정해 이릉을 기도위騎都尉로 발탁해 출전케 했다. 그러나 안타깝게도 이릉이 훈족에 투항해 버리니, 장안에 살던 그 어머니와 처자식 모두가 몰살을 당하고 말았다. 뿐만 아니었다. 무제가 태사령 사마천司馬遷에게 이릉의 죄를 캐묻자, 대쪽 같은 그가 무제의 속뜻을 무시하고 이릉을 두둔했다.

"이릉은 5천의 보병만으로 수많은 흉노 선우의 본대를 상대해 끝까지 분전했고, 흉적 수만 명의 수급을 베었습니다. 그는 평소 효심이 크고, 사람들에게 신의를 지켰으며 나라를 위해 제 한 몸 아끼지 않은 사람입니다. 그러니 이번에 자살을 택하지 않고 항복한 것도 나중을 도모하기 위함일 것입니다!"

사마천은 평소에도 전쟁을 달갑지 않은 시선으로 대하고 있었기에,

무제의 눈 밖에 나 있던 터였다. 그런데 사실 이때의 쟁점은 〈천산전투〉 패배의 책임을 누군가에게 묻는 것이었다. 사마천의 주장대로 이릉이 죄가 없다면, 모든 책임이 무제가 아끼는 李부인의 오라버니인 이광리에게 돌아가야 했다. 그리되면 무제의 노여움을 살 것이 빤한 일이었기에 다른 대신들 누구도 이릉을 변호하지 못했으나, 강직한 사마천만이 이릉을 감싸려 한 것이었다.

아니나 다를까. 무제는 모두의 예상대로 불같이 화를 내면서 사마천이 자신의 처남인 이사장군(이광리)을 비난하고 무고했다는 죄를 씌워, 잔인하게 궁형宮刑(고환을 묶는 벌)으로 다스렸다. 이런 경우 대개는 스스로 목숨을 끊었지만, 사마천은 수치심을 극복하고 《사기史記》의 집필에 매달렸다.

그의 부친으로 같은 사관史官이자 태사령을 지냈던 사마담司馬談은 태고부터 그때까지의 통사通史를 편찬하려 했으나 뜻을 이루지 못했다. 그는 아들인 사마천에게 자신이 못다 이룬 통사를 편찬해 달라는 유언을 남기고 죽었다. 사마천은 부친과의 약속을 지키고자, 무제로부터의 온갖 굴욕을 참아 내고 끝내 《사기史記》를 완성했다. 이때 그가 꼼꼼하게 남긴 기록들이 오늘날까지 전해지게 된 것은 물론, 고대 아시아 역사서 편찬의 전범典範으로 널리 인정받게 되었던 것이다.

漢군이 〈천산전투〉에서 참패한 다음 BC 97년 정월, 이제 육십이 넘은 무제는 다시금 4로군을 편성해 薰족에 대한 대규모 보복 전쟁에 나섰다. 이광리가 이끄는 주력 부대만 보병 7만에 기병 6만, 총 13만이었고, 나머지 3군이 8만, 총 21만 명을 동원한 대규모 전쟁이었다. 훈족도 이 사실을 알고 미리 노약자들을 멀리 여오수余吾水(몽골 악혼하) 이북으로 철수시켰다. 이어 차제후선우의 본대와 좌현왕부에서 10만 병력을 모아 여오수 남쪽에 진을 치고 한군을 맞아 기다렸다.

결국 쌍방에서 엄청난 수의 병력이 동원된 채 수일간 격전을 벌인 끝에, 공손오의 부대가 산악전투에 강한 좌현왕 부대에 밀리기 시작했다. 한군 진영에서는 긴급하게 장수들이 모여 대책을 논의했다.

"공장군의 부대가 좌현왕 부대에 밀리고 있어 심각한 상황을 맞이했소. 아직은 전체적으로 아군의 형세가 괜찮긴 하지만, 만에 하나 지난번 같은 참패를 되풀이하지 않으려면 이쯤 해서 철군을 고려해야 되지 않나 싶소. 제장들의 의견은 어떠시오?"

먼저 이사장군이 조심스레 철수 문제를 꺼내 들었다.

"솔직히 우리의 전력이 예전만 못한 건 다들 아시는 일이잖소? 군마 부족으로 기병의 비율이 절반도 되지 않는 데다, 대다수 병졸들이 싸울 의지라곤 조금도 없는 죄수 출신들이라 전투력이 보잘것없소이다. 병력만 많으면 무얼 하겠소? 이대로 끌려가다 자칫 대오가 무너지면 전멸을 당할 수도 있으니, 먼저 공장군을 조용히 후퇴시킵시다. 일단 철수해 다음을 노리는 것이 좋을 것 같소!"

다른 장수들도 모두 한군의 전투력을 문제 삼아 철군에 동의하니 결국 南으로 철수 명령이 떨어졌고, 다행히 병력의 수에서 밀리던 흉족 또한 싸움을 멈추고 동시에 회군했다.

이번 〈여오수전투〉에서는 쌍방에서 모든 병력을 긁어모아 총동원한 것이었기에 대규모 충돌이 예상되었으나, 서로 신중하게 전투에 임하다 보니 이렇다 할 소득 없이 싱겁게 끝나고 말았다. 무제도 이러한 상황을 누구보다 잘 아는지라 부하들을 일방적으로 몰아붙일 수도 없었고, 그 이상 병력을 일으켜 전쟁을 지속할 형편도 되지 못했다.

선우는 투항한 이릉을 우교왕右校王으로 삼고, 자신의 딸까지 내주면서 융숭하게 우대했다. 그러나 이듬해 용맹하던 차제후선우가 사망했고, 그의 장남인 좌현왕이 선우에 오르니 10대 호록고狐鹿姑(~BC 85년) 선우였다. 3년 만에 재개되었던 〈漢薰전쟁〉은 훈족 선우의 교체를 계기로 오랜 휴전 상태로 접어들게 되었다.

BC 92년 호록고선우는 조카인 선현탄先賢撣을 일축왕日逐王에 봉하고 전략 요충지인 서역을 다스리게 했다. 이는 薰족이 서역을 자기 세력 아래 두고 漢나라에 주도권을 결코 내주지 않겠노라고 공언한 것이나 다름없었다. 그러나 薰에 등을 돌린 오손烏孫이 이를 방해하고 번번이 漢나라와 협조하니, 훈족으로서는 난감한 상태가 오랫동안 지속되었다.

이후 차제후선우와 한무제가 마지막으로 다툰 지 7년이란 세월이 빠르게 흘러 버렸다. 이제 漢군의 총사령관은 이부인의 오라버니인 이사 장군 이광리였다. 그는 10여 년 전, 〈대완〉을 정복하고 그 왕의 머리를 베는 데 성공한 데다, 한혈마 수천 마리를 얻어 돌아오면서 무제의 두터운 신임을 받았다. 이후 두 번에 걸쳐 훈족과의 전투를 지휘했으나, 그 결과가 신통치 않았음에도 입지는 흔들리지 않았다. 그의 여동생 李부인이 무제와의 사이에서 낳은 아들이 그사이 창읍왕昌邑王에 봉해졌기에 가능한 일이었다.

그해 BC 90년 정월, 실로 오랜만에 훈족의 호록고선우가 오원과 주천 2路로 漢나라를 침범했다. 그런데 무제는 바로 1년 전에 일어난 2차 〈무고의 난〉으로 태자 유거와 황후인 위자부를 잃는 시련을 겪고 난 뒤였다. 이제 칠십 노인이 다 된 데다, 심신이 지칠 대로 지친 무제가 흉노와의 전쟁을 논하게 하자, 장수들 대다수가 반대하고 나섰다.

"황상, 오래도록 반복된 전쟁에 병력과 군마를 충당하기가 지극히 어려운 상황입니다. 따라서 지금 흉노와의 전쟁이 불가하니 부디 통촉해 주옵소서!"

그러나 유독 군권을 장악하고 있던 이광리가 큰소리를 치면서 원정을 자청했다. 그 바람에 무제는 별 의욕이 없었음에도 출정을 결정하고 말았다. 그해 3월이 되자 무제는 14만 병력을 일으켜 3로군을 편성한 다음, 또다시 훈족에 대해 총공세를 가하라는 명을 내렸다.

그런데 이광리가 이토록 의욕을 부린 데는 또 다른 이유가 있었다. 당시 태자의 자리가 비어 있던 만큼 이광리는 이부인의 아들이자 자신의 외조카인 창읍왕을 반드시 태자로 올리고자 했다. 그때 이부인은 몸이 약해 일찍 죽고 없었지만, 무제가 칠십인 만큼 어린 창읍왕이 태자만 된다면 황제에 오르는 것은 시간문제일 테고, 그리되면 李씨의 세상이니 욕심을 부릴 만했던 것이다.

그런 상황에 이광리가 천 리 길이나 되는 고생길을 마다치 않고, 스스로 장거리 원정을 자처한 것은 의외였다. 우선 그는 漢군의 총수로서 〈천산전투〉와 〈여오수전투〉 등 연이은 패배를 만회하고, 명예를 회복할 필요가 있었다. 따라서 창읍왕의 외숙으로서 장안에 남아 이런저런 구설에 휘말리기보다는 차라리 떳떳하게 전쟁터로 나가 있되, 장안의 일은 자신의 측근에게 일임하는 쪽이 유리하다고 판단한 듯했다. 이사장군이 출정하는 자리에서 환송을 나온 자신의 사위이자 승상인 유굴리劉屈氂에게 귀띔했다.

"승상은 내가 도성을 비운 사이에 창읍왕을 반드시 태자로 만들어야 하오. 생각해 보시오, 창읍왕이 황제에 오르는 날이면 우리 가문에 장차 무슨 근심이 있겠소?"

"잘 알겠습니다. 명심하고 일을 잘 성사시킬 테니, 그저 먼 길 몸 성히 다녀오시기만 하십시오!"

이광리는 유굴리에게 단단히 뒤를 일러 놓은 다음에야 비로소 출정에 나섰다.

漢군의 공세가 다시 시작되었다는 소식에 흉노 측에서도 많은 물자를 대거 조신성 이북 질거수郅居水(몽골 허나이인하)로 올려 보내고, 좌현왕부도 그 백성들을 여오수 건너 북쪽으로 6, 7백 리나 떨어진 도어산으로 보냈다. 이처럼 사전에 노약자 등 백성들과 일부 물자를 전선 북쪽 멀리 보내는 것이 이제는 훈족의 일상적인 전술이 되고 말았다.

이는 장기전을 전제로 수시로 치고 빠지면서 병참선을 길게 해 漢군을 지치게 만들려는 전략이었다. 호록고선우는 훈족을 2軍으로 나누고 제장들과 작전을 짰다.

"한적 이광리 부대가 7만에 달하는데 막 오원을 출발했고, 어사대부 상구성商丘城의 3만 부대도 서하에서 출동했다고 합니다. 또 중합후 마통馬通의 4만 기병이 주천에서 출발했다 합니다!"

"좋다! 그렇다면 우리 왕정의 본대와 좌현왕부의 정예기병 5만 5천이 남쪽 고차수를 건너 이광리와 상구성의 漢군 본대에 대비한다. 장군 이릉 등은 3만 기병으로 마통을 대적하라! 유철 저 싸움 귀신이 칠십이 다 된 나이에도 노망을 부리고 도전해 오는구나! 이번에야말로 철저한 유인책으로 반드시 한적을 대파하여 유철이 다시는 일어나지 못하도록 주저앉혀야 한다!"

얼마 후 주천을 나온 마통의 4만 기병대는 천여 리를 행군해 현 몽골 알타이산 다링투루 서쪽에 도착했다. 투항장군 이릉 등의 훈족 부대가 이를 추격했으나 따라잡지 못하다가, 이윽고 준계산에 이르러 양쪽 기병 부대가 만나 격돌하게 되었다. 결과적으로 병력 수에서 우세한 한군이 흉노를 압도한 채 밀어붙이니, 후퇴를 거듭하던 흉노군이 포노수를 거쳐 현 항애산 산록 6백 리 인근까지 밀린 끝에 그곳에 진을 치고 9일 동안이나 치열한 전투를 벌였다. 결국 이릉의 흉노 부대가 〈준계산전투〉에서 대패해 달아나니, 마통의 군대는 추격을 멈추고 다시 서쪽으로 방향을 틀어 좌현왕부를 공격했다.

한편 7만 병력을 이끌고 오원을 출발한 이광리 부대는 부양구산夫羊 句山(몽골 구리징후드크)에 닿았다. 고차수姑且水 서안에서 때를 기다리던 선우도 마침내 漢군이 도착했다는 소식을 들었다.

"한군이 부양구산에 도착했는데, 아직 이광리의 주력 부대가 도착하지는 않은 것 같습니다!"

"그렇다면, 우대도위와 위율衛律 장군이 5천 기를 끌고 나가 이광리 부대를 부양구산 협곡으로 유인하도록 하라!"

훈족의 선발대가 공격해 오니, 이광리가 2천 병력을 내보내 맞서 싸우게 했고 흉노병 수백 기를 쓰러뜨렸다.

기세가 오른 漢군이 흉노를 추격해 목표 지점인 범부인성范夫人城까지 도달했다. 바로 그 무렵 장안으로부터 이광리의 군영으로 청천벽력 같은 비보가 전해졌다.

"장군, 큰일 났습니다! 내자령 곽양郭穰이 장군을 밀고하였답니다. 유 승상의 부인이 천자를 저주하고, 장군의 외조카인 창읍왕을 황제에 오르게 해 달라고 기도를 드렸다고 했답니다. 이에 분노한 천자께서 6월에 승상 유굴리를 참형에 처해 버렸고, 그 부인도 화양가에서 효수되었답니다. 또 장군의 부인께서도 지금 체포되어 옥중에 계신다고 합니다……"

"뭐라, 그게 사실이냐? 오오, 어찌 이런 일이……. 내 딸과 사위가 이미 죽었단 말이냐? 낭패로다. 모든 것이 다 틀렸구나……"

이광리는 엄청난 좌절과 함께 두려움에 빠지고 말았다. 그나마 황제가 아직 총사령관인 자신을 호출하지 않은 것은 전쟁 중이기 때문일 테고, 황제의 성정으로 보아 살아 돌아가는 대로 죽음을 면치 못할 것으로 생각한 것이었다. 그러나 곰곰이 생각해 보니 자신에겐 지금 漢군의 본대가 있는 반면, 장안에 남은 황제의 군대라곤 별로 없었다. 그가 생각을 바꾸기로 했다.

'그래, 아직 포기하기엔 이르다. 이제 오로지 이 전쟁을 승리로 이끌어 속죄할 만한 전공을 세우든지, 그게 아니라면 또 다른 방법이라도 반드시 찾아내자……'

이런저런 고민에 빠져 있던 이광리가 무슨 생각을 했는지, 갑자기 전군全軍에 출정 명령을 내렸다. 그렇게 대군을 이끌고 서둘러 범부인성을 나온 이광리는 이때부터 흉노 선우의 본대를 찾아낸다는 명분 아래 적진 깊숙이, 그것도 매우 빠른 속도로 진격해 들어갔다. 그렇게 정신없이 행군을 재촉하다 보니 어느덧 북쪽 흉노의 앞마당이나 다름없는 질거수郅居水(셀렝게강)까지 당도하고 말았다. 이는 漢군이 오원에서 범부인성까지 진군한 거리보다도 훨씬 먼 거리였고, 험준한 산악을 이동해야 하는 강행군 그 자체였다.

漢군의 대부대가 갑작스레 질거수에 나타나자, 훈족의 부녀자들이 소문을 듣고 화들짝 놀라 달아나기 바빴다. 이광리는 직접 호군護軍 2만의 기병을 이끌고, 먼저 질거수를 건너 흉노를 집요하게 추격했다. 그 결과 호군이 마침내 흉노 좌현왕 소속의 左대장을 따라잡아 덮치고 말았다. 그 바람에 수적으로 열세에 있던 흉노 부대는 좌대장을 포함한 수많은 병사들이 목숨을 잃고 말았다. 곧바로 질거수 서안에서 정예 병력으로 漢군을 기다리던 호록고선우에게 좌대장 부대가 피습당했다는 소식이 들려왔다. 선우는 질거수 쪽을 지원하고자 서둘러 출격 명령을 내렸다.

48

그 무렵 이사장군이 본대와 다시 합류했는데, 漢군의 내부에서 강행군에 대한 불만과 이를 의심하는 목소리가 터져 나오고, 장수들이 동요하기 시작했다. 장사長史가 결후도위 휘거후輝渠侯와 만나서 몰래 의논을 했다.

　"큰일이오. 무턱대고 적진 안으로 너무 깊이 들어온 것 같소이다. 이게 흉노의 유인책이라면 정말 위험에 빠진 게 아니겠소? 혹시라도 이사장군이 전공을 세우는 데 눈이 멀어 그런 것이라면 반드시 패할 것이오!"

　"나도 그리 생각하오. 그간 무모하기 짝이 없는 강행군에 전병사들이 지칠 대로 지쳐 버렸소이다. 알다시피 장안에선 승상을 비롯한 이사장군의 가족들이 역모로 몰살당했다지 않소? 혹시 이사장군이 딴마음을 품고, 우리를 흉노에 팔아넘기려는 게 아닌지 모르겠소이다……"

　"설마……. 그럴 리가요? 만일 그렇다면 이렇게 앉아서 당하고 있을 수는 없는 일이오! 어쩌면 우리가 함께 이사장군을 체포해 버리고 사태를 서둘러 수습해야 할지도 모르겠소!"

　그렇게 장수들끼리 모여 수군수군하는 사이 이사장군도 군영의 수상한 낌새를 알아차렸다. 자신의 지도력에 위기감을 느낀 이광리가 한발 먼저 손을 썼다.

　"여봐라! 쓸데없는 소문을 퍼뜨리고 다니면서, 명령을 어기고 반란을 획책하려는 놈들이 있다. 이놈들을 지금 당장 잡아들여라!"

　이광리가 급하게 장사를 체포하여 참형에 처하는 강수를 둔 끝에 내부의 동요를 잠재울 수 있었다. 그러나 내심 장수들의 의심과 반발을 의식한 나머지, 형식적인 작전회의를 거쳐 비로소 철군을 결정했다. 漢군이 그렇게 회군해 질거수 상류인 연연산燕然山에 도착했을 무렵, 하필이면 질거수 쪽을 지원하러 오던 선우의 정예 병력과 마주치게 되었다. 호록고선우가 추상같은 공격 명령을 내렸다.

"지금 눈앞에 한적들이 나타났다. 적들은 지금 먼 원정길과 앞선 전투로 몹시 지쳐 있다. 가차 없이 공격을 퍼부어라. 즉시 공격 나발을 불어라!"

"뿡, 뿌우웅!"

선우의 5만 정예기병이 벼락처럼 공격해 오자, 漢군도 결사적으로 저항에 나섰다. 험준한 연연산 계곡에서 양측의 대군이 밀고 밀리는 대량 살육전이 열흘간이나 이어졌고, 그 와중에 수많은 사상자가 속출했다. 초조하게 상황을 지켜보던 호록고선우가 재빨리 또 다른 명령을 추가했다.

"절대 한적이 달아나게 하면 안 된다. 오늘 밤 어둠을 이용해, 한군 부대 앞에 수 척 깊이로 너른 참호를 파도록 하라! 참호가 완성되는 대로 내일 아침, 한군의 후방을 공격해 적들을 참호로 밀어 넣고 빠뜨릴 작정이다. 어서 작업을 서둘러라!"

밤샘 작업 끝에 해 뜨기만을 기다리던 선우의 기병대는 이튿날 날이 새자마자, 漢군의 후방을 집중적으로 공격했다. 흉노군의 공세에 앞으로 달아나던 수많은 한군 병사들이 대참호에 빠지면서 일대 혼란에 휩싸였다. 드높은 계곡에서 한나절 벌어진 사투 끝에, 끝내 漢군의 대참패라는 결과가 드러났다. 막다른 골목에 몰렸던 이사장군 이광리는 장렬한 전사는커녕, 슬그머니 훈족에 투항하는 길을 택하고 말았다. 무려 10만에 달하는 한군 병사들이 전멸했다는 〈연연산전투〉는 漢나라 개국 이래 미증유의 참패로 기록되었다. 그러나 실제로는 많은 병사들이 이광리와 함께 훈족에 투항했을 가능성이 훨씬 커 보였다.

그 무렵 마통은 포노수 서쪽에서 흉노 좌현왕을 공격하면서 천산에 도착했다. 흉노의 좌현왕이 대장 언거와 좌우 호지왕에게 2만 기병으로 맞서게 했으나, 이들은 漢군의 기세에 눌려 곧바로 달아나고 말았다. 이 때 무제는 이사장군이 대군을 이끌고 북쪽 흉노 땅 깊숙이 들어갔다는 보고를 받고, 내심 이광리를 의심하기 시작했다.

　불안해진 마음에 갑자기 무제는 훈족의 속국인 차사국이 마통의 퇴로를 차단할 우려가 있다고 판단했다. 생각이 여기까지 미친 무제가 급히 개릉후 성만成娩을 보내 〈차사국〉을 치게 했다. 흉노에서 투항해 온 성만은 〈누란〉, 〈위리〉, 〈위수〉 등 인근의 6개 소국으로부터 신속하게 병사들을 차출했다. 노련한 장수였던 그는 이들 연합군을 거느리고 재빨리 〈차사국〉을 포위해 항복을 받아내는 데 성공했고, 끝내 그 왕과 백성들을 잡아 귀환했다.

　이와 달리 10년 만에 선대로부터의 숙적 무제를 꺾은 호록고선우는 의기양양했다. 그는 훈족에 투항한 漢군 총사령관 이광리를 귀하게 여기면서 자신의 딸을 처로 주고 극진하게 우대했다. 자신의 십만 대군을 전멸시킨 적국의 패장에게 주는 대접치고는 누가 보아도 지나치게 융숭한 것이었다. 이광리 또한 아무 일도 없었다는 듯이 호의호식을 누리고 있었다.

　그때 선우 왕정에는 漢나라의 사신으로 왔다가 훈족에 투항했던 정령왕丁零王 위율衛律과 장군 이릉李陵이 있었다. 모두 비슷한 처지이긴 했지만, 특별히 위율이 이광리의 행태를 못마땅한 시선으로 예의주시하고 있었다. 게다가 선우가 무제의 처남이자 한나라 최고위 출신인 이사장군을 총애하다 보니, 위기를 느끼고 있었다. 마침 선우의 모친인 大연지가 병이 들자, 위율이 훈족의 무당을 매수해 이광리를 무고하게 했다.

　"대선우께서 전에 출전의 제를 올릴 때마다 이광리를 잡아서 사당에 바치겠다 하지 않았습니까? 모후께서 중병에 드신 것이 그 약속을 지키지 않아서 생긴 일일 수도 있습니다."

결국 날벼락을 맞고 체포된 이광리가 길길이 뛰며 악다구니를 퍼부었다.

"날 죽이면 훈은 반드시 망하고 말 것이다!"

그러나 어쩐 일인지 호록고는 이광리를 가차 없이 죽여 버리고, 그의 시신을 사당에 바치고 말았다. 이광리는 그렇게 흉노 투항 1년 만에 흉노 땅에서 제물의 신세가 되어 허망하게 죽고 말았다.

그는 중산 사람으로 미천한 신분이었지만, 그의 형인 이연년李延年을 비롯해 온 가족이 창唱(노래)을 하는 뛰어난 예능인들이라, 무제의 누이인 평양공주 집에 드나들 정도였다. 그의 여동생이 바로 경국지색傾國之色으로 알려진 이연李姸(이부인)으로, 무제가 그녀를 총애한 덕에 하루아침에 장군이 되어 출세 가도를 달렸다. 그 과정은 마치 종의 신분에서 누이인 위자부의 덕에 어느 날 장군으로 등용되었던 위청衛靑의 일생과 너무도 비슷하고 극적인 것이었다.

이광리를 죽음으로 내몬 위율은 원래 漢족이 아닌 흉노 출신으로 알려졌는데, 후일 훈족 선우의 후계자 문제에 개입할 정도로 정치력이 뛰어난 인물이었다. 무제를 압도할 정도의 권력과 정보력을 지닌 호록고 선우가 단순히 무당의 말에 따라 이사장군을 죽였다는 것은 다소 납득하기 어려운 대목이었다. 깊고 깊은 연연산 계곡에서 이광리와 호록고 사이에 무슨 일이 있었는지, 또 위율과 호록고 사이에서 또 다른 교감은 없었는지 알 수 없는 일이었으나, 장안에 남은 이광리의 일족은 멸문지화를 당하고 말았다. 李씨 남매가 장안의 황궁에서 고관대작들과 어울리며 호의호식하던 시절은 한낱 봄날의 단꿈 같은 것이 되고 말았다.

漢무제는 2년 전 〈천산전투〉의 패배에 이어 재차 호록고선우에게 참패를 당하자 크게 위축된 나머지, 이제 전쟁 수행 의지를 완전히 상실하고 말았다. 朝鮮에 이어 서역西域 원정을 감행한 이후, 10여 년 전부터 흉노와의 전쟁이 재개되었으나, 아선우와의 싸움을 비롯한 4차례의 대규모 전쟁에서 단 한 번도 흉노를 꺾지 못했고, 대부분 참패로 끝났기 때문이었다.

그의 강철 같은 의지와 상관없이 漢나라는 너무도 오랜 전쟁으로 인구가 줄어들고 국력이 크게 허약해져, 더 이상의 전쟁을 수행할 형편이 되지 못했다. 늙고 힘이 빠진 무제는 그때부터 대신들의 건의를 받아들여, 농경과 목축에 힘쓰고 생산을 장려하는 외에 국방을 재정비하는 일에 주력했다. 이제는 승자의 위치에 서게 된 호록고선우가 거드름을 피우며 무제를 도발했다.

"南에는 大漢이 있고, 北에는 강호强胡가 있다. 천지교자天地交子(하늘과 땅의 아들)이다. 자잘한 예의범절로 서로를 귀찮게 하지 말고, 이제 漢나라와 함께 어려움을 극복하고자 한다. 처로 삼을 만한 한나라 여인과 함께, 매년 약주 일만 석, 직미 오천 곡, 각종 비단 일만 필을 보내오라! 이는 옛날의 약속 그대로이니, 이를 지키면 변방이 안전할지어다!"

오만불손하기 그지없는 서신에도 漢나라는 도무지 이에 저항할 힘이 없었다. 번번이 사신을 보내서 달래려 애썼으나 원만하게 해결되지 못했다.

어이없게도 그런 〈흉노〉 역시 전쟁을 수행할 여력이 없기는 漢나라와 매한가지여서, 기껏 우쭐거리고 뻐기기는 했으나 정작 병력을 모아 남하하지는 못했다. 결국 쌍방은 누구부터랄 것도 없이 다시금 휴전 상태로 접어들었다. 이로써 호록고와의 싸움은 사실상 무제가 평생에 걸

처 치렀던 〈한훈漢薰전쟁〉의 마지막 전투로 기록되고 말았다.

사실 무제는 2년 전 궁 안에서 벌어졌던 2차례의 무고巫蠱(남을 저주) 사건으로 정신적으로도 커다란 시련을 겪었다. 1차 무고는 BC 92년 11월에 승상 공손하의 아들 태복 공손경성公孫敬聲과 무제의 친딸 양석陽石공주가 몰래 사통한 것이 발단이었다. 이 일로 공손하 부자는 물론, 무제의 두 딸인 양석공주와 제읍諸邑공주, 위청의 아들이자 공주들의 사촌인 위항마저 모두 사형에 처해졌다.

위황후(위자부)의 동생 위청은 BC 124년 대장군이 되면서 자신의 옛 주인이었던 평양공주와 재혼까지 했으나, 이후 위세를 잃고 BC 106년에 쓸쓸히 사망했다. 그가 죽자 그의 세 아들 모두 후侯의 지위를 박탈당하고 죽음을 맞이하면서, 하늘을 찌를 듯하던 위衛씨 일가도 하루아침에 몰락하고 말았다.

그 무렵 말년에 이른 무제가 장생불로술術과 함께, 귀신과 신선神仙사상에 깊게 빠져드는 바람에, 궁 안에 방사와 요술을 부리는 무당들의 출입이 잦아졌다. 이 또한 마치 중원을 통일하고 나서 최고의 권력을 누리던 진시황이 말년에 보였던 행태와 너무도 흡사한 것이었다. 그때 무제가 북방 순행 도중 어느 방사의 추천으로 데려왔다는 구익鉤弋부인이 아들을 낳으니 불릉弗陵이라 이름 지었는데, 무제의 나이 칠십이 다 되어 일어난 일이었다. 당시 강충江充이란 자가 구익부인의 천거에 힘입어 무제의 환심을 크게 얻었는데, 강고한 태자가 이를 못마땅하게 여겼다. 태자가 머지않아 황제에 오를 것이라는 사실에 불안을 느낀 강충이 음모를 꾸며 태자를 밀고했다.

"태자 유거劉拒가 황상을 저주했음이 드러났습니다!"

터무니없는 무고에 분노한 태자가 즉시 강충을 잡아 사형에 처하고,

자신은 장락궁長樂宮에서 농성했다. 소식을 들은 무제가 관군을 동원해 장락궁의 태자를 공격하게 했는데, 이를 지휘한 사람이 하필이면 이광리의 사위인 승상 유굴리였다. 어쨌든 5일간의 전투 끝에 장락궁이 무너지고, 결국 태자가 목을 매 숨졌다. 그러자 그의 생모인 위황후(위자부)마저 자살로 비극적 생을 마감했고, 이 일로 태자의 장성한 두 아들은 물론, 수만 명이 연루되어 죽임을 당했다. 나중에 강충의 무고 사실을 알게 된 무제가 후회한들 비극은 이미 돌이킬 수 없는 것이었다. 이 엄청난 광풍을 2차 〈무고의 화禍〉라 불렀는데, BC 91년의 일이었다.

장안의 어수선한 분위기에 아랑곳하지 않고, 그 무렵 서역으로 파견나간 관리들로부터 윤대輪臺縣(위구르 일대)의 광대한 땅에 둔전을 확대하고 요새를 짓도록 병력을 증파해 달라는 요청이 끊임없이 날아들었다. 그러나 이 모든 것이 백성들을 노역으로 힘들게 하는 부질없는 짓이라 생각한 무제가 BC 89년 6월, 조서를 내리고 지난날의 잘못을 참회하는 글을 발표해 세상을 놀라게 했다.

"윤대의 둔전 확대, 정자나 요새를 짓는 일은 세상을 소란스럽고 수고롭게 하는 것으로, 백성을 우대하기 위한 것이 아니다. 짐이 즉위한 이후 망령되고 그릇된 일을 많이 저지른 탓에 천하의 백성들을 근심케 하고 고통스럽게 했다. 후회막급이다. 오늘 이후 백성을 힘들게 하고, 국가의 재력을 낭비하는 일을 일체 중단하겠노라!"

무소불위의 권력을 휘두르던 황제의 솔직한 반성과 비장함마저 묻어나는 이 글이 바로 漢무제의 참회록이나 다름없는 〈윤대의 조서詔書〉였다.

무제는 그야말로 전쟁의 화신과도 같은 삶을 살았다. 황제 재위 54년 동안 무제가 시도한 흉노 원정만 무려 12차례였으니, 실상 쌍방 간에는 훨씬 더 많은 수십 번의 전쟁을 치러야 했을 것이다. 그토록 강력했던 황제가 말년에 모든 것이 백성들을 힘들게 한 것이라며 후회하고, 이를 참회하는 고백을 한 셈이었다. 무제가 조세를 가볍게 하고, 대전법과 함께 우경과 쟁기를 널리 보급해 농업 생산을 획기적으로 증대시키니, 백성들이 모두 좋아하고 편안하게 생각했다.

3. 흉노인 김일제

BC 121년 봄, 무제는 서역으로 통하는 길을 내고자 대장군 위청과 청년장군 곽거병을 출정시켜 하서주랑의 정벌에 나섰었다. 그때 표기장군 곽거병이 연지산을 지나 휴도왕이 지키던 〈제천금인祭天金人〉상을 탈취해 왔다. 그해 가을 훈족의 혼야왕이 휴도왕을 살해하고, 漢나라에 투항하면서 4만여 훈족을 포로로 데려왔는데, 그 속에는 휴도왕의 부인인 연지(알지)와 두 아들이 포함되어 있었다.

당시 휴도왕의 맏아들이 14살이었는데, 휴도왕이 투항하지 않고 살해된 탓에 이들은 漢나라 궁정에서 말을 키우는 노비의 신세로 전락했다. 휴도왕의 연지는 자식들이 분노와 원망을 누르고 위기를 극복해 세상에 살아남을 수 있도록 엄하게 훈육했다.

"우리가 한나라에 투항하지 않고 설령 선우에게 돌아간다 해도, 온 집안사람들이 죽임을 당하지 않을 수 없게 되었다. 지금은 비록 노비의 신세라지만, 그래도 한나라 천자는 우리의 목숨만큼은 살려 주지 않았더냐? 우리가 사람인 이상 이를 당연히 고마워하고 너그러운 마음으로 사람들을 대해야 할 것이다! 쓸데없는 분노와 원망은 명을 재촉할 뿐이다. 오직 살아남는 것이 중요하다. 그리하다 보면 언젠가 좋은 날이 반드시 올 것이다……"

"네, 어머님 명심하겠습니다!"

휴도왕의 자식들이 이렇게 선한 마음가짐으로 궁정의 말을 기르는 부서인 황문黃門에 배속된 채, 정성껏 어마御馬를 돌보며 몇 해를 지내다 보니 어느덧 장성하여 청년이 되었다.

그러던 어느 날, 후궁에서 연회를 베풀며 즐기던 무제가 들뜬 마음에 뜬금없이 말馬을 보겠다고 했다. 당연히 무제의 곁에는 아름답고 화려하게 꾸민 비빈들과 궁녀들이 잔뜩 따라다녔다. 마방에서 일하는 사람들이 끌고 오던 말에 신경 쓰기보다는, 넋이 나간 채 화려한 비빈들과 궁녀들을 훔쳐보기에 바빴다. 그러나 오직 연지의 맏아들만큼은 일체 곁눈질조차 하지 않았다. 그의 8척이 넘는 큰 키와 건장한 체구, 기품 있는 외모가 눈썰미 좋은 무제의 눈에 들어왔다. 게다가 그가 기른 말은 유난히 살이 오르고 상태가 좋아 그가 어딘가 특별한 사람이라는 인상을 주기에 충분했다. 무제가 그를 불렀다.

"네가 기른 말이 유독 상태가 좋아 보이는구나! 너는 어디 출신이냐? 무얼 하던 자이냐?"

"황공하옵니다, 폐하! 소인은 흉족 출신입니다. 저의 아비는 흉족왕이었던 휴도왕이옵고, 저는 그 왕자였습니다. 포로로 끌려와 궁 안에서 말들을 돌본 지 몇 해 되었습니다! 폐하의 하해와 같은 아량으로 목숨을 부지해 지금 어미와 동생과 같이 지내고 있습니다."

"무어라? 지금 그 말이 모두 사실이렷다? 휴도왕이라면 흉노 소도의 제천금인을 지키던 왕을 말함이 아니더냐?"

무제의 이런저런 질문에 휴도왕의 아들이 사실대로 답을 하니, 무제는 내심 놀랍고도 기이한 인연이라는 생각에 마음이 끌리고 말았다.

"휴도왕의 왕자라니⋯⋯. 정녕 놀라운 얘기로다, 여봐라! 이자를 지금 바로 목욕시키고 의관을 내려 준 다음 대령케 하라!"

기분이 좋아진 무제가 즉석에서 명령을 내리니, 주변의 비빈들과 궁녀를 포함한 모든 이들도 호기심에 웅성거리며 놀라워했다. 의관을 차려입고 깔끔한 모습으로 다시 나타난 흉노 왕자는 분명 말똥이나 치우는 노예의 얼굴이 아니었다. 잘생기고 준수한 용모가 무척이나 마음에 든 무제가 그를 전격 발탁해 마감馬監으로 임명했다.

"하나가 더 있느니라. 너의 부친인 휴도왕이 금인金人으로 하늘에 제사를 지내던 자였으니, 너의 성씨를 이제부터 김金씨로 하라!"

그렇게 무제로부터 직접 金씨 성을 하사받게 된 흉노 왕자는 김일제金日磾라는 새로운 이름을 갖게 되었고, 그의 아우도 김윤金倫이라 불리게 되었다. 하루아침에 황제의 눈에 띄어, 이제 김일제는 노비의 신세에서 관리로 신분이 격상되는 믿기 어려운 일이 벌어졌다. 그는 꿈을 꾸는 기분으로 연지에게 달려가 모든 사실을 알렸다.

"어머니, 황제폐하께서 저를 마감으로 발탁하셨고, 김씨 성까지 하사하셨습니다. 이제부터 우리는 노예가 아닙니다, 그동안의 고생이 끝났습니다! 어머니, 흑흑!"

"오오, 정녕 이게 꿈이 아니란 말이냐? 하늘이 우리를 버리지 않으신 게로구나! 장하구나, 내 아들아! 조상신이시여, 감사합니다!"

김일제는 특유의 성실함과 겸손함으로 본분을 지키며 맡은 일을 잘 수행했다. 혈기 방장한 젊은 나이임에도 스스로 절제하고 주위 사람을 배려할 줄 아는 이런 태도는 분명 그의 모친인 연지의 교육에서 비롯된 것이었다. 당시 장건張騫이 서역을 두 번 다녀오면서 비단길을 개척했다는데, 漢황실이 옹주 세군細君을 비妃로 보내 준 데 대해 오손烏孫王 곤막昆幕이 1천 마리의 명마名馬를 답례품으로 보내왔다. 무제가 이를 아껴 천마天馬라 부르며 애지중지했는데, 황문랑黃門郞에 오른 김일제가 책임을 지고 이들 천마를 보살폈다.

무제는 그런 김일제를 날이 갈수록 아낀 나머지 천금千金까지 하사했고, 마침내 그를 시중侍中으로 승진시켜 더욱 가까이 두었다. 무제가 궁 밖을 나갈 때마다 일제가 가마의 호위를 맡았다. 한편으로 무제는 자신을 원수로 여겨야 하는 휴도왕의 아들을 곁에 둠으로써, 자신의 무한한 포용력과 인품을 주변에 과시하려 했는지도 모를 일이었다.

무제의 일제에 대한 총애는 여기서 그치지 않았으니, 어느 순간 김일제는 부마도위를 거쳐 광록대부의 자리까지 승진해 있었다. 흉노의 포로였던 노비 출신에서 차례차례 진급해 구경九卿의 자리까지 올라간 사례가 처음 있는 일이라 조정과 재야의 화젯거리였으며, 당연히 주변의 끝없는 질시와 불만을 사게 되었다. 사람들이 말했다.

"황상께서 적국의 오랑캐 놈한테 눈이 머신 게지, 어쩌면 저리도 파격적으로 우대하실 수가 있을까?"

그러나 무제는 전혀 개의치 않고 일제를 더욱 신임하면서 중용했다.

김일제의 지위가 올라 귀한 신분이 된 뒤에야, 무제는 비로소 일제로부터 그의 모친인 연지의 좋은 가르침 때문에 여기까지 올 수 있었다는 얘기를 듣게 되었다. 이에 적지 않게 감동한 데다, 한때 연지라는 고귀한 신분의 여인이 자신이 일으킨 전쟁으로 남편을 잃고 삶 자체가 나락으로 떨어지게 된 데 대해 미안한 마음이 들었던가 보다. 무제는 일제의 모친에게도 많은 상을 하사하며 각별한 관심을 표했다.

그 후 일제의 모친이 세상을 떠나자, 무제가 화공을 불러 그녀의 초상화를 그리게 했다. 무제가 연지의 초상화를 감천궁에 걸게 하고, 그 옆에 '휴도왕비 연씨상像'이라는 글씨를 붙여 두게 하니, 일제는 매번 어머니의 초상 앞을 지날 때마다 엎드려 절한 다음 실컷 울고는 자리를 뜨곤 했다고 한다.

일제의 부친인 휴도왕은 훈족의 소도蘇塗(부도符都)를 관리하던 왕으로 일종의 제사장급이었으니, 소도신앙의 원리와 철학체계를 누구보다 훤히 꿰고 있었을 것이다. 이〈소도신앙〉은 바로 고조선의〈단군신앙〉을 의미하는 것으로, 휴도는 천신天神을 모시는 신성한 지역을 뜻했으며, 부도의 또 다른 발음에 다름 아니었다. 소도신앙은 이후로 한반도를 거쳐 일본 열도로 건네졌다는데, 오늘날 일본의〈신사神社〉가 바로 소도의 원형을 따른 것이라고도 했다.

훈족의 소도에서는 특별히 사람 크기의 신상神像을 귀중한 金으로 제작해 모셨다. 그것이 바로 저 유명한〈제천금인상祭天金人像〉으로, 휴도왕이 漢의 곽거병에게 빼앗긴 것이었다. 이런저런 이유로 일설에는 감천궁甘泉宮이야말로 바로 漢나라 황실이 은밀하게 조성해 놓은 소도였다는 말도 있었다. 감천궁은 섬서 운양雲陽에 위치한 궁전으로 BC 220년경 秦시황이 짓기 시작해 漢무제 때 완성되었다고 했다. 12개의 궁전으로 이루어져 둘레가 십여 리에 달할 정도로 크고 웅장하며, 3백 리나 떨어져 있는 도성 장안長安이 보인다고도 했다.

이 때문에 감천궁을 소도로 조성한 것은 진시황 때부터라는 주장도 있다. 실제로 진한秦漢시대의 황제들과 그 가족들은 감천궁을 일종의 피서지 겸 황실 산장처럼 여겨 자주 들렀다. 또한 일찍부터 이곳을 신성한 환구圜丘(하늘)로 삼아 황실의 가족과 나라의 안녕을 기원하며 하늘에 기도했으니, 전혀 근거 없는 이야기도 아닌 듯했다. 무제가 김일제를 가까이 두고 그 모친인 연지를 귀하게 여긴 이유 중의 하나도, 어쩌면 일제가 휴도왕의 아들로 소도신앙을 누구보다 잘 아는 인물이었기 때문인지도 모를 일이었다.

김일제는 어린 두 아들을 두었는데, 모두 총명한 데다 활달한 성격이라 사랑스러웠다. 무제가 두 아이를 무척 예뻐해서 노리개나 다름없는 농아弄兒로 삼아 곁에 두고 자신을 모시게 했다. 어느 날 김일제의 아들이 뒤에서 무제의 목을 끌어안고 애교스러운 장난을 쳤는데, 일제가 그 모습을 보고 깜짝 놀라 아들을 노려보았다. 아비의 꾸짖는 눈빛에 무서워진 아들이 엉엉 울면서 뛰쳐나가니, 오히려 무제가 지나치게 엄하다며 일제를 나무라는 일도 있었다.

이토록 지나친 황제의 총애 속에 궁정에서 제멋대로 자란 일제의 큰아들은 성년이 되어서도 방자한 성격을 버리지 못했고, 어전에서 공공연하게 궁녀들을 희롱하기까지 했다. 어느 날 우연히 그 모습을 지켜보던 일제가 아들의 음탕한 농지거리에 화를 참지 못하고, 그 자리에서 자식을 죽여 버리고 말았다.

"뭐라, 일제가 농아를 죽였다고? 아니, 이자가 실성을 했나. 어찌 장성한 제 자식을 죽일 수 있단 말이냐? 일제를 당장 잡아들여라!"

황당한 소식에 크게 놀란 무제가 급히 일제를 불러 화를 내며 나무랐다. 그런데 정작 일제가 눈물을 흘리며 자식을 죽여야만 했던 연유를 말하자, 무제가 애통하고 아쉬운 마음에 같이 눈물을 흘리고 말았다. 자식을 죽일 정도로 황제의 존엄과 대의명분을 중시하는 일제의 깊은 충심 앞에서 무제는 감동하지 않을 수 없었고, 일제를 더욱더 신임하게 되었던 것이다.

김일제는 몇십 년을 무제의 곁에서 지냈지만 사소한 잘못 하나라도 저지르지 않았고, 심지어 무제가 그에게 상으로 내린 궁녀마저도 가까이하지 않을 정도로 자신을 다스리는 데 철저했다. 무제가 그런 일제의 딸을 후궁으로 들이려 했으나, 김일제는 그마저도 완곡하게 거절했다. 행여 외척의 신분이 되어 권력을 행사하게 될까 하는 염려 때문이었다. 무제가 그런 그를 어찌 신임하지 않을 수 있었겠는가? 그렇게 둘은 서로를 존중하면서 나이를 먹고 늙어 갔다.

그러던 중 무제가 66세 되던 BC 91년에 〈무고의 화〉가 터지고 말았다. 환관인 시중복사 망하라莽何羅와 강충江充은 매우 두터운 친분을 가진 사이였다. 그때 강충은 태자 유거劉據를 무고로 모함했고, 망하라의 동생 망통은 태자를 추격해 죽인 공으로 중합후라는 작위까지 받았다. 훗날 강충의 무고와 그 진상이 백일하에 드러나자 무제가 강충 일족과 그 일파 모두를 숙청해 버렸다.

일이 이쯤 되자 망씨 형제들은 자신들도 연루될 것을 염려해 하루하루가 좌불안석이었다. 그즈음 무제는 오랜 전쟁에 지치고 늙은 데다, 두 차례의 무고 사건으로 혈육을 내치는 비극을 겪으면서, 매사에 의욕을 잃은 지 오래였다. 이미 1년 전에는 앞으로 일체 전쟁을 중지한다는 〈윤대의 조서〉를 발표하기까지 했다. 황제의 나약한 모습을 확인한 망莽씨 형제들이 모여 급기야 무모한 음모를 꾸미려 들었다.

"아무래도 불안해서 아니 되겠다. 이런 때 주변에서 누구든지 우리 형제들을 밀고라도 하는 날이면, 황제는 당장이라도 우리를 죽이려 들 것이다……"

망하라가 걱정을 늘어놓자, 그 아우들이 맞장구쳤다.

"맞습니다, 형님! 황제가 쇠약해져 매사에 심드렁한 이때 차라리 우리가 선수를 칩시다! 다행히 우리는 황제 가까이 접근할 수 있으니 적당한 때를 보아 황제를 암살해 버립시다!"

"그렇습니다! 이렇게 불안한 나날을 이어 가느니, 과감하게 화근 덩어리를 없애 버립시다. 암살에 성공한다면 오히려 좋은 반전의 기회를 만들 수도 있을 것입니다!"

그리하여 망씨 형제들이 은밀하게 황제 암살이라는 대범한 계획을 세웠다.

그때 무제의 곁에는 수십 년간 그를 모신 부마도위 김일제가 있었다. 그는 망씨 형제들의 수상한 움직임을 포착하고는 그들을 살피고 미행하는 동시에, 밤낮없이 무제의 곁을 지키며 경호를 게을리하지 않았다. 김일제가 자신들을 경계하는 것을 눈치챈 망씨 형제들도 한동안 행동으로 움직이지 못하고, 궁 안을 주시하면서 기회만을 엿보고 있었으니, 그사이 팽팽한 긴장감이 궁정을 맴돌았다.

그러던 BC 88년 6월 어느 날, 무제가 임광궁任光宮에 행차했는데 그날 따라 김일제가 몸이 좋지 않았지만 퇴청을 마다한 채 궁 안에서 당직을 서고 있었다. 이튿날 새벽, 무제가 채 깨기도 전에 소매 안에 날카로운 비수를 숨긴 망하라가 무제의 침실 문 안으로 몰래 들어섰다. 그 순간 일제와 딱 마주친 망하라가 너무 놀란 나머지 황급히 무제의 침실을 향해 돌진했는데, 그만 벽에 걸린 거문고에 걸려 넘어지고 말았다. 일제가 몸을 던져 바닥에 쓰러진 망하라를 덮친 다음, 크게 소리 질렀다.

"반란이다! 망하라가 반란을 일으켰다!"

큰 소란에 놀란 무제가 깨어났고, 호위병들이 달려와 망하라를 체포했다. 결국 망하라 형제들은 모두 처형을 당했고, 자객으로부터 무제를 구한 김일제의 명성과 충성심, 높은 절개가 또 한 번 널리 회자되었다.

태자 유거가 38세의 나이에 자살했기에 이제 무제에게는 세 아들만이 남게 되었다. 무제는 그중 자신의 외모를 가장 많이 닮았다는 구익부인 조씨趙氏의 소생 불릉弗陵을 제일 마음에 들어 했다. 늙고 병든 무제는 결국 겨우 7살 먹은 막내아들 불릉을 천자의 지위에 올리기로 마음먹고 태자에 봉했다. 그러나 불릉의 나이가 아직 어린 나머지, 행여 자기가 죽은 다음 그 생모가 아들을 대신해 조정을 간섭할까 걱정되었다. 궁리 끝에 무제는 불릉의 친모인 구익부인을 모함해 역모로 몰아붙인 다음, 운양궁雲陽宮에서 자결하게 했다.

태자의 모친을 죽이는 황제의 냉혹한 행위에 신하들이 조심스레 그 이유를 묻자, 무제가 답했다.

"나라에 혼란이 일어남은 대부분 황제가 무능하거나 어린 것이 원인인데, 불릉의 어미는 젊고 힘이 넘친다. 짐이 죽고 난 뒤 태자의 어미가 교만해져 태후라는 이름으로 음란한 일을 저지른다면 누가 막을 수 있겠느냐? 그대들은 여후呂后의 일을 벌써 잊었는가?"

자식이 귀해지면 어미가 죽는다는 소위 '자귀모사子貴母死'가 이때 생겨난 말이었다. 무제가 선보였다는 이 사례는 가혹하기 그지없는 것이었으나, 이후 후대에 널리 전해졌는데 주로 북방 선비족들이 받아들였으며, 특히 〈북위北魏〉의 왕위 계승 과정에서 자주 일어나곤 했다.

그 일 이후 어느 날, 무제가 봉거도위奉車都尉 곽광霍光을 불렀다. 곽광은 무제가 그토록 아끼던 표기장군 곽거병의 배다른 동생이었다. 곽거병의 생모 위소아가 평양공주 댁 일을 보다가, 현리 신분으로 평양후 집에서 심부름하던 곽중유와 눈이 맞아 낳은 자식이 거병이었다. 얼마 후 임기를 마친 곽중유는 집으로 돌아가 새장가를 들었고, 이후 얻은 아들이 곽광이었다. 위소아는 여동생 위자부가 황후가 되면서 진평의 손자인 진장과 사통했는데, 무제는 이들까지도 귀한 신분으로 만들어 주었다.

장성한 곽거병이 장군이 되어 흉노 토벌을 위해 출정하던 길에 하동군을 지나게 되었는데, 그때 생부인 곽중유를 찾았다. 그 즉시 달려온 곽중유를 향해 거병은 무릎 꿇고 절을 올려 생부를 맞이하면서 인사를 올렸다.

"거병이 대인의 골육임을 일찍 알지 못하였습니다……"

당황한 곽중유가 바닥에 꿇어앉아 머리를 조아리며 답했다.

"이 늙은이가 장군의 몸에 생명을 주게 된 것도 모두 하늘의 은혜였습니다……"

곽거병은 일단 생부에게 많은 땅과 집, 노비를 사 주고 떠났는데, 전쟁을 마치고 회군하는 길에 다시 생부에게 들렀을 때 이복동생인 곽광을 장안으로 데리고 왔다. 열 살에 불과했던 곽광은 곧바로 낭郎으로 임명되었고, 얼마 후 제조시중諸曹侍中으로 승진했다. 거병이 죽은 뒤에도 봉거도위 겸 광록대부에 봉해져 황제의 마차를 관리했고, 입궁 뒤에도 황제를 최측근에서 20여 년을 모셨다. 그러면서도 그저 그런 자신의 출신을 생각해 김일제처럼 행동을 삼가고 실수를 하지 않으니, 곽광 또한 무제의 두터운 신임을 얻고 거듭 중용되었다. 곽광과 김일제는 무제의 최측근에서 호위무사처럼 황제를 보호하던 쌍두마차나 다름없었다.

그즈음 무제는 내시부의 화사畵史에게 명하여, 주공周公이 나어린 성왕成王을 안은 채 여러 제후들의 알현을 받는 그림을 그리게 했다. 이후 무제의 호출에 곽광이 득달같이 달려오니, 무제가 이 그림을 내보이며 선물로 하사해 주었다. 이듬해인 BC 87년 2월, 漢무제가 오작궁五柞宮에

쉬러 갔다가 병이 중해져 눕고 말았다. 수행하던 곽광이 눈물을 펑펑 흘리던 중에도 조심스레 여쭈었다.

"흑흑, 혹시라도 황상께 변고가 생기면 황위를 물려받을 분은 누가 되시는 것입니까?"

그러자 물끄러미 곽광을 바라보던 무제가 힘없이 답했다.

"짐이 하사했던 그림의 뜻을 아직도 모르겠느냐? 짐의 막내아들을 황제로 삼고, 경은 주공처럼 어린 군주를 보좌하라!"

이 말을 들은 곽광이 바닥에 머리를 찧고 사양하면서, 곁에 있던 김일제를 추천하고 나섰다. 그러자 김일제가 아뢰었다.

"아니 됩니다, 황상! 신은 흉노가 아니옵니까? 그러니 봉거도위께서 더없이 적합한 대신입니다!"

침상에 누운 무제가 일제의 말을 듣고는 빙그레 힘없는 웃음을 지어 보이며 명했다.

"곽광을 대사마대장군에 임명한다. 김일제를 거기車騎장군에 임명한다. 대복상 상관걸上官桀을 좌장군에, 소속도위 상홍양桑弘羊을 어사대부로 임명한다……. 그리고 경들은 부디 어린 황제를 잘 보좌하라!"

이들 4인은 모두 무제의 침상 앞에 엎드려 황제의 유지를 받은 고명대신顧命大臣이 되었다. 이튿날 재위 54년 만에 무제가 오작궁에서 눈을 감으니 그의 나이 71세였다. 8살 어린 태자 유불릉劉弗陵이 황제에 오르니, 漢소제昭帝였으며, 이후 漢나라의 모든 정무는 사실상 곽광이 주도하게 되었다.

고대국가에서 전쟁은 필연적인 것이었다. 국가의 형성과 발전 과정에서 토지와 영토의 확보가 기본이기 때문이었다. 그러나 전쟁은 엄청난 파괴와 함께, 당대 백성들을 살상과 노역에 시달리게 하므로, 어느 시대를 막론하고 주변에서는 대부분 반대하기 마련이었다. 그러므로 오직 누구도 따를 수 없는 강철 같은 의지를 지닌 지도자만이 전쟁을 수행할 수 있는 법이었다.

漢무제 유철劉徹은 전쟁의 화신 그 자체로, 최강의 강골 기질을 지닌 군주였다. 漢나라와 같은 시기에 일어났던 북방의 강호 薰국 또한 전통의 강호 朝鮮(동호)을 누르고 강력한 유목 제국으로 부상했다. 다만, 薰족의 정체성은 초원을 이동하는 유목민의 삶이었고, 농경민족인 漢족들은 땅에 정착해 사는 상반된 것이었다. 계절마다 훈족은 漢나라를 탈취해야 했고 漢나라는 이를 지켜 내야 했으니, 양국 간의 충돌은 숙명처럼 불가피한 것이었다.

무제는 그런 훈족을 일생일대의 천적으로 여기고 초지일관 몰아붙였다. 그는 BC 133년 〈마읍작전〉부터 시작해서 BC 90년의 〈연연산전투〉에 이르기까지 무려 44년간, 12차례에 걸친 대규모 공식 출정을 감행했다. 그러면서도 드물게 장수長壽를 누리면서 재위 중 무려 8명의 흉노 선우와 전쟁을 치렀으니, 그 자체가 漢나라의 복福이었고, 훈족에겐 불운이었다. 공교롭게도 마지막 전투에서 무제가 참패하면서 겉보기에는 양쪽의 무승부처럼 끝이 났다. 그러나 훈족은 그 넓던 초원을 잃고 쪼그라들면서 돌이킬 수 없는 쇠락을 맞게 되었고, 잦은 선우의 교체는 훈족(흉노)을 분열의 길로 들어서게 했다.

漢나라 또한 피폐해지기는 마찬가지였다. 너무도 오랜 전쟁으로 사실상 漢군의 정예부대는 薰족과 벌인 전쟁 전반기 20년 안에 거의 사망해 버렸고, 그 바람에 이후로는 수많은 죄수들까지 동원해야만 했다. 영민하고 노련한 군주였던 무제는 이를 극복하고자 뇌물과 반간계를 동원해 상대국의 분열을 조장하는 첩보전에도 힘을 쏟았다. 무제는 마치

秦시황을 방불케 할 정도로 주변 민족들을 상대로 〈이이제이以夷制夷〉의 전술을 즐겨 사용했다. 창해왕 남려와 위씨낙랑의 우거왕, 남월왕 등이 이에 당했고, 숱한 훈족의 선우單于들이 그토록 단명한 것과도 무관하지 않았을 것이다.

漢나라는 또 북방의 훈족뿐 아니라, 서역의 여러 나라를 비롯해 〈남월〉과 동북의 〈조선〉에 이르기까지 사방에서 전쟁을 감행했다. 한나라 초기 인구가 4천만으로 추산되는데, 냉혹한 살육의 시대를 살다 간 무제의 백성들은 그의 말년에 이르러 거의 절반 수준인 2천만까지 줄어들었다고 했다. 그 와중에 〈위씨낙랑〉(조선)은 나라가 망하는 씻을 수 없는 치욕과 상처를 입고 말았다. 이후 古조선의 강역은 극심한 혼란기를 거쳐야 했으며, 漢에 맞설 만큼 다시 일어서기까지 백 년이 넘는 긴 세월이 흘러야 했다.

무제의 시대는 〈전국戰國시대〉에 버금가는 혼돈의 시대여서 사마천을 비롯한 많은 사학자들로부터 야박한 평가를 받았다. 무제의 숱한 과오에도 불구하고, 한편으로 그는 염철의 전매나 오수전과 같은 화폐 유통으로 상업을 일으켰다. 동시에 둔전屯田과 우경牛耕 등의 활성화로 농업을 발달시켰으며, 동중서董仲舒와 같은 유학자의 등용으로 학문과 지식을 축적하는 일에도 기여했다.

다만 그조차도 전쟁 수행에 드는 방대한 비용의 조달 수단에 다름 아니었고, 유학儒學 또한 충효를 강조하는 통치이념으로 활용된 측면이 강했다. 유교의 본질이 계급 신분사회를 고착시키는 것이다 보니, 유교는 무제 이래로 중국은 물론 아시아 대부분의 나라에서 제왕들이 선호하는 지배이데올로기로 확고하게 자리 잡게 되었고, 이는 서구 열강이 도래할 때까지 2천 년 동안이나 지속되었다.

또 하나 무제 시대에 가장 주목해야 할 사건이 있었으니, 이는 바로 《사기史記》라는 불세출의 역사서가 탄생했다는 점이었다. 《사기》는 무제에게 궁형을 당한 사마천司馬遷이 고집스럽게 집필한 것으로, 상고시대 황하 중류 지역의 나라들을 중심으로 쓴 역사서였는데, 결국 이 방대한 역사서가 중국 사서의 표준이 되었다. 바로 이 《사기》의 등장 이래 중국을 다스린 왕조가 수없이 바뀌었어도 역대 군주들은 한결같이 선대先代 및 당대當代의 역사를 돌아보고, 새로운 역사서를 집필하는 일을 결코 소홀히 하지 않았다.

그 과정에서 중국의 전제군주들은 자신들의 부끄러운 역사를 감추는 대신 자랑스러운 역사는 과장하거나 거짓으로 부풀리기 일쑤였고, 이는 소위 〈춘추필법春秋筆法〉의 전통으로 자리 잡았다. 나아가 중국인들은 자국의 역사에 머물지 않고, 주로 이웃 나라를 병탄하기 위한 대의명분으로 삼고자 상대국의 역사를 집요하게 훼손하거나, 심지어 자국의 역사로 편입하는 데 혈안이 되기까지 했다. 〈周〉의 건국 세력조차 서이西夷가 분명함에도 사마천은 황제黃帝(헌원)를 자신들의 시조로 설정함으로써 화하華夏의 개념을 만들고, 마치 이들이 동이東夷를 대신해 고대 상고사를 주도한 것으로 꾸몄던 것이다.

역사패권주의에 다름없는 이러한 행위는 오늘날까지도 〈역사공정工程〉이라는 이름으로 여전히 진행 중이다. 주목할 점은 이런 시도가 집단 전체의 탐욕에 의해서라기보다는, 주로 그 집단을 이끄는 소수 지도자 그룹의 과욕이나 광기에 의한 경우가 대부분이라는 점이다. 바로 역사가 이를 증명해 주고 있는 셈이고, 그러므로 인간의 이성과 문명이 지배하는 사회일수록, 그 나라의 지도자 그룹이 지닌 도덕적 감수성을 중요한 덕목으로 삼아야 하는 이유일 것이다.

전쟁은 기본적으로 물리적 힘인 국력에 의존하는 것이긴 하지만, 그 이전에 함께 사는 공동체의 정신을 하나로 묶는 정신적 결합을 전제로 하는 것이다. 그런 점에서 한 나라의 역사歷史는 그 공동체를 상징하는 국기國旗처럼 사람들의 마음을 묶고 그 정체성identity과 주체성autonomy을 공고히 해 주는 결정적인 힘의 원천이 아닐 수 없다. 한 나라의 패망은 곧 그 역사의 소멸을 의미한다는 점에서, 역사 관리의 실패는 곧 그 나라의 소멸을 뜻하는 것이기도 하다. 중국의 군주들이 그토록 남의 나라 역사에 간섭하려 한 이유가 여기에 있었고, 결국 세상에는 물리적 전쟁 외에도 보이지 않는 역사전쟁이 존재하기 마련인 것이다.

어찌 보면 중국이 요순堯舜시대 이래 수천 년 동안 수많은 왕조를 거치면서도 오늘날까지 그토록 너른 강역을 유지하고 있는 것은, 바로 중국인의 정신을 하나로 묶어 주는 역사 관리에 성공해 왔기 때문이며, 그 중심에 바로《사기》가 우뚝 자리하고 있는지도 모를 일이다.

그에 반해 朝鮮을 비롯한 이웃 나라들은 자신들의 역사서를 만들고도 제대로 관리하지 못한 것은 물론, 역대 중국 왕조의 집요한 위협과 방해에 굴복해 스스로 자국의 역사를 감추고 훼손하는 데 앞장서기까지 했다. 그런 점에서 중국의 바깥에 있는 대부분의 나라들은 안타깝게도 사마천의《사기》가 탄생된 시기부터 이미 중국과의 보이지 않는 〈역사전쟁歷史戰爭〉에서 뒤처진 것이나 다름없었다.

무제가 자신의 치세 동안 고도의 정치력을 발휘해 물리적인 중국의 표준강역(하드웨어)을 만들어 냈다면, 사마천은《사기》를 통해 그 역사를 철저하게 기록으로 남김으로써 중국 역사의 규범을 세우고, 후대 중국인들의 정체성을 하나로 묶는 정신적 강역(소프트웨어)을 만들어 낸 셈이었다. 그런 점에서 무제라는 정치적 영웅과 사마천이라는 걸출한 역사 영웅이 군신의 관계로 동시대에 활동했다는 사실 자체가 놀라운 일이며, 중국인의 복福이 아닐 수 없었다.

덕분에 漢나라는 무제 시대에 사상 최대의 강역을 확장시키면서 고대 통일중국Super China이라는 강고한 표준 모델을 만들어 냈고, 비단길과 서역을 개척해 동서양의 교역과 문화 교류의 기틀을 마련했다. 이는 秦시황 이래 중국의 그 어떤 황제도 해내지 못한 전무후무한 업적이었다. 이렇듯 무제가 동시대인들의 값비싼 희생을 통해 중국에 남겨 준 빛나는 유산과 영광은 중국의 패권주의와 '중화中華 제일주의'라는 전통을 더욱 확고하게 했다.

무제 이후에도 중국은 수없이 나라의 주인이 뒤바뀌고 분열을 반복했지만, 그때마다 다시금 하나가 되어 자리 잡았고, 이는 오늘날까지도 중국인들이 제일로 여기는 핵심 가치로 보인다. 반면, 漢나라 주변의 많은 나라는 이후 2천 년이 넘는 장구한 세월 동안 중국으로부터 끊임없는 전쟁의 위협과 공포에 시달려야 했다. 그런 점에서 당시 유일하게 고대 중국의 독주를 막고 힘의 균형추 역할을 했던 북방민족의 패배야말로, 중원 초강대국의 탄생을 허용하게 된 결정적 사건이었다.

4. 漢二郡과 고두막한

BC 194년경, 흉노의 후원을 등에 업은 위만이 기씨왕조를 찬탈할 무렵 번조선(위씨낙랑) 북쪽의 부여(진조선)는 시조인 해모수천왕에 이어

2대인 모수리慕漱離천왕이 다스리고 있었다. 부여에서는 위만을 아예 薰에 속한 연燕나라 장수 취급하면서 왕조 자체를 부정하는 한편, 옛 번조선의 토착 귀족들과 연계해 위씨낙랑에 도전케 하거나 아니면 부여로의 귀속을 부추기는 등 적대적인 공세로 대했다.

그러나 위만은 유능한 데다 운도 좋은 왕이었다. 마침 그 무렵은 중원의 漢나라와 부여에서 다 같이 건국의 시조들이 사망하면서, 정권교체기를 맞이하던 시기라 신흥국인 위씨낙랑을 돌아볼 여유가 없었기 때문이었다. 위만은 그 틈을 이용해 신속하게 주변을 장악해 나갔을 뿐 아니라, 오히려 漢나라에는 유연한 자세로 칭신하면서 漢의 지원까지 얻어 내는 외교적 수완을 발휘하기까지 했다. 이어 틈만 나면 부여의 강역을 넘보기까지 하니, 위기감을 느낀 모수리임금이 재위 이듬해에 특단의 조치를 강구하고 나섰다.

"아무래도 도적 위만의 기세가 호락호락하지가 않다. 무슨 대책이 있어야 할 것 아니냐?"

"그렇습니다, 천왕! 번조선과의 경계 가까이로는 살수薩水 아래로 평양平壤(험독)이 있습니다. 그 위쪽을 튼튼히 해 놓을 필요가 있으니, 평양 인근에 성책을 쌓아 두심이 좋을 듯합니다."

그리하여 모수리임금이 상장上將을 보내 (한성)평양 위쪽에 성책을 쌓고 아래쪽의 위씨낙랑에 대한 대비를 강화했다. 그러나 그것도 부족했던지, 이듬해인 BC 192년경에는 평양에 인접한 해성海城(헌우락軒芋樂)을 평양도平壤道에 부속시키고, 아우인 고진高辰(해모수 차남)으로 하여금 다스리게 했다. 패수浿水 상류의 이 지역을 〈중부여中夫餘〉라고도 불렀는데, 당시 중부여 백성들이 모두 식량 조달에 동참했다. 아울러 수도는 부여의 천왕이 군사를 거느리고 직접 다스리되, 나머지 전국을 4구역으로 분할해 군사 요충지로 삼고 오가五加들이 지키게 했다. 모수리

임금이 25년간 재위한 다음 BC 170년에 사망하니, 태자인 고해사高奚斯가 부여(조선)의 3대 천왕에 올랐다.

고해사임금 원년에 뜻밖에도 번조선의 유민 출신이었던 낙랑국왕樂浪國王 최숭崔崇이 해성海城에 곡식 3백 석을 바쳐 온 일이 있었다. 위만이 기씨왕조를 내쫓고 번조선의 왕이 되자, 빈조선에 속했던 많은 낙랑인들이 위만의 통치를 피해 북으로 이동하여 점차 난하의 상류 인근에 작은 소국을 이루고 있었다. 위만은 그런〈낙랑국〉에 대해 수시로 공세를 펼쳐 왔고, 그러자 낙랑의 대신들이 최숭에게 간했다.

"지금 우리의 힘만으로는 강성한 위만의 세력을 당해 낼 수 없는 것이 현실입니다. 위만은 이미 우리 외에도 다른 예맥과 구려 등 이웃 열국은 물론, 부여를 자극하면서 옛 진조선 땅까지 넘보고 있습니다. 그렇다고 우리가 연나라 출신 떠돌이로 번조선을 도적질한 데다, 이제는 흉노에 빌붙어 사는 위만정권에 머리를 숙이고 그들과 손을 잡을 수는 없는 노릇입니다."

이에 또 다른 대신이 맞장구를 치면서 말을 이었다.

"지당한 말씀입니다. 부여 또한 이런 위급한 상황을 맞아 조선 열국의 힘을 모으려 하고 있으니, 과거 조선을 이끌었던 부여와의 관계를 강화하고 서둘러 그 뜻에 동참해야 할 것입니다. 마침 부여에서 고해사단군이 새로 즉위했으니, 축하 사절을 통해 임금님의 깊은 뜻을 알리시고 적절한 공물을 제공하심이 가할 줄로 압니다!"

그리하여 낙랑국에서는 부여 조정과 협의한 끝에 장차 위만과의 다툼에 대비해 요동 인근 해성 지역으로 곡식을 직접 공수했던 것이고, 이때 아마도 패수 등의 하천을 이용했을 것이다. 남쪽 발해만을 끼고 있던 위만의 낙랑조선(번조선)과는 달리, 최숭이 다스리던 난하 북쪽의 낙랑

(옥저)국은 이렇게 부여와의 동맹 관계를 강화하는 대신 위씨낙랑(조선)과는 대립하는 노선을 분명히 했다.

부여 또한 이후에도 위씨낙랑과 갈등을 지속했다. 그 사이 漢나라는 무제가 집권해 북방 薰족과 본격적인 전쟁에 돌입해 있었고, 위씨낙랑은 위만의 손자 우거왕이 다스리고 있었다. BC 128년경, 발해만 깊숙이 위씨낙랑의 서남쪽 끝으로 28만의 백성을 다스리던 창해국(예맥조선)의 남려왕이 우거왕과 갈등을 벌이다 漢나라와의 군사동맹을 시도했다.

마침 약 20년 전, 동도왕 노타지가 나라를 들어 漢나라에 바치고 귀부하는 바람에 위씨낙랑이 흉노와 차단되고 사실상 고립되는 상황이 지속되고 있었다. 이를 계기로 부여를 비롯한 조선 열국들이 위씨왕조를 타도하려는 움직임을 보이기 시작하자, 예맥의 남려왕이 제일 먼저 기치를 내건 셈이었다. 당시 조선의 열국들은 위씨낙랑이 흉노와 동맹 관계인 데 대해, 흉노와 전쟁 중인 漢과 손을 잡고 〈薰-위씨낙랑〉 연합에 맞서고자 했다. 漢무제가 창해왕의 동맹 제의에 선뜻 응함으로써, 기존 薰과 위씨낙랑의 동서東西 동맹에 대해 새로이 〈漢-창해〉의 남북南北 동맹이 대치하는 국면이 조성되었다.

그러나 漢무제가 이때 창해와의 약속을 저버린 채, 이참에 아예 창해국을 병합하려는 야욕을 드러내고 말았다. 무제가 병력 파견과 동시에 재빨리 이곳에 창해郡을 설치해 버렸던 것이다. 漢무제의 배신을 계기로 급기야 〈漢-창해국〉 간의 동맹이 깨지고, 졸지에 두 나라는 서로 숙적이 되어 전쟁으로 치닫고 말았다.

강성한 위씨낙랑과 다투기도 벅찬데, 이제 새로이 통일제국 漢을 상대로 전쟁을 벌여야 하는 남려왕은 최대의 위기에 봉착했다. 당시 부여에서는 창해가 漢을 끌어들여 위씨낙랑이 어수선한 이때를 이용해 위씨낙랑을 칠 절호의 기회로 여기고 있었다. 그런 터에 다시금 창해가 漢과의 동맹을 깨고 漢나라와도 다투니 또다시 사태를 관망할 수밖에 없었다. 그 무렵 漢나라와 동맹을 맺었던 창해의 남려왕이 부여에 사람을 보내 도움을 청해 왔다.

"천왕께서도 아시다시피 우리 예맥은 원래 위씨낙랑의 핍박을 피하고, 또한 한나라로부터 물자 지원을 구하고자 漢과 동맹을 맺었습니다. 한무제가 요동태수를 통해 지원을 약속했고, 동맹 후에도 당연히 아왕我王(창해왕)의 독자적 지배를 인정하기로 했던 것입니다. 그러나 한무제는 처음 우리와의 약속을 헌신짝처럼 저버리고 우리 백성들을 자기네 영역 여기저기로 분산시키더니, 각종 노역에 동원하면서 아예 창해군을 설치해 아국을 병합하려 들었습니다. 이에 격분한 아왕께서 한에 대해 전쟁을 선언하셨고, 지금 각지에서 한나라에 저항하는 싸움이 벌어지고 있습니다."

"그것은 우리도 모두 알고 있는 바요……"

대신들이 사실을 확인해 주자, 남려왕의 사신이 말을 이었다.

"문제는 이제 위씨낙랑뿐 아니라 한나라와도 원수 사이가 되는 바람에, 우리 창해국이 위아래 양쪽에 끼여 커다란 곤경에 처해 있습니다. 하여, 아왕께서 소신을 보내시어 천왕께 지원을 호소하라 하셨습니다. 아울러 일이 수습되는 대로 장차 부여로 귀속하겠다는 뜻을 밝히셨으니, 부디 하해와 같은 도량으로 우리 왕의 호소를 받아들여 주시기를 바랄 뿐입니다!"

이에 부여의 대신들이 반색하며, 남려왕의 요청에 호응할 것을 간했다.

"천왕, 그렇지 않아도 위씨낙랑의 혼란을 틈타 거병을 검토하고 있었는데, 잘된 일인 듯합니다. 우거왕이 들어서자, 창해가 한나라와 동맹을 맺고 같은 편이 되는 바람에 우거의 위신이 크게 땅에 떨어졌습니다. 이러한 때 거병하시어 우거왕의 기세를 눌러 놓고, 난관에 빠진 예맥조선을 끌어안는다면 주변 열국의 힘을 하나로 모으는 데도 도움이 될 터이니, 결단을 내려 주옵소서!"

이에 고해사임금이 태자와 함께 친히 보병과 기병 1만을 거느리고, 남려성南閭城으로 진격했다. 이렇게 예맥(창해)이 부여를 끌어들여 漢나라에 맞서게 되자, 漢무제는 그때까지 적국이나 다름없던 친흉노 정권인 우거왕에 사신을 보내 동맹을 맺고 〈부여-창해〉의 연합군에 맞섰다. 그야말로 적과 아군이 하루아침에 뒤바뀌는 극도의 혼란 속에 양쪽 진영이 3년에 걸쳐 치열하게 싸웠으나, 전황이 어느 한쪽으로 크게 치우치지는 못했다.

그런데 그사이 漢나라가 〈하남河南전쟁〉을 일으켜 흉노와 본격적인 전쟁에 돌입하게 되었다. 이제 흉노와의 전쟁에 사활을 걸어야 했던 무제는 신하들의 건의를 받아들여 동북의 조선에서 손을 떼기로 하고, 〈창해군〉을 폐지하기에 이르렀다. 그 바람에 부여와 창해(예맥조선)의 연합군은 결국 漢軍을 격퇴하는 데 성공했다. 부여는 그곳에 관리와 군사 일부를 주둔시키고, 변경을 튼튼히 했다. 〈부여(조선)〉이 오랜만에 朝鮮의 맹주로서의 역할을 다하니, BC 121년경에는 멀리 북쪽의 작은 나라 일군국一羣國에서 사절을 보내 부여의 천왕에게 방물을 바친 일도 있었다. 그해 9월에 고해사천왕이 눈을 감았고, 태자 고우루高于婁가 4대 천왕으로 즉위했다.

고우루천왕은 즉위 이후 재위 내내 사실상 〈위씨낙랑〉 우거왕과의 세력 다툼으로 세월을 보내야 했다. 그는 즉위 이듬해 곧바로 장수를 보내 위씨낙랑을 선제공격했다. 그러나 우거왕의 저항이 만만치 않아 토벌에는 성공하지 못했다. 이에 해모수천왕의 차남으로 평양도를 다스리던 고진高辰으로 하여금 압록(난하)의 수비를 강화하게 했다. 고진은 계속해서 병력을 증강하고 성책을 많이 설치해 위씨낙랑의 침입에 철저하게 대비했고, 고루우천왕은 그 공을 인정해 고진을 고구려후高句麗侯(구려후)에 봉해 주었다.

그러나 이후 고진이 사망하고 나자 BC 118년경, 우거왕이 반대로 구려하(구하洵河)를 넘어 부여를 침공해 왔다. 부여는 이 싸움에서 대패해 해성 이북 50리 땅을 위씨낙랑에 모두 빼앗기고 말았다. 영웅의 존재 여부가 이토록 중요한 것이었다. 이듬해 부여조선이 이를 회복하기 위해 해성海城을 공략했으나 석 달이 지나도록 빼앗지 못했다. 고우루천왕이 탄식을 했다. "아니, 우거 그자가 그리도 강하더냐? 어찌하여 해성 땅을 되찾지 못하고 번번이 실패한단 말이냐? 나는 절대 그 땅을 포기할 수 없다. 내가 살아생전 반드시 되찾고 말 것이다!"

결국 BC 115년경, 고우루천왕이 직접 나서 정예 군사 5천으로 재차 해성 공략에 나섰다. 천왕이 지휘한 탓인지 이번에는 해성을 격파하는 데 성공했고, 위씨낙랑군을 살수薩水까지 밀어낼 수 있었다. 부여가 이 〈해성전투〉에서 승리함으로써 구려하九黎河 동쪽을 모두 차지하게 되었다. 이듬해에는 구려하를 넘어 좌원坐原(하북관성寬城)에 목책을 설치하고, 남려성에도 군대를 주둔케 하는 등 위씨낙랑을 바짝 압박했다.

그러던 중 BC 109년경, 漢무제는 흉노 이치사선우와의 치열했던 전쟁에서 승기를 잡고, 마침내 20여 년에 걸친 〈漢薰전쟁〉을 일단락 지었다. 이처럼 당시 대륙의 한복판에서 漢과 흉노가 사활을 건 전쟁을 치르는 사이, 동북 고조선의 강역에서는 부여를 포함한 조선 열국이 친흉노

정권인 위씨낙랑을 축출하기 위해 치열하게 다투고 있었다. 그 결과 양쪽 모두에서 흉노 세력이 서서히 위축되기 시작했고, 사방으로부터 고립되어 있던 위씨낙랑의 동쪽 경계 또한 대릉하 서남쪽 아래로 잔뜩 쪼그라들어 있었다.

마침 위씨낙랑이 크게 기대고 있던 흉노가 漢나라에 패하면서 그 중심 세력이 서쪽 멀리 밀려가게 되자, 이들 조선 열국들이 다시금 漢나라 무제에게 사신을 보내 함께 손을 잡고 반드시 우거왕을 제거하자는 제안을 하기 시작했다. 사실 漢나라는 20여 년 전 예맥(창해)이 부여조선을 끌어들여 漢나라에 저항할 때는 위씨낙랑과 동맹을 맺은 사이였다.

그러나 이제 상황이 크게 바뀐 만큼, 특히 우거왕의 공세에 멸망 직전까지 갔던 임둔과 예맥 등의 작은 소국들은 이참에 반드시 위씨왕조를 제거해야 한다는 절박함으로 전혀 다른 사안을 들고나오면서 문제 해결에 적극 나섰다.

"황제폐하, 漢나라와 무역을 지속하고, 한나라 천자께 조공을 바치려해도 위씨낙랑이 중간에서 길을 막고 방해하고 있습니다. 부디 한나라가 병력을 일으켜 이참에 위씨낙랑을 제거해 장차 한나라와 소통할 수 있도록 이 문제를 해결해 주옵소서!"

반면 조선의 맹주 격이었던 부여夫餘의 대신들은 이들과 달리 漢나라를 끌어들이는 데에 반대하고 나섰다.

"위씨 도적을 제거한다는 명분으로 이 전쟁에 한나라를 끌어들이다가는 장차 늑대를 피하려다 범虎을 불러들이는 격이 될 수 있습니다. 위씨왕조가 물러난 뒤에 한나라가 자신들의 공적을 내세워 자칫 번조선을 차지하려 든다면, 더 큰 전쟁에 휘말릴 수 있기 때문입니다. 이미 창해사태를 겪지 않았습니까? 그러니 우리로서는 위씨 도적들과의 전쟁에서 다소 시간이 걸리더라도 반드시 자력으로 해결해야 할 일이니, 열국의 군주들에게 자제할 것을 촉구해야 합니다!"

그러나 절호의 기회를 놓치지 않으려는 조선朝鮮의 열국들은 부여의 입장에도 아랑곳하지 않고 계속해서 무제에게 참전을 탄원했다. 그렇게 해서 BC 109년경 한나라와 위씨조선과의 전쟁인 〈조한朝漢전쟁〉이 벌어졌고, 끝내 1년 뒤에 우거왕이 암살되면서 위씨왕조가 종말을 맞고 말았던 것이다.

그런데 비록 위씨낙랑은 몰락했어도 이때부터 요동의 낙랑樂浪 전역이 마치 주인 없는 무주공산처럼 인식되어, 漢나라는 물론, 조선의 여러 열국들이 서로의 공을 내세우고 자국의 권리를 주장하는 각축장으로 돌변하고 말았다. 漢무제는 이때 위씨조선 강역에 4개 郡을 두려고 군대를 보냈고, 이따금 부여의 영역으로도 침입해 들어왔다. 막상 그토록 적대적 관계에 있던 위씨낙랑이 사라지게 되니, 부여는 이내 그보다 훨씬 강성한 漢나라와 직접 국경을 마주하는 위태로운 처지가 되었다. 이는 부여가 우려하던 그대로였으며, 이로써 그동안 번조선이야말로 조선연맹 전체의 울타리 역할을 충실히 해 왔다는 것이 입증된 셈이었다.

그런데 그보다 더욱 우려되는 상황은 옛 조선연맹의 군장들이 다스리던 제후국들이 漢나라를 두려워한 나머지 전과 같이 부여에 협조하지 않고, 저마다 독자적인 길을 걸으려 했다는 점이었다. 이런 분위기가 고우루천왕의 조정에 새로운 골칫거리로 떠올라 대신들 간에 논의가 분분했다.

"우거 사후 옛 번조선 땅에 한나라 병력이 대거 들어오고 있습니다. 게다가 이들뿐 아니라 서쪽으로 흉노와 오환마저 들어와 서로 주인 없는 땅을 차지하려 드는 데다, 옛 낙랑의 토착 세력들까지 일어나 낙랑을 부활시키려 드니 위씨들의 땅은 그야말로 여러 나라의 각축장이나 다름없게 되었습니다. 그러니 우리도 이 어지러운 상황을 방치할 수는 없는 노릇이 아니겠습니까?"

"그렇다고는 해도 이는 이미 예상했던 일이 아닙니까? 무리하게 漢의 개입을 막으려다가는 저 강성한 무제가 이를 빌미로 우리 부여를 공격해 올 수도 있습니다. 그러니 지금 성급히 번조선 땅에 개입하기보다는 당분간 사태를 예의 주시하면서 기회를 노리는 편이 더 옳을 것입니다!"

결국 논의 끝에 고우루천왕은 번조선(낙랑) 사태를 관망하는 대신 병사들을 쉬게 하고, 고갈된 국력을 회복하는 기회로 삼고자 했다.

그러나 번조선 사태는 〈부여〉 조정의 생각과는 달리 급박하게 돌아가고 있었다. 당장 漢나라의 군사들이 난하를 넘어 들어오고, 토착민들을 압박하자 이제 나라를 다시 漢나라에 빼앗기게 생겼다며 백성들의 불안과 불만이 극에 달하게 되었다. 그런 와중에 부여 조정의 통제력이 급격하게 떨어지자, 〈고리국〉 출신의 고두막한高豆莫汗이라는 인물이 홀본忽本(졸본卒本, 하북승덕承德) 지역에서 일어났다. 부여의 속국인 고리국槀離國(색리索離, 탁리槖離)은 현 요하 상류 시라무룬강 위쪽에 살던 예맥인들로 구성된 소국으로, 부여의 시조인 해모수의 선조들 또한 이곳 출신이었다. 당시 부여(진조선)가 쇠퇴하고, 위씨낙랑(번조선)이 무너지면서 고리 출신 예맥인들의 남하가 활발했던 것으로 보였다.

BC 106년경, 漢무제가 번조선 지역에 소위 〈한사군漢四郡〉을 설치해 지배하려 들자, 고두막한이 스스로 장수가 되어 사방에 의병들을 모집하는 격문을 돌렸다. 그러자 한 달도 채 안 되어 5천에 이르는 의병들이 그의 수하에 모여들었고, 그는 주로 번조선의 유민들로 이루어진 의병들을 설득해 한나라 침공에 용맹하게 맞대응했다.

"지금 한나라 도적들이 낙랑 지역을 차지하려 혈안이 되어 있소. 부여의 천왕이 너무 먼 북쪽에 치우쳐 있다 보니, 이곳의 위급함이 전해지지 않는 것 같소. 그러니 우리라도 서둘러 일어나 다시는 외적들이 조선을 차지하지 못하도록 방어해야 할 것이오. 지금 우리가 수적으로 열세임이 분명하지만, 죽음을 각오하고 맞서다 보면, 조선의 유민들과 열국들이 반드시 호응해 올 테니, 다 같이 힘을 내서 외적들에 맞서 싸웁시다!"

홀본은 〈번조선〉의 북쪽에 치우쳐 있었으나, 다행히 많은 유민들이 사방에서 호응하면서 전쟁을 지원했다. 폭압으로 백성을 다스린 위씨왕조 3대를 경험하면서, 이 지역의 조선인들이 외세의 지배를 극도로 혐오하게 된 것이 주된 요인으로 보였다. 덕분에 고두막한은 이때 漢軍을 밀어붙이고 구려하九黎河(구하洵河, 小요수)를 넘어, 요동군遼東郡의 서안평西安平(통주通州 아래)까지 도달했다.

원래 〈부여〉가 이 지역의 패수를 漢나라와의 경계로 삼았던 것인데, 후일 북쪽의 고리국 출신들이 남하해 위씨낙랑의 북쪽에 위치했던 현 홍릉興隆 일대로 들어오면서 〈소(요)수맥小水貊〉 등의 나라가 들어섰다. 바로 그런 이유로 북쪽 〈고리국〉(색리국)의 이름이 곳곳에 등장하면서 혼란이 야기되었고, 후일 이곳 출신인 고두막한을 〈고리국〉 출신으로 인식한 것으로 보였다.

이처럼 번番조선 땅은 이후에도 상당 기간 漢나라를 포함한 주변 민족들의 각축장이 되었으나, 시간이 지날수록 토착민들의 꾸준한 지지를 받은 고두막한 세력이 점차 두각을 나타내기 시작했다. 부여 천왕가는 그 과정에서 주인을 잃은 番조선 백성들의 기대와 달리 상황을 관망하면서 한나라와의 싸움에 적극 개입하지는 않았다. 이토록 안일한 자세는 番조선 백성들을 실망시켰고, 급기야 고두막한을 포함한 조선의 백성들이 스스로 의병을 일으키고 적극적으로 구국 활동에 나서는 계기를 만들어 냈다. 결국 고두막한이 용맹을 떨치고 〈번조선〉을 지켜 내는 데 앞장서자 番조선은 물론, 〈부여〉백성들까지 고두막한을 지지하기에 이르렀다.

고두막한은 그 후 漢나라의 조선 진출을 막아내는 데 총력을 기울였고, 결국 동북 진출을 노리던 漢무제의 야망을 꺾는 데 결정적으로 기여했다. 漢四郡을 발판 삼아 장차 조선을 장악해 나가려던 무제의 야망이, 뜻밖에도 고두막한을 비롯한 朝鮮의 의병義兵들에 의해 좌절된 것이었다. 이로써 고두막한은 이 지역에서 지도력을 상실한 부여를 대신해 漢무제의 동진東進 야욕을 꺾고, 古조선의 옛 강토를 회복하는 데 기여한 당대 최고의 영웅으로 부상했다.

그 결과 마침내 고두막한이 단림산檀林山 아래 험준한 요새와 다름없는 불이성不而城의 단궁檀宮에서 왕위에 올라 스스로를 '동명東明'이라 했다. 사람들은 그가 古조선의 마지막 단군이었던 고열가高列加의 후손이라고도 했고, 〈부여〉의 시조인 해모수를 계승한다는 의미에서 모수제慕漱帝라고도 불렀다. 정확한 내용은 알 수 없지만, 필시 모두가 고두막한의 정통성을 드높이려는 이야기임이 틀림없었다.

어쨌든 고두막한高豆莫汗은 부여 〈고리국〉 출신으로 북방 유목민족 왕의 칭호인 '한汗'(칸)을 사용한 인물이었다. 그 이름 자체에 대막루大莫婁라는 뜻과, 마한馬韓(막한莫汗)의 뜻을 내포하고 있었으니 '高씨 성姓의 大마한왕'이라는 의미였다. 〈마한〉은 이미 BC 4세기경 기후箕詡가 번조선왕이 되던 시기를 전후해 붕괴된 것으로 알려졌는데, 이로 미루어 마한의 부활을 시도하려 했던 것으로도 보이고, 어쩌면 불이성(관성寬城 추정)의 〈고리국〉(소수맥)이 기존 〈마한〉의 중심 세력일 수도 있었다.

고두막한이 왕위에 오른 지 20년쯤 지난 BC 87년경, 장안으로부터 마침내 漢무제가 54년이란 오랜 통치를 끝내고 사망했다는 소식이 날아들었다. 고두막한이 크게 기뻐하며 주위에 말했다.

"드디어 무제 유철이 죽었다니 참으로 반가운 소식이 아닐 수 없다. 평생토록 전쟁만 일삼더니 그도 죽음 앞에서는 어쩔 수 없는 인간이었던 게지. 당분간 한나라가 동북을 노리지는 못할 테니 한시름 덜게 되었다."

당시 漢나라 무제는 오랜 전쟁과 내란으로 심신이 지친 나머지 죽기 2년 전에 〈윤대의 서〉를 발표하면서 전쟁의 종식을 선언한 바 있었다. 따라서 그 이전부터 조선 열국들은 조만간 漢나라가 조선 땅에서 손을 뗄 것이라는 예상을 해 온 터였다. 그리고 실제로 무제의 죽음은 모두의 예상대로 거대 통일제국 漢으로부터의 압박을 잦아들게 했다.

이때에야 비로소 중원의 통일제국 漢나라의 위협에서 벗어나게 된 동명왕 고두막한은 곧바로 시선을 안으로 돌려, 古조선의 부활에 시동을 걸기 시작했다. 당시 홀본에 인접한 〈순노국順奴國〉과 주로 선비鮮卑로 구성된 〈황룡국黃龍國〉 왕들이 딸들을 보내올 정도로 동명왕의 세력이 커져 있었다. 동명왕은 그 모계가 선비鮮卑 계열로 보였는데, 그의 여동생이 황룡왕의 妃가 되어 서로가 혼인으로 일가친척을 이루고 있었다.

게다가 동명왕東明王의 이종사촌 왕백王柏 또한 당시 〈흉노〉 호록고狐鹿姑(~BC 85년) 선우의 숙부인 괴리槐里의 사위였다. 이러한 인연을 계기로 묵돌 이래 적대 관계였던 朝鮮과 薰족 간의 사이가 거의 백 년 만에 정상화되기 시작한 것으로 보였다. 반세기에 가깝도록 漢무제와의 혹독한 전쟁을 치르고 크게 쇠약해진 흉노로서도, 동쪽의 〈부여〉와 관계를 개선할 필요가 절실했던 것이다.

이제 〈부여〉의 천왕을 능가할 정도로 세력이 커진 동명왕의 수하들이 이를 놓치지 않았다.

"대왕, 전쟁 마귀 같았던 유철이 사망하는 바람에 당분간 한나라 조정은 동북의 조선에 신경 쓰지 못할 것입니다. 지금 부여 조정과 고우루천왕 또한 통치력을 잃은 지 오래고, 그 아래 여러 군장들의 소국들은 저마다 살길을 찾고 있습니다. 부여는 옛 진조선을 대신해야 함에도 지도력을 상실했으니, 삼조선 땅 전체가 이제는 마치 전국시대의 중원처럼 되어 버렸습니다. 이는 우리 조선인 모두의 불행입니다!"

"그렇습니다, 대왕! 누군가는 떨치고 일어나 다시금 옛 朝鮮을 일으켜 주변국들과 조선 전체를 안정시켜야 할 것입니다. 무능하기 짝이 없는 지금의 고우루천왕가家로는 해결의 기미가 전혀 보이질 않습니다. 그러니 이제야말로 대왕께서 당연히 일어나실 때가 된 것입니다! 이 모든 것이 다 조상님들과 하늘의 뜻이 아니고 무엇이겠습니까? 새로운 부여의 주인이 되셔야 합니다. 흉노와 漢나라 모두가 조용한 지금이 바로 절호의 기회입니다!"

수하들의 계속된 성화에 고두막한은 잠시 고민에 빠졌으나, 지금의 〈부여〉로는 이 난국을 타개할 가능성이 없다는 말에 크게 공감하고 결국 수하들의 뜻을 따르기로 했다.

"부여는 조선의 강토가 외적들한테 유린당할 때 아무런 역할도 하지 않은 채, 강 건너 불구경하듯이 무기력한 모습만을 보였다. 이는 부여가 이제는 조선을 대표하는 나라가 아니라는 사실을 스스로 천명한 것이나 다름없는 것이다. 그렇다고 우리가 당장 부여를 공격하자니, 동족끼리 전쟁을 벌이는 일이라 차마 그렇게 할 수도 없는 노릇이다. 그러니 우선 부여의 고우루천왕에게 자리에서 물러날 것을 요구해 압박을 가하고자 한다. 만일 천왕이 우리의 요구를 거부할 시엔 부득이 전쟁도 불사해야 할 것이다."

동명왕은 〈부여〉로 사자를 보내 고우루천왕의 퇴위를 당당하게 요구했고, 동시에 〈부여〉의 도성(파림좌기 일대) 인근에 군대를 보내 부여 조정을 압박했다. 화들짝 놀란 고우루천왕이 최측근이자 국상인 아란불阿蘭弗로 하여금 동명왕 측과 협상에 나서게 하는 한편, 서둘러 조정 대신들을 소집하고 대책을 숙의했다.

"큰일입니다. 고두막한이 스스로 천제의 아들임을 천명하면서 도성을 비우라고 요구하고 있습니다. 천왕, 무능한 신들을 죽여 주옵소서!"

"큰일이로다! 도대체 우리 부여에는 저 무지막지한 고두막한을 당해낼 인물이 없단 말이더냐?"

고우루천왕이 깊은 한숨을 내쉬며 탄식했다.

"황송하오나 신들이 고두막한의 측근들을 만나 시간을 벌고 달래면서 타협점을 찾아보도록 하겠습니다. 통촉하옵소서!"

그러나 아란불 등 조정 대신들이 고두막한을 만나 협상을 진행하던 중 근심과 걱정을 이기지 못했던지 고우루천왕이 덜컥 사망하고 말았다. 이미 30여 년을 재위하여 나이가 든 데다 심신이 지칠 대로 지친 모양이었다. 조정에서 숙의 끝에 임금의 아우인 해부루解夫婁가 천왕에 즉위했다. 그러자 고두막한 진영에서 크게 분노하면서 압박이 더욱 거세졌고, 조정의 신하들이 몹시 난감한 지경에 처하게 되었다.

"황공하오나, 천왕! 고두막한이 군사력을 행사하기 직전입니다!"

그 말을 들은 해부루가 격앙된 채로 답했다.

"좋다, 정 그렇다면 쳐들어오라고 하라! 이왕지사 이렇게 된 마당에 죽기를 각오하고 한번 결전을 치러 보자!"

얼굴이 벌겋게 상기된 채로 죽음도 불사하겠다는 천왕에게 아란불이 조용한 목소리로 고했다.

"천왕, 같은 백성끼리 서로 죽고 죽이는 내란은 결코 아니 될 일입니다. 그보다는 다른 방법도 있을 것입니다……. 일단 여기서 먼 곳으로 자리를 피하신 다음 사태를 수습하고, 기회를 보아 새로이 도읍을 정해 다시금 내일을 기약하는 것이 어떠하겠습니까?"

그 말을 들은 해부루천왕과 대신들의 눈동자가 커지면서 일순간 표정들을 바꾸었다. 조정에선 이때부터 뜨거운 논쟁이 이어졌으나, 무엇보다 고두막한을 두려워한 나머지 많은 대신들이 천도를 적극 권유하고 나섰다. 그 결과 아란불을 비롯한 대신들이 고두막한 측과 실질적인 협상에 임하기로 했다.

"우리가 도읍을 비워 주는 대신, 그대들은 우리의 이주를 방해하지 말고, 무엇보다 우리 천왕과 백성들의 안전을 보장해야 할 것이오!"

아란불이 조심스럽게 이주 조건을 제시했다.

"좋소이다! 도읍을 떠난다면 서로 간의 충돌은 불필요한 것이니, 그대들의 안전한 이주를 보장하고, 절대 배후에서 공격 따위를 하는 일은 없을 것이오. 그보단 그대들이 이주할 곳이 문제인데 물색해 놓은 장소라도 있는 것이오?"

고두막한 측에서 되묻자 아란불이 단호한 표정으로 답했다.

"우리는 여기서 먼 남동쪽에서 땅을 찾아보려 하오. 그러니 부디 이를 허락해 주기 바라오!"

"이주할 장소는 가급적 도읍에서 멀리 가 주셨으면 하오마는, 그 정도라면 수긍할 만도 하겠소. 다만, 한 나라에 임금이 둘이 있을 수는 없는 일 아니겠소? 당연히 해부루임금은 새로이 이주할 곳의 제후가 되어 작위가 낮춰져야 할 것이오! 이는 귀측에서 반드시 받아들여야 하는 불가항력적인 것이니 토를 달아선 아니 될 것이오!"

"……."

사실상 항복의 요구나 다름없는 고두막한 측의 강력한 압박에 아란 불 일행은 얼굴이 벌게진 채, 차마 답을 하지 못했다.

BC 86년, 결국 고두막한을 피해 해부루천왕이 무리들과 함께 통한을 품고 〈부여〉의 도성을 비운 채 동쪽으로의 이주를 위한 피난길에 나섰다. 약속대로 고두막한은 해부루 일행을 공격하지 않았으나, 해부루의 작위를 제후로 낮추어 버렸다. 해부루 일행은 西요하 상류를 내려와 동쪽으로 멀리 이동해 황무지나 다름없는 갈사나葛思那(가시라)의 숲속에 자리를 잡았다. 바로 이곳이 부여의 도성에서 동남쪽으로 천 리 정도 떨어져 西요하 아래 대릉하 북쪽 사이의 고륜기庫倫旗(쿠룬치) 일대로 추정되는 지역이었다. 부여의 수많은 백성들이 해부루를 따라 떠나면서 도성 안에 빈집들이 늘어났고, 한바탕 털려 나갔다.

이로써 해모수천왕이 〈眞조선〉을 무너뜨리고 새로운 나라를 건국한 지 약 150년 만에 〈부여〉가 분열되고 말았다. 위씨낙랑의 멸망 후 번番조선을 통합시킬 절호의 기회를 놓치면서, 제때 지도력을 보여 주지 못한 부여 천왕가가 밀려나고 정권이 교체되었으니, 어찌 보면 이는 시대의 사명을 외면한 대가로 당연한 결과이기도 했다.

해부루 일행의 대규모 이주는 말이 그렇지, 물설고 낯선 땅으로의 고된 피난길이나 다름없는 것이었다. 그러나 해부루가 이끄는 부여인夫餘人들은 여기서 좌절하지 않았다. 그들은 절치부심하면서 언젠가는 나라를 되찾고 말겠다는 일념으로 황무지에서 일어서기 위해 애썼다. 광대한 숲속에서 생나무를 잘라 성책을 세우고, 숲에 불을 놓고 마른 땅을 개간해 오곡五穀을 심었다. 그 결과 3년이 지나서는 어엿한 도성의 모습을 이루게 되었는데, 계산薊山의 모퉁이였다고 했다. 그리고 언제부터인가 이들을 〈동부여東夫餘〉로 바꾸어 부르기 시작했다.

전쟁을 치르지 않고도 부여 왕조를 쫓아내는 무혈혁명에 성공한 동명왕은 부여의 도읍(파림좌기)이 비워진 것을 확인하고 나자, 얼마 지나지 않아 돌연 군대를 철수해 자신의 근거지인 불이성으로 귀환했다. 부여의 도성이 지나치게 북쪽에 치우쳐 있어, 漢나라를 포함해 주변의 조선 열국들을 다스리기에 적절치 않은 데다, 무엇보다도 朝鮮 땅에서 중원의 漢군을 완전히 몰아내지 못했기에 남쪽 도성을 비울 수가 없었던 것이다. 동명왕은 자신의 거점이자 험악한 요새와 같아 수비하기에 유리한 불이성을 사실상 새로운 왕조의 도읍으로 택했다.

부여 도성에서 철수한 동명왕의 군대는 마침내 불이성에 다다라 성대하게 입성했다. 행렬의 맨 앞에서 북과 나발을 불어대는 요란한 악대가 진군을 선도했고, 하늘 높이 긴 장대에 꽂은 오방색 깃발과 붉은 바탕에 북두칠성을 선명하게 그려 넣은 초요기招搖旗(어가, 행렬선도기), 각종 휘장들이 펄럭였다. 이어 보무도 당당한 호위무사들이 탄 기병들이 동명왕을 앞뒤로 에워싸고, 그 뒤로 각종 병장기로 중무장한 말 탄 기병과 보병대가 뒤를 이었다.

"동명왕 만세! 고두막한 만세, 대부여 만세!"

길가에는 남녀노소 수만의 백성들이 나와 연호하면서 새로운 부여夫餘의 왕을 열렬하게 맞이했다. 고두막한은 자신이 세운 새로운 왕조의 정통성을 확보하기 위해 당연히 기존의 〈부여〉를 계승하는 것으로 했다. 사람들은 고두막한의 왕조를 해모수가 세웠던 전기前期 부여와 구별하기 위해 〈북부여北夫餘〉라 불렀고, 고두막한 또한 제왕을 뜻하는 동명제東明帝로 칭하기 시작했다. 〈북부여〉는 그해 가을 漢나라와 서쪽 변방에서 일전을 벌였는데, 기대한 대로 대승해 백성들을 안심시켰다. 漢나라는 그즈음 무제가 사망한 직후라 어수선했을 터라, 동명제가 그런 상황을 노리고 싸움을 벌였을 가능성도 커 보였다.

5. 탐욕스러운 여인들

漢나라에서는 무제武帝 사후 8살 난 유불릉劉弗陵 소제昭帝(~BC 74년)가 새로이 8대 황제에 즉위했으나, 너무 어린 나머지 곽광과 김일제, 상관걸이 상서尙書의 일을 관장했다. 그러나 곽광과 상관걸은 사돈지간인데다, 이듬해인 BC 86년 김일제가 병들어 사망하니, 사실상 국정은 대사마대장군이 된 곽광이 주도하게 되었다. 김일제는 무제 사후 1년 만에 너무도 일찍 무제를 따라 떠났는데, 죽기 직전 그의 죽음을 예상한 소제가 곽광과 의논해 일제를 산동성의 투현(하택 성무현)을 봉지로 하는 투후秺侯에 임명하고, 그 자손들이 관작을 이어받게 선처했다.

김일제는 곽거병처럼 죽어서도 무제의 무릉武陵 곁에 묻혔는데, 부친인 휴도왕은 자신을 죽음에 이르게 한 무제에게 이토록 충성을 다한 아들을 어찌 생각했을지 모를 일이었다. 그러나 모든 것은 한낱 과정에 불과할 뿐, 일제의 아들 김상金常이 투후秺侯의 작위를 물려받았고, 먼 후일 그의 후손들이 한반도로 대거 이주하여 새로운 왕국의 건설에 중추적 역할을 하게 되니, 김일제가 그토록 끝까지 살아남은 의미는 후대에 비로소 설명될 수밖에 없었다. 후일 사람들은 평생을 바쳐 무제에게 충성한 그를 기려 마신馬神이라 불렀다.

그 시절 薫에서는 무제가 사라지고 나자, 호록고선우 이하 모두가 漢나라와의 화친을 원했다. 호록고선우의 병이 깊어진 데다 훈족도 오랜 전쟁으로 그만큼 경제가 쇠락해졌기 때문이었다. 그런 상황에서 선우의 이복동생인 좌대도위가 현명하다 하여 사람들이 따르니, 이를 불안하게 여긴 선우의 왕후 전거顓渠알지가 몰래 친정 사람인 측근을 불러들였다.

"선우께서 저리도 일찍 병상에 누워 무력하게 계시니, 앞길이 캄캄하구나. 좌곡려왕左谷蠡王인 내 아들이 선우의 자리를 물려받는다는 보장이 없게 되었다. 그렇다고 여기서 모든 것을 포기할 수는 없는 일 아니냐? 반드시 내 아들이 선우에 올라야 우리 가문이 반석 위에 오르게 된다! 방법은 오직 하나다. 좌대도위를 제거하는 수밖에……. 기필코 은밀하게 일을 처리해야 한다!"

그 후 어느 날, 선우의 후계자로 지목되던 좌대도위가 남몰래 피살되고 말았다. 딱히 물증은 없어도 누가 저지른 짓인지 빤한 상황이라, 죽은 좌대도위의 형이 분노해 자신들의 무리를 이끌고 선우정을 떠나려했다. 어수선한 선우정을 가라앉히고자 죽음을 앞둔 호록고선우가 힘없이 유언을 남겼다.

"내 명이 오래가지 못할 것임을 안다. 내 아들인 좌곡려왕은 나라를 다스리기엔 여전히 나이가 너무 어리다. 하여 내가 죽은 후에는 내 동생인 우곡려왕右谷蠡王이 선우의 자리를 물려받도록 하라!"

그 바람에 알지와 그녀의 추종 세력들이 참으로 난감한 입장에 처하고 말았다. 그러나 전거알지는 권력욕이 남다른 여인이었다. 호록고선우가 뜻밖의 유언을 남기고 죽자, 알지는 이번엔 정령왕丁零王 위율衛律을 음모에 끌어들였다.

"이게 무슨 허망한 꼴인지 모르겠소! 그야말로, 죽 쒀서 개 주게 된격이 아니오?"

"알지마마, 이대로 선우의 유언을 따를 수는 없는 일입니다. 우선은 선우의 죽음을 밖에 알리지 마시고, 그 사이 선우의 유언을 바꾸셔야 합니다!"

우여곡절 끝에 BC 85년, 전거알지가 자기 아들 좌곡려왕을 〈훈국〉의 선우에 오르게 하니 그가 11대 호연제壺衍鞮(~BC 68년) 선우였다. 그러나 선우의 나이가 어려 모친인 전거알지가 大알지가 되어 섭정하게 되었다. 전거알지는 권력에 대한 집착이 강한 데다 남성 편력으로 행실이 바르지 못하다고 소문이 나, 신하들이 동요하고 민심이 흉흉했다. 특히나 선우의 물망에 올랐던 좌현왕과 우곡려왕 세력의 불만이 고조되더니, 끝내는 이들이 함께 모여 선우정을 성토하고 나섰다. 좌현왕이 말했다.

"결국은 모든 것이 대알지의 뜻대로 되고 말았소이다. 대알지는 진정 사악하고 음탕한 여인이오. 지난번 좌대도위의 죽음도 누구의 소행인지 빤한 일 아니겠소? 한족 출신 위율을 끌어들이고, 결국은 자신이 섭정을 하면서 권력을 틀어쥔 게요!"

고개를 끄덕이던 우곡려왕이 답했다.

"형님 선우께서 이렇게 돌아가시니 우리 훈국엔 이제 희망이 사라졌소이다. 음탕한 대알지가 국정을 농단하고, 여러 제왕들의 신임을 잃은 마당에 무얼 기대하겠소이까? 무엇보다 한나라의 오랜 경제 제재로 더는 버틸 힘도 없소이다. 솔직히 이대로 한나라에 투항할까도 싶었소만, 그것은 반역인지라 차마 그러질 못하였소이다. 그렇다고 이대로 굶어 죽을 순 없고, 차라리 난 노도왕盧屠王을 설득해 같이 서쪽으로 가서 오손烏孫에 투항할까를 생각하고 있소이다. 그런 연후에 나중에 오손왕을 설득해 薰을 되찾을까도 싶소만……"

그러나 후일 노도왕은 오히려 우곡려왕의 제안을 선우 측에 일러바치고 말았다. 이에 대알지 세력이 책임을 추궁하려 들자, 이들은 선우정으로 다시는 돌아오지 않겠노라 되레 으름장을 놓고는 용성龍城을 떠나 급히 각자의 왕정으로 돌아가 버렸다. 무제가 그토록 오랜 세월 薰족과 전쟁을 한 효과가 이제야 비로소 나타나는 듯했으니, 흉노가 드디어 분

91

열의 조짐을 보이기 시작한 것이었다.

그즈음 호연제선우의 즉위에 기여했던 위율은 선우정에서의 입지가 한껏 올라가 조정의 정책을 좌우했다. 그는 漢나라가 또다시 薰국을 공격해 올까 내심 두려워 선우를 비롯한 대신들을 설득했다.

"漢과는 외교적으로 화친을 택하는 것이 좋습니다. 다만, 漢의 공격에 대비해 국경 일대에 성곽은 아니더라도 최소한의 방어시설을 구축할 필요가 있습니다. 구체적으로는 장성을 따라 주요 거점 곳곳에 우물을 파서 성城을 쌓아 루樓를 만들어 놓고, 그곳에 곡식을 저장해 두는 것입니다. 아울러 주변의 나무를 널리 벌채하여 적의 기습을 쉽게 파악할 수 있도록 조치해야 할 것입니다!"

薰족은 위율의 건의를 좇아 장성을 따라 수백 개의 우물을 파고, 벌채를 하는 등 소란을 떨었다. 그러나 수성守城은 역시 훈족의 습성에 맞지 않는다는 심한 반대에 부딪혀 끝내 중단되고 말았다.

일찍이 위씨조선이 무너지던 BC 108년에 漢무제는 조선을 병합하고자 서둘러 漢四郡 설치를 시도했다. 내몽골 적봉赤峰 아래로는 단단대령單單大領(칠로도산七老圖山)이 있는데, 漢나라는 그 동남쪽에 〈진번군〉을, 또 개마대산과 진번 아래로 〈임둔군〉을 두고, 대요수(영정하) 하류의 천진과 난하 하류 사이 발해만을 낀 지역에 〈낙랑군〉의 3郡을 두고자 했다.

이듬해인 BC 107년에는 위 3郡 외에 낙랑 위쪽의 예맥을 떼어내 지명에도 없고 그저 '북쪽'의 뜻을 지닌 〈현도군〉을 설치한다고 선언했는데, 옛 예맥지(창해) 일부와 낙랑 동북쪽의 난하 중류까지로 했다. 그러나 무제의 〈한사군〉 설치는 사실상 토착 조선인들의 강력한 저항에 부덮히고, 고두막한의 방해로 계획이 제대로 실행되지 못했다.

그 결과 난하 동쪽에 설치하려던 임둔과 진번은 사실상 설치도 못한 채 방치된 상태였고, 겨우 난하 아래로 발해만까지의 번조선 지역에 〈현도군〉과 〈낙랑군〉의 한이군漢二郡을 설치하는 데 그쳤을 뿐이었다. 2郡의 치소治所는 각각 옥저沃沮와 조선현朝鮮縣에 두었는데, 어쨌든 당시한사군은 전체적으로 결코 난하를 넘지 못한 것이 틀림없었다.

그 후 세월이 흘러 무제가 죽고 난 뒤인 BC 82년경, 漢나라는 소제 즉위 후 5년 만에 두연년杜延年의 주청을 받아들여 옛 문제文帝 시대의 정치로 돌아가기로 했다. 이 같은 변화는 사실상 실권자인 곽광이 주도한 것으로, 검약과 관대함, 온화한 정치를 지향함으로써 전쟁을 멈추고 화평의 정책을 택하겠다는 의미였다. 실제로 조정에서 백성들의 요역과 조세를 줄여 주고, 흉노와 화친하기로 하니 漢나라 백성들도 이를 크게 반기게 되었다.

그해 여름, 漢나라는 옛 朝鮮 땅에 임둔臨屯과 진번군眞番郡을 설치하려 했음에도 도통 진전이 없다 하여 25년 만에 철폐키로 하고, 각각 〈낙랑樂浪〉과 〈현도玄菟〉에 통합시켰다. 그 무렵 漢과 〈북부여〉 사이에 진번 지역을 놓고 또다시 치열한 혈투가 벌어졌던 것이다. 북부여가 이때 진번을 되찾은 다음 계속해서 漢軍을 밀어붙이자, 漢나라는 〈임둔〉의 치소마저 이리저리 옮겨 다닌 끝에, 마침내 요동의 험지에 현도성을 쌓고 전격적인 방어태세로 돌입했다.

진번眞番은 漢무제가 한삼군漢三郡 중 가장 먼저 설치했던 郡이었으나, 제일 먼저 조선에 내주게 된 셈이었다. 漢나라가 설치했던 郡을 스스로 폐지하고 城을 크게 지었다는 사실 자체가, 조선에 밀려 퇴각한 이후로는 완전히 수성 일변도로 전환했음을 뜻하는 것이었다. 애당초 난하 동쪽의 옥저성에 있던 〈현도군〉의 치소를 곧바로 서북쪽으로 옮겼으나, 그마저도 지켜 내지 못해 또다시 서쪽으로 이동해 쌓은 성이 바로 이때의 현도성으로 현 하북 홍륭興隆 일대로 보였다.

이처럼 漢소제 때 비로소 이름뿐이던 〈임둔〉과 〈진번〉을 공식 폐지하고, 일부를 2郡에 통합시켰다는 사실 뒤에는 이런 내막이 가려져 있었다. 漢나라는 이때 진번의 7개 현을 〈낙랑군〉에 통합시키고, 소명현昭明縣을 치소로 하는 〈남부도위南部都尉〉를 따로 두어 다스리게 했다. 그러나 그 후에도 조선인들의 거센 저항이 지속되는 바람에 7년 뒤인 BC 75년에는 〈현도군〉마저 구려句麗의 서북방으로 후퇴시켜야 했다. 이때 난하 동편 개마대산蓋馬大山(노로아호산努魯兒虎山) 아래 종전 임둔군지郡地였던 7개 현을 〈낙랑군〉에 편입시키되, 불내현不耐縣을 치소로 하는 〈동부도위東部都尉〉를 두게 했다.

바로 이 난하 동쪽의 7개 현을 낙랑의 〈영동칠현嶺東七縣〉이라 불렀는데, 영嶺은 단단대령을 뜻하니 그 동쪽에 있다는 의미였고, 동이東暆, 불이不而, 잠태蠶台, 화려華麗, 사두매邪頭昧, 전막前莫, 부조현夫租縣이었다. 치소인 불내(이)성은 이전 〈현도군〉의 치소였는데, 현도고부玄菟故府라 부르던 옥저성沃沮城이었으며 불이不而라고도 했다. 이것이 바로 그토록 논란이 많은 소위 〈한사군漢四郡〉에 대한 전말이었다.

후일 고두막한이 이 지역을 빼앗고 漢나라를 패수浿水 서쪽으로 내쫓은 다음에는, 불이성을 〈북부여〉의 도성으로 삼은 것으로 보였다. 불이성은 또 나중에 〈고구려〉가 건국된 이후로는 고구려의 두 번째 도읍인 국내성國內城(위나암, 관성寬城)이 되기도 했다. 그중 화려와 불이가 〈동예東濊〉였고, 나머지 5현이 〈옥저沃沮〉로 보였는데, 부조를 옥저로 해석하기도 했다. 화려는 고구려가 일어난 홀본(舊승덕, 열하熱河)으로 추정되는 곳으로, 후일 BC 17년경에 이르러서는 고구려의 2대 유리명제가 영동7현 모두를 차지해 버렸다.

그러나 그 후에도 난하 좌우의 이 지역은 열국의 각축장이 되어 수시로 주인이 바뀌는 등 첨예한 분쟁지역으로 떠올랐는데, 그만큼 전략적으로 중요한 요충지였던 것이다. 또한 그 변천사가 워낙 복잡하다 보니 오늘날까지도 역사가들 사이에 이론이 분분한 주요 쟁점으로 남아 있다. 당시 현도군이 20여만, 신新나라 때 낙랑이 40여만 명의 인구였다는 기록도 있었다.

한사군의 위치(추정)

이듬해인 BC 81년이 되자 漢소제는 薰족에 화친의 사절을 보내, 그때까지 훈족으로의 귀부를 거부한 채 억류되어 있던 漢나라 관리들을 귀환시켰다. 그 속에는 무려 19년이나 억류된 채 북해에서 양을 치며 살던 중랑장 소무蘇武가 포함되어 있었는데, 비둘기를 띄워 자신의 소식을 漢나라에 알렸다고 했다. 그가 옛 부하 9명과 함께 고국인 한나라로 귀환하니, 충절의 화신이라 하여 장안의 화제가 되었다. 곽광이 이에 고무되어 이릉李陵의 옛 친구 3인을 薰으로 보내 흉노에 망명해 살던 이릉의 귀환을 종용했으나, 이릉은 끝내 이를 거절했다.

"장부가 되어 어찌 두 번씩이나 이름을 욕되게 할 수 있겠는가?"

말은 그리했으나, 실제로는 가족이 몰살당한 마당에 반겨 줄 사람도 없고, 漢나라에 대한 서운함이 사무쳤을 것이다. 이릉은 차제후선우의 공주였던 처를 데리고 더욱 북쪽으로 올라가 끝내 견곤堅昆 땅에서 살다가 죽었다. 그러나 그가 망명객으로 추운 북방에서 쓸쓸하게 살다 간 것은 결코 아니었다. 이릉은 흉노와 조선의 관계가 호전되고 다시금 혼인동맹으로 엮이게 된 것을 계기로, 〈북부여〉의 동명제 고두막한과도 교류한 것으로 알려졌다. 이릉은 그렇게 흉노의 귀족으로 살면서 후손을 남겼는데, 이들은 후일 4백 년이 지나서, 〈북위北魏〉를 건국한 탁발선비拓跋鮮卑라는 이름으로 역사의 무대에 다시금 등장하게 되었다.

그 무렵 곽광霍光의 큰딸은 안양후 상관걸上官傑의 아들 상관안의 아내였다. 괴력을 지닌 무인출신 상관걸은 〈망하라의 난〉을 제압한 공으로 제후에 올랐는데, 이때 겨우 6살의 나이에 소제의 첩여로 있던 상관안의 딸이자 자신의 손녀를 기어코 황후로 올리려 했다. 상관걸의 사돈인 곽광은 이에 반대했지만, 상관걸은 황후의 친조부라는 점이 더 유리하다고 판단해 적극 밀어붙인 끝에 일을 성사시켰고, 이후로 조정의 실권을 독점하고 있던 곽광을 견제하기 시작했다.

이렇게 되기까지 그에게 일조한 사람은 무제의 딸이자 소제의 배다른 누이였던 개장蓋長공주였다. 그녀는 무제가 소제의 모친인 구익부인을 죽인 후, 무제의 명에 따라 어린 유불릉을 키운 공이 있어 황실에서 목소리가 높았다. 그러나 행실이 바르지 못해 정외인丁外人이라는 사람을 총애한 나머지 그에게 작위를 주려 했는데, 곽광의 반대로 번번이 무산되기에 이르렀다.

또 다른 실력자 어사대부 상홍양桑弘羊 역시 자기 아들을 높은 관직에 올리려다가 곽광의 반대에 부딪혔다. 경제에 해박했던 상홍양은 무제 시절 〈염철제〉 시행을 주도했던 인물로, 어마어마한 전비를 충당한 공이 있었다. 무제는 4인의 고명대신을 임명하면서 비서 겸 경호실장 격에 김일제를, 국방에는 상관걸을, 나라의 경제와 살림에는 상홍양을, 마지막으로 국정을 총괄할 총리 격에 곽광을 올린 셈이었다.

그러나 무제 사후 전쟁이 사라지자 지방의 토호들을 중심으로, 염철제를 통해 중앙정부가 가져가던 막대한 이익을 나누고자 하는 움직임이 강해졌다. 이 같은 염철전매 폐지론은 상홍양의 영향력을 크게 위축시키는 것이었다. 그는 전쟁 대비를 명분으로 내세우는 한편, 다음의 이유를 들어 염철의 전매폐지를 강하게 반대하고 나섰다.

"염철제를 폐지하게 되면 그 엄청난 혜택이 일부 독점적 상인들에게만 쏠리게 될 것이 뻔한 일이오!"

그러자 이듬해인 BC 81년, 곽광은 심복인 두연년을 통해 40년을 이어 온 염철전매의 지속 여부를 묻는 〈염철鹽鐵회의〉를 개최하게 했다. 격론 끝에 술酒에만 전매제를 풀기로 했으나, 이런저런 일로 곽광과 상홍양은 돌이킬 수 없는 정적의 관계로 돌아서고 말았다.

급기야 곽광의 독주에 불만이 컸던 개장공주와 상관걸 부자, 상홍양 외에 황제의 자리를 놓친 소제의 이복형이자 李부인이 낳은 무제의 아들 연왕燕王 유단劉旦 등이 결탁해 곽광을 밀어내기로 뜻을 모았다. 상홍양이 단호하게 말했다.

"곽광의 전횡과 독단이 눈 뜨고는 못 볼 지경이오. 폐하를 끼고 오직 자기만이 옳은 독불장군인 양 행세하니 우리가 힘을 합해 나서야 합니다!"

BC 80년 가을, 마침 곽광이 황제의 친위대인 우림군羽林軍을 검열하고, 교위 한 명에게 새로운 직위를 부여했는데, 반反곽광 세력이 이를 역모로 둔갑시키려 했다. 이들은 곽광이 휴가를 내 궁 안을 비운 틈을 이용해, 연왕 유단의 이름으로 곽광을 탄핵하는 소訴를 소제에게 올렸다. 곽광이 교위를 제멋대로 임명함은 물론, 궁 밖에서 군사들을 훈련시키고 황제처럼 사치한 생활을 즐긴다는 등의 내용이었다.

다음 날, 자신에 대한 탄핵 상소 사실을 전해 들은 곽광은 모든 것을 지레 포기하고는 소제 앞에서 관모를 벗고 고개를 조아리며 사죄했다. 뜻밖에도 이때 14살 어린 소제昭帝가 한 말이 주변을 놀라게 했다.

"대장군을 관모를 쓰시지요. 짐은 이 상주가 거짓이라는 것과 대장군이 무죄라는 것을 다 알고 있습니다……"

곽광이 놀랍고 황송해 조심스레 그 연유를 물으니, 소제가 답했다.

"장군은 낭관의 부하들만 소집했고, 교위校尉(장군 아래 무관)를 소집한 것도 열흘이 채 되지 않은 일이오. 장안에서 멀리 떨어져 있는 燕왕이 그사이에 이런 사실들을 어찌 알 수 있었겠소? 또 장군이 진정 반역 의사를 가졌다면 구태여 교위를 늘릴 필요도 없는 일 아니겠소?"

소제가 조목조목 이유를 대자 상서尙書와 그 곁의 대신들 모두 어린 황제의 영특함과 과단성에 감탄했다. 그러나 사람들 여럿이 모여 뜻을 합치면 옳고 그름과 상관없이 세력화되고, 그리되면 추진력을 갖게 되는 법이었다. 상관걸 일행은 이후에도 계속해서 곽광을 음해했다. 그럼에도 소제의 곽광에 대한 확고한 신임은 변하지 않았다. 이듬해인 BC 80년, 결국 이들이 돌이킬 수 없는 역모를 꾸미고 말았다.

"아무래도 황상이 있는 한, 곽광을 탄핵하는 일은 불가능합니다. 허니 별수 없이 마지막 수단을 동원해야겠습니다. 개장공주께서 연회를 베풀고, 곽광을 초대하는 겁니다. 공주마마의 초대를 거절할 수는 없을 테니, 반드시 곽광이 잠깐이라도 들르려 할 것이고, 그때 미리 매복시켜 둔 군사로 하여금 곽광을 쳐 그 자리에서 주살해 버리는 겁니다……. 이후 소제를 폐위시켜 버리고, 연왕을 천자로 모시기로 하십시다!"

이것으로 다가 아니었다. 상관안이 말했다.

"그다음으로, 내가 연왕 유단을 유인해 죽여 버릴 겁니다. 끝내는 좌장군인 아버님(상관걸)이 황제에 오르시는 거지요! 필요시에는 상관황후도 포기할 것입니다!"

그러나 이 음모는 너무도 거대한 것이었던지 시작하기도 전에 발각되고 말았다. 그 바람에 상관걸, 상홍양 일족을 포함, 이 일에 연루된 모두가 허망하게 죽임을 당했다. 고명대신이었던 상관걸과 상홍양은 결국 이렇게 무제의 바람을 저버리고 말았다. 연왕 단과 개장공주도 자결로 생을 마감했다. 이 반역음모를 연왕과 개장공주의 이름을 따 〈연개燕蓋의 난〉이라 불렀다.

이렇게 조정 안에 곽광을 견제할 세력이 모두 일거에 사라져 버리니, 이제 곽광의 독보적인 위세는 그야말로 나라 밖까지도 널리 알려질 정도였다. 소제는 관례를 거행해 이제 성인이 되었음을 공표했으나, 이후에도 곽광에게 조정 전반의 일을 맡겨 처리했다. 곽광 또한 이런 소제를 모심에 소홀함이 없도록 애썼고, 무제 말년에 시행했던 소위 '여민與民

휴식정책'을 꾸준히 실시했다. 이로써 정부의 간섭을 최소화하고 민심을 다독였으며, 사회 전반을 발전시키려 했다. 그 결과 무제 사후 불안했던 정국이 안정되고, 경제도 크게 호전되었다. 아울러 훈족과의 화친정책으로 전쟁이 사라지니, 백성들이 오랜만에 편안하고 풍족한 생활을 누리게 되었다.

그러던 소제昭帝가 재위 12년 만인 BC 74년, 뜻하지 않은 병에 걸려 21살의 젊은 나이로 세상을 뜨고 말았다. 공교롭게도 소제가 자식을 두지 못한 터라 황위 계승에 커다란 논란이 일어났다. 처음엔 무제의 넷째 아들이자 연왕 유단의 아우인 광릉왕 유서劉胥를 내세웠다가, 무제의 손자인 창읍왕 유하劉賀로 바꾸었으나 모두 황제로서 적절치 않다며 폐위시켰다. 소제의 황후였던 곽광의 외손녀는 이제 황태후가 되었으나, 사실상 모든 정치는 외조부인 곽광에게 일임했다. 漢나라가 사실상 곽霍씨가 통치하는 나라로 전락해 버렸으니, 마치 고조 유방 사후에 여태후의 시절이 돌아온 듯했다.

무제 말년에 〈무고의 화〉로 태자 유거가 자살하고, 그 자식들을 포함해 일가 모두가 죽임을 당한 일이 있었다. 그때 유거의 서자 유진劉進에게 유병이劉病已라는 태어난 지 몇 달밖에 안 된 갓난 아들이 있었는데, 강보에 싸인 채로 옥에 갇혀 있었다. 정위감 병길丙吉이 이를 불쌍히 여겨, 여죄수의 젖을 먹여 가며 유병이를 양육시켰다. 4년이 지나 무제가 죽기 전에 강충이 태자 유거를 무고한 사실을 알고는 사건 관련자들에 대한 大사면령을 내렸는데, 그 덕분에 어린 유병이도 옥에서 나올 수 있었다.

병길은 그 후 유병이를 자신의 외조모 집에 보내 키웠는데, 얼마 후 조정에서 유병이의 황실 신분을 회복시켜 주고, 후궁과 비빈들이 지내는 액정掖庭에서 기르도록 했다. 마침 유거의 부하였던 액정령 장하張賀가 유병이를 각별하게 보살피고 공부시키니, 유병이는 8척이 넘는 훌륭한 청년으로 성장할 수 있었다. 마침 곽광이 소제의 뒤를 이을 황제를 물색 중임을 알고 있던 병길이 무제의 황증손이 살아 있다며, 유병이를 추천했다.

"유병이는 경서와 학술에 능한 데다, 재주가 많고, 온화하며 차분한 성격입니다. 장차 황제로서의 자질이 충분한 아이입니다!"

주변의 말 그대로라면 유병이의 기막힌 삶 자체가 황제가 되기에 충분한 조건을 갖추었다는 의미였다. 어쨌든 여러 의혹이 난무하는 가운데서도 곽광은 여죄수의 젖을 먹고 살아남아, 이제 막 18살이 되었다는 유병이를 극적으로 황제에 올렸으니, 10대 漢선제宣帝(~BC 48년)였다. 선제 역시 자신을 황제로 즉위케 해 준 곽광에게 정권을 일임했음은 물론, 곽광이 알현할 때마다 온순하고 겸손한 태도로 극진하게 예우했다.

그러나 황제를 능가하는 신하의 권력이 그리 반갑기만 했을까? 곽광에 대한 선제의 믿음은 소제의 그것과는 비교도 되지 않는 것이었고, 결국 곽광 사후 그 위력을 발휘하게 되었다. 선제는 그렇게 곽광과 호흡을 맞춰 가며 그의 통치 기간 내내 소제의 정책을 이어받아 백성들을 관대하게 대하니, 사람들이 편하게 일하고 생활이 안정되어 생산력도 향상되게 되었다. 그러는 사이 곽광의 아들 곽우를 비롯한 종손, 사위 범명우 등 곽霍씨 일가 친족이 모두 조정의 요직을 차지했다.

북방의 薰국에서는 화친을 강조하던 위율에 이어 선우의 아우인 좌곡려왕마저 사망하면서 종전처럼 漢나라를 공격해야 한다는 강경파들의 목소리가 높아졌다. 그에 따라 호연제선우의 고심이 깊어졌다.

"나라가 갈수록 곤궁해지고, 병사들이 먹을 게 부족해지니 참으로 큰

일이오! 화친은 그저 전쟁이 없다뿐이지 우리가 얻는 것은 너무도 미미하오. 그렇다고 漢나라에 대놓고 물자를 대라 요구할 수도 없는 일이고, 참……"

"대선우, 우리가 먼저 선제공격으로 변경 일부라도 장악한 다음, 화친의 조건을 내거는 수밖에 다른 뾰족한 수가 없습니다. 만일 공격이 실패하더라도 최소한 漢나라의 반응을 떠보는 효과는 있을 것입니다."

그리하여 BC 80년, 漢과의 오랜 화친을 깨고 흉노가 좌우 2부部의 2만 병력으로 漢나라 변경을 침입했다. 그러나 漢나라의 방어가 견고해 공격에 실패했고, 오히려 구탈왕이 포로로 잡히고 말았다. 그 바람에 薰국에서는 漢나라가 구탈왕을 길잡이 삼아 薰을 공격해 올까 봐 북서쪽으로 더 멀리 이동하는 웃지 못할 사태까지 벌어졌다. 그러나 선우로서는 무엇이든 해야만 하는 절박한 시간이었다. 2년이 지나 즉위 8년째 되는 BC 78년 1월경 이오왕犂汙王이 새로운 정보를 들고 왔다.

"하서 지역의 장액과 주천에 머물던 漢군의 병력 수가 현저하게 줄어들었다는 정보가 있습니다. 장안에서 멀리 떨어진 곳이니 우현왕부의 병력으로 그곳을 공략해 우선 물과 풀이 있는 땅을 차지하는 것이 좋을 듯합니다."

그러나 이번에도 薰국의 침공 정보를 미리 알고 있던 漢나라에서는 장액태수와 속국 의거義渠의 도위都尉가 연합해, 흉노를 대파하고 침공을 막아 냈다. 이오왕은 전투 중 화살에 맞아 전사했다. 그해 겨울에 薰족은 다시금 하투 지역 오원군을 침입해 수천 명을 살해, 약탈했고, 기병 수만 명을 동원해 漢나라 요새 밖의 정장亭障에 사는 이주민들을 공격했다. 그러나 漢의 요새마다 봉화 시설이 잘 갖춰지고 방어가 원만하게 이루어져 이후 薰족의 침범이 잦아들고 말았다.

그 무렵 동북에 있던 선비 오환烏桓족은 일찍이 묵돌에게 격파당하면서 멸망 직전까지 갔던 원한이 있었다. 그 후 동호東胡가 묵돌에게 패망한 그 자리에 서서히 오환이 자리하면서 다시금 세력을 불리고 있었는데, 훈족이 주춤하던 그 무렵, 이들이 흉노 선우의 무덤을 파헤친 일이 있었다. 이 일로 薰족이 그 앙갚음을 하고자 기병 2만을 동원해 오환족을 공격하려 한다는 정보가 漢나라 조정에 입수되었다. 곽광이 사위인 범명우范明友를 도요度遼장군으로 삼고 기병 2만을 주어 요동을 나가게 했는데, 출병에 앞서 주문 하나를 했다.

"장군은 잘 들어라! 병력을 헛되이 출동시킬 수는 없는 일이다. 우선 이 길로 흉노를 치되, 만일 흉노를 따라잡지 못할 수도 있으니 그때는 곧장 오환을 공격하도록 하라! 이번에 두 마리 토끼 모두를 잡는 것이 목표다!"

그러나 薰족도 오환을 공격하던 도중에 漢나라 기병대가 출정했다는 소식을 접하고는, 오환 공격을 중단한 채로 이내 철수해 버리고 말았다. 漢軍의 척후병이 보고했다.

"장군, 흉적이 전혀 보이질 않습니다!"

"뭣이라? 그 말이 사실이렷다! 흐음, 정보가 샌 모양이로구나. 할 수 없다. 그렇다면 곧장 오환으로 향하는 수밖에……. 명령을 전달하라! 전군은 지금 당장 오환으로 출격한다!"

그때 오환은 느닷없이 흉노의 앞선 공격에 큰 피해를 입고 겨우 수습에 나서려던 참이었다. 그러나 마치 약속이라도 한 듯 뒤이어 漢나라 기병 군단이 나타나더니 벼락같은 기습을 퍼붓는 바람에, 이렇다 할 방어도 못 한 채 다시금 초토화되고 말았다. 6천여 오환족의 수급이 떨어지고, 3명의 왕이 목숨을 잃었다. 쉽사리 승리를 챙기고 개선한 범명우는 평릉후平陵侯에 봉해졌다.

漢나라 때문에 오환烏桓 공격을 포기해야 했던 薰족은 오환이 漢나라에 무너지는 것을 보고 가슴을 쓸어내렸다. 그리고는 이내 공격의 방향을 서역으로 돌렸는데, 훈족 역시 일단 병력을 일으킨 데다 나라가 궁핍했던 만큼, 무엇이라도 해야 했던 것이다.

"대선우, 일이 이렇게 된 만큼 오손을 치는 것이 좋을 듯합니다. 오손왕은 한무제와 연합해 우리를 배신했으니 그 근본을 다시 되돌려 놓을 때가 되었습니다. 게다가 오손왕에게는 무제 이래 漢나라가 오손왕에게 처로 보내 준 한나라의 공주가 있습니다. 공주를 빼앗아 한나라와의 교섭에 활용하는 것도 하나의 방도일 것입니다."

그리하여 훈족이 거세게 오손烏孫을 공격해 오자, 오손왕 옹귀미翁歸靡의 부인인 漢나라 출신 해우解憂공주가 漢소제에게 구원을 요청했다. 그러나 BC 74년, 소제의 갑작스러운 죽음으로 이 사안은 漢나라 조정에서 묻히게 되었다. 漢나라가 소제의 뒤를 이을 황제 옹립 문제로 틈이 난 사이에 薰족은 오손을 공격해 거연車延과 악사惡師 등을 빼앗았다. 얼마 후 선제宣帝가 즉위하자 이번엔 오손왕 옹귀미가 다급히 선제에게 글을 올려 호소했다.

"황제 폐하, 지금 흉노의 대군이 몰려왔습니다. 그들은 우리 오손이 한나라와 손잡은 구원舊怨을 내걸어, 漢공주 유해우를 내놓고, 한나라와 단절하라며 위협하고 있습니다. 이에 폐하와 힘을 합쳐 흉노를 물리칠 수 있기를 고대합니다. 한나라가 정예 병사의 절반인 5만의 병마를 내준다면, 흉노를 물리치고 아울러 공주를 지켜 낼 수 있을 것이니, 폐하께서 하해와 같은 은혜를 내려 주시기를 바랄 뿐입니다!"

그러나 漢나라의 사정이 곧바로 전쟁에 돌입할 수 있는 것이 아니었다. 이에 漢선제는 우선 징집령을 내리는 등 시간을 들여 모두 16만의 대규모 병력을 꾸렸다. 무제 사후 10년 만에 漢나라 기병 군단을 출동시켜 다시 장성을 넘는 것이니만큼 철저하게 전쟁 준비에 나서야 했던 것이다. BC 71년 정월, 선제는 마침내〈흉노〉토벌을 명하고, 어사대부 전광명田廣明을 기련祈連장군으로 삼는 외에 도요장군 범명우 등 5명의 장군으로 5로군을 편성케 해 각각 河西로 출발시켰다. 이와는 별도로 교위 상혜常惠를 사신 자격으로 오손왕에게 보냈다.

"전하, 한군의 지원 요청을 오래 기다리셨습니다! 漢의 황제께서는 전하의 요청을 결코 잊은 적이 없습니다. 그간 군마를 정비하느라 부득이 시간이 지체되었으나, 마침내 강력한 한나라 기병대 16만을 출병시켰고, 용맹한 한나라 다섯 장군에게 흉노의 전면 토벌을 명하셨습니다!"

"오, 정말 반가운 일이오! 한나라의 동맹국으로서 오손은 황제의 은혜를 절대 잊지 않을 것이오!"

이어 상혜는 옹귀미가 기뻐할 사이도 없이 漢나라의 작전을 전달했다.

"전하, 강성한 흉노와의 전쟁이 개시되었고, 이미 한군의 5로군이 출병했으니, 당연히 오손도 병력을 내어 동서 양쪽에서 흉노를 협공해야 할 것입니다."

"당연한 말씀이오! 과인이 친히 5만의 오손 기병대를 이끌고 흉노의 우현왕부로 출정할 것이오!"

그리하여〈漢-오손〉의 동맹군이 薰족을 양쪽에서 협공하게 되었다.

이 소식을 접한 호연제선우의 수하들이 간했다.

"대선우, 우려하던 일이 벌어졌습니다. 드디어 한나라가 16만에 달하는 대규모 병력을 보내 쳐들어온다는 첩보입니다. 우리로서는 도저히 그 많은 병력을 당해 낼 재간이 없으니, 일단 멀리 피하고 나중을 생각하셔야 합니다!"

화들짝 놀란 호연제선우가 아예 멀리 달아나 싸움에 응하질 않으니 漢軍은 이렇다 할 소득이 없었다. 다만, 옹귀미가 이끄는 5만의 오손 기병과 함께 동쪽으로 진격했던 교위 상혜는 흉노 우곡려왕정에 이르러 맹공을 퍼부었다. 그 결과 선우의 숙부뻘, 형수, 거차居次(공주), 명왕名王, 천장千長, 기장騎將 이하 약 4만의 흉노 수급을 베고, 말과 소, 양 등 칠십여만 마리를 몰고 귀환했다.

상혜의 전공을 빼고는 漢나라 5로군은 16만 대병력의 요란한 출정에 비해 그야말로 초라한 성적으로 귀국했다. 그런데 사후 조사 결과, 기련 장군 전광명과 운중태수 전순田順이 흉노군이 근처에 있음을 알고도 공격하지 않았다는 사실이 드러났다. 이에 두 장수 모두 형리에게 보내졌고, 결국 둘 다 자결을 택했다. 오직 전공이 있는 상혜만이 장라후長羅侯에 봉해졌고, 오손의 왕족들은 많은 금화를 하사받았다.

흉노의 우현왕부가 크게 타격을 입고 많은 사상자를 내자, 호연제선우는 가만히 있을 수 없었다. 그해 겨울 선우가 친히 수만의 기병으로 〈오손〉을 공격해 보복을 가하고는 노약자들을 포로로 잡아 철수하는 도중이었다. 갑자기 하루에 눈이 열 척이나 쌓이는 엄청난 폭풍설이 들이닥치는 바람에 흉노군이 눈 속에서 옴짝 못한 채 갇히고 말았다. 병사들과 가축이 수도 없이 얼어 죽었고, 살아 돌아간 병사가 1/10이 되지 않을 정도로 피해가 극심했다.

이 소식을 들은 오손왕 옹귀미가 기회를 놓치지 않았다.

"무어라? 흉노가 폭풍설에 갇혀 엄청난 타격을 입었다고? 하늘이 주는 복수의 기회로다! 즉시 방향을 돌려 흉노로 향한다! 아울러 동쪽의 오환왕과 북쪽의 정령왕에게도 사자를 보내 이 소식을 알리고, 함께 흉노를 협공하자고 전해라! 그들도 흉노에게 진 빚이 많아 반드시 출병할 것이다!"

흉노의 공격을 피해 달아났다가 철수 중이던 오손의 기병군단이 방향을 바꾸어 흉노를 향해 진군했다. 그리고 그때 과연 오환과, 정령 등이 모두 호응하여 흉노 공격의 대열에 합류했다. 가뜩이나 폭설 피해를 수습도 못 하고 있던 흉노는 갑작스럽게 주변 3국으로부터 동시다발적으로 공격을 받게 되자 속수무책으로 당하고 말았다.

이 보복 전쟁으로 흉노는 가축의 절반이 굶어 죽었고, 병사 열에 셋에 해당하는 수만 명이 목숨을 잃었다. 호연제선우는 더는 버틸 힘을 잃고 말았고, 흉노와 오손 두 나라의 원한은 돌이킬 수 없이 깊어져만 갔다.

〈오손烏孫〉은 원래 대릉하 유역의 조양朝陽 인근에서 일어난 古조선(마한 추정)의 강성한 후국이었으나, 〈기씨조선〉의 멸망을 계기로 서쪽 하서河西 지역으로 옮겨갔는데 돌궐의 조상이라고도 했다.

오손은 아사나를 한자로 표기한 이름이고, 그 뜻은 古조선 지방후국 장수(가加, 오烏)의 명칭이었다. 이들이 BC 2세기 노상선우의 지원으로 〈월지月支〉를 몰아내면서 인근 서역 국가들의 연쇄 이주를 촉발했는데, 오늘날 〈아시아Asia〉의 명칭이 바로 아사나阿史那(오손)에서 기원한 것이었다. 단군조선의 수도 역시 아사달(아사나, 아스타나)이었으니, 〈오손〉은 서역 진출 당시 〈아사달〉 자체를 국호로 삼은 것으로도 보았다.

그런데 호연제선우의 불운은 여기서 그치지 않았다. BC 71년에 이어 BC 68년에도 몽골 초원에 대규모 홍수와 눈사태가 들이닥쳐 또다시 엄청난 재해를 입었다. 17년간 훈족을 이끌었던 호연제선우는 모친인 전거대알지를 포함한 내부의 권력 투쟁과 외부의 전쟁, 그리고 자연재해에 완전히 지쳐 버렸다. 어느 날 그가 비장한 마음으로 모친을 찾아 말했다.

"어머님, 소자는 이제 더는 버틸 힘이 없습니다. 거듭된 천재지변으로 나라가 궁핍해지고 힘을 잃다 보니, 이제 다른 왕들을 통제할 수조차 없게 되었습니다. 도저히 저로선 역부족입니다! 차라리 좌현왕이나 일축왕, 혹은 다른 왕한테 선우 자리를 양보하고 그들에게 기회를 주는 것이 좋겠습니다. 어머님께서도 소자와 함께 떠나시지요……"

"대체 그게 무슨 말이랍니까? 선우를 포기하신다니요? 정녕 선우를 그 자리에 올리기 위해 이 어미가 무슨 일을 했는지 모르셔서 하는 말씀입니까? 아니 됩니다! 말을 듣지 않는 소왕들은 더욱 엄하게 다스리면 되고, 천재지변은 시간이 가면 치유될 것을, 무슨 그리도 나약한 말씀이십니까?"

전거알지가 노하여 펄펄 뛰었다.

"어머님, 처음부터 소자가 선우를 맡는 것이 아니었습니다. 어머님의 욕심과 비행이 분열을 더욱 가속화시켰습니다! 이대로 가다가는 우리 훈족의 미래는 결단코 보장할 수 없습니다! 상황을 똑바로 보셔야 합니다!"

"선우, 그걸 말씀이라고 하십니까? 비행이라니요? 어미에게 어찌 그런 모욕을……. 나는 아니 떠납니다. 선우정을 놔두고 내가 어디로 간단 말입니까? 떠나려거든 혼자서나 떠나 버리세욧!"

화가 나 돌아서 버린 모친을 향해 큰절을 한 다음, 호연제선우는 대연지의 막사를 나왔다. 비쩍 마른 얼굴 위로 눈물이 흐르고 있었다. 그리고 얼마 후, 호연제선우는 모친의 바람을 뒤로 한 채 무정하게 선우정을 나와 서쪽으로 떠나 버렸다. 묵돌선우 이래 150년간 북방의 최강자로 군림했던 薰國의 앞길은 이제 한 치 앞을 내다볼 수 없는 안개 정국으로 휘말려 들고 있었다. 호연제선우의 돌발적인 이탈은 薰國 내부의 분열은 물론, 주변 속국으로부터 지도력을 상실하는 최악의 국면을 초래하고 말았다. 漢나라에는 더더욱 힘을 쓰지 못하게 되니, 덕분에 그 변방이 평안해졌다.

선제宣帝는 황제에 즉위하기 3년 전에 환관 숙소의 수위 출신 허광한 許廣漢의 딸과 혼인을 했다. 허광한은 창읍왕랑昌邑王郞을 지낸 환관으로 무제가 李부인에게서 얻은 창읍왕을 보필하던 인물이었다. 이후 무제에게 중용되어 감천궁으로 들어오면서 허許씨들도 중앙권력의 무대에 서게 되었다. 원래는 무제의 황태자 유거의 부하로 유병이를 보살펴 준 액정령 장하가 병이를 맘에 들어 해 장하의 손녀와 맺어질 뻔했으나, 장하의 동생인 右장군 장안세張安世가 반대했다.

"형님, 그것은 장차 가문에 위험한 일이 될 수도 있습니다. 유병이는 무제의 황증손입니다. 언제 어떻게 복잡한 정사에 휘말릴지 알 수 없는 아이입니다. 지금 천하가 곽광의 시대임을 형님이 모르신단 말입니까? 자칫 이 일로 곽씨 일가의 눈 밖에 벗어나기라도 하는 날엔 우리 가문은 멸문지화를 당할 수도 있습니다. 불길한 황가의 후손을 키워 낸 것도 조심스러운데, 하물며 혈연으로 구태여 엮일 필요가 무엇이란 말입니까?"

우장군 장안세는 〈연개의 난〉 때 공을 세운 곽광의 최측근으로 곽광과 함께 보정대신을 맡고 있었다. 이에 장하가 유병이를 사위로 삼으려던 뜻을 포기하고, 사재를 들여 유병이를 자기 부하인 허광한의 딸, 15살 허평군許平君과 혼인시켰다. 유병이는 이후 황제가 되기 전까지 처가인 허씨와 할머니인 사史씨에 의존해 민가에서 어렵게 살았다. 그러다 보니 사람들이 늘 이해득실을 따지고 간사하게 구는 세상의 이치를 모두 깨우치고 궁에 들어갈 수 있었다.

대장군 곽광은 선제를 황제에 올려놓은 뒤, 자기의 어린 딸 곽성군霍成君을 장차 선제에게 시집보내 황후로 세우려 했다. 이를 눈치챈 선제가 조서를 내려 자기가 옛날에 쓰던 검을 가져오라 일렀다. 대신들이 옛것을 아끼려 하는 선제의 마음을 알아차리고 허평군이 당연히 황후가 되어야 한다는 상소를 올리자, 선제는 허씨를 발 빠르게 황후로 책봉해 버렸다.

선제는 이미 황제가 되기 전 허평군과의 사이에 아들 유석劉奭을 두었는데, 황제에 오른 뒤 2년 뒤인 BC 71년 정월, 허황후가 다시 임신하면서 병이 나고 말았다. 이때 곽광의 처와 교분이 두터운 女의원 순우연이 입궁해 병간호를 했다. 순우연의 남편은 액정호위로 매일 야근에 시달렸는데, 승진을 바라는 마음에 자기 부인을 곽광의 처 현顯에게 보내 인사 청탁을 하게 했다. 영민한 곽현(곽광의 처)이 이를 놓칠 리 없었다.

"자네 남편이 액정호위라고? 고생이 심하겠구먼, 자네가 나를 도와준다면, 내 그대 남편을 반드시 좋은 자리로 올릴 수 있겠구마는……"

"태부인 마님, 소인이 도울 일이라니요? 무엇이든 시켜만 주십시오, 마님!"

순우연이 침을 꼴깍 삼키며 눈을 반짝였다.

"우리 대장군이 제일 예뻐하는 내 딸을 자네도 알고 있질 않나? 그 아이를 귀하게 만들어야겠는데, 자네라면 이를 도울 수도 있을 걸세……"

"마님, 소인은 태의에 불과한데, 어찌하면 도울 수 있다는 겐지요?"

"그래, 여인들이 아이를 낳다 보면, 죽기도 하고 그러질 않겠나?"

"……."

순간 머리가 하얘진 순우연이 놀란 기색으로 말을 잇지 못하자, 곽광의 처가 더 가까이 오라 손짓하고는 귓속말을 했다.

"생각 좀 해 보시게! 미천한 허씨에게 황후가 가당키나 한 일인가? 그런 허황후를 밀어내고 대장군의 딸이 황후가 된다고 생각해 보란 말일

세! 그때는 자네와 남편의 세상이 오는 게지……"

태부인이 의미심장한 미소를 지어 보이자 순우연은 두려움에 숨조차 제대로 쉬지 못할 지경이었다.

"자네는 태의일세. 독毒에 대해 잘 알고 있질 않겠나? 두려워 마시게! 무엇이 됐든 자네의 뒤에는 대장군과 내가 있질 않나? 반드시 일을 성사시켜 주시게나! 나중에 자네가 상상도 못 할 커다란 보상이 따를 걸세……"

그렇게 태부인의 생각을 들어 버린 이상, 이제 순우연은 선택의 여지가 없었다. 순우연은 곽현이 시킨 대로 태의가 황후에게 올리는 대환大丸(환약)에 독초의 일종인 부자附子를 섞어 올렸다. 마침 약은 황후가 출산을 마치고 난 다음에야 전달되어 독약을 먹은 허황후만 사망하고 말았다. 그러나 이후 갑작스러운 황후의 죽음에 의문을 품은 대신들이 기이한 죽음이라며 의원들을 추궁하는 한편 탄핵에 나섰다. 결국 조정에서 관련 의원 모두를 잡아들였고, 일이 이쯤 되자 사실이 밝혀질까 두려워진 곽광의 처가 남편 곽광을 붙잡고 모든 이야기를 털어놓았다.

"여보, 소첩이 큰일을 저질렀습니다……. 우리 딸을 황후에 앉힐 욕심에 눈이 멀어 실은 허황후의 죽음을 사주했어요!"

"뭐라, 그게 무슨 말이오? 하나도 빠뜨리지 말고 사실대로 얘기해 보시오!"

자초지종을 알게 된 곽광이 대노하여 태부인을 질책했으나, 이미 저질러진 일이라 이내 깊은 고심에 빠졌다. 다음 날 곽광은 굳은 마음으로 선제를 알현했다. 그리고는 순우연을 심문하지 말라는 조서를 꾸며 선제의 서명을 받아냈다. 그뿐만 아니라 곽광은 얼마 후 작은딸 곽성군을 순조롭게 입궁시켰다.

자세한 내막은 알 수 없으나 〈허황후 독살사건〉은 그렇게 흐지부지

마무리되었다. 漢나라의 천자가 자신의 정실 황후를 독살한 신하의 행위를 눈감아 준 셈이니, 이때 곽광의 위세가 사실상 선제를 능가하는 것이었음을 여실히 보여 준 사례였다. 이듬해 봄, 선제는 곽광의 딸 곽성군을 황후로 책봉했는데, 곽광이 죽기 1년 전의 일이었다.

　곽광霍光은 무제 사후 약 20년간을 집권하며 실질적으로 황제를 능가하는 권력을 행사하다가 BC 68년 병으로 죽었다. 궁벽한 시골 마을의 평범한 서민이었던 그가, 어느 날 이복형 곽거병의 손에 이끌려 궁 안으로 들어온 후 모든 것이 변했다. 이후 어린 나이의 그를 승승장구하게 만들었던 그의 형 곽거병은 정작 일찍 병사한 데 반해, 곽광은 성실하고 올곧게 살아 무제의 고명대신에까지 오르게 되었다.

　그 덕에 마침내 대사마대장군에 올라 세상의 모든 권력을 손에 쥔 채 제 수명을 다하고 살았으니, 곽광이야말로 진정한 승자였고 인간이 누릴 수 있는 복을 다 누렸는지도 모를 일이었다. 그러나 그 복이 자식들에게 대대손손 이어진 것은 아니어서, 오히려 전한前漢 후기 외척이 조정을 장악하고 권력을 휘둘렀던 가장 나쁜 사례로 기록되는 오명을 안게 되었다.

　곽광이 죽자 그 아내와 자식들은 곽광의 능원을 제왕의 수준으로 증축하는 외에, 다투어 저택을 짓고 사치하며 끝없는 세도를 부렸다. BC 67년, 선제는 곽황후가 후사를 보기 전에 서둘러 허황후의 아들 유석劉奭을 태자로 책봉해 버렸다. 이 일이 또다시 곽광의 처 현을 자극했다. 그녀가 딸인 곽황후를 찾았다.

　"황후마마, 기가 막혀 말이 나오질 않습니다. 어린아이를 그토록 서둘러 태자에 책봉하실 일이 무엇이란 말입니까? 이는 황상이 우리 곽씨 일가를 혐오하고 원망하기 때문입니다. 황후마마, 부디 정신 똑바로 차리셔야 합니다!"

곽현은 실로 사악하고 탐욕스러운 여인이었다. 원래는 곽광의 정실 부인이 시집올 때 데려온 시녀로 미천하고 배운 것도 없었으나, 이후 곽광의 눈에 들어 잠자리 시중을 들곤 했다. 곽광의 정실부인이 죽자 결국 그 자리를 꿰차고 곽광과의 사이에 둔 딸이 곽성군이었다.

곽현은 딸인 곽황후를 시켜 이번에도 어린 태자를 독살하려 했으나, 선제의 특명을 받은 보모가 철저하게 먼저 음식의 맛을 보고 보호하는 바람에 결국 일을 성사시키지 못했다. 그녀의 악행은 이것으로 끝나지 않았다. 은밀하게 집안 노비의 우두머리인 감노監奴와 놀아나면서 육체적 쾌락마저 놓지 않았던 것이다.

그러나 곽광 사후 2년이 지나자, 오랜 세월 인내하던 선제가 마침내 직접 조정을 장악하기 시작했다. 어사대부 위상과 장인 평은후 허광한을 중용하고, 외가를 찾아 외삼촌 왕무고 등을 후侯에 봉했다. 특히 상서尙書에서 내용이 좋지 않다는 평계로 상소를 걸러내던 일을 금지하는 반면, 조정의 요직에 있던 곽씨 일가를 하나둘씩 배척해 나갔다. 집안의 세력이 서서히 약화되는 가운데 시중에서는 곽현이 과거 허황후를 독살했다는 소문까지 나돌기 시작했다. 위기감을 느낀 그녀가 곽씨 일족을 불러 모은 다음 자초지종을 말했다.

"잘들 들으세요! 저잣거리에 떠도는 소문은 전부 사실입니다! 더구나 이는 황상도 모두 아시는 일이란 말입니다!"

"뭐라구요? 태부인 말씀이 사실입니까? 아니, 어찌 그런 일을……"

가족들이 모두 놀라 입을 다물 줄 몰랐다. 곽현은 눈 하나 깜짝하지 않고 냉정하게 말했다.

"지금 황상은 우리 가문에 복수를 하고 계시는 중입니다. 그러니 모두들 정신을 바짝 차려야 산단 말입니다. 우리가 먼저 움직이지 않으면 우리가 당하게 되어 있다구요! 내 이 말을 하려고 모두를 불러 모이시게 한 겁니다!"

뒤늦게 돌이킬 수 없는 일임을 깨닫게 된 곽씨 일족들이 결국 모반을 꾸미기 시작했다.

"이렇게 할 것입니다! 황상의 외조모인 박평군博平君 온을 위한 연회를 열고, 조정 대신들을 초대하는 겁니다. 그때 승상 위상魏相과 허황후의 부친 허광한의 무리들을 일망타진하고, 곧바로 선제를 폐위시켜 버립시다. 그다음 집안의 큰 어르신인 대사마(곽우)를 황제로 옹립하는 겁니다!"

그러나 이는 실로 10여 년 전, 곽광 타도를 위해 상관걸 부자가 주도했던 〈연개의 난〉 때와 유사한 방식으로 허술하기 짝이 없는 것이었다. 결국 모의가 들통나는 바람에 곽씨 일가들이 하루아침에 몰락하고 말았다. 대사마 곽우霍禹는 요참에 처해졌고, 이 모든 악행의 근원인 태부인 현顯과 그 가족들 모두 시신이 길바닥에 버려지는 기시형에 처해졌다. 한 여인의 끝없는 탐욕이 당대 최고 일족의 몰락을 재촉한 셈이었다.

선제는 이어 곽霍황후를 폐위시켜 소대궁昭臺宮에 가두어 살게 했다. 오랫동안 억눌려 있던 선제의 분노와 한恨은 힘을 발휘해 거대 정적들을 일거에 소탕하면서 권력을 장악하는 데 성공했고, 선제는 이로써 마침내 황제의 권위를 갖추게 되었다. 무제의 고명대신 4인 중 일찍 병사한 김일제를 제외하고는 결국 모든 가문이 유劉씨의 한漢나라를 이반했으니, 이는 특정인에게 의존해 권력을 과도하게 몰아준 것이 이들의 탐욕을 더욱 키웠기 때문이었다. 모든 권력은 가급적 잘게 나누고 분산시키는 것이 인간 탐욕의 근원을 없애는 길임을 새삼 깨우쳐 주는 사건이었다.

2부

북부여 시대

6. 북부여와 열국시대

BC 80년 〈연개의 난〉 때, 사전에 음모가 적발되어 관련자 모두 처형을 당하면서 漢나라 조정이 극심한 내홍에 휘말렸다. 개장공주와 함께 황제를 꿈꾸었던 연왕 단旦도 끝내 자결했는데, 이를 계기로 燕나라는 봉국에서 제외되기까지 했다.

그런데 일설에는 이때 연왕 유단이 자결한 것이 아니라 가솔들을 거느리고 동북의 선비 땅으로 달아났다는 소문도 있었다. 당시 燕王이 〈북부여〉 조정과 사전 교감이 있었다는 얘기인데, 漢나라 조정이 어수선한 틈을 타 동북의 〈북부여〉 측에서도 漢나라 조정을 뒤흔들려 시도한 듯하며, 충분히 가능한 이야기였다.

그즈음 薰國에서도 호록고선우가 병으로 죽어, 그의 아들 호연제壺衍鞮(BC 85~BC 68년)가 선우에 올라 있었다. 원래 호록고는 자기 아들이 너무 어리다 하여 아우인 우곡려왕에게 선우의 자리를 물려주라는 유언을 남겼으나, 호연제의 모친인 전거顓渠알지가 漢人 망명객 위율衛律과 짜고 유언을 바꾸어 자신의 어린 아들을 선우로 즉위시켰다. 그 바람에 薰국에서도 황족들 간에 내분이 일어나 용성龍城 또한 漢나라 조정처럼 어지럽기는 매한가지였다. 동명제 재위 시 漢과 薰 양대 제국 모두가 동북의 조선 쪽에 신경 쓸 겨를이 없었던 것이다.

마침 그 무렵 동명제 고두막한이 호록고선우의 여동생 가달賈達을 비로 맞아들였다. 동명제가 〈북부여〉 천왕으로서의 입지를 탄탄히 하자 〈진번眞番〉이 항복해 찾아오고, 〈적동磧東〉 등의 소국에서도 조공을 보내왔다. 이어 무제의 방사方士 출신이자 사위였던 漢人 출신 란대欒大의 아들이 귀부했기에, 동명제가 그를 객경으로 삼고 종실의 딸을 처로 내주는 한편, 漢씨 성을 내렸다.

그 무렵에 북부여 일대에서는 큰 가뭄이 이어졌다. 그러자 해부루가 〈북부여〉 조정에 곡식을 보내왔고 이후로도 매년 정례화되다 보니, 그때마다 강가에 인접한 8개 소국에서 조운漕運을 위해 배를 띄워 주었다. 당시 東부여의 해부루조차도 확실하게 북부여 왕조에 충성을 보이고 상황에 순응하기 바쁜 모습이었다. 심지어 그 무렵엔 호연제선우의 아우인 허려권거를 비롯해 薰의 황족들이 수시로 동명제를 찾아왔다는 기록까지도 있었다. 동명제의 北부여 왕조가 안정되니 사방에서 이주해 오는 사람들이 늘어났고, 나라의 힘이 더욱 강해진 것이었다.

北부여가 당시 흉노와의 관계를 개선한 것은 묵돌의 〈동도침공〉과 위만의 〈기씨조선〉 침탈로 양측이 원수가 된 이래로 거의 백 년만의 화해나 다름없었다. 북방민족을 대표하는 양대 강국 〈부여夫餘〉(고조선)와 〈薰〉이 같은 종족으로서 다시금 화친의 관계를 회복한 것은, 북방의 질서를 되찾는 조짐을 보인 것이며 중원의 漢나라를 매우 곤혹스럽게 만드는 일이었을 것이다.

그런 상황에서 BC 78년경에는 오환족이 힘을 키워 漢나라의 동북쪽 변방을 수시로 공격하고 노략질했다. 이에 앞서 흉노에서도 3천여 기병이 오원五原을 침입해 약탈과 살인을 자행했다. 그 후로도 수만여 명이 남하해 漢의 변경 요새를 공격해 노략질했는데, 그즈음에는 흉노의 침입이 뜸해진 대신 오환의 공세가 격화되고 있었다. 특히 그해는 동명제가 흉노인 괴리槐里로 하여금 오환족을 이끌고 남쪽으로 요동과 요서 지역을 토벌할 것을 종용했다. 괴리는 동명제의 이종인 선비왕 왕백王栢의 사위로, 차제후선우의 아우이자 허려권거의 숙부였다. 결국 괴리가 요수遼水 일대의 경략에 나서 크게 노획을 하고 돌아왔다.

그런데 오환족은 과거 흉노 묵돌선우의 〈동도 원정〉 때 괴멸당한 구원이 있어, 백 년이 지나도록 걸핏하면 양측이 서로 충돌하던 사이였다. 다만 이 시기에 선비계 동명제가 등장하면서, 흉노와의 관계가 개선되고 있었다. 하필이면 그 와중에 오환족의 어느 무리가 흉노선우의 무덤을 도굴하는 사태가 벌어지고 말았다. 이에 분노한 호연제선우가 2만의 기병을 동원해 오환을 치기로 했다. 그 와중에 마침 흉노 포로로부터 흉노의 大軍이 조만간 오환을 공격할 것이라는 정보를 얻게 되자, 漢나라 조정에서 이 문제를 본격 논의했다. 호군도위 조충국趙充國이 말했다.

"한나라에 저항하는 오환을 흉노가 내처 준다면 좋은 일입니다. 그렇다고 흉노와 오환의 분쟁에 우리가 굳이 끼어든다면, 오랑캐들을 자극해 필요 이상으로 긴장시키고 자칫 전쟁을 유발할 수 있으니 좋은 계책이 아닐 것입니다."

그러나 곽광의 사위인 중랑장 범명우范明友의 생각은 달랐다.

"오환이 부쩍 변경을 치고 들어오니 이를 좌시할 수 없는 노릇입니다. 두 오랑캐 무리가 서로 싸우는 틈을 기다려, 살아남은 쪽을 공격한다면 반드시 승산이 있을 테니 이 기회를 놓쳐서는 아니 될 것입니다!"

결국 격론 끝에 곽광은 범명우를 도요장군에 명하고 2만의 기병을 주어 출병하게 했다. 도요渡遼란 요수(영정하)를 건너 〈북부여〉(古조선)를 치고 돌아오라는 염원이 들어 있는 말이었다. 곽광이 범명우에게 사실상 오환은 물론, 내친김에 〈부여〉까지 쳐서 요동 땅을 단단히 해 놓을 것을 명했던 것이다.

이처럼 느닷없는 漢軍의 원정 공격으로 끝내 오환족이 치명타를 입고 말았다. 먼발치에서 오환이 당하는 것을 목격한 흉노는 이후로 漢에 대한 공세를 멈추었다. 그 후로 3년쯤 지난 BC 75년경, 漢나라는 또다시 범명우를 동북으로 출정시켰는데, 이번에는 직접 〈부여〉(조선)를 치게 했다. 漢軍이 이때 요동遼東으로 동진해 조선하를 넘어, 현도군玄菟郡 내에 견고한 성을 쌓으려 했으니, 필시 〈한사군〉 부활을 노리고 북부여와의 전쟁을 개시한 셈이었다. 강성해진 〈북부여〉를 견제하려는 조치였으나, 이 소식이 전해지자 동명제가 크게 분노했다.

"무어라? 漢敵들이 우리의 코앞에다 성을 쌓으려 한다고? 또다시 한사군 재건을 노리려는 모양이니 절대 좌시할 수 없는 일이다!"

동명제는 곧장 부여의 군대를 출정시키는 외에 선비족인 오환烏桓과 비리卑離, 자몽紫蒙에도 즉시 출병하라는 명을 내렸다. 결국 부여夫餘와 주변의 선비계 소국들이 힘을 합치고, 특히 오환족이 주축이 되어 범명우의 漢軍에 맞서 치열한 각축전을 벌였다. 이때 부여가 漢나라 원정군을 동서 협공으로 패퇴시키고, 〈현도군〉을 패수浿水 서북쪽으로 몰아내는 데 성공했다.

끝내는 범명우가 지휘하던 현도군이 크게 물러나고 말았는데, 이로써 〈북부여〉는 漢무제 때 시작했던 〈한사군漢四郡〉 설치를, 30년 만에 최종적으로 좌절시키는 쾌거를 이루었다. 漢군을 몰아붙인 부여는 이후로 북경 서북쪽의 상곡일대까지 평정한 것으로 보였는데, 과거 燕나라 진개에게 빼앗긴 강역이었다.

漢나라는 이때의 참패 사실을 사서에서 누락시킨 채, 앞서 〈오환〉을 깨뜨린 일만을 거창하게 기록했으나, 그사이 최고 지도자 격인 호오환 교위校尉를 잃었고, 마지막까지 살아 돌아간 자가 드물 정도였다고 한다. 패장 범명우가 귀국 후 무사했던 것은 그가 실권자인 곽광의 사위였기 때문이었을 것이다. 도요渡遼장군이었던 그는 장인인 곽광의 기대에 부응하지 못한 채 다시는 요수를 건너지 못했으며, 그 후로는 오히려 반대쪽인 서역으로 출사하기 바빴다.

　이듬해가 되자 이 일을 계기로 비로소 漢나라는 漢四郡을 대대적으로 정비했다. 이미 8년 전에 난하 동쪽에 두려했던 〈진번〉과 〈임둔〉을 포기했지만, 이 시기에 패수 서쪽으로 재차 밀려나면서 그 북쪽에 〈현도군〉을, 아래쪽에 〈낙랑군〉 2郡만을 두기로 확정한 것이었다.

　고두막한의 등장과 함께 〈북부여〉가 〈흉노〉와 화친하고, 〈선비〉와 〈오환〉 등 예전 辰韓(동호)의 속국들을 규합해 漢나라에 맞서는 한, 한 사군 전체를 운영하려던 계획이 의미가 없다고 판단했던 것이다. 漢나라는 이후에도 낙랑군 위쪽의 패수를 결코 넘어오지 못했는데, 후일 270여 년이 지나서야 〈고구려〉 산상제 시절 〈발기의 난〉으로 공손도가 요동을 공략해 들어올 때 비로소 패수를 넘을 수 있었다.

　그리하여 마침내 〈북부여〉는 漢무제가 조선 땅인 요동 한복판에 설치했던 현도군玄菟郡을 서북쪽 멀리 완전히 몰아내는 데 성공하면서, 사실상 漢나라의 동북 진출을 좌절시켜 버렸다. 그 와중에 BC 74년경, 漢소제가 젊은 나이에 요절하는 바람에 무제의 황손이라는 유병이劉病已 선제宣帝가 그 뒤를 이었다. 漢나라는 그때부터 서역을 놓고 호연제가 이끄는 흉노와 다시금 본격 대립하기 시작했는데, 이로써 전선이 서쪽으로 옮겨지게 되었다.

　그 무렵에 오손烏孫왕 옹귀미의 부인인 해우공주가 漢소제에게 흉노의 공격을 막아 달라며 구원을 요청했기 때문이었다. BC 71년 정월, 漢선제는 16만이라는 대군을 일으켜 5로군으로 나누어 하서로 진격하게 했는데, 이와 같은 대군의 출병은 무제 사후 실로 십 년 만의 일이었다. 〈漢-薰〉 양대국의 새로운 전선이 서역으로 옮겨 가게 되면서, 동북의 부여는 비로소 한시름을 놓을 수 있게 되었다.

그러나 BC 69년경이 되자 동명제가 처음 거병한 지 40년이 되면서, 그도 나이가 들고 심신이 지쳤는지 부쩍 활동이 줄어들게 되었다. 그 때문이었는지 그동안 〈북부여〉에 보였던 주변 소국의 관심이 예전 같지 않게 되었다. 우선 옥저(낙랑)가 조운을 게을리하면서 곡식을 바쳐 오는 횟수를 급격하게 줄여 나갔다. 그러더니 〈순노順奴〉와 〈옥저沃沮〉가 갑작스레 적대 세력이 되어 서로 다투기 시작했다. 그러자 〈순노〉와 다름없는 〈청하靑河〉가 순노를 지원하고 나섰고, 이에 대해 〈비류沸流〉가 〈옥저〉를 도와 서로 편을 갈라 오래도록 다투었다.

동명제가 싸움을 그칠 것을 종용했으나 이 시기가 되니 도무지 명이 서질 않았다. 여러 소국들이 서로 패를 갈라 다투다 보니 부여 도성으로 바쳐 오던 곡식이 끊어지고, 황실을 포함한 불이성의 백성들이 곤궁한 생활을 면치 못했다. 다급해진 동명제가 궁여지책을 내놓았다.

"어쩔 수가 없다. 지금 즉시 공경들의 곳간과 창고를 열게 하여, 굶주린 백성들에게 먹을 것을 나누어 주도록 하라!"

동명제가 이렇게 강경책을 내놓자 하루아침에 강제로 재산을 몰수당하게 된 신하 중에는 분노와 좌절로 자살하는 이들까지 나올 지경이었다. 민심이 갈수록 흉흉해지고 사방에서 도적들이 들끓게 되자, 주변 소국 중에는 스스로 천자天子를 칭하는 왕들까지 나타나기 시작했다.

엎친 데 덮친 격으로 BC 68년이 되자, 또다시 극심한 가뭄이 부여 일대를 뒤덮었다. 그런 가운데 이번에는 〈황룡〉이 〈순노〉를, 〈행인〉이 〈비류〉의 편에 서서 싸움에 가세하면서, 한수汗水(난하)와 조선하 주변에 흩어져 있던 여섯 나라들이 서로 뒤엉켜 다투게 되었다. 〈청하〉, 〈순노〉, 〈황룡〉이 한패가 되고, 〈비류〉, 〈옥저〉, 〈행인〉이 반대편이 되어 싸웠다. 대체로 부여 서북쪽 한수 인근의 나라들이 선비鮮卑계열인 데 반해, 그 반대 동쪽의 나라들은 예맥濊貊(말갈) 계통의 나라들이었다.

이로써 〈북부여〉 소국들 간의 종족 갈등으로 보이는 이른바 〈하상河上 전쟁〉이 본격적으로 개시되었다.

선비계와 예맥 계열 나라들 간의 충돌이 쉽사리 진정될 기미를 보이지 않자, 급기야 종주국 〈부여夫餘〉의 동명제가 나서서 명을 내렸다.
"아무래도 내가 나서야겠다. 먼저 행인荇人부터 칠 것이다!"
결국 〈황룡〉을 외가로 둔 동명제가 선비鮮卑 쪽으로 기운 것이 틀림없었고, 이것이 후일 그가 朝鮮과 부여의 역사 기록에서 외면당하는 빌미를 제공한 듯했다. 그러나 상국인 〈부여〉의 전쟁 개입은 이 지역에 더욱더 큰 분란을 야기하고 말았다. 〈환나桓那〉와 〈홀본〉의 군사들이 한빈汗濱으로 모여들고, 〈개마蓋馬〉와 〈숙신肅愼〉의 군대가 양맥梁脈으로 모여들면서, 전쟁의 양상이 걷잡을 수 없는 규모로 확대된 것이었다.
처음 〈순노〉와 〈옥저〉의 작은 다툼이 北부여 내 선비와 예맥(예족, 말갈) 사이의 종족 간 분쟁으로 확대되면서 양 세력 간의 패권전쟁으로 비화된 것이었다. 거칠기 짝이 없는 전쟁 통에 소나 양, 나귀와 같은 가축들이 사라지고, 수많은 백성의 희생이 이어졌음에도, 불행히도 동명제는 내란을 전혀 수습하지 못했다.

그즈음 사태를 관망하던 〈東부여〉에서 금와金蛙가 직접 곡식을 싣고 와 北부여에 바쳤다. 이어 옥저의 아래쪽에 있던 낙랑樂浪에서도 옥저를 대신해 조운을 도와주었다. 전시 중의 이러한 식량 조달은 북부여에 큰 힘이 되었다. 게다가 결정적으로 반가운 소식이 들려왔다.
"아뢰오. 선비와 비리卑離의 왕들이 병사들을 몰고 왔습니다."
이들이 북부여 지원에 나서니, 이때부터 전선이 크게 기울기 시작했다. 결국 한빈汗濱에서 양쪽의 군대가 집결해 승패가 걸린 대규모 전쟁을 벌였고, 그 결과 예맥 계열의 다섯 나라, 즉 〈비류〉, 〈옥저〉, 〈행인〉, 〈개마〉, 〈숙신〉국 제후들의 위세가 꺾이게 되었다. 제후 중에는 전투 중에 창이나 화살을 맞고 큰 부상을 입은 자들도 있었다.

급기야 옥저가 북방으로 달아나기 시작했는데, 이런 상황을 틈타 이번에는 북쪽에서 〈북갈北鞨〉이 남하해 침투해 들어왔다. 이 때문에 가장 가까이에 있던 순노의 경우는 그 땅이 절반으로 줄어드는 지경에 봉착하고 말았다. 비록 북부여가 편을 든 선비 계열이 승리를 거두기는 했으나, 그 와중에 동명제의 이종형인 화상禾相이 다섯 개나 되는 창을 맞았고, 선비의 젊은 장수 타리佗利도 두 개의 화살에 맞는 등 중상자도 속출했다. 그나마 漢나라 조정의 실권자 곽광이 병사하는 바람에, 부여가 온통 내란으로 혼란스러웠어도 별 탈 없이 지나갈 수 있었던 것이 다행일 지경이었다.

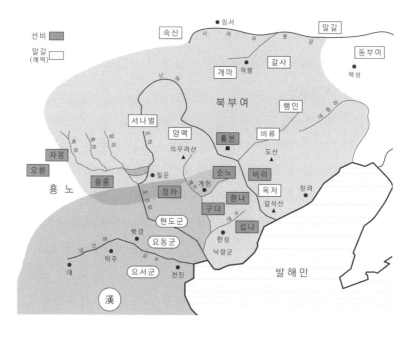

河上전쟁과 북부여 열국의 분포(추정)

BC 67년 7월, 선비와 예맥의 종족 갈등으로 야기되어 2년이나 지속된 〈하상전쟁〉이 비로소 멎게 되었으나, 나라마다 강역이 어지럽게 흩어지게 되었다. 전쟁 중 사망자와 부상자가 속출한 것은 물론, 식량 부족으로 굶어 죽는 이들이 즐비해 참혹한 내란의 후유증을 치유할 길이 좀처럼 보이질 않았다. 이듬해 봄이 되니 심한 창상槍傷으로 고생하던 화상和相이 죽음을 앞두고는, 동명제에게 자신의 사위인 타리를 선비왕으로 삼아 줄 것을 청했다. 이에 동명제가 주변에 명했다.

"타리는 묵돌의 8세손이요, 내 외가의 7세손이다. 7척의 큰 키에 용맹하기 그지없어 행인을 토벌하는 데 큰 공을 세우고, 일곱 나라에 두루 명성을 떨쳤다. 마땅히 선비 왕으로 삼을 것이니 대대로 전해 내려오는 제도를 삼가서 따르도록 하라!"

한편에서는 묵돌의 자손을 왕위에 오르게 하면, 〈부여〉는 필시 망하게 될 것이라며 이를 반대하는 이들도 있었다. 그러나 동명제는 타리를 선비왕으로 올려 주었고, 자신의 비妃로 와 있던 가달賈達(차제후선우 딸)까지 타리에게 내려 주면서 부부가 되게 해 주었으니, 더 이상의 우대가 있을 수 없었다.

흉노의 허려권거虛閭權渠선우가 이 소식을 듣고, 아우인 호연거呼延渠를 〈북부여〉로 보내 장인인 동명제의 만수무강을 빌고, 망사비단 천 필과 누런 낙타 일만 두頭를 보내왔다. 좌현왕이었던 허려권거(~BC 60년)는 1년 전, 이복형인 호연제선우가 돌연 제위를 포기한 채 홀연히 떠나버리는 바람에 선우에 올랐는데, 바로 동명제의 딸이 허려의 처였다.

그 전에 漢과 薰이 서역을 놓고 다투던 중, 오손왕 옹귀미와 해우의 지원 요청으로 漢선제가 16만의 병력을 동원해 〈흉노〉의 우현왕부에 치명타를 가했다. 호연제가 출정하여 〈오손〉에 호되게 보복을 가한 다음 귀환 길에 올랐는데, 엄청난 폭풍설을 만나 군대가 궤멸당한 일이 있었다.

호연제는 모친인 전거대알지와 오래 갈등을 겪고 있었다. 그녀가 권력욕이 강해 국정 간섭이 심한 데다, 남성 편력이 많아 늘 말썽이었기 때문이다. 마침 오손 원정 길에서 대군을 잃고 자책하던 호연제선우가 어느 날 모든 것을 버리고 홀연히 선우정을 떠남으로써, 허려권거가 그 뒤를 잇게 된 것이었다. 새로운 허려선우는 즉위하자마자 곧바로 문제의 전거대알지를 축출해 버렸는데, 그런저런 배경에는 장인이었던 〈북부여〉 동명제의 입김도 작용한 듯했다. 漢나라에서도 오래도록 권력을 휘두르던 곽광이 죽어 여러 가지로 정치적 환경이 급변하던 시기였다.

동명제는 흉노 허려선우의 배려에 대해 또 다른 방법으로 보답했다.
"호연거에게 화영공주를 내주고자 한다."
동명제가 허려선우의 아우인 호연거에게 자신과 가달의 딸인 화영禾穎공주를 시집보내려 한 것이었다. 그런데 호연거는 당시 화영공주가 젊은 선비왕 타리와 정을 나누고 서로 좋아하는 사이임을 알고 있어, 속으로 반가워하지는 않았다. 그럼에도 동명제의 호의를 고려해 장모가 되는 가달후에게 황금을 바치고 혼례를 치렀다. 그렇게 해서 〈북부여〉와 〈薰國〉(흉노)의 황실이 거듭 혼인으로 얽히게 되었다.

놀라운 것은 그해에 동명제가 이릉의 딸 호괄胡括을 후비後妃로 삼았다는 것이었다. 〈흉노〉를 떨게 했던 맹장 이광의 손자인 이릉李陵은 삼십여 년 전 〈준계산전투〉에서 차제후선우에게 포로가 된 이래로 흉노에 투항했고, 선우의 사위로 지내다가 북쪽 땅으로 은거했었다. 자세히는 알 수 없으나 그가 어느 시기 선비와 친해진 나머지, BC 83년경에는 그 종주국인 부여 조정에 내조했다는 기록도 있었다. 그가 죽기 전에 자신의 딸을 〈북부여〉 천제(동명제)에게 바쳤다는데, 후일 실제로 이릉의 후손들이 강력했던 탁발선비의 조상이 되었으니, 이때부터 그 연원을 쌓게 된 것으로도 보였다.

이런 상황에 눈앞에서 화영을 빼앗기고 분을 삼키던 타리는 자신을 〈선비〉 왕위에 올려 준 동명제에 대해 커다란 반감을 갖게 되었다. BC 65년, 동명제가 비리卑離왕 왕인旺仁이 바쳐 왔던 추영秋英에게 명을 내렸다.

"그대는 이제부터 본국으로 돌아가 지아비인 왕인을 다시 모시도록 하라!"

이에 왕인이 직접 나서서 추영을 호위해 돌아가는 길에, 아름드리나무들이 하늘을 시커멓게 뒤덮은 깊은 산길을 지나던 중이었다. 갑자기 7척의 큰 키에 얼굴을 가린 도적이 나타나 장창을 휘두르며 달려드는 바람에, 왕인이 천 길 낭떠러지로 굴러떨어져 큰 중상을 입고 겨우 살아 돌아왔다. 죽음을 앞둔 왕인이 열네 살 어린 아들 왕불旺弗을 불러 놓고 말했다.

"나를 이리 기습 공격하고 네 어미를 납치해 간 놈을 알고 있다. 그놈이 휘두르던 장창으로 보아 놈은 선비왕 타리가 틀림없다. 장차 네가 내 원수를 갚아 다오……"

얼마 후 왕인이 죽자, 어린 왕불이 복수를 꿈꾸며 군사력을 키우려 했다. 진작부터 비리를 차지하고자 노려 오던 타리왕이 그 소식을 듣고는 선제공격으로 비리국 토벌에 나섰고, 결국 비리卑離를 수중에 넣는 데 성공했다. 타리왕은 추영을 첩으로 만들고, 그녀의 아들 왕불을 자기 자식으로 삼아 버렸다.

이후로 타리왕은 더욱 교만해져, 대놓고 〈북부여〉와 동명제를 업신여기며 무시했다. 어린 나이였지만 와신상담 부친의 복수를 꿈꾸던 왕불은 타리왕이 더욱 교만, 방자해져 천하에 더 많은 죄를 짓기를 바라고 있었다. 왕불이 의붓아버지가 된 타리를 부추겼다.

"이제 천하의 지존은 진정 전하뿐이시니, 구태여 단림산의 명을 따를 이유가 없을 것입니다. 전하야말로 7국의 난을 평정하신 영웅이시라 세상이 모두 우러르고 있습니다. 그러니 이제 당당하게 일어나 단림을 폐위해 버리시고 천제의 자리에 오르셔서, 천하를 호령하셔야 합니다. 그리되면 누가 감히 전하를 따르지 않겠습니까?"

"무어라? 그것이 진정 너의 생각이더냐? 어린 줄로만 알았더니 제법 이로구나, 하하하!"

기분이 좋아진 타리왕이 호탕하게 웃어넘겼으나, 21살 한창의 나이에 야심 가득한 타리는 일찌감치 그런 생각을 머릿속에서 구상하고 있던 터였다.

2년 뒤인 BC 63년 초여름, 〈북부여〉에 식량난이 가중되어 도성 안에 먹을 것이 떨어지자, 굶주린 백성들이 먹거리와 처자식을 바꿀 지경이었다. 동명제가 이번에도 명을 내려 창고에 쌓아 둔 곡식을 풀어 백성들에게 내주도록 했으나, 타리는 명령에 불응했다. 오히려 그는 동부여로 사람을 보내 동명제를 비난하면서 역모를 제의했다.

"나라에 기근이 도는 것은 천제가 무도하기 때문입니다. 이런 때에 대왕께서 굶주린 백성들을 구제해 주신다면 필시 민심이 대왕께 쏠리게 될 것입니다. 내가 천제를 폐위시켜 대왕께서 보위에 오르시는 것을 돕고자 하니, 절호의 기회를 놓치지 마시고, 서둘러 곡식을 싣고 불이성으로 오십시오!"

그러나 해부루는 선비왕 타리를 신뢰하지 못한 나머지 몰래 사람을 보내 동명제에게 이 사실을 고해바치고 말았다. 늙은 동명제가 대노해 타리를 호되게 질책하자, 타리왕이 오히려 군사를 보내 東부여를 공격했다. 동시에 〈황룡국〉과 〈행인국〉에 사람을 보내 전쟁에 동참할 것을 강요했다.

"부루가 배가 없다는 핑계로 곡식을 바치지 않아 천제께서 굶고 누워 계시는 형편이오. 그뿐만 아니라 가증스럽게 천제와 소왕들을 거짓으로 이간질하고 있으니 부루를 반드시 토멸해야 할 것이오. 내가 먼저 3軍을 거느리고 동쪽으로 내려가고 있으니, 공께서도 서둘러 군병을 일으켜 합류토록 하시오!"

그러나 타리를 믿지 못한 황룡黃龍과 행인荇仁 측에서는 사태를 관망하며 좀처럼 움직이려 들지 않았다. 이미 출병했던 타리는 별수 없이 자신의 군병만을 이끌고 거침없이 東부여로 향했다. 타리 군대가 엄리수奄利水에 다다르니, 東부여에서도 해부루의 사위인 금와金蛙가 병력을 이끌고 와 진을 친 채 타리를 기다리고 있었다. 결국 양쪽 군대가 강어귀에서 맞부딪쳐 일전을 벌였으나, 원정길에 지치고 주변 지리에 어두웠는지 타리의 선비鮮卑군대가 크게 패하고 말았다.

타리가 東부여와의 〈엄리수전투〉에서 통한의 패배를 당하고 후퇴하면서 열국들 간의 국지전이 일단락되는 듯했으나, 이 싸움은 전혀 엉뚱한 방향으로 사태를 몰고 갔다. 東부여를 포함한 北부여의 후국들이 타리를 제어하지 못하고 지도력을 상실한 동명제와 北부여 조정에 대해 실망한 나머지, 제각각 독립의 길을 모색하기 시작한 것이었다. 고령으로 병상에 누워 있던 해부루는 사위인 금와의 승리에 크게 고무되었다. 그는 사실상 평생의 숙적이었던 동명제가 이렇게 힘을 잃은 마당에 北부여가 더는 종주국으로서의 역할을 수행하지 못할 것으로 판단했다. 그가 금와의 승리를 치하하면서 말했다.

"이제 북부여는 부여의 종주국이 아니다. 나는 오래전 부여 도성을 쫓기듯 나오던 그날의 치욕을 결코 잊지 못한다. 고두막한이 이렇게 힘을 잃고 말았으니 이제 우리가 장차 부여를 되찾아야 할 것이다. 그러니 이제부터 북부여의 후국이 아니라 독립된 동부여임을 대내외에 선포하고, 나를 부여의 당당한 왕으로 칭하도록 하라! 내가 이날을 보려고 여태껏 수치를 누르고 꿋꿋하게 살아왔노라……"

해부루는 병상을 떨치고 일어나 주저 없이 스스로 〈동부여〉의 왕이라 칭하고 시조의 자리에 올랐다. 그는 당연히 해모수임금과 〈북부여〉의 전통을 본인이 계승하는 것이 옳다고 생각했던 것이다. 북부여를 빼앗긴 것을 평생의 수치와 한으로 여겼던 해부루왕은 동부여를 정식으로 출범시키고 나서는 곧바로 다시금 병상에 눕고 말았다.

그렇게 제일 먼저 〈동부여〉의 해부루가 왕을 칭하자, 이어서 〈행인〉, 〈황룡〉, 〈순노〉의 제후들이 저마다 북부여로부터 독립된 왕임을 선포하고 나섰다. 그러면서도 이들은 하나같이 동명제에게 건의했다.

"천년 부여를 흉노가 망가뜨리고 있습니다. 흉노는 그 옛날 조선의 후국이던 색정索靖의 후예들이 아닙니까? 타리는 흉노의 자손이니, 청컨대 부디 타리를 폐하셔야 합니다!"

그러자 황당한 상황에 놀란 동명제가 사람을 보내 타리에게 명을 내렸다.

"그대는 속히 비리를 보공簠公에게 넘겨주고, 열후들에게 사과하도록 하라!"

가뜩이나 전쟁에서 패해 자존심이 잔뜩 상해 있던 타리가 동명제의 명령에 불같이 화를 내며 말했다.

"무어라? 지금 천제의 자리는 우리 집안에서 올려 준 것이나 다름없

129

는데, 열후들을 제대로 통제하지도 못하는 주제에 나를 업신여기겠다고? 내 가만두지 않을 것이다!"

무모하기 그지없는 타리가 결국 무사들을 단림檀林으로 보내 동명제를 일거에 제압하고, 천제를 비습한 땅으로 쫓아내 유폐시켰다. 그리고는 불이성을 탈취해 자신의 거처를 단궁檀宮으로 옮겼다. 차제후의 딸이자 허려선우의 고모인 가달이 남편인 타리를 말리며 말했다.

"천제는 만인들의 하늘이시고 열후들의 어버이요! 대왕이 비록 강하다고는 하나 이리 처신해서는 아니 됩니다. 장차 천하가 모두 일어나 대왕을 성토한다면 어찌 감당하려고 이러시는 것입니까?"

그러나 이미 일을 크게 저지르고 말았던 타리를 막을 사람은 아무도 없었다. 타리는 대노해 나이가 많은 가달을 가차 없이 내치고는 왕불旺弗에게 주어 버렸다.

선비왕 〈타리의 난〉으로 北부여 조정이 어수선한 사이 이듬해가 되자, 오래도록 병상에 누워 있던 東부여왕 해부루는 죽음을 예감하고 있었다. 그가 이제 태자에 오른 금와와 신하들을 불러 놓고 유언을 했다.

"내 이제 늙고 병들어 다시는 정사를 돌볼 수가 없을 것 같다. 천만다행으로 이제 죽기 전에 동부여를 다시 출범시켰으니, 겨우 국조이신 해모수천왕님과 조상님들의 얼굴을 볼 수 있게 되었다. 태자는 들으라! 이제 왕위에 오르거든 반드시 어지러워진 북부여를 되찾아 명실공히 우리 동부여가 옛 조선의 적통임을 세상에 떨쳐야 할 것이다. 그것만이 진정 세상을 평화롭게 하는 길이 될 것이니라……"

"대왕, 명심하겠습니다! 흑흑……"

해부루임금은 자신이 살아생전 〈동부여〉를 부활시킨 데 대해 나름의 위안으로 여기고 있었다. 그는 사위인 금와에게 동부여의 왕위와 함께 장차 부여夫餘의 통일이라는 숙제를 함께 넘겨주면서 자신의 생을 마쳤다. 그 무렵 황룡왕 양산羊山이 죽어 그 아들인 양복羊福이 뒤를 이었는데, 동명제의 외조카이자 사위였다.

〈타리의 난〉이 좀처럼 진정될 기미를 보이지 않자 사태를 주시하던 선인仙人 집단들이 타리를 성토하고 나서기 시작했다. 동명제의 사위인 〈순노〉의 오천奧川은 주변의 잦은 침공에 패배가 누적되어 홀로 거병할 수 없는 처지였다. 또 다른 사위인 황룡왕 양복은 부친의 상을 치르고 이제 겨우 보위에 오른 만큼 왕위 계승 작업이 우선이었다. 다른 열후들도 타리의 난에 분노하기는 마찬가지였으나, 먼저 움직이는 자가 없어 모두 사태를 관망하기 바빴다.

그때 용감하게 일어난 자가 있었으니, 바로 비리卑離 출신으로 타리의 의붓아들이기도 한 왕불이었다. 왕불은 아직도 열일곱에 불과했으나, 부친의 원수를 갚기 위해 이를 갈고 있었다. 그가 황룡왕 양복에게 몰래 사람을 보냈다.

"대왕께서 국경 위쪽에서 궐기해 주신다면, 신이 당장 쳐들어가 타리를 주살하고자 합니다!"

양복(란의 남편)은 장인인 동명제가 겪는 고초를 모른 척할 수 없어 고민하던 터였다. 마침 어린 왕불이 먼저 사람을 보내오니 그 결기에 감동했는지, 양복이 순노국과 내통해 급기야 〈황룡〉과 〈순노〉 두 나라가 먼저 군사를 일으켰다. BC 61년의 일이었다.

아무것도 모르던 타리는 먼저 〈황룡국〉이 군사를 일으켰다는 소식을 접하자, 곧장 왕불에게 황룡 군대의 토벌에 나서라고 명을 내렸다. 왕불은 명령을 따르겠노라고 답했으나, 타리의 사자가 돌아가자마자 이내 부하들을 모아 말했다.

"수년 전 타리가 내 아버지를 죽이고, 내 어머니를 납치해 욕을 보였다. 그간 내가 갖은 치욕을 참고 기다린 것도 바로 우리 비리卑離를 되찾기 위한 것이었다. 이제부터 불이성 안의 온갖 금은보화와 미인, 고기 등 모든 것이 그대들의 것이다! 그러니 몸 사릴 것 없이 떨치고 일어서서 용감하게 싸우고 맘껏 쟁취하라! 앞장서는 자에겐 푸짐한 포상이 주어지겠지만, 뒤로 처지는 자는 가차 없이 참할 것이다. 자, 비리를 위해 모두 나를 따르라!"

이때 불이성의 타리는 용장 호번好番을 출정시켜 양복이 이끄는 〈황룡〉의 군대에 맞서 싸우도록 했다. 양쪽의 군대가 양맥원에서 마주치게 되었는데, 호번은 양복을 얕잡아 보고 술을 마신 뒤라 정신이 몽롱한 상태였다. 곧바로 전투가 벌어졌으나, 이내 양복의 장수인 대방大房이 휘두르는 칼에 호번의 목이 날아가 버렸고, 황룡군의 대승으로 결판이 나 버렸다.

호번의 전사와 함께 싸움에 참패했다는 보고를 접하자, 타리는 직접 장수가 되어 구원병을 이끌고 서둘러 동문을 나섰다. 그때 파발이 급하게 달려와 또 다른 어두운 소식을 전했다.

"대왕, 비리의 왕불이 대왕을 배신했습니다. 왕불이 지금 8천 기병을 이끌고 불이성을 향해 오고 있다는데, 그 기세가 살기등등해 누구도 감당하기 어려울 지경이라고 합니다!"

"무어라. 왕불이 배반했다고? 에잇, 어린 녀석이 기어코……. 진작 없애 버렸어야 했는데 낭패로다!"

그러나 이미 주력군을 잃어버린 뒤라서 타리는 왕불의 비리군을 당해 내기 어렵다고 판단했다. 타리는 성을 지키는 것이 급선무라 생각해 회군을 서둘렀다. 그러나 그때는 왕불의 군대가 먼저 불이성에 입성한 뒤였다. 비리의 병사들은 성을 지키던 타리의 군사들을 신속하게 제압한 뒤, 관아와 창고를 공격해 불을 지르고 한참 노략질을 일삼고 있었다. 이들이 보이는 대로 사람들에게 거침없이 칼을 휘둘러 대니 굴러다니는 시신들이 성안 여기저기에 가득하고, 비명과 곡소리가 난무했다.

성문을 향해 되돌아오던 타리는 성안 곳곳에서 시커먼 연기가 피어오르는 모습을 목도하고는 그야말로 망연자실했다. 겨우 정신을 차린 타리가 병사들을 향해 공격 명령을 내렸으나, 중과부적에 잔뜩 겁을 먹은 병사들이 다만 나서는 시늉만 할 뿐, 정작 앞으로 내달려 싸우려는 자가 없었다. 그 모습에 분기탱천한 타리가 말술을 들이키고는 고래고래 소릴 지르며 병사들에게 달려들어 칼을 휘두르고 출전을 윽박지르니, 그 모습이 가관이었다.

그러는 사이 불이성은 비리軍에게 완전히 함락되고 말았다. 성을 지키던 타리의 장수 고섭皐葉이 겨우겨우 타리의 처자식들을 호위해 타리의 군영에 합류했으나, 술에 취한 채 잔뜩 성이 난 타리가 두 눈을 치켜뜨고 고섭을 나무라더니 막무가내로 고섭의 목을 쳐 버렸다. 그러자 가달이 나타나 타리를 나무라며 말리려 들었다.

"그만두시오! 그대가 천제께 불경을 저질러 이제 망국지경에 이르렀으니, 내가 죽어 화상의 얼굴을 어찌 대할 수 있겠소?"

그 소리를 들은 타리가 가달을 향해 칼로 후려치니 그녀의 팔 하나가 하늘로 날아올랐다. 가달이 이에 굴하지 않고 타리를 꾸짖으면서 죽어 갔는데, 그 사이 왕불의 군병들이 도착해 타리를 겹겹으로 포위하고 말았다. 그때 타리의 또 다른 비첩이 〈행인국〉으로 피하자고 청했으나, 타리가 고개를 좌우로 흔들며 넋두리하듯 말했다.

"하상전쟁 때 내가 행인의 관리들과 그 자식들을 그토록 죽였는데, 그들이 어찌 나를 받아들여 주겠소?"

타리가 다시 말술을 들이킨 채로 말 위에 오르려다 두 번이나 굴러떨어졌다. 그러자 여러 장수들이 그를 에워싼 채 억지로 길을 터서, 화살이 빗발치는 포위 현장을 벗어나려 필사적으로 내달렸다. 사방에서 화살에 맞은 말과 병사들이 연신 나뒹구는 가운데, 타리 일행은 간신히 성 아래 한 농군의 집으로 피해 들었다.

그러나 그것도 잠시뿐, 곧장 왕불의 추격병들이 들이닥치는 바람에 타리는 포박을 당한 채로 왕불 앞으로 끌려가고 말았다. 왕불이 타리를 향해 갖가지 죄를 묻자, 잔뜩 술에 취한 데다 상처투성이가 된 타리가 허탈하게 웃으며 말했다.

"흐흐, 어서 나를 죽여라……"

격분한 왕불이 즉석에서 타리를 찢어 죽이고 말았다. 분이 덜 풀린 왕불은 타리의 시신을 저미며 소금으로 절이게 했으니, 이보다 더 처절한 복수가 있을 수 없었다. 젊고 탁월한 신체를 바탕으로 힘과 용맹함만을 앞세운 채 제멋대로 굴던 선비왕 타리佗里가 제풀에 꺾이고 만 셈이었다. 제아무리 고귀한 황실의 혈통이라 할지라도, 과연 그가 부여夫餘를 통일하겠다거나 세상을 구원하고자 하는 원대한 포부를 지닌 지도자였는지 묻고 싶을 뿐이었다.

이후 왕불은 가달을 후하게 장사 지내 주었으나, 이내 대대로 전해 오던 불이성의 모든 보물을 모조리 탈취해 버렸다. 주변에 모여 있던 뜻 있는 선인仙人들과 왕불의 생모인 추영秋英 등이 광포한 노략질을 말리며 말했다.

"더 이상의 노략질은 아니 된다. 이제 군주가 될 몸이니 서둘러 천제를 맞이하고 민심을 수습해야 한다!"

왕불이 이를 받아들여 병사들을 진정시키는 한편, 우여곡절 끝에 동명제가 단궁으로 환궁하기는 했으나 천제의 권위는 이미 한없이 추락하고 만 뒤였다.

그 무렵 황룡왕 양복과 순노왕 오천은 1차 〈양맥원전투〉에서 타리의 병력을 패퇴시킨 이후, 숨 고르기를 하며 사태를 관망하고 있었다. 그리고는 얼마 되지 않아 동명제의 환궁 소식을 접하고는, 병사를 되돌려 각자의 성으로 돌아갔다. 그러나 이후로 또다시 놀라운 일이 벌어지고 말았다. 타리를 제압하고 잔뜩 교만해진 왕불旺弗이 생각을 바꾸더니 동명제를 제치고, 스스로 천왕天王임을 공표하고 만 것이었다. 연이어 젊은 선비왕들에게 씻을 수 없는 수모를 당하게 된 동명제는, 무기력한 자신의 처지에 그저 장탄식과 함께 통한의 눈물만 흘릴 뿐이었다.

얼마 후 차제후선우의 아우인 괴리槐里가 자식인 타리의 원수를 갚겠노라며 출병했다. 그러나 미리 정보를 입수한 왕불이 깊은 숲속에 복병을 숨겨 두었다가, 괴리의 군대를 대파시키는 데 성공했다. 승리감에 도취한 왕불이 그길로 불이성으로 들어가 동명제를 쫓아낸 다음 단궁檀宮을 빼앗고 말았다. 어린 왕불의 행태가 마치 타리가 걸었던 길 그대로를 흉내 내는 듯했다.

BC 60년 봄이 되자, 동명제가 끝내 河上으로 쫓겨났다는 소문이 사방으로 퍼졌다. 소식을 접한 황룡왕 양복이 왕불의 비행에 탄식을 했다.

"어린놈이 가상한 줄로만 알았더니 크게 잘못 본 것이로구나. 내 이 철없는 녀석을 그냥 두지 않을 것이다!"

양복이 왕불을 토벌하기 위해 다시금 군사를 일으켰다. 마침 행인국荇仁國에서도 조천租天이 새로이 왕위에 올라 있었는데, 양복이 그에게 사자를 보내 합류할 것을 권했다.

"누가 뭐래도 천제께서는 부여의 지존이십니다. 그런 천제께서 〈타리의 난〉으로 수모를 겪은 지 얼마 되지 않았는데, 또다시 왕불이 천제를 업신여긴 채 강 위로 유폐시켰다니 이는 반역이나 다름없고, 무도하기가 타리보다 더한 짓이 아니고 무엇이겠습니까? 의로움을 가진 자라면 마땅히 이를 지켜볼 수는 없는 노릇이니, 왕불을 토벌하는 데 대왕께서도 같이 힘을 보태 주지 않으시렵니까?"

새로이 보위에 오른 조천으로서도 이를 외면할 일이 아니라고 판단해, 양복의 군대에 기꺼이 합류하기로 했다. 이처럼 〈황룡〉과 〈행인〉이 나서서 작금의 사태를 〈왕불旺弗의 난〉으로 규정짓고 반란군 토벌을 외치자, 선비든 예맥이든 계통을 따질 것도 없이 〈순노〉, 〈환나〉, 〈청하〉, 〈양맥〉, 〈개마〉, 〈선비〉, 〈숙신〉 등 나머지 모든 열국의 왕들이 군병을 보내 호응해 왔다.

불이성의 왕불은 토벌군이 결성되었다는 소식을 접하고는 크게 당혹스러워했다.

"타리의 난 때는 이처럼 다 같이 일어나지 않더니만, 어째서 내게 하나같이 등을 돌린다는 말인가? 내 어찌 홀로 열국의 모든 군사를 상대할 수 있겠는가……. 에잇 참!"

불리하게 돌아가는 판세에 잔뜩 겁을 먹은 왕불이 동명제를 겁박해 열국의 군대를 해산하라는 조칙을 토벌군에 내려보냈다. 그러나 강요에 의한 거짓 조칙임을 훤히 알고 있던지라, 토벌군은 불이성을 향해 진격을 멈추지 않았다. 급기야 다급해진 왕불이 급히 자신의 모후와 처자식 등 가솔들을 챙겨 서둘러 북막北漠으로 달아나고 말았다. 왕불은 달아나는 중에도 분이 풀리질 않자 동명제를 찾아 해코지하려 했으나, 모후인 추영이 천제를 안아 감싼 채 극구 말리는 바람에 천제가 해를 면할 수 있었다.

그에 앞서, 왕불이 불이성을 나서면서 토벌군의 추격을 방해하기 위해 도성에 크게 불을 놓게 했다. 가장 앞서 도착한 양복의 군사들이 불길을 끄려 달려들었지만, 워낙 거센 불이라 단궁檀宮의 전각과 궁궐 모두가 처참하게 전소되고 말았다. 성 밖의 관아는 물론 물건들을 쌓아 둔 창고, 저잣거리의 무수히 많은 집들이 시커먼 재로 변한 채 연기를 내뿜고 곳곳에 백골들이 쌓였으니, 그 비참한 광경에 모두가 할 말을 잃을 정도였다.

더욱 안타까운 것은 이때의 대화재로 불이성의 수장고 안에 고대로부터 소중히 보관되어 오던 각종 사서史書와 고기古記들이 함께 소실되어 한낱 재가 되어 버렸다는 점이었다. 그 후로 〈부여〉가 분열되고 열국시대를 맞이하면서 이때 소실된 역사서를 복원하는 일이 뒷전으로 밀린 채 지연되고 말았다. 후일 〈고구려〉가 건국되고 뒤늦게 고기古記 복원 작업이 진행되었겠지만, 그 사이 반세기가 지나 버린 만큼 완벽한 복원은 불가능했을 것이니, 韓민족 역사의 수난이 이미 이때부터 시작된 것이나 다름없었다.

그런데 〈황룡〉은 사실 동명제의 외가였으므로, 황룡왕 양복은 동명제의 외조카이자 사위이기도 했다. 결국 천제가 머물 곳이 마땅치 않다며, 양복이 〈황룡〉의 두눌杜訥 땅으로 장인인 동명제를 모시고 돌아갔다. 후일 〈황룡국〉이 마치 〈북부여〉의 별칭인 것처럼 인식된 것은 바로 이런 일에서 비롯된 오해가 틀림없었다.

〈북부여〉 도성 불이성에서는 비록 〈왕불의 난〉을 진압하는 데 성공했으나, 사후관리라는 난제가 여전히 남아 있었다. 마지막에는 〈황룡〉과 〈행인〉, 〈개마〉와 〈선비〉 네 나라의 군대가 잔류해, 불에 타 폐허가 되다시피 한 도성을 분담해 지켰다. 나머지 반란 진압에 동참했던 소국들은 저마다 철군해 떠나 버린 상태였다. 그런데 양복과 함께 〈왕불의 난〉 진압을 초기부터 주도했던 행인왕 조천이 양복의 처사에 크게 불평을 늘어놓았다.

"황룡왕이 내게 토벌군에 협조하라며 아쉬운 소릴 할 때는 언제고, 난이 진압되고 나니 한마디 상의도 없이 천제를 모시고 가 버렸다. 어찌 이럴 수 있단 말이냐? 황룡왕의 의리가 고작 이런 수준이었던 게냐?"

조천이 양복의 일방적 행동에 커다란 의구심을 품은 채 〈행인〉으로 돌아가 버렸다. 그러자 남아 있던 〈개마〉와 〈선비〉끼리도 불이성을 자기네 땅으로 삼으려는 속내를 드러내며 서로 간에 반목했다.

그즈음 薰에서는 축출된 전거대알지 세력이 허려권거선우를 제거해 버렸고, 대신 전거대알지의 정부情夫나 다름없던 악연구제握衍朐鞮가 13대 선우에 올라 있었다. 악연구제는 그의 정적인 허려선우를 제거하고 나자, 왕불의 편에 서서 그를 지원하기 시작했다. 죽은 허려선우의 장인으로 동맹 관계나 다름없던 〈북부여〉 동명제에 대해 왕불이 반기를 든 인물이기 때문이었다. 그 무렵 불이성에서는 〈개마〉와 〈선비〉의 주도권 다툼이 더욱 거세지는 양상을 보였다. 안타깝게도 〈황룡〉에서도 동명제에 충성했던 양복羊福이 죽어, 그의 의붓아들인 양길羊吉이 보위를 이었다.

양길은 동명제의 외손자로 원래 제帝의 차녀 란鸞이 화뢰禾賴와의 사이에서 낳은 아들이었다. 그러나 화뢰가 일찍 죽는 바람에 란이 천제의 외조카인 양복에게 재가하게 되었고, 그에 따라 양길이 양복의 아들이 된 것이었다. 스무 살의 젊은 나이에 이제 막 보위에 오른 양길은 양복만큼 정무에 충실하지도 않았고, 여색을 밝히기에 바빴다. 동명제로 인해 머리가 복잡해진 양길이 어느 날 느닷없이 명을 내렸다.

"불이성에 주둔해 있는 군대를 즉시 철수시키도록 하라!"

이로 인해 〈황룡〉의 주둔군마저 불이성에서 철수하고 말았다.

멀리서 이런 소식을 접한 왕불이 결국 그해 흉노의 군대를 얻어서 북막을 출발해, 〈북부여〉로 향했다. 그러자 〈선비〉와 갈등을 벌이던 〈개마〉가 왕불과 밀통하여 왕불의 군대를 받아들이고는, 양쪽 군대가 힘을 합해 〈선비〉를 공격해 대파시키는 데 성공했다. 왕불은 내친김에 도읍을 옮기고, 나라의 이름도 〈비리卑离〉로 바꾸었다. 〈황룡〉의 새로운 왕양길은 외조부인 동명제가 왕불에게 수모를 겪는 것을 곁에서 지켜본인물이었다. 그러나 용감하고 충직했던 의부 양복과는 달리, 잔뜩 겁을먹은 채 감히 왕불을 내치려 들지도 못하니, 그의 생모이자 동명제의 딸인 란후鸞后가 분개할 정도였다.

이후로 〈부여〉(조선)의 열국들 사이에 크고 작은 강역 다툼이 이어졌다. 그러던 와중에 BC 59년경, 마침내 〈북부여〉 동명제가 숨을 거두고말았다. 반세기 전 그가 한창 젊고 의협심에 불타 있던 시절, 漢무제가位衛씨 번조선을 무너뜨리자, 그는 용맹하게 홀본에서 의병을 일으켜〈漢四郡〉 설치를 저지시켰다. 이후 무기력한 解씨왕조를 내쫓고 〈부여〉를 계승, 통합하면서 옛 朝鮮을 부활시키는 듯했다.

그러나, 그의 말년에 선비와 예맥(말갈)의 종족 갈등으로 야기된 〈하상전쟁〉을 막지 못하면서 천제로서의 권위가 크게 실추되고 말았다. 게다가 흉노와 선비 계열의 젊은 소왕들인 타리佗里와 왕불旺弗이 연이어난을 일으키면서, 북부여가 한순간에 몰락하고 분열되는 수모를 겪어야 했다. 마지막엔 도성에서조차 쫓겨나 황룡 땅으로 피해 노년을 맞이해야 했으니, 영웅의 말로치고는 참으로 초라한 모습이 아닐 수 없었다.

더욱 안타까운 것은 그가 선비와 흉노의 혈통을 이어받았다는 이유 때문이었는지, 후일 부여夫餘와 고대 조선朝鮮의 역사에서 아예 파묻혀 버리고 말았다. 그의 재위 후반기에는 흉노와 화친하고 주변의 속국들을 규합할 정도로 〈부여〉(고조선)의 권위를 되찾는 모습이었다. 마침 漢나라가 흉노와 서역에서 전쟁을 벌이고 있었던 만큼, 반대쪽 동쪽에서 漢나라를 공격하기에 더없이 좋은 기회였다.

그런데 불행히도 그 무렵 동명제가 노쇠해진 탓에 漢나라에 대한 공세는커녕, 속국 제후들의 분열과 갈등에 시달리다가 말년에 온갖 고초를 당하고 만 것이었다. 그렇더라도 동명제와 함께 그의 동시대인들이 한사군을 저지했던 영웅적 성과에 비추면, 그는 그야말로 잊혀진 비운의 영웅 자체였다. 그러나 고두막한 동명제는 고대 韓민족의 역사에서 강력했던 漢나라의 동진을 막아 내고, 韓민족을 위기에서 구해낸 불세출의 영웅임이 틀림없었다.

동명제가 죽자 태자였던 고무서高無胥가 표면적으로 〈북부여〉 천왕의 자리에 올랐다. 동명제의 시신은 그의 유언에 따라 홀본의 강가에 모시고 장사 지냈다. 그의 곁을 지키던 숱한 후비后妃들과 신하들이 동명제의 죽음을 따르겠다고 한바탕 소동이 벌어졌으나 이내 잦아들었다. 그의 아들 고무서는 말이 천왕이지, 〈황룡〉의 땅에서 나라를 잃은 망국의 제왕에 불과해 따르는 이도 없었고, 이렇다 할 움직임도 보여 주지 못했다. 일설에는 그가 얼마 후 갑작스레 사망했다고 했으나, 그 이상 자세한 내용은 알 길이 없었다.

결국 고두막한이 부여夫餘를 계승한 지 20년도 지나지 않아, 구심점을 잃은 〈북부여〉가 급속하게 와해되기 시작했다. 이로써 동북 지역, 옛 〈부여〉(조선)의 강역 전체가 본격적인 '열국列國시대'를 향해 질주하기 시작했고, 소국들끼리의 각축장으로 변하고 말았다. 古조선을 하나로 묶고 〈부여〉를 부활시키려 했던 동명제 고두막한의 꿈이, 그의 죽음과 함께 물거품처럼 허무하게 사라지고 만 것이었다.

7. 五선우와 흉노의 분열

BC 109년, 漢무제는 동쪽으로 〈위씨낙랑〉을 공격해 흉노의 왼팔을 꺾는 동시에, 반대쪽 서역으로도 진출해 흉노의 오른팔마저 꺾어 놓을 심산이었다. 그는 장군 조파노와 왕회王恢를 하서주랑 너머 멀리 天山 북쪽 차사국車師國까지 보내 압박했다. 바로 그 서쪽에는 古조선의 일파 인 아사나족을 조상으로 둔 오손국烏孫國이 있었는데, 현 카자흐스탄 내 돌궐계 유목민의 나라였다. 무제는 〈오손〉과 손을 잡으면 〈흉노〉를 가 운데 두고 양쪽에서의 협공이 가능하다는 계산을 했다.

이에 무제는 오손과 동맹을 맺고자 강도왕江都王 유건劉建의 딸 세군細 君을 오손왕 곤막昆莫에게 시집보냈다. 그동안 무제의 도발에도 잠잠했 던 〈흉노〉의 오유선우가 이 소식을 듣고는 드디어 반응을 보였다. 그 역 시도 漢나라에 대한 맞대응 차원에서 자신의 공주를 오손왕에게 시집보 냈던 것이다. 나이가 칠십이 넘은 오손왕은 때아닌 두 강대국의 외교 공 세에 노련하게 대처해 薰족 공주를 左부인으로, 漢족 출신 세군을 右부인으로 삼았다.

낯설고 머나먼 서역 땅으로 시집온 25살 세군은 고향이 그리운 나머지 궐 안을 漢나라 장안의 궁처럼 꾸미게 했다. 늙은 왕 곤막은 1년이면 겨우 몇 번을 왕래할 뿐이라 정情도 붙지 않아 세군은 〈비수가悲愁歌〉라는 슬픈 망향가를 지어 노래 불렀다.

내 시댁은 하늘 한쪽 끝,
먼 타국 오손왕에 몸을 맡겼네.
천막이 집이고 털 융단이 벽,
고기가 밥이고 양젖이 국이네.
언제나 고향 생각에 마음 아프니
누런 고니라도 되면 고향 가련만.

가슴을 저미는 이 노래가 널리 퍼져 장안長安 곳곳에서 불리게 되고 무제의 귀에도 들어가니, 무제가 직접 선물을 보내 위로했다고 한다. 그러나 훈족의 눈치를 살피던 곤막왕이 훈족에 대한 漢나라의 협공을 거부하는 바람에 결국 무제의 전략은 빗나가고 말았다. 얼마 후 곤막이 죽고 그 손자인 태자 군수미軍須靡(혹은 잠추)가 왕이 되니, 훈족의 풍습에 따라 세군이 군수미의 부인이 되어야 했다. 낯선 유목민의 혼인 풍습에 놀란 세군이 무제에게 뜻을 물어 오니 무제가 답을 보내왔다.

"공주가 마음고생이 심하겠구나. 그러나 네가 그곳의 관습을 따르는 것이 좋겠다!"

그리하여 세군은 다시 군수미의 아내가 되어 딸을 하나 낳았고, 오손은 漢나라와의 동맹 관계를 유지했다.

BC 87년, 유세군이 44살에 병사하자, 무제는 다시금 초왕楚王의 손녀에게 해우解憂라는 이름까지 붙여 주며 군수미에게 시집보냈다. 漢과 흉노 사이에서 고민하던 오손왕의 근심을 덜어 주라는 의미였다. 그러나 해우공주는 군수미가 죽자 그의 사촌으로 다음 왕이 된 옹귀미에게 재가했고, 아들 셋과 딸 둘까지 두며 사이좋게 살았다. 다시 옹귀미가 죽자 해우공주는 곤막의 다음 왕인 니미에게 시집을 가야 했는데, 그는 흉노 출신 좌부인의 아들이었다. 해우공주가 무제의 뜻을 충실히 따랐다고 하기에는 다소 안쓰러운 일이었다.

어쨌든 해우공주의 외교력 탓인지, 漢나라는 이후 BC 71년 흉노 호연제선우가 〈오손〉을 쳤을 때 16만의 대병력을 출병시켜 의리를 지켰다. 낯설고 머나먼 오손烏孫 땅에서 3명의 왕을 연거푸 모시면서 늙어 버린 해우공주는 漢선제 때인 BC 51년, 칠십이 다 되어서야 꿈에 그리던 장안으로 귀향할 수 있었다. 그녀는 귀국 후 2년이 지나 사망했는데, 漢무제의 서역 진출을 위한 혼인 정책 속에는 이처럼 꽃다운 한나라 공주들의 희생 어린 이야기가 숨어 있었다.

BC 68년, 연이은 눈사태로 치명타를 입은 호연제선우가 선우정을 포기하고 홀연히 서쪽으로 떠나 버리자, 그의 계모의 아들인 좌현왕이 12대 선우로 천거되니 허려권거虛閭權渠 선우였다. 그는 선우에 오르자마자 우대장의 딸인 모친을 大알지(태황후)로 삼고, 그동안 말도 많고 탈도 많은 전거알지를 전격 폐위시켜 버렸다.

그러자 그 즉시 조정이 소란해졌고, 특히 전거알지의 부친인 좌대차거左大且渠는 측근들과 봉기하려 들었다. 권력욕에 불타는 전거알지는 노련한 여인이었다. 그녀는 폭력을 사용하는 대신, 똑같이 권력에 눈독을 들이던 우현왕 도기당屠耆堂을 슬그머니 꼬드겨 자기들 세력으로 편입시켰다.

그 무렵, 거듭된 재해에 나라 전체가 극도로 피폐해진 상황이라 허려권거는 漢나라와의 화친을 생각하고 있었다. 그러나 좌대차거가 새로운 선우의 지도력을 시험이라도 하려는 듯, 오히려 한나라 정벌을 끈질기게 주청했다. 어쩔 수 없이 선우가 측근인 호로자呼盧訾왕과 함께 기병 1만씩을 동원했으나, 일부 기병들이 漢나라에 투항해 공격의 정황을 고변하는 바람에 이내 철수하고 말았다.

공교롭게도 전년도의 대홍수 등 연이은 자연재해의 결과가 그해 대규모 기근으로 이어졌는데, 薰國 백성들과 모든 가축의 6~7할이 죽어나갔다고 한다. 그 결과 흉노에 병합되어 동부 좌현왕에 속해 있던 서욕西辱 부족의 군장君長 등 수천 명이 가축을 몰고 漢나라로 투항하는 일이 벌어졌고, 민심이 극도로 흉흉해졌다.

상황이 이쯤 되니 허려권거선우 또한 즉위 9년 동안 내부의 알력을 전혀 수습하지 못했다. 대신 서역을 둘러싸고는 한 치의 양보도 없이 선제가 다스리는 漢나라와 수시로 충돌했다. 그러나 〈흉노〉는 이미 궁핍하고 피폐해져, 동맹국이었던 〈누란〉과 〈차사〉를 일찌감치 漢나라에 빼앗기고 말았다. 심지어 강羌족이 머물며 살던 청해호靑海湖 일대도 빼앗겨, 漢나라 후後장군 조충국趙充國이 둔전으로 삼을 지경이었다. 이토록 薰國이 점점 쇠락의 길을 걷다 보니 漢나라에 투항하는 훈족들이 계속 늘어만 갔다.

당시 서역은 우현왕인 도기당의 관할이었는데, 시간이 흐르면서 점차 여러 동맹국을 잃게 되자 선우가 도기당을 압박하면서 갈등이 고조되었다. 도기당이 퇴출당한 전거알지와 대책을 숙의했다.

"선우의 핍박이 장난이 아니랍니다. 병마를 일으켜 잃어버린 서역 나라들을 되찾을 방안을 내놓으라니, 그게 지금 가당키나 한 소리요?"

"호호, 선우가 안달이 난 게지요! 서역은 오손이 있는 한 되찾기가 어렵다는 걸 왜 모르는지요? 10년 전 유병이(漢선제)에게 패하고 주변 3국에 당한 모욕을 벌써 잊은 게지요……. 지금은 빨리 정국을 수습해 안정시키고, 병마를 길러 힘을 축적하는 것이 최선입니다."

알지가 도기당의 빈 술잔을 채워 주며 선우를 깎아내리는 말을 이어갔다.

"그러니 우현왕께선 잘 들으세요, 하루빨리 허려를 제거해야 합니다. 지금 사방이 다 적들이에요. 원래 선우가 될 뻔했던 일축왕日逐王이 그렇고, 그 매형인 오선막도 그렇습니다. 허려가 중용하는 학숙왕 형미앙도 그렇지요……. 죄다 적들뿐입니다!"

그 말에 도기당이 고개를 내저으며 부인하는 말을 했다.

"에이, 학숙왕郝宿王 형미앙은 힘없는 선우가 의지하려 하지만, 훈족 출신이 아니니 무슨 보탬이 되겠소?"

도기당이 화가 난 듯 술잔을 들이키고는 거친 수염을 쓸어내렸다. 그런 도기당을 알지가 측은하다는 듯 바라보며 말을 이었다.

"그렇긴 하지요. 그러는 우현왕은 훈족 출신이구요? 호호호! 사람 일은 모르는 법이지요……. 어쨌든 허려는 그렇게 미련한 위인이랍니다. 선우랍시고 명분과 힘만 앞세웠지, 힘 가진 왕들을 도통 자기 세력으로 끌어들이질 못한다니까요. 그러니까 허려는 사라져야 하고, 하루빨리 우현왕께서 선우에 오르셔야 합니다. 지금 정국을 안정시킬 사람은 우현왕밖에 없다니까요!"

그 말에 기분이 좋아진 도기당이 술에 취한 눈빛으로 알지를 마주 보며 음탕하게 웃더니, 알지를 거칠게 끌어당기려 했다.

"아직 멀었습니다. 기다려 보세요! 내가 특단의 방법을 찾고 있으니,

조만간 좋은 소식이 있을 겁니다, 호호호!"

알지가 가볍게 몸을 피하며 말하니, 도기당은 더욱 안달이 났다. 벌떡 일어나 깔깔거리는 알지를 안아서 들어 올리더니 곧장 침상으로 향했다.

BC 60년 9월, 허려虛閭선우는 기병 10만여 명을 출병시켜 漢나라 요새 가까이에서 수렵하는 척하면서 漢나라 침공의 기회를 엿보았다. 이때 흉노인 하나가 漢나라로 도주해 이 사실을 고변하는 바람에, 漢나라가 흉노의 침공 정황을 파악하게 되었다. 漢선제가 서둘러 後장군 조충국으로 하여금 4만의 기병을 내주어 변방 9곳에 주둔케 하고, 흉노와 대치케 했다. 그러자 허려선우가 훈족의 제왕題王 도리호차都犁胡次를 은밀하게 漢나라로 보내 화친의 뜻을 전하게 했다.

그 후로 한 달이 지난 어느 날, 선우의 막사에서 충격적인 일이 발생했다.

"대선우, 어인 일이십니까? 대선우, 정신을 차리십시요! 흑흑……"

느닷없이 허려권거가 돌연 피를 토하며 죽어 나갔는데, 이후 전거알지 세력이 선우를 독살했다는 소문이 파다하게 퍼졌다. 화친에 대한 漢나라 조정의 회보도 가지 않은 상황에서 허려선우가 미처 후계자도 정하지 못한 채 독살당한 것이었다. 형미앙形未央이 서둘러 사람을 각지에 보내 왕들과 대인들을 소집하고, 선우 선출을 위한 임시 大人회의를 열었다.

그 전에 전거알지가 동생 좌대차거 도륭기都隆奇를 불렀다.

"동생은 잘 들어라! 미련한 허려가 죽었으니 잘된 일이다. 어쨌든 다음 선우는 우현왕 도기당이다! 네가 대인회의에서 우현왕을 천거하는 일을 맡아라!"

"누이께선 그다음의 계획은 마련하신 게지요?"

"걱정 말거라! 허려권거의 측근들을 모두 제거하고 나면, 너를 중용할 것이다……"

결국 얼마 후 개최된 大人대회에서는 선우를 차지하려는 세력 간의 다툼이 치열하게 전개되었다. 그러나 도륭기가 대신들 앞에서 우현왕 도기당을 적극적으로 천거하며 나섰고, 결국 도기당이 선우에 즉위했다. 새로이 13대 악연구제握衍朐鞮(~BC 58년)선우가 된 그는 원래 흉노 출신이 아닌 것으로 보였다. 전거알지가 그를 띄우고자 오유선우의 8세 손이라 했지만, 전임 호연제선우와 허려선우가 모두 오유의 손자였으므로 이치에 맞지 않는 이야기였다.

악연구제선우는 일찍부터 잔인하다고 소문난 사람이었다. 그는 즉위하자마자 제일 먼저 형미앙의 머리를 베어 버리고, 서둘러 선대 허려선우의 근친과 측근들 모두를 무자비하게 제거했다. 허려권거의 첫째 아들 호도오사呼屠吾斯는 신속하게 몸을 피해 민간으로 숨어들었다. 그 무렵 둘째 아들 계후산稽侯珊의 부하 한 명이 막사 안으로 급히 뛰어들었다.

"왕자님, 큰일 났습니다. 잔인무도한 선우가 학숙왕을 베어 버렸습니다. 큰 왕자님도 어디론가 피하셨다니, 왕자님도 속히 몸을 피하셔야 합니다!"

"휴우, 이게 무슨 난리란 말이냐? 아버님께서 진작 후계를 정하셨으면 이런 혼란은 피할 수 있었을 텐데……. 할 수 없다. 우리는 장인인 오선막烏禪幕왕에게 떠난다. 반드시 후일을 도모할 것이다!"

허려권거의 두 아들이 제각각 달아난 뒤에 악연구제선우는 전거알지를 아내로 맞이한다고 선포했다. 이어서 선우의 동생에게는 우현왕의 지위를 물려주고, 알지의 동생 도륭기는 측근으로 중용했다.

새로운 악연구제의 등장은 사실상 전거알지가 주도한 쿠데타나 다름 없는 것이라, 사방에서 小王들의 불만이 고조되었다. 호록고선우의 조카인 일축왕 선현탄先賢撣은 BC 96년경 호록고에게 선우 자리를 양보했던 좌현왕의 아들로 많은 사람의 지지를 받고 있었다. 그러나 악연구제가 선우에 오르니 선대에 이어 또다시 선우가 될 기회를 날린 탓에 크게 상심했다. 더구나 선우가 우현왕으로 있을 때 서로 대립했던 이유로 언제 죽임을 당할지 몰라 불안한 나날을 이어 가던 터였다. 그가 측근들을 불러 말했다.

"선우와 전거알지의 만행을 차마 보기가 힘들구나……. 처음부터 호연제는 나약해서 선우 자리의 무게를 감당하기 어려운 인물이었다. 그런 호연제를 정령왕 위율과 무리하게 선우에 올려놓고 나서는, 이번에 또다시 허려선우를 독살했으니, 이런 사달이 나는 게지. 지금 우격다짐으로 선우에 오른 도기당은 잔인해서 힘으로만 모두를 제압하려 들지만, 우리 薰 출신도 아닌 그를 다른 왕들이 순순히 따를 리가 없다."

"그렇습니다, 전하! 이제 도기당이 선우에 올랐으니, 그는 우현왕 시절의 자신과 대립했던 전하를 절대 용납하지 않을 것입니다. 이대로 있다가는 무슨 일을 당할지 모르니, 특단의 대책이 필요한 듯합니다!"

"무엇보다 우리 薰國이 너무도 쇠락해 있다. 한나라는 무제가 죽은 후에도 흔들림이 없고 더욱 부강해졌건만, 우리는 여전히 짐승들을 끌고 초원을 옮겨 다니며 풀이나 뜯는 신세를 면치 못하고 있다. 아무리 생각해 봐도 나라가 강성해지려면 유목만으로는 한계가 있어, 반드시 농사를 짓는 것이 중요하다. 차라리 한나라에 투항해 새로운 삶을 찾는 것이 그대들 모두나 후대를 위해서도 좋은 일이다. 이는 오래전부터 해 온 생각이다. 그대들은 나를 따라 같이 움직일 수 있겠느냐?"

일축왕이 어렵게 의향을 묻자 측근들은 대답 대신 눈물만을 흘리며,

고개를 떨구었다.

　BC 60년, 일축왕이 서역 거리渠犁에 주둔하고 있던 기도위 정길鄭吉에게 몰래 사람을 보내 투항의 의사를 밝혔다. 놀란 정길은 즉시 〈거리〉, 〈구자〉, 〈구현龜玆〉 등 서역 여러 나라에서 5만의 군사를 동원해 만일의 사태에 대비했다. 얼마 지나지 않아 마침내 선현탄은 薰족 1만 2천 명과 12명에 달하는 소왕장小王將(소왕, 소장)을 거느린 채 漢나라에 투항해 왔고, 정길은 이들 흉노 투항자들을 열렬하게 영접했다.

　흉노 내부에서는 선우에 버금가는 최고위급 황족의 투항이라 그 충격이 이루 말할 수 없는 것이었고, 선우정 안팎이 크게 동요했다. 이로써 漢나라 입장에서는 서역으로 통하는 문이 활짝 열린 셈이 되었고, 薰국으로서는 목에 칼이 들어온 듯이 위태로움이 가중되게 되었다.

　漢나라는 BC 67년 정길이 차사車師를 정복한 데 이어, 다시 흉노 일축왕이 투항해 오니, 이참에 서역의 남도와 〈차사〉 서쪽에 있던 북도까지를 관할하는 〈서역도호부西域都護府〉를 설치하고, 정길을 서역도호에 임명했다. 훈족은 더욱 약해져 서역을 관할하던 동복도위를 철수시킬 정도였고, 더는 漢나라와 서역을 놓고 다투지 못하는 지경에 이르렀다.

　이후로 정길이 〈오손〉, 〈강거〉 등 36국을 감찰 및 시찰하고 그 결과를 보고하니, 漢나라의 위세가 서역 땅 전체에 떨치게 되었다. 또한 이로써 비로소 북방의 초원길이 아닌 새로운 〈비단길silk road〉의 시대가 열리면서, 장차 중앙아시아 대륙과 유럽의 교류를 앞당기는 문명사적 전환기를 맞이하게 되었다.

　그런데 일축왕에게는 오선막의 부인인 누이가 있었다. 일찍이 오선막烏禪幕은 서역 〈강거康居〉와 〈오손〉 사이에 있는 소국을 다스리고 있었는데, 주변으로부터 잦은 침략에 시달리다가 아예 무리 수천 명을 거느리고 훈족에 귀부했다. 이를 반긴 호록고선우가 조카인 일축왕 선현탄의 누이를 오선막에게 시집보내고, 그를 수장首長으로 삼아 우현왕부에 살게 했다.

악연구제는 자신의 지도력에 커다란 흠집을 낸 선현탄을 대신해 자신의 종형인 박서당薄胥堂을 일축왕에 임명했다. 이어서 선현탄의 두 아우를 잡아들여 제거하려 들었다. 그러자 오선막이 자신의 두 처남을 살리기 위해 선우에게 달려가 무릎을 꿇고 빌었다.

"대선우, 선현탄의 일로 얼마나 분노가 크시겠습니까? 소신도 대선우를 뵈올 면목이 없습니다. 허나, 선현탄의 두 동생인 저들은 물론, 소신역시 선현탄의 투항을 전혀 몰랐습니다. 배신자 선현탄의 한나라 투항은 저들과는 상관없는 개인의 돌발행동이었던 만큼, 대선우께서 하해와 같은 은혜로 부디 목숨만은 살려 주시기를 바라옵니다!"

그러나 악연구제선우는 고개를 저었다.

"그것은 곤란하외다! 저들이 언제, 어떻게 선현탄이나 漢나라 밀정과 내통할지 알 수 없는 일이잖소? 그대의 주청 하나로 저들을 용서하기에는 선현탄의 배신행위가 너무도 큰 죄임을 잊어선 아니 될 것이오!"

결국 도기당(악연구제)은 오선막의 간곡한 청을 보란 듯이 무시해 버리고, 오선막의 처남들을 처형시켜 버렸다. 도기당의 잔인한 보복에 격분한 오선막은 조만간 자기 차례가 될 것이라는 의구심에 고석왕姑夕王을 포함한 좌현왕부의 여러 왕들을 설득, 포섭했다. 그리고는 이미 자신을 믿고 의탁해 온 허려선우의 차남이자 자신의 사위인 연제계후산攣鞮稽侯狦을 호한야呼韓邪선우(~BC 31년)로 내세우고 악연구제와의 전쟁을 선포했다.

BC 58년, 힘을 앞세웠던 악연구제는 막상 내란이 일어나자, 그간 지나치게 인심을 잃은 나머지 호응하는 세력이 없었다. 심지어 그의 친동생인 우현왕마저 등을 돌릴 지경이었다. 급기야 호한야의 군대와 대치하던 중에 전의를 상실한 악연구제의 병사들이 뿔뿔이 달아나는 사태가 벌어지고 말았다. 호한야 측의 군사들이 공격해 오자, 악연구제 도기당은 모든 것을 포기했다. 죽음을 앞두고 많은 일들이 주마등처럼 떠올랐으나, 무엇보다 전거알지의 얼굴이 먼저 떠올랐다.

'그래, 이 모든 것이 내가 그녀를 만난 탓이던가? 아니다. 그녀를 만났기에 선우에도 오를 수 있었고, 여기까지 올 수 있었던 것이다. 다만, 너무도 매력적이었고, 그만큼 치명적이었을 뿐이다……. 덕분에 멋지게 한세상을 살았다, 이제 미련 없이 가자!'

도기당은 큰 칼을 빼 들어 스스로 자결하고 말았다.

악연구제선우를 쉽사리 제압한 호한야선우는 당당하게 선우정으로 복귀했다. 그해 5월, 새로운 선우의 등장에 불안해진 도기당의 또 다른 동생 호류약왕呼留若王이 漢나라로 달아나 귀부했다. 얼떨결에 14대 선우에 오르기는 했지만, 호한야는 성격이 과감하지 못하고 다소 유약한 편이었다. 그는 자신이 선우에 오른 만큼 이제 나라가 안정됐다고 성급히 판단하고는, 서둘러 각지의 군대를 해산시키고 수하에도 적은 군대만 두게 했다. 나라 전체가 궁핍해져 백성들 모두 먹고사는 게 힘들어지다 보니, 병사들을 속히 생업으로 돌려보내 가족을 돌보게 배려한 듯했다.

또 다른 이유로는 전임 악연구제가 인심을 잃게 된 이유를 누구보다 잘 알고 있었기에, 자신은 포악했던 전임 선우와 다르다는 것을 과시하려 했을 수도 있었다. 그러나 이것은 어디까지나 그의 희망 사항일 뿐이었다. 따지고 보면 그의 즉위 역시 또 다른 쿠데타에 불과했던 만큼, 정국은 오히려 더욱 요동쳤다.

그렇게 불안한 상황이 지속되자, 호한야선우 또한 얼마 지나지 않아 정적이었던 전임 도기당과 전거알지의 측근 세력들을 축출해 내는 작업에 들어갔다. 그 가운데는 도기당(악연구제)의 동생이면서도 도기당의 지원 요청을 거부해 간접적으로 호한야를 도운 우현왕(미상)이 있었다. 그러나 새로운 선우의 세력은 앞뒤 가리지 않고 모의하여 그를 죽이려 들었다. 우현왕은 자신의 공로 아닌 공로를 내세우면서 선우에게 호의적으로 대했지만 통하질 않자, 결국 전거알지의 동생인 도륭기를 찾았다. 그러자 이젠 그 자신도 쫓기는 신세가 된 도륭기가 우현왕을 다그쳤다.

"전하께선 부디 상황을 잘 판단하셔야 합니다. 아무리 애를 써도 저들이 악연구제의 친동생인 전하를 절대 받아들이지 못한다니까요! 선우 일당은 곧 우리를 무자비하게 처단하려 들 겁니다……"

우현왕이 절망스러운 표정을 짓자, 도륭기가 한심하다는 듯 혀를 차며 말을 이었다.

"쯧쯧, 대체 전하께서는 무얼 생각하시는 겝니까? 우현왕께선 지금 선우에 버금가는 가장 큰 군사력을 지니고 계신데, 두려울 게 뭐냔 말입니다. 다행히 풋내기 호한야가 군대를 조기에 해산하는 바람에 선우정에 병력도 얼마 되지 않는 지금이 마지막 기휩니다. 저들에게 당하기 전에 전하께서 선수를 치셔야지요. 우리와 다시금 힘을 합쳐 상황을 역전시키셔야 합니다!"

그제야 정신이 번쩍 난 듯 우현왕이 정색을 하면서 답했다.

"그대의 말이 하나도 그른 말은 아니오. 그저 나는 전쟁과 내분이 진절머리 나도록 싫어서 가능한 그것들을 막고자 했을 뿐이었소. 허나 지금 우현왕이라는 자리가 그렇게 한가한 자리가 아니라는 사실과 함께,

달리 선택의 여지가 없음도 깨달았소! 내 그대의 뜻에 따라 적극적으로 협조하리다!"

그리하여 우현왕은 새로운 호한야선우의 세력과 맞서기로 했다. 다만, 자신을 앞세우는 대신, 비슷한 처지가 된 당형 박서당을 설득해 그를 도기屠耆선우로 내세우고, 배후에서 조종하는 방식을 택했다. 마침내 도기선우가 호한야선우에 대한 공격 명령을 내렸다.

아니나 다를까, 병력이 부족했던 호한야 측은 이렇다 할 힘도 써 보지 못한 채 곧바로 선우정을 내주고 퇴각해야 했다. 섣부른 인심을 쓰다가 이내 후회하는 경우가 많은데, 호한야의 경우가 딱 그러했다. 한 나라의 최고 지도자라면 결코 우유부단해서도 안 되고, 늘 단호한 심성을 유지해야 하는 법이었다. 이제 훈족은 도기선우와 호한야선우 두 세력으로 양분되어 대립했다.

그러나 얼마 못 가서 선우정을 탈취한 도기선우 측도 내분이 일어나고 말았다. 도기선우의 측근인 유리당호唯犁當戶와 서북의 호게왕呼揭王이 담합했는데, 이들은 우현왕이 오적烏籍선우가 되기 위해 남몰래 모반을 꾀하고 있다고 모함했다. 분노한 도기선우가 사실 확인도 하지 않은 채 성급하게 우현왕을 참형에 처해 버렸는데, 이내 그럴 이유가 없다는 사실을 깨달았다. 애당초 우현왕이 선우가 될 생각이었다면 구태여 힘도 부족한 자신에게 양보할 리가 없었기 때문이었다.

'아아, 대체 내가 무슨 짓을 했단 말인가……'

도기선우가 홀로 머리를 쥐어뜯으며 후회했으나, 이미 엎질러진 물이 되고 말았다. 분노한 그가 곧 이 일을 꾸민 유리당호를 찾아내 처단해 버렸다. 상황이 이쯤 되자 호게왕 또한 혼자서 죽음을 기다리고 있을 수만은 없다고 판단해, 스스로 호게선우임을 선포하고 군사를 일으켰다.

그렇게 선우정이 분열로 치닫게 되자 어지러운 정국을 지켜보던 일축왕 선현탄의 형도 가만히 있질 않았다.

"지금 도처에서 자격도 없는 자들이 선우를 자칭하고 나섰다. 원래부터 선우의 자리는 일축왕과 함께 우리 형제의 몫이었다. 선대 호록고선우께서 아우이자 우리의 부친이신 좌현왕에게 선우 자리를 약속했던 게 아니었더냐? 그럼에도 훈국 전체의 안정을 우선시하면서 수차례나 양보해 왔거늘. 대체 오늘날 이 난리가 무엇이란 말이더냐? 나는 도저히 이 어지러운 상황을 묵과할 수 없기에 분연히 일어나고자 한다!"

그는 자신을 차리車犁선우라 칭하며 병력을 일으켰다. 그러나 사태는 여기서 그치지 않았다. 당시 2만의 병사로 호한야의 방어 임무를 맡고 있던 오적도위마저도 이틈을 타 오적烏籍선우라 칭하면서 스스로 선우에 올랐음을 선포했던 것이다.

그리하여 BC 57년경, 호한야가 내란을 일으킨 지 1년 만에 훈족 내에 다섯 명의 선우가 대립하게 되니 이때를 〈오선우五單于의 병립〉 시대라 불렀다. 그러나 모든 혼란은 시간이 걸리더라도 언젠가는 그 끝이 있기 마련이었다. 그 가운데 세력이 가장 약했던 차리와 오적선우의 세력은 도기선우가 도륭기와 함께 병력을 일으켜 진압에 나서자, 서둘러 서북쪽으로 도주해 버렸다. 호게선우 역시 전쟁에 합류하러 나섰다가 일축왕 일가가 부족들 가운데 가장 명망이 높다는 걸 깨닫고는 오적선우와 함께 일축왕(선현탄)의 형인 차리선우의 휘하로 들어갔다.

결국 차리선우가 호게와 오적의 군대를 합쳐 도합 4만의 군사를 이끌고 도기선우에 대적했다. 사실 도기 박서당은 차리의 종형으로 서로 종친 간이었으나, 전쟁 국면에서는 각자 따르는 세력이 있으니 피도 눈물도 소용없었다.

그러나 세력이 가장 막강한 쪽은 도기선우 측이었다. 이곳에 우현왕과 전거알지의 동생 좌대차거 도륭기, 일축왕의 세력이 모여 있어 사실상 훈족의 주력 부대를 거느리고 있기 때문이었다. 결국 선현탄의 형인 차리선우의 연합세력은 도기선우의 상대가 되지 못해 싸움에 패한 채 멀리 달아나야 했다. 호한야 입장에서는 도기선우가 혼자서 상황을 다 정리해 준 셈이었지만, 한편으로 이는 뒤에 있는 호한야 세력을 무시할 만큼 도기선우의 세력이 압도적이었음을 의미하는 것이었다.

이듬해가 되자 숨죽인 채 눈치만 보던 호한야가 다급하게 군사 회의를 열고 입을 열었다.

"도기가 차리 잔당을 추격하기 위해 서북으로 출병한다는 첩보가 들어왔소! 뒤쪽에 있는 우리는 안중에도 없는 게지요……"

"지난 전투에서 양쪽 다 병력 손실이 컸을 텐데도, 이번에 도기 측이 6만이나 되는 병력을 동원한다고 들었습니다. 도기 측은 우리완 비교가 안 될 정도로 여전히 강력합니다."

푸념하듯 장수 한 명이 말을 내뱉자 오선막이 그의 말을 가로막고 나섰다.

"그렇다고 언제까지나 이렇게 숨죽이고 구경만 하고 있을 작정이오이까? 저들이 이번에 차리를 제거하고 나면, 이제 다음 차례는 우리가 될 것임이 불 보듯 뻔한 일 아니겠소?"

오선막이 비장한 표정으로 말을 꺼내자 모두가 그를 주목했다.

"생각들 해 보시오! 지금 차리 잔당은 사실상 우리와 연합군이나 다름없소. 차리 세력이 남은 병력으로라도 도기 측을 자극해 준다면, 우리가 무언가 도모할 기회를 찾아낼 수 있을 것이오. 그러니 사실상 차리 측이 살아남아 있는 지금이 마지막 기회가 될 공산이 매우 크오. 우리로서는 이번에 반드시 도기 측과 싸움을 벌이는 것이 절대 유리하단 말이오!"

듣고 있던 호한야선우가 다그쳤다.

"그러자면 무슨 좋은 계책이라도 있다는 말입니까?"

"저들은 지금 우리의 거병은 생각지도 않을 테고, 도기는 이번에도 우리를 무시한 채 출병을 감행할 것입니다. 그런 지금이야말로 절호의 기회입니다. 우선 도기가 출병하는 길 중간에 우리 군사를 몰래 매복시킨 다음, 도기 측을 도발해 함정 안으로 유인해 내고, 매복 군사가 그들을 덮쳐 끝장을 내는 것이 어떻겠습니까? 마지막 기회일 수 있으니 결단을 내리셔야 합니다!"

결국 호한야 측은 사전에 계획한 대로 도기선우가 출병하기를 기다렸다가, 전격적으로 거병해 도기 측 군대에 공격을 가했다. 이어 싸움에 지는 척 후퇴하면서 도기 측 군사들을 매복병들이 기다리는 함정으로 유인하는 데 성공했다. 제아무리 병력에서 앞선다지만, 매복에 당하지 않을 수는 없는 일이었기에 도기선우의 군대는 맥없이 싸움에 패하고 말았다.

좌절한 도기선우는 전쟁터에서 스스로 목숨을 끊고 장렬하게 최후를 맞이했다. 호한야 측은 1년 전 도기 세력한테 선우정을 빼앗겼지만, 이후 참을성 있게 기회를 노리다 단 한 번의 공격으로 복수를 해내는 데 성공했다. 냉정하게 멀리 앞을 내다보는 고도의 전략이 그토록 중요한 법이었다. 그리하여 어수선했던 훈족이 빠르게 정리되었고, 다시금 호한야선우 1인이 통치하게 되니, 사실상 薰國의 14대 선우로 널리 인정받게 되었다.

그러나 거대한 내란의 회오리바람이 휩쓸고 간 선우 왕정은 여전히 그 충격에서 벗어나지 못한 채, 어수선한 분위기가 쉽사리 가라앉질 못했다. 그 와중에 선우정에 커다란 화재마저 발생해 어려움이 가중되자, 호한야는 이참에 그동안 민간에 몸을 피해 있던 형 호오도사를 데려와 좌곡려왕에 봉하려 했다. 그러나 형인 호오도사는 그리 만만한 인물이 아닌데다가 오히려 동생인 호한야를 압도하는 강인한 성격의 소유자였다.

BC 56년, 호오도사는 이제는 텅 비어 버린 동쪽의 광대한 땅을 차지한 다음, 스스로 질지골도후郅支骨都侯선우(~BC 36년)라 칭했다. 바야흐로 훈족의 2차 내분이 시작된 것이었다. 사태는 여기서 그친 것이 아니었다. 싸움에 패한 도기 측에서도 도기의 사촌인 휴순왕休旬王이 서쪽에서 자립해 윤진閏振선우라 했다.

호한야와 질지는 형제지간인지라 서로가 차마 먼저 공격을 하지 못한 채 상대측의 눈치만을 보고 있었다. 그 와중에 윤진선우가 마음이 급했던지 느닷없이 질지선우 측을 선제공격했다. 그러나 윤진 측은 질지선우군의 상대가 되지 못해 곧바로 섬멸당하고 말았다. 덕분에 윤진의 병력을 통합한 질지선우는 아우인 호한야를 패퇴시키기에 충분한 병력을 확보하게 되었다. 질지선우가 군사들 앞에서 사자후를 토해냈다.

"이제 호한야를 치러 간다! 다들 알다시피 호한야는 내 아우다. 비록먼저 선우가 되었다지만, 형인 내가 살아 있는 한, 당연히 선우 자리를내게 양위하는 것이 순서였다. 그러나 동생이 그 측근들의 꼬임에 빠져여전히 제정신이 아닌 듯하다. 이제 선대 허려권거 대선우의 장자로서내가 모든 것을 제자리에 돌려놓고, 나라를 하루빨리 정상화하고자 한다. 전 병력은 나를 따라 선우정을 총공격하라!"

질지선우軍이 질풍처럼 선우정을 공격해 들어가자, 이렇다 할 방비를 해 두지 못했던 호한야 측은 또다시 선우정을 내주고 말았다. 질지측이 그토록 빨리 공격해 올 줄 예상치 못하고 안일하게 대처했던 것이다. 두 번씩이나 연거푸 선우정을 빼앗긴 것으로 미루어 호한야는 분명

용의주도한 인물은 아닌 듯했다.

호한야는 큰 손실을 입고 동쪽으로 달아나야 했다. 이처럼 호한야 형제가 골육상쟁을 벌이는 동안 도기선우의 동생은 서쪽으로 달아나 과거 도기선우가 다스리던 아천구부兒千舊部를 차지하고는 이리목伊利目선우라 칭했다. 그의 여러 형제들이 주로 훈족의 오른쪽 영토에 거주했던 탓에 쉽사리 그 땅을 점령할 수 있었던 것이다.

그렇게 해서 훈족은 또다시 왕권을 둘러싸고 3명의 선우가 대립하는 내란에 휩싸이고 말았다. 그 가운데 세력이 가장 약했던 호한야 측은 별수 없이 훈족의 왼쪽인 동부, 즉 옛 좌현왕부로 밀려나고 말았다. 이곳은 한때 훈족이 포기하고 떠나서 사람들이 살지 않던 지역이라 호한야 측은 이내 식량난에 직면하고 말았다. 호한야는 백성들이 굶주림에 시달리는데도 뾰족한 해법을 찾지 못하고 전전긍긍했다. 절망적인 상황에서 그들은 이제 남쪽 漢나라로 눈을 돌리기 시작했다. 호한야와 가까운 左이질자왕伊秩訾王이 그를 부추겼다.

"다른 두 선우도 궁핍하기는 우리와 다를 것이 없는 데다가, 우리가 머리를 숙이는 순간 그들은 우리를 제압하고 죽이려 들 것입니다. 그러나 漢나라는 다를 수 있습니다. 예전부터 한나라는 우리 쪽에서 귀부하는 사람들을 우대해 오질 않았습니까? 그러니 한나라에 귀속해 그들을 섬기겠다고 하고, 식량 지원 등의 도움을 청해 우선 이 위기 국면부터 벗어날 방법을 찾아야 합니다!"

그러자 다른 대신들이 이에 극렬하게 반대했다.

"비록 우리 훈국이 내란에 휩싸이긴 했지만, 이는 통상 일어나는 나라 간의 싸움과는 달라서 언젠가는 형이든 아우든 주인이 판가름 나게 될 것입니다. 또 설령 누군가 죽더라도 그 명성과 위신은 남는 것입니다. 그런데 만일 스스로 낮추어 漢에 귀부하고 그 신하가 되기로 한다면 이는 선대로부터 지켜 온 법을 어기는 것이며, 조상을 욕보이는 것으로 두고두고 다른 나라의 비웃음을 사게 될 것입니다. 통촉하소서, 선우!"

이에 대해 좌이질자왕도 물러서질 않았다.

"지금 훈국은 존엄을 따질 때가 아니라 당장 눈앞에 닥친 위기를 극복하는 것이 급선무입니다. 차디찬 북쪽 땅에서 구차하게 연명하고 있는 우리를 구할 수 있는 나라는 강력한 한나라뿐입니다. 선대 차제후선우 이래로 약해지더니 좀처럼 회복될 기미도 보이질 않고, 전쟁으로 하루도 편할 날이 없었습니다. 비록 지금 우리가 일시나마 漢나라를 섬긴다 할지라도 그것은 후사를 위한 일이라 멸망이 아닌 것이고, 다른 뾰족한 방도도 없질 않습니까?"

양쪽의 의견 대립이 팽팽히 지속되는 가운데 결국 모든 것을 호한야선우의 선택에 맡기기로 했다. 그러나 호한야는 원래부터 심약한 성격의 소유자인 데다, 자신의 병력이 열세인 것을 우려한 나머지 명분보다는 현실적인 실리 쪽을 택하기로 했다. BC 53년, 호한야는 우선 아들인 우현왕 수루거당銖婁渠堂을 漢나라 조정에 볼모로 보내고, 자신은 나중에 아우인 좌현왕과 함께 장안으로 갈 것을 결심했다.

호한야가 漢나라에 귀부하려 든다는 정보가 즉시 질지선우에게 날아들었다.

"호한야 이 나약하기 그지없는 놈이 한나라에 귀부하려 한다니 참으로 배알도 없고, 한심하기 짝이 없는 작태로다. 쯧쯧쯧!"

질지가 한심스러운 듯 혀를 차자 그의 부하가 걱정스레 간했다.

"선우, 그리되면 문제가 심각해질 수 있습니다. 자칫 강성한 한나라가 호한야선우와 힘을 합쳐 선우정을 공격해 오는 날에는 모든 것이 허사가 될 수도 있는 일입니다. 하오니, 이에 대비한다는 측면에서 우리 측에서도 한나라에 사신을 보내 저들끼리 연합하는 것을 적극 막을 필요가 있을 것입니다!"

그 말은 들은 질지선우의 미간이 일그러지면서 표정이 어둡게 바뀌었다. 결국 논의 끝에 질지 측에서도 아들인 우대장 구어리駒於利를 급하게 漢나라로 보내 선제宣帝를 알현하게 했다.

그러자 다급해진 호한야는 질지 측에서 일을 그르칠까 우려한 나머지 서둘러 무리를 이끌고 남쪽 漢나라 국경까지 내려가, 자신이 직접 선제를 만나겠노라고 최후의 통첩을 했다. 훈족의 대선우가 투항해 오겠다는 소식이 전해지자 漢나라 조정은 발칵 뒤집혔다. 이참에 군대를 보내 아예 흉노를 일거에 쓸어버리자고 주장하는 이들도 많았다. 이에 반해 어사대부 소망지蕭望之는 흉노에 위로 책을 써야 한다는 상소를 올렸다.

"흉노가 혼란한 틈을 타 그들을 멸하는 것은 옳지 않습니다. 만일 군대를 보내 정벌하려 든다면 흉노는 더욱 멀어질 뿐일 테니, 사자를 보내 조문하고 약자를 도와 재난에서 구해 주는 것이 옳은 일일 것입니다. 또한 흉노의 선우가 폐하를 알현하러 온다면 당연히 다른 제후나 왕보다 높은 자리를 내주시어 그의 자존심을 세워 주고 그리하여 폐하에 대한 신망을 높이도록 하옵소서!"

선제 또한 무모한 전쟁보다는 소망지의 건의가 옳다고 보고 이를 받아들이기로 했다.

"오오! 흉노 호한야선우가 직접 투항해서 장안으로 오겠다니 참으로 믿을 수 없는 일이로다! 고제高帝(유방) 이래 선대 황제들께서 그토록 감내하신 노고가 짐의 대에 이르러 화복이 되어 나타나는 도다!"

150년간 이어진 훈족과의 오랜 전쟁을 끝낼 수 있을 것이라며 기쁨에 들뜬 선제는 거기도위 한창韓昌을 즉시 국경으로 보냈다. 아울러 지나는 길에 있는 7개 郡에서 2천 기병을 동원해 호한야선우 일행을 영접하도록 하되, 한 치의 부족함이 없도록 예우하라 명했다. 또한 선제 스스로가 호한야선우를 맞이하고자 직접 장안에서 북쪽으로 수백 리나 떨어진 감천궁甘泉宮으로 향했다.

감로甘露 3년, 선제 재위 22년 만인 BC 51년 봄, 호한야선우는 漢나라로 들어가 스스로 한의 신하라 칭하고, 수많은 漢나라 조정 대신들이 나열해 있던 감천궁에서 마침내 선제를 만났다. 애처롭고도 역사적인 순간이 아닐 수 없었다.

"어서 오시오, 대선우! 먼 길 오시느라 고생이 많으셨소이다!"

천자의 자리에서 벌떡 일어난 선제가 친히 앞으로 나아가 잔뜩 긴장한 호한야선우의 손을 잡고 위로하며 극진하게 예우했다. 이어 화기애애한 분위기 속에서 투항에 관한 협상이 진행되었다. 호한야는 약속대로 漢나라의 신하가 되기로 했고, 이에 대해 선제는 지독한 식량난으로 위기에 빠진 훈족을 지원하기로 했다. 선제는 호한야에게 漢나라의 다른 여러 제후들보다 높은 자리를 주어 각별하게 대우하고, 황금으로 만든 국새인 '흉노선우새璽'를 특별히 제작해 하사했다. 이어 漢의 관대 의상, 옥구검, 패도, 황금 20근, 명마 15필, 비단과 솜 등 수많은 재물을 선물했다.

호한야선우가 요란하게 귀부의 의식을 마치자, 漢나라 사자의 안내로 위수渭水 북쪽의 장평관長平館에 호한야를 묵게 했다. 선제는 이때도 직접 호한야를 동행하기로 하고, 감천궁을 나와 장평관 북쪽의 지양궁池陽宮에서 머물 작정이었다. 가는 길에 장평 언덕에 올라 선제가 호한야선우에게 조서를 내리니, 흉노의 당호當戶들이 길 좌우로 늘어서서 이 놀라운 광경을 지켜보았고, 여러 흉노(만이蠻夷)의 군장, 왕, 열후 등 수만 명이 위교渭橋 아래 좁은 길에 서서 선우를 영접했다. 이윽고 뒤를 따르던 선제가 다리 위에 올라서자 갑자기 엄청난 함성이 터져 나왔다.

"만세! 만세! 황제 폐하 만세! 大漢 만세!"

다리 아래서 황제를 기다리던 수많은 군중이 일제히 만세를 불러 대니 주변 천지가 흥분의 도가니였고, 이를 본 漢선제의 감동과 기쁨은 이루 말할 수 없는 것이었다.

이후 호한야선우는 장안에서 한 달여를 머문 뒤에 다시 북쪽으로 돌아갔다. 선제는 대장 동충董忠에게 군사를 내어 호한야를 무사히 호송케 하는 한편, 쌀 3만 4천 곡을 보내 주었다. 호한야는 선제의 배려에 대한 보답으로 스스로 고비 사막 남쪽의 광록새(내몽골포두包頭)에 머물며 그곳을 지킬 것을 청했고, 이로써 질지선우와 대치하게 되었다. 또 호한야의 부대는 둘로 나누어 하나는 병주 북쪽에, 다른 하나는 삭방으로 옮겨 漢人들과 같이 거주토록 했다. 광록새는 새로이 호한야의 임시 왕정이 되었고, 이로써 남쪽 후방의 漢나라는 그의 든든한 후원군이 된 모양새였다.

호한야선우가 漢나라에 투항한 사건은 薰족 역사에서 가장 큰 획을 긋는 일대 사건이었다. 일찍이 고대 주周나라 때부터 지켜왔던 "호胡와 월越은 중원의 지배를 받지 않는다!"는 오랜 법도가 무너지고, 북방민족이 중원의 지배를 받는 첫 선례를 남기게 된 것이었다. 이는 또 오랜 〈한훈漢薰전쟁〉의 종식과 함께 새로운 시대의 도래를 알리는 신호이기도 했다. 〈오손〉에서 〈안식〉에 이르기까지 서역의 여러 나라들은 그간 지나치게 멀다는 이유로 漢나라를 가볍게 여겼으나, 호한야선우의 귀부를 계기로 漢나라를 더욱 존중하게 되었다. 크게는 이후로 중원과 변방 간에 정치, 경제, 문화적 교류가 활발해지고, 북방에 흩어져 있던 여러 소수민족들이 서로 결집하는 계기가 만들어지기도 했던 것이다.

8. 서흉노 질지

漢과의 외교전에서 호한야에 패하게 된 질지는 전략적 차원에서 여전히 한나라에 평등한 관계와 화친을 요구했다. 그러나 이제 그의 사신은 한나라 조정에서 냉대를 받고 있었다. 漢에 대한 귀부로 우선 식량난을 해결하고 위기를 넘어선 호한야 역시 1년 뒤 다시 漢나라와 접촉하려 했으나, 이번엔 그의 백성들이 더는 漢의 비위를 맞추기 싫다며 불만을 토로하기 시작했다. 광록새 인근에 야생동물이 별로 없어 수렵에 적절하지 않다는 것이었다. 부하들의 불만을 해소할 수 없었던 호한야는 끝내 다시금 북방으로 돌아가기로 했다.

그러자 호한야의 호송을 책임졌던 漢의 장수 한창韓昌과 장맹張猛은 호한야를 놓아줄 수 없다며, 다음과 같이 새로운 동맹을 약속했다.

"漢나라와 薰나라는 한 가족으로 영원히 서로 속이거나 공격하지 않는다. 상대국의 도둑이나 첩자는 즉시 넘겨주고, 위험에 처했을 때는 즉시 출병하여 지원에 나선다."

그러나 漢나라는 그 무렵부터 이미 흉노를 가족이 아닌 신하로 하대하기 시작했다. 심지어 멀리 북방에 있던 때보다 도성인 장안長安에 더 가까이 있게 된 흉노가 오히려 더 위협적일 수 있다며 신경을 곤두세우기까지 했다. 조정 일부에서는 아예 흉노와의 동맹을 무효로 만들자는 움직임마저 있었다. 호한야를 붙잡아 둔 한창과 장맹은 포상은커녕, 신하와 동등한 조약을 맺은 것이 예법에 어긋나는 것이었다며, 후일 징계받는 처지가 되고 말았다. 이 소식을 들은 호한야가 두려움에 빠지고 말았으나, 때마침 새로이 황제에 오른 원제元帝가 동맹을 인정하면서 수그러들었다.

그 무렵 질지선우는 漢과의 전쟁을 우려한 나머지 선우왕정을 포기하고 서쪽으로 이주해 있었다. 그 사이에 漢나라와 호한야 사이를 이간시키고 분쟁을 일으키려던 질지선우는 계획이 뜻대로 되지 않자, 우선 이리목선우부터 제거하기로 하고 공격을 감행했다. 이렇다 할 세력을 이루지 못했던 이리목은 강성한 질지로부터 단 한 번의 공격에 쉽사리 무너졌으며, 질지는 이내 이리목의 군대를 병합해 버렸다. 기세가 오른 질지 세력이 동쪽으로 돌아가려 했으나, 호한야가 이리목과의 전쟁을 틈타 선우정을 도로 차지해 버렸다. 당장이라도 호한야를 치려던 질지는 그러나 배후의 漢軍을 의식한 나머지, 아예 근거지를 서쪽으로 옮기고 기회를 엿보기로 했다.

薰의 서쪽에는 오손烏孫(카자흐스탄 남부)이 있었다. 그 무렵 〈오손〉도 내란으로 둘로 분열되었는데, 곤막왕이 漢나라 출신 부인 해우공주와의 사이에서 낳은 아들 대곤미大昆彌와, 훈족 부인에게서 낳은 아들 오취도烏就屠가 소곤미小昆彌가 되어 서로 대립하고 있었다. 서쪽으로 간 질지가 당연히 훈족 혈통인 소곤미와 손을 잡으려 했으나, 훈족 대선우의 등장에 불안을 느낀 소곤미는 오히려 바짝 긴장하는 모습이었다.

'질지선우가 이곳까지 밀려오다니 믿을 수 없는 일이다! 한나라가 강성한 이때 질지와 손을 잡는다는 것은 나중에 우환거리가 될 수 있으니, 결코 좋은 선택이 될 수 없다. 게다가 질지는 여전히 강력해, 그와 손을 잡는다는 것은 집 안에 범虎을 들이는 격이라 언제 무슨 일을 저지를지 모를 일이다. 가뜩이나 대곤미와 대치하고 있는 이때 커다란 걱정거리가 또 하나 생긴 셈이로다……'

고심 끝에 소곤미는 일단 질지를 속여 도성으로 맞이하는 척 끌어들인 다음, 이내 공격을 가해 흉노를 물리치겠다는 대범한 작전을 수립했다. 그러나 질지는 그리 호락호락한 인물이 결코 아니었다. 그의 첩자가 오취도의 계략을 미리 알려 왔다.

"무어라? 오취도가 우리를 속이고 공격하려 든다고? 그놈이 간이 배 밖으로 나온 게로구나! 내가 예우를 갖추고 성의를 다하려 했건만, 우리를 배반하려 한다고? 대체 훈국의 대선우를 뭐로 본다는 게냐. 치욕스럽기 짝이 없구나……. 내 이놈을 절대 용서치 않으리라!"

분노한 질지는 반대로 오취도의 계획을 역이용하기로 작전을 짰다. 결국 강력한 흉노의 역공에 오취도는 힘도 쓰지 못하고 패함과 동시에 맥없이 주살당하고 말았다. BC 49년, 질지는 소곤미를 제거하고 이식홀호湖 서쪽의 커다란 영토를 차지했다. 이후 계속해서 북쪽의 〈오게烏揭〉, 〈견곤堅昆〉, 〈정령丁令〉 등 세 부족의 영토를 빼앗고, 견곤 땅(키르기스)에 선우왕정을 세우니 이때부터 질지 세력을 〈西흉노〉, 호한야 세력을 〈東흉노〉라 불렀다.

같은 해, 漢선제가 재위 25년 만에 43살의 나이로 미앙궁에서 사망했다. 곽광에 의해 극적으로 황제에 올랐던 그는 재위 초기 곽광의 그늘에서 벗어나지 못했지만, 곽광 사후에는 인재를 고루 등용하고 풍년에 곡식을 비축했다가 흉년 때 출하해 물가 안정을 유도하는 상평창常平倉(BC 54년)을 설치하는 등 백성을 위한 선정을 베풀었다.

또 전쟁을 억제해 漢나라를 안정시키고 국력을 키운 데다, 숙적인 흉족이 내분으로 붕괴되면서 호한야선우가 투항해 옴으로써 선대의 공적을 고스란히 챙기는 복도 누렸다. 선제의 뒤를 이어 공애왕후 허許씨 소생의 장남 28살 유석劉奭이 11대 황제에 오르니 漢원제元帝(~BC 33년)였다.

〈오손〉은 이 무렵 이루어진 질지의 공격에 漢에 지원을 요청했으나, 마침 황제 교체기라 어수선한 탓에 漢나라 조정에서는 지원군을 파병하기보다는 오손왕과 질지선우 양쪽에 사신을 보내 중재만 하려 들 뿐이었다. 그러나 질지가 호한야의 손을 들어 준 漢나라의 권고를 들어줄 리만무했다. 게다가 질지는 이제 중앙아시아 북쪽 전역을 장악한 〈西흉노제국〉의 대선우로서 그 입지가 전과 달리 강화되어 있었다.

BC 44년, 질지는 漢나라 사신 강내시江乃始를 가두고는 장안에 볼모로 잡혀 있는 아들 구어리를 놓아줄 것을 강요했다. 이에 漢나라 조정에서는 구어리를 송환키로 하고 곡길谷吉에게 호송까지 맡겨 무사 귀환을 도왔다. 차분한 호한야와 달리 다혈질인 질지는 아들이 돌아오자마자 뜻밖의 명령을 내렸다.

"내가 우대장(구어리)을 불러들이는 데 무려 5년이란 세월이 흘렀다. 한나라가 나를 무시해도 유분수지, 도저히 묵과할 수 없는 일이다. 여봐라, 한나라 사신 강내시와 호송장 곡길을 즉시 끌어다 목을 쳐 버려랏!"

그러자 놀란 대신들이 이를 간곡히 말렸다.

"대선우, 고정하옵소서! 대선우의 분노를 소신들이 어찌 모르겠습니까? 그러나 한나라는 강하고 우리는 여전히 내란 중이질 않습니까? 후일을 생각할 때 부디 저들의 목숨만은 살려 두심이 좋을 듯합니다만……"

"아니다! 한나라에 대해 지나치게 소극적인 자세로 일관한 결과가 이런 무례를 초래한 것이다. 우대장이 돌아온 만큼 이제는 저들 한나라뿐만 아니라, 주변 여러 나라에도 우리의 분노와 결기를 분명하게 드러낼 때가 되었다. 내 명령대로 즉시 이행하랏!"

서슬 퍼런 질지의 분노에 대신들은 더 이상의 토를 달지 못했고, 결국 강내시와 곡길은 처형되었다. 사실 질지의 속셈에는 추상같은 명령으로 자신의 권위를 내세움으로써, 주변의 소국들뿐 아니라 서흉노 조정 내부를 단속하려는 의도도 깔려 있었다.

오손의 서쪽에는 시르다리야강 일대에 강거康居(카자흐스탄 남서부)가 있었는데, 그 동쪽에는 〈오손〉이, 서쪽으로는 〈파르티아〉(이란 북동부)가 인접해 있었다. 오손과 파르티아 두 강국 사이에 낀 〈강거〉는 늘 양국의 침략과 간섭에 시달려 왔는데, 오손이 질지에 저항하면서 잠시 숨을 돌릴 수 있었다. 강거왕은 이때 나름 기발한 생각을 하게 되었다.

'질지는 강력한 흉노의 선우다. 그러나 내분으로 멀리 북쪽 견곤 땅에서 더부살이하는 것이나 다름없다. 그들로서는 척박한 북쪽보다는 남쪽의 풍요로운 우리 강거가 훨씬 나을 것이다. 이참에 그를 끌어들여 변방을 지키게 한다면, 오손이나 파르티아는 물론, 장차 그들보다 훨씬 크고 강한 한나라에 대해서도 더욱 안전하게 나라를 보존할 수 있지 않겠는가? 어차피 우리 땅은 크고 사람은 부족해 빈 땅으로 놀리느니, 이를 활용하는 편이 훨씬 이득일 것이다……'

그리하여 강거왕이 질지에게 사신을 보내 〈서흉노〉가 자신의 땅에 들어와 사는 것을 허용할 테니, 유사시 군사적 동맹이 되어 서로를 보호할 것을 약속하자고 제안했다. 마침 호한야 측의 세력이 점점 커지는 데다, 漢의 관리들을 무자비하게 처형하고 나서는 내심 그 보복이 뒤따를까 신경을 쓰던 질지였다. 그런 상황에 참으로 솔깃한 제안이 아닐 수 없어, 질지가 이를 회의에 부쳤다.

"그대들은 강거왕의 제안을 어찌 생각하는지 의견을 말해 보라!"

"서남부 쪽의 강거는 너른 강과 초원을 끼고 있어 훨씬 풍요로운 곳입니다. 한나라가 동쪽의 호한야 쪽과 힘을 합해 언제 보복에 나설지 모르는 이때, 차라리 그곳에서 견고한 성을 쌓고 힘을 길러 후일을 도모하는 편이 훨씬 유리할 것입니다. 강거왕이 땅까지 제공하겠다는 파격적인 연합 제안에 주저할 이유가 없을 듯합니다. 대선우!"

"그렇지만 여기서 또 서쪽으로 이동하게 되면 우리 훈족의 근거지에서 너무도 멀어지게 되니 걱정입니다. 또 강거왕의 연합 제안도 듣기에는 좋지만, 결국 그에게 절대적으로 기대고 의존하는 것이라 탐탁지 않은 구석도 있습니다. 게다가 지금은 한겨울에 접어든 만큼, 설령 왕정을 옮긴다 해도 날이 풀리는 봄을 기다려 이행하는 것이 좋을 것입니다."

논란이 분분한 가운데, 강거왕의 마음이 변할지도 모른다는 조바심에 질지가 서둘러 서천西遷을 결심했다. 그러자 엄동설한에 장거리 이동이 힘들다며 서천을 거부하고 달아나는 자들이 많이 발생했다. 질지는 자기를 따르는 3만여 명만을 데리고 〈강거〉로 향했다. 소식을 들은 강거왕은 크게 기뻐하면서 사자를 보내 질지를 맞이하도록 했다. 〈서흉노〉는 새로이 살 땅을 얻고, 〈강거〉는 나라를 방어해 줄 동맹군을 얻는 격이니 얼핏 서로 간에 누이 좋고 매부 좋은 식의 연합임이 틀림없었다. 그러나 세상일이란 참으로 알 수 없는 것이었다.

질지 일행이 출발한 지 얼마 되지 않아 우려했던 일이 현실로 벌어지고 말았다. 살인적 눈보라가 나흘 밤낮을 몰아치는 바람에 동사자가 속출했고, 눈이 그친 뒤에 보니 겨우 1만여 명만이 살아남았다. 그나마 그

중에는 병약한 노약자들도 잔뜩 포함되어 있었다. 망설이던 질지선우에게 신하들이 어려운 주문을 했다.

"대선우, 이대로 가다가는 우리 일족 전체가 폭풍설한에 모두 얼어 죽고 말 것입니다. 전체를 생각하시어 노약자들과 병든 자들을 두고, 청장년들만이라도 데리고 떠나는 것이 옳은 일입니다. 부디 통촉하소서!"

"그것은 너무도 가혹한 일이다! 선우가 되어 내가 어찌 백성들을 버리고 저 혼자 살려 할 수 있단 말이냐?"

"대선우, 아닙니다! 유목민의 삶이란 게 원래 그런 것 아니었습니까? 생사가 걸린 위기 시엔 과감하게 노약자를 희생시키는 것이 우리의 전통입니다. 일부라도 반드시 살아남아 후대를 이어 가는 것이 더욱 중요한 일이기에 그런 것입니다. 대선우, 흑흑!"

질지 일행은 눈물을 머금고 눈보라 속에 노약자를 버려 둔 채 서둘러 길을 떠났다. 그런데 재앙이 여기서 그친 게 아니었다. 그들이 출발한 지 며칠 지나지 않아 또다시 전보다 더 강력한 눈보라가 이들을 덮치고 말았다. 사람들도 가축들도 이를 피할 길이 없었고, 죽을 고생을 다 해 〈강거〉의 수도인 마라칸다(우즈베키스탄 사마르칸트)에 다다랐을 때는 고작 3천여 명만이 살아남았을 뿐이었다.

엄청난 재앙 앞에 초죽음이 다된 질지가 겨우 3천여 무리만을 데리고 거지꼴이 된 채로 눈앞에 나타나자, 그들을 기다리던 강거왕은 크게 실망했다. 그러나 질지의 명성을 고려할 때 그나마도 이용 가치가 있다고 생각한 강거왕은, 질지 일족을 〈오손〉과 인접한 동부의 비옥한 초원 지대에 머물러 살게 하고, 그들의 빠른 안정과 회복을 위해 협조를 아끼지 않았다. 또한 자신의 딸인 공주를 질지선우에게 주면서 우의를 다지려 애썼다.

그렇게 강거왕이 지원해 준 덕에 질지 일행은 어느덧 안정을 되찾을 수 있었다. 그러자 질지는 한때 초원을 호령했던 과거의 영광을 되살리려는 듯, 행동에 나섰다. 바로 이웃한 〈대완大宛〉을 포함, 서역의 여러 소국에 사신을 보내서 매년 조공을 바치라고 당당하게 요구한 것이었다. 세력이 미약했던 이들 나라들은 겨우 3천에 불과한 〈서흉노〉에 감히 반항할 생각조차 하지 못하고 그 요구에 응했다. 사기가 오른 질지는 강거왕의 환대에 보답이라도 할 요량으로 여전히 적은 병력임에도 함께 〈오손〉을 치자고 제안했다.

"이번에 강거왕께서 기병을 보내 주신다면, 우리가 앞장서서 오손을 직접 공격해 들어갈 생각이오!"

그리하여 강거와 서흉노 연합군의 기병대가 오손을 향해 출격했다. 〈오손〉은 평소 자신들보다 나약한 〈강거〉의 기습을 전혀 예상치 못했던 터라 별다른 방어 태세를 갖추지 않았다. 그러다 갑작스러운 강거의 공격에 급하게 싸움에 나서긴 했으나, 결국 패하고 말았다. 오손왕은 별수 없이 수도를 적곡성赤谷城으로 옮겨야 했으며, 다급하게 漢나라에 지원을 요청했다.

그러나 漢원제는 전과 다름없이 중재를 위한 사신만을 보냈는데, 이들은 되지도 않는 말재주나 일삼다가 오히려 질지에게 잔뜩 무안만 당하고 돌아가기 일쑤였다. 짧은 시일동안 고작 수천의 군대만으로도 서역을 휘어잡게 된 질지는 서서히 교만해지기 시작했다.

그런데 그 무렵 〈강거〉에는 뜻밖에도 유럽의 로마인 무리가 들어와 살고 있었다. BC 54년경 〈로마Rome제국〉 삼두三頭정치의 일원이었던 마르쿠스 크라수스는 〈스파르타쿠스의 난〉을 진압한 공으로 콘술(집정관)에 올라 있었다. 부와 권력을 손에 쥔 그는 명예욕에 불타 〈시리아〉

의 총독을 자원해 동방으로 갔다. 그리고는 멋모르고 유프라테스강을 넘어 〈파르티아〉(안식국安息國, 이란) 원정에 나섰다. 그때 로마군은 숫자는 많았지만, 장창 위주의 보병 부대에다 지닌 화살이라 봐야 사정거리가 고작 30m 안팎에 불과한 수준이었다. 이에 반해 파르티아군이 초원의 기마민족으로부터 전수받은 작은 반곡궁은 200m나 날아가는 압도적인 위력을 자랑했다.

크라수스의 로마군은 병력의 우위를 믿고 우쭐댔으나, 이 전투에서 가공할 파르티아군의 화살 세례, 즉 '죽음의 비'를 맞고는 일방적으로 패하고 말았다. 당시 크라수스를 상대한 파르티아군은 왕의 정부군도 아닌 변방의 귀족 수레나스의 부대였다. 처음 겪는 상황에 놀란 크라수스가 수레나스와 담판을 지으려다 우르르 달려든 파르티아군에 목이 잘리고 말았다. 분노한 수레나스는 잘린 크라수스의 목 안으로 뜨겁게 녹인 금을 부어 넣는 가혹한 형벌로 〈로마〉에 강하게 경고했다고 한다. 당시 고대 〈파르티아〉의 지배층이 북방 기마민족일 수도 있었는데, '파르'는 곧 박달족의 '발(밝)'의 발음과도 유사한 것이었다.

어쨌든 〈로마〉와 〈파르티아〉와의 이 전쟁으로 2만여 로마 병사가 전사하고 말았다. 아울러 1만여 명의 로마군이 〈파르티아〉에 포로로 잡혔는데, 후일 그들 중 일부가 〈강거〉로 피해 들어왔다. 강거왕 역시 처음에는 로마인들의 외모에 적잖이 놀랐으나, 곧 방어에 도움이 되겠다는 계산으로 이들에게 살 곳을 제공해 주었다. 로마군의 낙오병 세력이 점차 〈강거〉에 정착하면서 세력이 늘어나 인구도 2만 명이 넘어설 정도가 되자, 자기들끼리 젊은 사령관을 선출하고는 '로마왕자'라 불렀다. 애당초 강거왕이 질지를 받아들이게 된 배경에는 이런 선례가 있었던 것이다.

서양 출신의 백인 이야기를 들은 질지가 호기심으로 〈강거〉에 들어가 로마왕자를 찾자 그는 반갑게 질지를 맞이하며 말했다.

"말로만 듣던 훈국의 대선우께서 직접 찾아 주시고, 이렇게 뵙게 되니 영광스럽기 그지없습니다. 그동안 늘 동방의 높은 문화를 동경해 왔으니, 많은 지도를 부탁드립니다!"

큰 덩치에 알록달록한 눈동자, 높은 매부리코, 하얀 피부에 털이 원숭이처럼 많은 로마인을 본 질지는 단번에 이들에 매료되었다. 로마인들에게 호감을 느끼게 된 질지는 자신의 딸을 로마왕자에게 내주었고, 이를 계기로 로마인들의 일부가 질지의 부대에 편입되면서 〈오손〉 등과의 전쟁에도 동참하게 되었다.

그러던 어느 날 질지선우가 사소한 일로 자신에게 시집온 강거공주와 말다툼을 벌이다 불같은 성격에 분노한 나머지, 그녀를 죽이는 불상사가 벌어지고 말았다. 소식을 접하고 분개한 강거의 귀족들이 몰려와 시시비비를 가리자며 따지고 들었다. 자만에 빠진 질지는 한술 더 떠 이들 강거 귀족들마저 죽여 버리고, 인근 도뢰수都賴水(탈라스강)에 그 시체들을 던져 버리라고 명했다.

"무엇이라? 질지 그놈이 공주에 이어 친지 귀족들마저 죽여 강에 내다 버렸다고? 그 패악무도한 놈이 대체 사람이냐, 짐승이냐? 은혜를 원수로 갚아도 유분수지! 오오, 이게 다 진정 내가 자초한 일이로구나! 너무 쉽게 생각했던 탓이로다!"

분노한 강거왕이 뒤늦게 후회했지만, 아무 소용없는 일이었다. 질지가 이미 세력을 키운 뒤라 이제서야 그를 상대하기에도 역부족이었던 것이다. 이 일이 있은 후 나름 강거왕의 보복이 두려웠던지 질지는 인근의 백성들을 동원해 탈라스강 인근에 견고한 성을 쌓도록 명했다.

2년에 걸친 이 공사에 로마인들도 참여해 자신들만의 축성 기법을 선보였는데, 바깥 외성에 3개의 나무 벽을 쌓고는 그 사이로 다리를 놓아 연결하고, 제일 안쪽 길에는 내성과 지하로 연결되도록 했다. 성이 튼튼하고 지하 비밀통로가 구비된 이성을 질지성郅支城이라 불렀다. 질지는 이후에도 주변의〈합소闔蘇〉,〈대완〉등의 소국들을 정복하고 착실하게 호한야선우를 공격할 준비를 갖추어 나갔다.

그 무렵〈동흉노〉의 호한야선우도 질지가 이리목선우와 전쟁을 벌이는 틈을 타 선우왕정을 차지하고 부흥을 꿈꾸고 있었다. 그 결과 漢나라 북쪽 변방에서 10년 동안 힘을 기르고 세력을 안정시키다 보니 사람들이 다시 모이고 인구가 늘어, 어느덧 형인 질지선우를 두려워하던 입장에서 벗어나게 되었다.

漢원제는 우유부단한 성격에 잦은 병치레로 조정을 비우는 일이 많았다. 부친인 선제는 곽씨 세력을 축출하면서 환관인 홍공弘恭과 석현石顯을 기용했는데, 원제가 이들을 중용해 의지하다 보니 홍공은 중서령, 석현은 중서복사가 되어 조정을 좌우하고 있었다.〈서역도호부〉는 BC 59년 선제 때 설치되어 정길이 초대 도호를 맡은 이래, 당시에는 한선韓宣이 맡고 있었다. 그가 질지를 토벌해야 한다고 주청했지만, 어수선한 조정에서는 이를 받아들이지 않았다.

BC 36년, 한선이 관직에서 물러나자 그 후임으로 기도위 감연수甘延壽와 부교위 진탕陳湯이 각각 도호와 부副도호로 임명되었다. 그런데 이들이 새로이 서역을 관장하게 되면서 분위기가 급반전되었다. 산동 출신인 진탕은 어려서부터 책 읽기를 좋아하고 학문과 글쓰기에 능한 자였다. 그의 재능을 알아본 장발張勃의 추천으로 승진을 앞둔 시기에 부친이 세상을 떴는데, 오로지 관직에 오르겠다는 일념에 사로잡힌 나머지 고향에 돌아가지도 않았다.

유가儒家를 중시했던 원제는 진탕이 부친의 장례를 치르지 않았다는 사실을 알고 노해, 진탕을 구속해 버렸다. 그 후로 진탕은 출옥해 다시금 시종관이 되었고, 주로 서역 등의 외국에 사신으로 다녔다. 그러다가 감연수의 보좌가 되었지만, 그는 항상 공을 세우는 데 목말라 있던 자였다. 그가 서역 여러 나라의 형세 파악을 마치자, 이내 감연수에게 건의했다.

"지금 서역 땅은 질지선우가 오손, 대완 등을 포함한 주변의 여러 나라를 수년 동안 침략하면서 漢 조정과의 틈을 만드는 바람에, 한나라의 위상이 크게 떨어진 상황입니다. 아시다시피 흉노는 사납기 그지없고 싸움을 좋아하니, 서역의 커다란 우환이 아닐 수 없습니다. 질지는 비록 지금은 한나라에서 멀리 떨어져 있지만, 이런 식으로 세력을 확장해 간다면 언젠가는 오손을 거쳐 한나라에도 위해를 가하려 들 것입니다."

"그래서 어쩌자는 거요? 설마 천 리나 떨어져 있는 서흉노를 공격하자는 얘기는 아니겠지요?"

오손을 자주 다녀 진탕 이상으로 서역을 잘 아는 감연수가 말을 보탰다.

"원래 말이나 타고 몰려다니기나 하는 흉노는 공성攻城에는 약하질 않습니까? 이곳 여기저기에 흩어져 있는 둔전屯田(군의 자급용 밭)에는 한나라 병사들이 꽤나 많습니다. 그들과 오손 등 주변국의 병사들을 모아 질지성 아래까지 진격해 성을 포위하는 데 성공한다면 흉노는 성을 지킬 수도, 성을 버리고 달아날 수도 없으니 독 안에 든 쥐 꼴이 되지 않겠습니까?"

일리가 있다고 생각한 감연수가 이내 조정에 건의해 보자고 말했다. 그러자 진탕이 그를 말렸다.

"도호께선 잘 생각해 보시지요! 이일은 계책을 잘 세운다면 천 년에 길이 남을 공을 세우는 일입니다. 이를 조정에 올려 아무것도 모르는 공경들끼리 논의하게 한다면 안목도 없는 데다 멍청하기 그지없는 그들이 틀림없이 논의만 하다가 결국 승인해 주지 않으려 들 것이란 말입니다."

"……."

그 말에 놀란 감연수가 도통 겁이라곤 없는 진탕을 말없이 빤히 지켜보았다. 진탕이 조정에 보고도 없이 자발적으로 병력을 동원하자고 말하고 있기 때문이었다. 한참을 망설이던 감연수는 선뜻 결정을 내리지 못하고 나중에 다시 논의하자고 했다.

공교롭게도 이후 감연수가 병에 걸려 오랫동안 병석에서 일어나지 못했다. 진탕이 이때를 이용해, 제멋대로 도호령과 어명을 위조하고는 각 둔전과 서역 각국에 병력을 징발하라는 동원령을 내려 버렸다. 병상에서 이상한 낌새를 알아차린 감연수가 놀라 일어나 이를 저지하려 들었다.

"부도호 그대가 지금 무슨 일을 저질렀는지 모른단 게요? 당장 령을 거두시오!"

순간 얼굴이 흉하게 일그러진 진탕이 칼에 손을 얹은 채, 큰 소리로 감연수를 겁박했다.

"지금 이미 대군이 집결을 마쳤는데, 도호께선 어렵게 성사시킨 일을 정녕 망칠 셈이시오? 이제 와서 누가 감히 이 행보를 막을 수 있겠소?"

씩씩거리는 진탕의 위세에 겁을 먹은 감연수는 부도호의 말을 따르는 수밖에 없었다.

그리하여 진탕은 〈서역도호부〉에 있는 자신들의 수하 외에 인근의 漢나라 둔전에서 모집한 병사들과, 서역 여러 나라에서 징발한 한호漢胡 연합군 4만여 명을 모으는 데 성공했다. 그는 연합군을 크게 서로군과 서북로군 둘로 나누고 각 군에 교위 셋씩을 두어, 총 여섯의 교위校尉가 군대를 지휘하게 했다.

그해 겨울, 진탕은 진군을 알리는 나팔과 북을 요란하게 울려대면서 마침내 〈서흉노〉 원정을 명했다. 양위, 백호, 합기 3교위가 지휘하는 서로군은 수천 미터가 넘는 천산南路로 총령蔥嶺(파미르고원)을 거쳐 〈대완〉을 지나게 하고, 나머지 서북로군은 도호가 직접 이끌고 천산北路로 들어가 〈오손〉의 적곡성에 닿기로 했다.

군이 한겨울에 출정을 감행한 것도 질지 측에서 방심할 것을 겨냥한 것으로, 진탕이 나름대로 치밀한 전략을 세운 결과였다. 출발에 앞서 그는 후일을 위해, 자신과 도호 감연수가 부득이 어명을 위조해 군대를 이끌고 서진한다는 내용과, 그에 대해 자성自省하고 있다는 조서를 써서 장안으로 보냈다. 진탕은 실로 대범하기 그지없는 인물이었다.

이들 한호漢胡연합군이 〈오손〉의 적곡성 경계에 이르러 보니, 마침 강거국의 부왕 포전抱闐이 수천의 기병으로 적곡성을 약탈하는 중이었다. 진탕이 즉각 포전의 부대를 공격해 5백여 수급을 베자, 포전이 그 위세에 눌려 달아나 버렸다. 진탕은 포전에게 잡혀 있던 4백여 포로들을 오손왕에게 돌려주고, 후방을 단단히 했다. 그리고는 이내 〈강거〉의 동쪽으로 가서 일부 부락의 수령들을 만나 술을 함께 마시고 위로하면서, 이야기를 들어 보았다. 그 결과 질지선우가 오만하게 굴어 강거왕이나 수령들과 사이가 나쁘다는 말을 듣고는, 이내 현지인들의 지지를 호소하고 나섰다.

"우리 한호연합군은 민간의 풀 한 포기조차 건드리지 않을 것임을 약속드리겠소!"

이어 진군을 계속해 질지성의 60리쯤 밖에서 강거인 개모를 붙잡아

길 안내를 시켰다. 이때 개모로부터 질지에 관한 여러 정보를 얻게 되었는데, 마침 그는 흉노에 원한이 큰 사람이었다. 다음 날 연합군은 질지성 30리 밖까지 다가간 다음, 일단 행군을 멈추었다. 이때서야 비로소 漢軍의 大부대가 갑자기 하늘에서 떨어지기라도 한 듯, 질지선우의 시야에 들어오게 되었다. 낯선 광경에 소스라치게 놀란 질지선우가 급히 漢나라 진영에 사신을 보내 漢軍이 어째서 여기까지 와 있는지를 따져 묻게 하자, 漢軍이 대답했다.

"예전에 선우가 漢나라 천자께 글을 올려, 한에 귀부하고 칭신하기로 하지 않았는가? 한의 천자께선 선우가 넓은 대국을 버린 채 강거에 구차하게 사는 것을 마음 아파하시고는, 도호를 보내 선우를 영접하라 우리를 보내신 것이다. 또한 선우의 주변을 놀라게 할까 봐 성 아래까지 행군해 가지 않은 것이다!"

이렇게 사신이 몇 차례 왕래한 끝에 감연수와 진탕은 흉노 사신에게 역정을 내면서 당당하게 말했다.

"나는 선우를 위해 먼 길을 돌아왔건만, 그대들은 어째서 아무도 협의하러 오는 사람이 없는가? 이는 주인과 손님의 예가 아니질 않는가? 우리가 모두 먼 길에 피로한 데다 군량마저 떨어져 가니, 속히 선우가 결정해 주기를 바란다!"

이 말을 전해 들은 선우는 漢나라 후속 지원 부대가 올 수 없는 데다, 병사들이 지치고 굶주려 있다는 뜻으로 오해하고 크게 안도했다. 사실 질지가 광활한 사막과 초원이 펼쳐진 서북쪽으로 달아난다면, 진탕이 그곳까지 추격할 수도, 추격해 올 리도 없는 노릇이었다.

그러나 내심 자신을 원망하던 강거왕이 漢人들과 내통하여 북쪽 도주로를 차단할 가능성도 있는 데다, 무엇보다 진탕의 부대가 지치고 별

볼 일 없다고 판단한 질지는 만일의 사태가 터지더라도 차라리 성안에서 결전을 벌이겠노라고 작심했다. 진탕의 심리전에 그대로 말려든 셈이었다. 질지는 성곽을 사수하다가 기회를 엿보아 일거에 漢연합군을 격퇴하겠다는 심산으로, 이내 천산 서쪽 기슭에 삼엄한 방어진을 쳤다.

이튿날이 되자, 〈오손〉 등 주변의 15개 나라들이 모두 거병하여 연합군과 함께 다시 진군해서 성 아래 겨우 3리 정도 떨어진 곳에서 멈추었다. 질지 측은 그제야 〈漢胡연합군〉이 침공해 온 것임을 눈치채게 되었다. 탈라스 강가에 지어진 질지성은 안팎으로 3중의 城으로 지어졌는데, 바깥은 木城, 가운데가 土城, 가장 안쪽에 내성이 있었다.

질지선우는 수백의 갑사를 성곽에 올라가게 해 활을 들고 대비하게 했다. 그리고는 漢軍의 전투력을 가늠해 보기 위해 기병 일백여 기를 성 아래로 내보냈다. 이어서 보병 일백여 명을 추가로 내보내 어린진魚鱗陣을 펼치며 적진으로 돌진해 들어가게 했다. 이는 로마인들의 전술로 방패를 잇대어 위를 덮어 마치 물고기 비늘 모양으로 전진하는 진법陣法이었다. 그러나 漢군이 흉노 기병과 보병을 향해 맹렬히 화살을 쏘고, 노弩로 공격해 대니 흉노 병사들이 모두 혼비백산하여 후퇴하기 바빴다.

이를 본 질지는 비로소 漢나라 병력이 월등해 무력으로는 도저히 직접 맞서기 어렵다는 생각이 들었다. 대신 漢군도 후방으로부터의 보급이 불가능하다는 것을 간파하고는, 흉노의 주특기인 유인 전술도 포기한 채 성안에서 장기 농성전을 펼치기로 마음을 굳혔다.

"모두들 들거라! 한군이 멀리서 행군해 온 만큼 식량이 부족해 오래 싸울 순 없을 것이다! 우리가 성을 굳게 지킨다면 끝내 저들이 물러날 가능성도 있으니 희망을 갖고 절대 포기하지 말라! 우리가 누구더냐? 우리는 용맹한 대훈국의 전사들이다! 우리에게 항복은 없다. 죽기를 각오하고 한번 싸워 보자!"

"와아, 와아!"

선우가 병사들에게 싸움을 독려하며 사기를 올리려 애쓰자, 병사들도 환호성으로 답했다. 화려한 오색 깃발이 펄럭이는 질지성은 漢나라 병사들의 생각보다 훨씬 견고한 것이었다. 漢군의 거듭된 공세에도 쉽게 허물어지지 않았고, 시간이 갈수록 오히려 연합군의 병력 손실만 가중되었다. 감연수와 진탕은 북을 두드려 사방에서 군사들을 성 아래로 바짝 전진시키고, 포위망을 두껍게 했다. 이어 방패를 앞세우고, 뒤에는 활을 든 병사들로 하여금 성 위의 갑사들을 향해 화살을 날리게 했다. 수비하는 흉노 측도 용맹하게 목성木城을 굳게 지키며 맞서니, 양쪽에서 주고받는 격렬한 화살 공격에 병사들이 쓰러지면서 한동안 대치 국면이 지속되었다.

이윽고 밤이 되자 감연수와 진탕이 화공火攻을 준비하라 명했다.

"목성 밖에 장작을 성 높이만큼 높게 쌓아라! 서둘러라!"

마침내 漢군이 장작에 불을 댕기자, 한겨울의 건조하고 차가운 바람이 세차게 불면서 불길이 성안으로 걷잡을 수 없이 빠르게 번져 나갔다. 그 바람에 木성이 점차 잿더미로 변하면서, 성안에 있던 수많은 흉노병들이 질식사를 당하고 말았다. 당황한 질지는 수백의 기병을 시켜 마지막으로 포위망을 뚫으려 안간힘을 다했다. 그러나 이를 발견한 漢군의 화살 공세에 흉노 기병들이 쓰러지면서, 그마저도 실패로 끝나고 말았다.

시간이 갈수록 전황이 점점 절박해지자 선우는 직접 갑옷을 입고 성벽을 수비하기 위해 의연하게 성루에 올랐다. 그러자 여러 알지는 물론, 10여 명의 귀부인들마저 활을 메고 따라나서 전투에 참가했다. 훈족 여인들까지 가세해 활을 쏘며 용감하게 맞대응했지만, 사기가 오른 漢군의 공세에 질지의 병사들이 맥없이 쓰러져 갔다. 결국 질지가 얼굴에 화살을 맞았고, 알지를 포함한 흉노 女전사들의 절반이 죽거나 부상을 당했다. 피투성이가 된 선우는 부하들의 부축을 받으며 성루에서 내려와 내성으로 후퇴할 수밖에 없었다.

그날 漢군은 늦은 밤이 되어서야 마침내 목성을 돌파하는 데 성공했다. 흉노 병사들은 중간 土성으로 후퇴해 들어가려고 기를 쓰고 고함쳤다. 그때서야 강거왕의 1만여 지원군이 전장에 나타났다. 이들은 십여 곳으로 나누어 사면에서 성을 에워싸고 漢군의 배후를 공격했다. 그러나 漢군의 일부가 뒤돌아서서 거세게 반격을 가하자, 이내 모두 물러나고 말았다. 새벽까지 이어진 전투로 사방에서 불길이 솟는 가운데, 목재가 타오르며 내뿜는 연기와 살타는 냄새 등이 뒤섞여 천지에 가득했다.

어느덧 여명이 밝아 오자 승리를 예감한 듯, 漢나라 이사吏士들이 북을 두드리고 고함을 지르며 마지막으로 전투를 독려했다. 결국 성 밖에서 끝까지 漢군의 뒤를 공격하던 강거병마저 퇴각해 버렸다. 그러자 漢군이 방패를 밀어 토성을 무너뜨리고 쇄도해 들어가니, 선우를 포함한 백여 명이 대내大內로 도망쳤다. 이를 본 漢군이 바깥에서 불을 놓고, 얼마 후 대내 입구로 앞다투어 몰려 들어갔다. 막상 안으로 들어가 보니 부상당한 선우는 이미 전사한 뒤였다. 漢나라의 두훈이 재빨리 시체가 된 질지선우의 목을 베어 들고 나왔다.

"질지의 목이다! 선우를 죽였다! 와아!"

창끝에 매달린 질지의 목이 높이 올라가자 사방의 漢나라 군사들이 함성을 질러 대며 환호했다. 몽골의 초원을 호령하던 시대의 영웅이자 십여 년간 서역을 떨게 했던 질지선우가 그렇게 장렬한 최후를 맞이하고 말았다. 불행히도 그는 漢군에 의해 전사한 첫 번째 선우이자, 머리와 몸이 분리된 채 시신이 한 곳에 묻히지 못한 첫 번째 선우라는 불명예를 안고 말았다. 알지, 태자, 명왕 이하 흉노인 1,580명이 죽고, 145명이 포로로 잡혔으며, 1천여 명이 투항했다.

감연수와 진탕은 속히 연명으로 상소를 올려 마침내 고대하던 〈서흉노〉를 멸망시켰고, 질지선우의 목을 베었음을 조정에 보고했다. 소식을 기다리던 漢나라 조정이 발칵 뒤집혔고 흥분의 도가니에 휩싸였다. 이후 원제의 명으로 질지선우의 검붉은 머리가 장안의 외국 사신들이 많이 모이는 곳에 열흘간 내걸렸다.

그런데 당시 조정을 쥐락펴락하던 중서령 석현은 종전에 자신의 누이를 감연수에게 시집보내려다 거절당한 적이 있었다. 그런 감연수의 성공을 불편한 시선으로 바라보던 중에, 마침 〈서역도호부〉가 조정의 허락 없이 거병한 데다 성을 함락시킨 후 진탕이 남몰래 재물을 챙긴 사실이 드러났다. 석현이 즉시 진탕을 잡아들여 쇠사슬에 묶어 두게 했는데, 영민한 진탕이 용케 원제에게 상소를 전하는 데 성공했다.

"폐하, 소신이 죽음을 무릅쓰고 질지선우를 죽여 승리를 거둔 다음, 1만 리 길을 돌아왔습니다. 하온데 그 먼지를 씻어 주기는커녕 반대로 체포하여 심문하니, 이는 소신들을 희롱하던 질지가 신에게 복수하는 것과 무엇이 다르겠습니까?"

원제가 즉시 진탕을 석방하라 명하자, 조정에서는 이 사안을 두고 뜨거운 논쟁이 벌어졌다. 석현이 승상 광형匡衡을 시켜 다시 상소를 올렸다.

"감연수와 진탕은 감히 황명을 어기고 거병했으니, 이것만으로도 죽이지 않은 것이 관용입니다. 하물며 거기에 작위까지 내린다면 앞으로는 이를 흉내 내려는 모든 장수들이 날뛰면서 문제를 만들고 제멋대로 전쟁을 벌이려 들 테니, 이런 선례를 남겨서는 결코 아니 될 것입니다!"

이후에도 진탕 등을 벌해야 한다는 주장과 포상이 옳다는 상소가 한참을 오간 끝에, 원제는 결국 두 사람의 죄를 면해 주고, 겨우 3백 호의 식읍과 높은 관직을 하사하는 것으로 마무리 지었다. 진탕 일행이 승리를 거두고 돌아온 후 15개월이나 지난 뒤의 일이었다. 감연수는 의성후, 진탕은 관내후에 봉해지고 모두 교위에 올랐으며, 황금 일백 근을 황제로부터 하사받았다. 그러나 漢나라 유사 이래 최대의 전공을 올린 공적에 비하면 그야말로 형편없는 처우였다.

진탕이 작위를 받은 BC 33년, 병약했던 원제 유석이 세상을 떠났다. 얼마 후 그의 아들 성제成帝(~BC 7년) 유오劉驁가 즉위하자, 진탕은 관직에서 즉각 해임되었다. 훗날 감연수는 관직에서 무사히 생을 마감했으나, 반면에 자유분방한 성격의 진탕은 그 후로도 아슬아슬한 삶을 반복하다 끝내 장안에서 조용히 삶을 마쳤다. 漢나라의 많은 사람들이 구국의 영웅을 소홀하게 대접한 현실을 안타까이 여겼다.

9. 파소여왕과 서나벌

BC 195년경 준왕이 다스리던 기씨낙랑이 위만에게 패망했을 때, 위만의 핍박을 피해 많은 기씨箕氏조선의 왕족, 귀족들과 그들을 따르는 백성들이 동쪽의 마한馬韓 지역으로 이주해 갔다. 그 후 백 년도 지나지 않아 우거왕이 죽고 위씨衛氏조선이 망하게 되니, 이후로 〈마한〉의 세력들이 돌아와 그 자리를 메우려 한 듯했다. 대大마한왕의 뜻을 가진 고두막한의 등장도 이와 연관이 있는 것이 틀림없었다. 특히 흥륭 일대의 〈고리국〉(소수맥)에 초기 漢의 〈현도군〉이 있었으나, 후일 고두막한이 현도를 내쫓아 낸 것도 결코 예사롭지 않은 일이었다.

더구나 이후 위씨왕조가 다스리던 낙랑樂浪(번조선) 땅을 〈馬韓〉이라 부르기까지 했는데, 패수의 동쪽에 있던 험독을 마한성馬韓城(한성韓城)이라 부른 것도 이때부터였을 것이다. BC 59년경 고두막한의 죽음을 전후해서 〈마한〉을 다스리던 지도 세력은 번조선에서 동쪽으로 이주해 갔던 기씨들로 보였는데, 이들이 성을 韓씨로 고쳐 부르고 서쪽의 옛 땅으로 돌아와 〈마한〉을 다스렸다는 것이다. 이를 고조선 시대의 古마한과 구분해 〈中마한〉이라 했다.

그런데 전국戰國시대 초기에 중원의 燕나라는 山西의 동북부와 河北의 서북부 일부를 장악하고 있었다. 그 후 BC 3세기 초엽에 燕장수 진개秦開의 〈동호원정〉으로 동도東屠와 번조선의 땅 천여 리를 빼앗으면서 〈연〉의 강역이 크게 확장되었고, 이후 패수를 조선과의 경계로 삼게 되었다. 그 무렵 북경 서남쪽의 우북평右北平에 해당하는 탁수涿水 일대에 고조선의 소국이 있었는데, 진개의 동정東征으로 燕에 편입되고 말았다. 원래 그 땅이 진한에 속했기에 이들을 진한인辰韓人이라고 불렀는데, 진개에게 패망한 〈동도〉(辰韓) 계열의 소국 사람들로 보이며, 선주민이던 북융北戎(산융) 무종국無終國의 후예들이거나, 예맥(창해)의 일파일 수도 있었다.

그 후 70년쯤 흘러 전국시대 말엽인 BC 226년경, 燕나라 태자 단丹의 秦王 정政 암살미수 사건으로 秦나라의 燕에 대한 보복이 개시되었다. 燕에 병합되었던 진한인辰韓人들은 당시 燕의 수도인 계성薊城 易縣이 함락되자, 부득이하게 연왕 희喜를 따라 요동(계현)으로 집단 이주해야 했다. 원래부터 燕왕이 자신들의 군주가 아니었으므로, 이때는 燕왕의 군대로서 강제로 끌려갔을 가능성이 커 보였다.

이때 秦나라 장수 이신李信이 추격해 오자 태자 단이 연수衍水로 몸을 피했으나, 부친인 연왕 희가 秦왕의 분노를 풀고 위기를 모면하고자 단을 불러 목을 친 다음 秦나라에 바쳤다. 북경 인근을 흐르던 연수를 이후 태자하太子河라 불렀다는데, 웬일인지 지금은 그보다 훨씬 동떨어진 만주 요양遼陽을 흐르는 강 이름으로 변해 버렸다.

그러다 4년 후 마침내 연왕 희가 秦과 기씨조선(번조선)의 연합 공격에 패해 秦나라로 잡혀가고, 나라 자체가 망해 버렸다. 그때 연왕의 휘하에 있던 辰韓人들이 다시금 패수를 넘어 이동했는데, 이번에는 북경 동북쪽 인근의 포구鮑丘라는 오지로 들어가 자리를 잡았다. 전쟁 중에 부득이 燕軍에 속하다 보니 〈기씨조선〉의 적성국에 부역한 결과가 되어, 집단 이주(탈출)를 결행한 것으로 보였다. 운무산 아래의 포구는 동쪽의 조하潮河(조선하)와 흑하黑河 사이에 마치 전복鮑의 모양새를 한 커다란 분지였다. 후대에 한반도 경주에 만들어진 〈포석정鮑石亭〉이 바로 이 포구의 모양을 본뜬 것이라고 했다.

얼마 후 진시황이 산동 6국을 통일한 다음 秦장성을 쌓느라 혈안이 되자, 秦나라 사람들이 노역을 피해 산이 많고 험준한 포구 쪽으로 많이 들어왔고, 漢나라 때도 전쟁 부역을 피해 달아난 사람들이 이어졌다고 했다. 훨씬 후대에 쌓은 (만리)장성이 포구의 아래로 펼쳐지고 그 동남쪽으로 연산燕山산맥이 이어지니, 전국시대 말기부터는 대체로 중원의 한족漢族(燕)과 북방민족(朝鮮)을 나누는 동북쪽의 한계선으로 인식되기도 했다.

포구의 진한은 漢나라의 요동 지역에 한동안 편입된 것으로 보였는데, 원래는 예맥濊貊의 고지故地로 진한辰韓인들 또한 여전히 조선인들이었다. 그럼에도 이 시기를 전후로 秦과 漢에 속해 있던 사람들이 많이 들어와 섞여 살다 보니, 진한秦韓 또는 진한秦漢 등으로도 불렸다. BC 108년, 진한의 동남쪽에 위치하던 위씨낙랑이 망한 다음, 그 뒤를 이어 북부여가 들어섰으나 BC 59년 시조인 동명제의 사망과 함께 요동 지역 전체가 혼란을 겪게 되었다. 그 와중에 난하 동쪽에 있던 (中)마한馬韓 세력이 이 지역으로 들어와 자리를 잡기 시작하자, 조선의 열국들도 서서히 독립을 꿈꾸기 시작했다.

그런데 그 무렵 난하 하류에 北부여의 속국으로 〈섭라涉羅〉라는 소국이 있었다. 이곳은 〈환나桓那〉라는 또 다른 소국의 동남쪽 바로 아래에 위치하고 발해 바다에 면해 있었는데, 산이 많고 들판이 적어 사람들이 주로 어업과 수렵에 의존해 살았다. 특이하게도 섭라는 여왕이 다스렸는데, 풍채 좋고 지혜로운 남자를 여왕이 택하여 낭군으로 삼고, 딸을 낳으면 무녀로 삼되 가장 나이 어린 딸로 하여금 여왕의 뒤를 잇게 했다.

漢무제의 고조선 진출을 무력화시키는 데 공헌한 고두막한에게는 파소波蘇라는 딸이 있었는데, 일설에는 그가 파소를 〈섭라〉의 여왕으로 보내 다스리게 했다고 한다. 그러다가 여왕이 된 파소의 눈에 한 사내가 들어오게 되었고, 결국 파소가 그의 아이를 잉태했다. 그런데 그 무렵 갑작스레 여왕인 파소가 자기가 다스리던 〈섭라〉를 버리고 떠나는 황당한 일이 발생했다. 자세한 내용은 알 수 없으나 낙랑이나 마한과 같은 이웃 나라와의 강역 싸움에서 패퇴했거나, 고두막한 사후 내부의 권력 투쟁에서 밀려난 것일 수도 있었다.

어쨌든 갑작스럽게 〈섭라〉를 탈출하게 된 파소가 따르는 무리를 이끌고 먼저 도착한 곳은 〈섭라〉의 북쪽에 위치한 〈동옥저東沃沮〉라는 소국이었다. 옥저는 원래 요서遼西지역에 있던 예濊족 집단이자 낙랑의 일파였으나, 위만이 기씨조선을 멸망시키자 대거 동쪽으로 이동해 세운 나라였다. 대체적으로 이들은 난하와 대릉하 사이의 지역에 널리 분포해 있다가 여러 부족으로 제각각 분화한 것으로 보였다.

우선 가장 북쪽에 자리 잡은 〈北옥저〉는 시라무룬강 북쪽에서 남하하는 예족(북갈北曷)들과 뒤섞여 후일의 〈고구려〉와 한동안 대치했다. 그 아래의 〈南옥저〉는 〈낙랑국〉으로 대체되었고, 나머지 일부가 좀 더 동진하여 대릉하 중하류 일대에 소국을 이루고 살았는데 바로 〈동옥저〉(동예東濊)인 듯했다.

발해만 가까이에 있던 〈동옥저〉는 소금이 생산되어 비교적 풍요롭게 살 수 있었으나, 왕에 해당하는 대군장이 없는 소국에다 기반을 갖추지 못해 다른 나라로부터의 침략이 잦았다. 이에 일찍부터 어린 여아를 며느리로 맞이해 키우는 민며느리제가 유행했는데, 기혼녀는 포로로 잡아가지 않기 때문이었다. 파소가 〈동옥저〉 행을 택한 것은 〈섭라국〉 동북쪽 그리 멀지 않은 곳에 있어 동옥저에 대해 두루 잘 알고 있기 때문이었을 것이다.

그러나 막상 파소 일행이 동옥저에 도착해 주변을 살펴보니, 기대와는 많이 달라 이내 실망하게 되었다. 난감해하는 여왕에게 수하들이 고했다.

"마마, 이곳 역시 바닷가에 인접해 있지만 온통 산에 둘러싸인 데다 평지가 부족해 농사짓기에 적합하지 못하니 섭라와 다를 것이 없습니다. 또 나라 자체가 생각보다 작고 백성의 수도 적은 나라라 힘이 없습니다. 그러다 보니 외침이 잦아 백성들도 늘 불안해한다고 합니다. 하오니 이곳 동옥저는 우리가 새로이 정착하기에는 마땅치 않은 듯합니다……"

결국 파소 일행은 논의 끝에 옥저를 떠나 다른 곳을 더 찾아보기로 했는데, 이때 과감하게 육로를 버리고 발해만을 낀 채 서쪽으로 이동하는 해로를 택한 것으로 보였다. 그리고는 우여곡절 끝에 요동의 중앙을 흐르는 조선하朝鮮河를 거쳐 그 상류의 맨 오른쪽 지류인 조하潮河까지 올라갔다. 이후로 파소여왕 일행은 육로를 통해 서북쪽으로 이동했는데, 산과 계곡을 넘어 어렵게 도착한 곳은 놀랍게도 바로 〈포구진한〉의 동쪽 경계 지역이었다. 고두막한이 일어났던 홀본忽本의 서쪽이자 북경의 북쪽 멀리 떨어져 있던 〈포구진한〉은 밀운수고 서북의 운무산雲霧山 아래로 추정되는 지역이었다. 파소 일행이 당도한 곳에서 주변을 돌아보니 인근에 나을촌奈乙村이라는 커다란 부락이 있었다.

그리고 그 나을촌 바로 옆에는 이들처럼 일찍이 요동에서 유입된 사람들이 6개의 대부락을 이루며 살고 있었는데, 이들을 〈辰韓 6촌〉이라 불렀다. 파소여왕이 찾던 목적지가 바로 이곳인 셈이었다. 여왕은 부친인 동명제 사후 조선 열국들이 치열하게 경합하는 상황에서, 서북방에 멀리 떨어져 있어 조선의 혼란으로부터 비교적 자유롭게 지내던 옛 진한인들을 찾아 그 속에서 정착하려 한 듯했다.

〈진한〉의 여섯 촌 중에서는 나을촌 가까이 있던 돌산突山 고허촌高墟村이 가장 큰 규모의 대부락을 이루고 있었는데, 소벌도리蘇伐都利라는 군장이 다스리고 있었다. 당시 포구진한 자체가 아직 독립된 나라를 이루지 못한 상태라서, 소벌도리는 사실상 〈진한 6촌〉 전체를 총괄하는 수장이나 다름없었다. 소벌도리의 5대조인 소백손蘇伯孫은 전국시대 〈소국蘇國〉이라는 작은 나라의 왕족이었다는데, 동이족의 일파로 보였다.

진한秦漢 시대인 BC 200년경 나라가 망하자, 소백손이 무리를 이끌고 이곳 험준한 연산 아래로 이주해 왔다. 소벌은 蘇씨들이 들어와 정착한 이곳의 지명으로 '새라강에 붙어 있는 들판(불, 벌)'이라는 뜻이었다. 포구를 흐르던 인근 하천의 옛 이름이 '새라'였기에, 소벌은 곧 새라불 혹은 서라벌 등으로도 불렀다. 이들은 또한 자신들의 왕(우두머리)을 '도리都利'라 불렀으니, 당시 고허촌의 촌장은 전체 부족의 수장을 맡고 있던 5대째의 소벌도리, 즉 서라벌왕을 지칭한 것이나 다름없었다.

바로 이 포구 고허촌 이웃에 BC 60년을 전후해서, 요동에 있던 섭라여왕이 이끈다는 범상치 않은 무리가 도착한 것이었다. 예기치 않은 이 사건은 떠들썩한 소문이 되어 삽시간에 전 부락으로 퍼져 나갔다. 마침 〈진한 6촌〉의 여러 촌장들이 함께 모여 약초를 캐러 가는 날이 되자, 소벌도리가 이 문제를 꺼내 서로 논의를 했다.

"이웃 나을촌에 섭라국의 여왕이라는 여인이 제법 커다란 무리를 이끌고 왔소이다. 다들 그녀를 파소여왕이라 부르는데, 북부여 고두막한 동명제의 딸이라는 소문도 있소. 그런데 어찌 된 일인지 아이를 잉태한 상태로 섭라국을 떠나오는 바람에 여기에 도착하자마자 곧바로 몸을 풀었다 하오……"

그 말에 다른 촌장이 생각을 내비쳤다.

"그녀가 진정 북부여 천제의 딸이라면 여태껏 우리가 만나지 못했던 조선 최고 가문의 혈통이 나타난 것이 틀림없습니다. 여전히 우리 진한 6촌의 기세가 약해 漢나라의 눈치를 보기 바쁜 상황이니, 그들을 설득해 우리 부락에 정착하도록 권하고, 돕는 것이 우리에게도 당연히 유리한 일일 것입니다!"

당시 대부분의 〈진한 6촌〉 사람들 역시 중원의 漢族 출신들보다는 〈섭라국〉 사람과 같은 동이 또는 예족 출신이 압도적으로 많았다. 필시 파소 일행이 그 소문을 듣고 같은 동족이 사는 이곳 멀리까지 찾아왔을 가능성이 매우 큰 것이었다. 다행히 6촌의 촌장들 모두는 인구를 늘리는 일에 가장 큰 관심을 가졌기에, 기대했던 대로 여왕 일행을 반기고 쉽사리 그들을 받아들이려 했다. 촌장들의 뜻을 확인한 소벌도리가 즉석에서 제안을 했다.

"마침 오늘 여러 촌장들이 모두 한자리에 모였으니, 같이 섭라여왕 일행을 찾아가 우리의 뜻을 전하고, 여러 소문의 진상을 직접 파악해 보는 것이 어떻겠소?"

그리하여 진한 6촌의 촌장들이 파소 일행을 찾아가 서로 인사를 나누었는데, 파소가 낳은 아이가 마침 사내아이라는 말을 듣고는 모두들 앞날을 축원해 줄 겸 해서 아기를 구경하기로 했다. 그런데 아기를 덮은 강보를 젖히는 순간 모두가 놀라고 말았다.

"오오, 아기가 어쩌면 이리 크고 희단 말이오? 마치 몸에서 빛이 나는 것 같구려!"

"그러게요. 저 귀는 또 어떻구요? 마치 부채만큼이나 큰 귀를 가졌구려……. 흐음, 저렇게 큰 귀를 가졌으니 남의 말에 잘 귀 기울일 테고, 그렇다면 이 아이는 앞으로 큰 인물이 될 게 틀림없겠소. 이 가문에 큰 경사가 났습니다, 허허허!"

모처럼 촌장들이 모두 웃고 즐거워하니 누군가 소벌도리에게 아이의 이름을 하나 지어 주라고 권했다.

"좋은 생각이십니다, 흐음……. 아이가 밝은 해처럼 좋은 기운을 갖고 태어났으니, 성을 박朴(밝)씨로 하고, 자라서는 그 밝은 빛으로 어두운 세상을 구원하라는 의미에서 혁赫이라 하면 어떻겠소? 박혁!"

이에 모두 찬동하고 파소여왕도 좋아하니 아이의 이름을 박혁이라 불렀다.

박혁朴赫은 별 탈 없이 무럭무럭 잘 자랐는데, 사실 소벌도리에게는 후사가 없다는 남다른 고민이 있었다. 이에 다른 촌장들이 아비 없이 크는 혁이를 데려다 아들로 삼으라 권했고, 파소여왕 또한 장차 자기 아들이 진한 6촌 수장의 자식이 되는 셈이므로 기꺼이 이를 수락했다. 이후 혁이는 소벌도리의 집에서 자라게 되었는데, 이는 사실상 파소여왕의 〈섭라〉 출신들과 〈진한 6촌〉의 소씨 가문이 서로 손을 잡고 연합했다는 의미였다.

이후로 아이가 무럭무럭 자라 열세 살이 되자, 과연 그 총명함이 뛰어나고 남달리 성숙해서 여러 사람의 기대를 한 몸에 받게 되었다. 파소여왕 또한 지도력을 발휘해 마을을 더욱 부유하게 만드는 데 일조했다. 그러자 여왕을 따르는 이들이 점차 늘어 가고 인근에서 사람들이 모여들면서, 어느 사이 진한 6촌의 촌장들을 능가하는 세력을 이루게 되었다. 그 무렵 소벌도리가 나이가 들어 거동도 힘든 지경이 되었다. 포구 〈진한〉의 촌장들이 소벌도리에게 병문안을 가서 앞날을 걱정했다.

"공公께서 이토록 기력이 다해 누워만 계시니 장차 우리 진한의 앞날이 어찌 될지 걱정입니다. 그간 오랜 세월 6촌을 이끌어 오시느라 고생만 하셨는데……"

그러자 힘없이 누워 있던 소벌도리가 촌장들에게 마지막 충고를 했다.

"내가 6촌을 맡은 이래 그럭저럭 큰 탈 없이 여기까지 온 것 모두 조상들의 은덕일 게요. 그래도 진한 6촌을 나라로 키우지 못하고 여전히 漢나라로부터 독립시키지 못한 것은 아쉬운 일이 아닐 수 없소. 지금 바깥세상은 하루가 다르게 변해 마한은 물론, 낙랑이나 선비, 말갈末曷에다 기타 여러 소국들까지 서로 경합하고 있으니, 누구도 우리들의 앞날을 보장할 수 없는 지경이오. 그런데도 우리의 힘만으로 나라를 세우기에는 여전히 부족할 뿐이오. 다행히 이웃에 섭라여왕이 온 뒤로 그 세력이 자못 커진 만큼, 내가 죽거든 반드시 두 진영이 서로 통합해 반듯한 나라를 이루고 漢으로부터 독립하도록 해야 할 것이오……"

이 말에 촌장들이 모두 머리를 끄덕이며 수긍했다.

"공의 말씀은 잘 알겠소이다. 그런데 한 가지……. 새로운 나라를 건국한다면 그 첫 임금을 어느 쪽의 누가 맡아야 하는 건지요?"

그러자 소벌도리가 답했다.

"솔직히 우리 쪽에서 임금을 정하자면 자칫 서로 다툼이 일어나고 분열될 소지가 있질 않겠소? 그리고 무엇보다 섭라를 끌어들이자면, 상대가 거부할 수 없는 파격적인 제안이 필요할 것이오. 섭라는 파소여왕이 이끄는 만큼 먼저 우리 쪽에서 여왕을 새로운 나라의 군주로 받들겠다고 해야 할 것이오. 그것이 우리들의 분열을 막고 양 진영이 통합하는 가장 합당한 방법이 될 것이오!"

사실 이런 말들은 전부터 꾸준히 언급되어 오던 것이었으나, 막상 실천에 옮기자니 이것저것 우려되는 바도 적지 않았다.

"그래도 여왕이 나라를 이끌기에는 무언가 부족하지 않겠소? 이웃 나라에서 만만히 볼 여지도 있구요……"

"그렇지 않소! 알다시피 파소여왕은 이미 나라를 경영했던 분이오. 게다가 북부여 동명제의 혈손이 아니겠소? 남자들보다 대범한 데다 무엇보다 앞을 내다보는 혜안으로 사람들을 따르게 하는 예지력을 지니고 있으니, 그분에게 대임을 맡기는 것이 가장 옳은 길임이 틀림없소……"

그럼에도 여왕을 옹립하라는 그의 말에는 다른 촌장들이 선뜻 동의하질 못했다.

이후 얼마 지나지 않아 소벌도리가 사망하니 그가 남긴 말이 마지막 유언이 되고 말았다. 장례를 마친 촌장들이 서둘러 소벌도리를 대신할 군장을 세우려 했으나 서로 주장이 다른 데다, 소벌도리가 제시했던 새로운 제안도 있어서 서로 합의를 보지 못했다. 그러는 사이 백성들이 지도자가 없음을 크게 불안해하면서 촌장들을 압박하게 되었고, 일부 고을을 떠나는 사람들까지 생겨나기에 이르렀다. 결국 뾰족한 방법을 찾지 못한 촌장들이 다시 모였다.

"이러다간 진한 6촌이 뿔뿔이 흩어지고 말 것이오! 아무래도 마땅한 해결 방법을 찾기 어려우니, 소벌도리의 충고대로 우선 파소여왕을 새로운 나라의 여왕으로 추대해야 할 듯하오!"

결국 촌장들이 파소여왕에게 찾아가 양쪽이 통합해 어엿한 나라를 세울 것을 제안하고, 자기들의 첫 임금이 되어 줄 것을 정중하게 요청했다. 이미 진한 6촌에서 일어나는 일들을 모두 파악하고 있던 파소여왕이 망설임 없이 말했다.

"그동안 솔직히 이곳 진한 6촌의 촌장들은 다들 노쇠해서 그런지 세상을 크게 보지 못하고, 장차 나라를 세우겠다는 의지들이 부족하다 느껴 왔습니다. 지금 바깥에서는 여러 소국들이 생겨났다 사라지면서 죽기 살기로 경쟁이 치열하지 않습니까? 그야말로 언제 무슨 일을 당할지 모르는 상황의 연속이지요. 공들께서 이를 깨닫고, 새로운 나라를 만들고자 하시니 천만다행한 일입니다. 나는 동쪽의 섬라를 다스렸던 여왕입니다. 여러 공들께서 하나가 되어 내 뜻을 따라 준다면, 새로운 나라를 만들고, 키워 나가는 일에 추호도 흔들림이 없을 것입니다. 공들의 뜻을 소중히 받아들이겠습니다……"

과연 거침없는 생각과 대범한 의지에 촌장들 모두가 수긍했다.

그리하여 다시금 신생국 왕의 자리에 오른 파소여왕은 촌장들과 상의해 진한 6촌의 국호를 〈새라〉라고 정했다. 이두夷讀로는 '사라斯羅, 사로斯盧, 신라新羅, 서라徐羅' 등으로도 표기했고, '새라불, 서나벌'로도 불렸다. 파소여왕은 곧바로 새로운 나라 〈사로〉가 건국되었음을 주위에 선포하게 했는데, BC 57년경의 일이었다.

당시 여왕의 가장 특징적인 권한은 강력한 제사장의 역할에 있었다. 현실적으로는 여왕이 그 아래에 실질적인 통치 행위를 수행하는 남왕南王을 두었는데, 여왕에게는 이 남왕을 교체하거나 자신의 후계(여왕)를 지명하는 권한이 부여되어 있었다. 사람들은 파소여왕을 제사장의 의미에서 〈선도성모仙桃聖母〉라 부르며 신성한 인물로 떠받들게 되었는데, 사실상 〈사로〉의 시조나 다름없었다.

후대의 기록에 선도성모를 중국 제실帝室의 왕녀(中國帝室之女)라고도 했는데, 이는 당시 〈사로〉가 일어선 포구진한 지역이 훨씬 후대에 완전히 중국의 강역이 되다 보니 생긴 오해에서 비롯된 듯했다. 일설에는 선도성모(사소娑蘇, 파소)가 일찍이 신선神仙의 술법을 배워 해동에 와서 머물며 오랫동안 돌아가지 않았다고 한다. 그러자 그녀의 부황이 편지를 솔개(연鳶) 발에 매달아 보내며 말했다.

"솔개가 이르는 곳에 집을 짓도록 하라!"

편지를 받은 사소가 솔개를 놓아 날려 보내니, 솔개가 날아가 멈춘 산이 바로 서연산西鳶山이었다고 한다. '西' 자는 '山'으로 읽을 때 '서쪽으로 옮긴다.'는 의미를 내포하고 있고, 솔개 연鳶과 제비 연燕의 발음이 같으니 이는 곧 사소 일행이 북경 위의 연산燕山으로 이주했다는 의미였다. 따라서 선도산仙桃山이란 바로 연산을 신성시해 부른 것이나 다름없었다. 후일 사로斯盧가 한반도로 옮겨 〈신라新羅〉가 되면서, 그 기원이 산곡山谷 간의 6촌村에서 시작했다고 했으니, 이 산곡 또한 오늘날 경북 경주慶州가 아닌 북경 북쪽의 연산을 뜻하는 것이었다. 후대의 〈신라〉 왕실에서 솔개를 신성시한 것도 바로 이 연산에서 비롯된 것이라고 했다.

한편으로 서나벌은 〈포구진한鮑丘辰韓〉으로도 불렸는데, 원래의 辰韓 (동도東屠)과 구별하기 위해서였다. 파소여왕은 먼저 〈진한 6촌〉을 6부 部로 확대 개편해 나라의 위상을 높이려 했다. 그녀의 아들인 박혁은 이제 13살의 나이에 불과하다 보니, 아직 정치에 참여하지는 못했다. 그 사이에도 동쪽 朝鮮(부여) 지역에서는 열국들끼리의 강역 다툼이 한창 진행되고 있었다. 패수를 끼고 있던 평양(험독) 일대는 번조선의 〈낙 랑〉과는 또 다른 세력이었던 〈낙랑〉이 〈(중)마한〉 세력을 서남쪽으로 밀어내려 압박하고 있었다.

이 낙랑樂浪이 바로 BC 108년경 漢무제가 요동 지역에 설치하려 했던 한사군 중 옛 〈낙랑군〉의 잔류 세력으로 보였다. 이들 漢의 낙랑郡 은 〈북부여〉 고두막한에게 패수 바깥으로 내쫓긴 이후로, 포구진한(서 나벌)의 동쪽과 〈북부여〉 사이에서 남쪽으로는 옛 번조선(위씨낙랑)인 〈中마한〉과 경계를 이루었을 것으로 보였다.

그러나 〈北부여〉 멸망 후의 낙랑군 지역은 연산산맥의 여러 줄기를 타고, 〈흉노〉와 〈선비〉 및 〈오환〉, 〈말갈〉 외에도 〈황룡〉과 〈자몽〉, 〈개 마〉와 같은 북부여의 후국들은 물론, 나중에 가세하게 된 〈中마한〉과 〈포구진한〉 및 〈고구려〉 등이 서로 뒤엉켜 극심한 각축장이 되었고, 그 강역 또한 끊임없이 변하고 위축된 듯했다.

더구나 이 〈낙랑군〉 지역은 일찍이 秦시황제의 강제 노역과 이후 漢 나라 건국 전후의 전란을 피해 북경 위쪽의 험준한 산악지대로 피신했던 옛 진한秦漢인의 후예들이, 고조선의 낙랑인들과 뒤섞여 살던 곳이었다. 그 후 세월이 흘러 일부 조선 계열의 낙랑인들이 중원 출신 위주의 낙랑인들과 자연스레 분리된 채 따로 세력을 이루고 〈진한낙랑辰韓樂浪〉 이라 불렀는데, 당시는 중원의 관심에서 벗어나 부락별로 독자적으로 활동한 듯했다.

처음 파소여왕이 〈섭라〉에서 가까운 서부 지역으로 진출하지 못한 것도 이미 조선 계열의 〈낙랑〉(옥저)에 가로막혀 있었기 때문으로 보였다. 〈낙랑〉의 바로 아래, 패수 북쪽으로는 진번辰番조선의 옛 번한番韓 세력으로 보이는 〈변한弁韓〉이 자리하고 있었다. 이제 신생 〈포구辰韓〉(서나벌)과 〈변한〉은 다 같이 조선의 유민들이 만든 소국들로서 아래쪽으로 가장 강력한 〈中마한〉과 이웃하고 있었다. 그러나 아직 세력이 미약했던 변한과 진한 모두는 〈中마한〉과의 충돌을 피하고 필요한 영지를 얻어야 했으므로, 일정 부분 마한왕의 통제를 피할 수 없는 처지였다.

그 무렵 〈포구진한〉의 동쪽 아래 위치해 있던 〈辰韓낙랑〉은 말갈末葛(물길)이라 불리는 집단이 가세해, 〈진한〉 지역의 일부를 오가며 새로운 세력을 구축하고 있었다. 이 무렵을 전후해 북쪽 지역에서 내려오는 북방 출신 예족들을 〈말갈〉(물길)이라 부르기 시작했는데, 사납고 거칠기 그지없어 파소여왕의 측근들이 이에 대한 대책을 찾기 바빴다.

"우리 사로국이 안정적으로 성장하기 위해서는 아무래도 이 지역의 강자인 辰韓낙랑 세력과 동맹 수준으로 관계를 강화할 필요가 있습니다. 다행히 알천閼川 양산부楊山部는 사실상 낙랑인들의 부락이나 다름없을 정도로 낙랑과의 교류가 잦습니다. 이제 아드님께서 장성하셨으니, 알천 출신의 규수와 혼인을 맺게 된다면 사실상 이웃한 진한낙랑과 동맹을 맺는 효과를 기대할 수 있지 않겠습니까?"

사실 〈辰韓낙랑〉은 중원 漢나라의 속국이나 다름없었으나 그 대다수가 漢族의 지배를 거부한 조선인들인 데다, 나라의 안위가 먼저다 보니 파소여왕도 〈낙랑〉과의 동맹에 호의적이었다. 게다가 알천 양산부는 사실상 고허촌의 다음 가는 세력이기도 해서 파소여왕이 반색하며 말했다.

"그것 참, 여러 가지로 의미 있는 방안입니다."

파소여왕은 이를 위해 우선 자신의 장성한 아들 혁을 거수들의 수장이라는 뜻을 지닌 거서간居西干(거슬한居瑟邯)의 자리에 올려 주었는데, 사람들이 박혁거세朴赫居世라 불렀다. 이어 알천 출신 알영閼英을 혁거세의 부인으로 맞아들이게 했다. 혁거세와 알영의 혼인으로 사실상〈진한辰韓낙랑〉과 동맹 관계가 형성되면서〈사로국〉의 위상은 그만큼 안정되었다.

BC 39년경,〈中마한〉의 그늘에 있던 진변辰弁 두 소국 중 변한弁韓은 주변 일대에서 그 세력이 더욱 위축되고 말았다.〈변한〉은 남북으로 두 개의 낙랑樂浪(낙랑군, 辰韓낙랑)과 각축을 벌이는 외에도 날이 갈수록 강성해지는〈사로〉(포구진한)와도 경쟁하는 사이가 되었다. 이 문제로 고민하던〈변한〉의 왕이 어느 날 느닷없이 사로국에 중요한 사자를 보내왔다.

"우리 변한은 위아래로 낙랑과 (中)마한에 시달려 왔습니다. 그런데 이곳 사로국까지 바로 옆에 들어서니 백성들이 이를 더욱 두려워해 나라를 떠나는 지경이 되었습니다. 그럼에도 이를 수습할 길이 없어 지금 변한이 붕괴되기 직전입니다. 다행히도 이곳 사로국의 왕실이 북부여의 황손이라 하니, 변한의 왕과 대신들이 이곳 사로국에 아무 조건 없이 나라를 바치기로 뜻을 모았습니다. 부디 성모聖母께옵서 이를 가상히 여기시어 우리 왕실 가족을 포함한 변한의 백성들을 거두고 안전을 보장해 주옵소서!"

이에 파소여왕은 물론 사로(서나벌)의 대신들이 크게 놀라면서도 그만큼 매우 기뻐했다.

"오오! 정녕 그대의 말이 사실이라면 반갑기 그지없는 소식이오! 사로가 비록 작은 소국이긴 하지만, 우리는 진정 북부여 황손의 나라가 틀림없으니, 그대들의 요청을 흔쾌히 받아들이려 하오! 새로운 나라를 만들어 가는 데 변한이 함께해 준다면 커다란 힘이 될 것이오!"

그리하여 이제 서나벌(사로)은 이웃해 있던 초기 〈변한〉 세력을 자연스럽게 흡수하고, 연산 일대에서 더욱 공고한 터전을 마련하게 되었다. 아울러 그때를 전후하여 운무산雲霧山 아래로 2년에 걸쳐 새로이 성을 쌓아 도읍을 조성하고, 쇠성(금성金城, 풍녕豊寧 추정)이라 불렀다. 물론 〈변한〉 내에서도 서나벌과의 병합을 강력하게 거부하는 세력들이 있었다. 이들은 이후 발해로 내려가 배를 타고 한반도의 서해와 남해를 돌아, 경남 지역에 새로운 거점을 마련했다. 이들이 후일 〈가야伽倻〉의 전신이 되었다고 했다.

바로 그럴 즈음에 〈동부여〉 출신 주몽이 서나벌의 동남쪽 흘본에 〈고구려〉를 세운 이래로 부지런히 주변의 열국을 병합해 나갔으나, 난하 서북쪽의 서나벌은 용케도 강역을 유지할 수 있었다. 그러나 고구려의 확장은 서나벌의 커다란 고민거리였을 것이다. 박혁거세가 친정을 하던 시절이었을 BC 20년경, 中마한馬韓의 궁정에 호공瓠公이라는 인물이 서나벌의 사신 자격으로 나타났다. 모처럼 이루어진 서나벌 사신의 입조에도 마한왕이 탐탁지 않은 듯 이내 서나벌에 대한 책망을 늘어놓았다.

"그대도 알다시피 진辰과 변卞(弁) 이한二韓은 모두 우리의 속국이다. 그런데 이들이 약속이라도 한 듯이 오래도록 공물을 보내오지 않으니, 대국을 섬기는 예가 이럴 수는 없는 일이 아니겠느냐?"

이는 곧 서나벌이 辰韓낙랑과 동맹을 맺고 변한卞韓을 병합하는 등 세력을 넓혀 가면서, 주변국들에 악영향을 끼치기 때문이라며 서라벌을 탓하는 것이었다. 그러면서 서나벌이 자신에게 예를 지키지 않는다면 장차 무력행사에 나설 수 있음을 내비치기까지 했다. 그러자 호공이 의

연한 표정이 되어 차분하게 답했다.

"아국에 이성二聖이 일어나신 이래로 인사가 바로 잡히니, 천시天時가 고르고 창름倉廩(창고)이 충실해졌습니다. 백성들이 두루 이를 공경하니 辰韓의 유민에서 변한, 낙랑, 왜인倭人에 이르기까지 두려워하지 않는 나라가 없다고 들었습니다."

호공이 말하는 두 분의 성인이란 곧 혁거세와 알영 부부를 뜻하는 것이었기에, 마한왕의 얼굴이 붉으락푸르락해지더니 이내 폭발하고 말았다.

"무어라. 저자가 지금 제정신으로 하는 말이냐? 도무지 내 말뜻을 헤아리지 못하는 걸 보니, 이 자리에서 죽으려고 환장을 했나 보구나?"

그러나 호공은 전혀 주눅 들지 않은 채, 아예 항의성 발언을 이어 나갔다.

"솔직히 이런 상황에서도 우리 임금께서 하신下臣을 대왕께 보내 알현을 드리게 한 것 자체가 이미 과한 예절이 되었거늘, 어찌하여 대왕께서는 병兵으로 협박을 하시려는 것인지, 하신은 도통 그 연유를 알지 못하겠습니다……"

급기야 마한왕이 대노하여 길길이 날뛰며 당장 호공의 목을 베어 버리라고 소릴 질렀다. 다행히도 곁에 있던 中마한의 대신들이 이를 극구 말린 덕에 호공은 큰일을 당하지 않은 채 겨우 귀국할 수 있었다. 이처럼 호공의 일화는 당시 박혁거세의 서나벌이 中마한 조정에서 무시할 수 없을 정도로 빠르게 부상하고 있었음을 시사해 주는 것이었다.

한편, 호공이 中마한왕 앞에서도 당당하게 굴었던 것으로 보아 그는 실로 대단한 기개를 지닌 인물이 틀림없었다. 그는 왜인 출신으로 처음 표주박을 허리에 차고 바다를 건너왔다고 알려진 탓에 호공이라고 불렸다. 여기서 '왜倭는 예濊' 즉 부여를 뜻하는 것이었으니, 그는 발해만 깊숙이 있던 창해(예맥) 출신으로 보였다. 후일 예(부여)인들이 한반도를 거쳐 일본 열도로 진출한 탓에 오늘날 왜倭를 일본日本으로만 여기고 있지만, 처음부터 왜(예)는 부여, 즉 고조선의 일파를 지칭하던 말이었다.

10. 동부여와 주몽의 탈출

그 무렵 고모수高慕漱라는 옛 부여의 황손이 패수의 상류로 보이는 청하靑河 인근에 머물고 있었다. 어느 날 그가 동생들과 함께 강가에 놀러 나온 유화柳花라는 낭자를 만나게 되었다. 유화는 그곳의 유력자인 청하백靑河伯이라는 인물의 딸이었는데, 한눈에도 잘생기고 훤칠한 고모수의 유혹에 빠져 버렸다. 고모수는 유화를 강변에 있는 궁실로 데려가 은밀히 정을 통하고 말았다. 얼떨결에 일을 저지르고 만 것을 후회하며 유화가 눈물을 훔치자, 고모수가 그녀의 손을 어루만지며 달래려고 애썼다.

"낭자, 그리 슬퍼하니 내가 어찌할 바를 모르겠소……"

"흑흑, 그게 사내가 되어 자기가 품었던 여인을 앞에 두고 하실 말씀입니까?"

유화가 우는 중에도 매섭게 쏘아붙이자, 고모수가 쩔쩔맸다. 한마디로 이제 자신을 책임지라는 압박이었기 때문이다. 그렇게 한참 실랑이 하던 중에 문득 던진 고모수의 말 한마디에 유화가 눈물을 멈추었다.

"사실, 나는 부여의 황손이오. 고구려후侯 고진高辰이 내 조부이시고, 그분은 국조이신 해모수천왕의 차남이자, 2대 모수리임금의 아우란 말이오……"

방금 자기와 사랑을 나눈 이 남자가 부여夫餘의 황손이라는 말에 놀란 유화의 몸이 얼어붙는 듯했다. 어쩐지 쓰는 말, 행동거지 하나하나에서 귀티가 나긴 했지만, 그렇다고 천제의 황손이라는 말을 그대로 믿기는 어려웠다. 그녀의 의심 어린 눈빛을 의식한 듯, 고모수가 확신을 주려는 듯 힘을 주어 말했다.

"사실이오! 믿어 주시오……"

그렇게 한참 얘기를 나누다 보니 어느덧 모든 의구심이 눈 녹듯 사라져 버리고, 유화는 마음속 깊이 그를 신뢰하게 되었다. 어쨌든 그들은 앞날을 약속하고 헤어졌다. 그런데 얼마 후 고모수는 유화를 남겨 둔 채 자기의 고향으로 속절없이 돌아가 버렸다. 홀로 남은 그녀의 머릿속에는 온통 고모수와 지냈던 달콤했던 추억과 함께, 그가 부여의 황손인 고진高辰의 손자라고 말했던 기억만이 또렷하게 남아 있을 뿐이었다.

그런데 얼마 지나지 않아 딸의 행동거지가 이상하다며 낌새를 알아차린 유화의 부모가, 그녀를 불러 놓고 매섭게 추궁했다. 훌쩍거리는 유화가 이내 고모수를 만난 사실을 실토하자, 그녀의 부친 하백이 노발대발했다.

"어쩌자고 시집도 안 간 처녀가 벌건 대낮에 중매도 없이 외간 남자를 따라갈 수 있단 말이더냐? 네가 실성을 한 게로구나! 집안 망신을 시켜도 유분수지……. 당장 집을 나가거라!"

그러나 이미 엎질러진 물을 어찌하랴? 유화의 모친인 호인好人이 불같이 화만 내는 남편을 달랬다.

"여보, 제발 진정하시구려. 우리 딸이 일을 저질렀지만, 사람이 어찌 자식을 버릴 수 있단 말입니까? 더구나 그 사내란 사람이 해모수천왕의 황손이고 고진의 손자라 하니, 만일 그게 사실이라면 딸아이를 그리 박대할 일만은 아닌 듯싶소……. 사람의 일이란 한 치 앞을 모르는 것 아니겠습니까?"

"……."

유화의 모친이 남편을 달래 겨우 진정시키니, 이후로 유화는 몸을 풀 날만을 기다리게 되었다.

유화의 성은 옥屋씨로 부친은 청하青河 일대를 지배하는 청하백青河伯이자 구가狗加의 귀족 신분을 세습한 옥두진屋斗辰이었다. 그의 조상들이 대대로 밀운수고密云水庫로 보이는 곤연鯤淵의 장옥長屋(제사당)을 지켜온 덕에 옥屋씨 성을 얻었다. 두진의 부친 옥문屋文은 일찍이 창해왕 남려南閭가 漢나라에 저항하면서 야기된 환란 때 두루 활약했고, 동명제 고두막한의 부친을 모신 인물이었다. 그는 그런저런 공으로 청하백에 올라 구가狗加의 신분을 세습하면서 선상仙相이 된 귀인이었다.

옥문의 딸 옥인屋因이 오산奧山에게 시집가서 딸 호인好人을 낳았는데, 호인이 이후 자신의 숙부이자 옥문의 아들인 두진과 혼인해 딸 유화柳花를 낳았던 것이다. 동명제가 옥인의 아들인 오천奧川을 자신의 장녀인 황풍凰공주와 혼인을 시키면서 그를 순노후順奴侯에 봉했으니, 이때부터 옥저沃沮의 동쪽 땅 모두가 〈순노〉 땅이 되었다고 했다.

한편, 옥두진의 모친 을란乙蘭은 을원乙原이라는 여동생을 두었는데, 그녀의 아들이 바로 동부여 해부루임금의 사위인 금와金蛙였다. 즉 두진과 금와는 이종사촌 간으로 두진이 해부루임금에게 금와를 천거했고, 그 바람에 금와가 해부루임금의 곁에서 여러 공을 세우면서 임금의 딸인 해영解英공주와 눈이 맞아 혼인한 것이었다. 해부루임금에게 아들이 없어 그가 죽은 뒤에 금와가 왕위에 오르긴 했으나, 정사는 왕후인 해영이 도맡아 주무르는 바람에, 한동안 금와는 사실상 제사상이나 지키는 허수아비 신세였고, 그 바람에 두진과 서로 만날 기회마저 사라지고 말았다.

그러던 터에 해영이 일찍 세상을 뜨는 바람에 동부여왕 금와가 자신의 왕후를 새로이 물색하게 되었다. 그때 양가羊加 오문奧文이 금와왕에게 아뢰었다.

"청하백 옥두진의 딸 유화가 천하의 일색으로 소문난 데다, 만대의 훌륭한 여인이라니 부디 이 여인을 짝으로 삼는다면 나라가 흥성하고 가문이 번창할 것입니다!"

이에 금와가 크게 반기며 답했다.

"오호, 두진은 나의 이종으로 어릴 적 문경지우刎頸之友를 약속한 사이거늘 만나 보지 못한 지 참으로 오래되었소. 내 즉시 우발優渤을 방문할 것이오!"

어느 날, 우발수 근처에 있는 옥두진의 집 밖에서 사람들과 말들이 우는 소리가 요란했는데, 동부여왕 금와가 친히 행차한 것이었다. 두진이 아내인 청하부인 호인과 딸 유화를 데리고 황망하게 뛰어나가 임금을 맞이했다.

"대왕, 어서 오소서! 누추하기 그지없는 소신의 집에까지 들러 주시다니요……"

두진이 감격해 말을 잇지 못하자, 금와 또한 이종형인 두진의 양손을 부여잡은 채로 한동안을 놓지 못했다. 이내 유화가 숙부격인 금와왕을 알현하게 되자, 임금은 초승달 같은 눈썹에 백설같이 흰 살결을 한 유화의 고운 모습에 그야말로 넋이 나간 듯했다. 금와왕이 겨우 정신을 차리고 두진에게 유화의 미모를 칭찬했다.

"공은 미색이 출중한 딸을 두셨구려……. 흠흠!"

이윽고 두진 부부의 집 안으로 들어가 이런저런 인사치레를 마치자, 뒤따르던 신하가 새로운 왕후를 물색하고자 온 것이라며 유화에 대한 혼담을 본격적으로 거론했다.

결국 금와왕이 유화를 앞으로 가까이 불러내어 다시금 눈인사를 교환하자니, 유화가 작심한 듯 뜬금없는 말을 했다.

"대왕, 용서하소서! 소녀가 불행히도 배 속에 아이를 잉태했습니다. 엎드려 바라옵건대 숙부께서 소녀를 불쌍히 여기시고 절개를 지킬 수 있도록 도와주옵소서!"

"……."

순간 금와왕이 당황해 말을 못 하는 사이 두진이 서둘러 딸인 유화를 나무라며 사태 수습에 나섰다.

"대왕께서 너를 찾아 몸소 먼 길을 행차하셨거늘, 어딜 감히 정절을 운운하는 것이냐?"

그리고는 이내 저간의 사정을 소상히 아뢰자, 금와왕이 짐짓 놀라는 표정으로 말했다.

"그래요? 유화가 지금 아이를 가졌다구요? 겉으로는 전혀 몰라보겠소이다. 허어!"

금와왕은 속으로 못내 아쉬웠으나, 자세한 사연을 듣고 나서는 문득 이것이 예사롭지 않은 인연이라는 것을 간파해 냈다. 우선 장차 태어날 아이가 진정 부여의 황손이라면 아이를 보호할 필요가 있다는 생각이 들었고, 동시에 이것은 유화를 데려갈 명분이 되기에도 충분했던 것이다. 게다가 금와왕은 조카뻘인 유화가 워낙 보기 드문 미인이다 보니 내심 그녀를 놓치기가 싫어졌고, 그녀가 몸을 푸는 대로 자신의 왕후로 들이면 될 일이라고 생각했다.

사실 압록의 중하류를 다스리는 청하백 옥두진은 금와왕과는 이종간이었으나, 당시 〈청하〉가 동명제의 〈북부여〉에 속한 땅이라 아직은 금와왕의 영향력이 미치지 못하는 애매한 상황이던 때였다. 따라서 금와왕으로서는 혼인을 구실 삼아 두진의 세력을 〈동부여〉로 확실하게 끌어들일 필요가 있었고, 이것이야말로 애당초 금와왕이 친히 먼 길을 찾은 또 다른 이유이기도 했다. 게다가 두진의 딸인 유화가 소문대로 절색이니 이 혼인은 분명 일거양득이라 판단했던 것이다.

"흐음, 유화의 이야기는 참으로 놀랍기 그지없는 내용이오. 정녕 유화가 부여의 황손을 잉태한 것이라면, 같은 황가의 입장에서 이를 모른 척할 일은 아닌 듯싶소. 내가 저 아이를 궁으로 데려가 좀 더 안락한 환경에서 귀한 씨를 생산할 수 있도록 돕는 게 왕이 된 자의 도리인 듯하니, 그대가 동의해 주리라 믿소이다!"

금와왕이 주저 없이 유화를 궁으로 데려가겠다고 하니, 두진은 원래 자신이 바라던 바였기에 반색하며 환영했다.

"오오, 성은이 망극하옵니다, 대왕!"

두진이 금와왕의 관대한 처사에 감동하면서, 유화에게 넌지시 타일렀다.

"네가 비록 귀한 황손의 아이를 가졌다고는 하나, 너의 미모가 예사롭지 않으니 강한 자들의 도발을 피하기 어려울까 아비로서 노심초사했다. 그러니 지금 앞에 계신 대왕이 아니면 누가 너를 제대로 지켜 주고 황손의 씨를 보호해 줄 수 있겠느냐?"

"……."

유화는 아무 대답도 못한 채 소리 없이 눈물만 흘릴 뿐이었다.

사실 고두막한 동명제 사후의 〈북부여〉는 나라의 중심을 잃은 나머지 부족 간에 다툼과 전쟁이 난무하고, 그 미래를 전혀 예측할 수 없을 정도로 혼란스러운 상황이었다. 그러한 때 고모수는 어떤 전쟁에 휘말려 적들에게 쫓기다 일시적으로 수하들과 떨어져 유화의 고을에 흘러들었다가 그녀를 만난 것이었다. 그 후 어느 날 갑작스레 수하들이 찾아온 이후로 고모수가 그들과 함께 급히 떠나는 바람에, 유화와 생이별을 하고 말았다.

고모수가 처한 사정을 들어 알고 있던 유화는 고모수를 이해하고 기다렸으나, 무심하게도 그는 돌아오지 않았다. 결국 유화는 그가 틀림없이 전쟁에서 전사한 것으로 믿고, 그 무렵 모든 것을 포기한 상태였다. 모친인 호인이 그런 그녀를 잡아끌며 재차 유화의 설득에 나섰다.

"유화야, 지금 네가 무슨 복을 만난 게냐? 어찌 된 일인지 몰라도, 임금께서 너를 궁으로 데려다 몸을 풀도록 돕고 싶다니 하늘이 도우시는구나. 배 속 아이의 애비 되는 자가 죽었는지 살았는지도 모르는 터에, 아이를 위해서라도 이 얼마나 잘된 일이냐? 상대는 동부여의 주인이신 나라님이 아니시냐? 임금께서 너의 빼어난 미모에 호감을 갖고 계신 것이 틀림없으니, 나중에 정녕 왕후의 자리에 오를 수도 있는 일이니라! 아무 소리 말고, 오늘 밤 임금님을 정성껏 모시도록 해라. 이것이 네 부모 형제들 모두의 기쁨인 것이다!"

절망에 빠져 있던 유화는 아이의 장래를 위해서도 그렇고, 부모님이 처한 입장을 고려해, 자의 반 타의 반으로 금와왕을 따르기로 마음을 고쳐먹었다. 무엇보다 임금의 호의가 싫지도 않은 데다, 꿈속의 조짐까지 좋다 보니 새로운 희망을 품게 되었던 것이다. 당시 금와왕의 나이 한창인 33세였고, 유화는 17세 꽃다운 묘령의 나이였다. 결국 유화는 우발에서 금와왕과 간략하게 혼례를 치르고, 금와왕을 따라 〈동부여〉의 궁으로 들어가게 되었다. 금와왕은 책성柵城에 새로운 궁전을 짓도록 명하여, 머지않아 왕후가 될 유화의 궁전으로 삼게 했다.

이듬해인 BC 58년 봄, 유화가 드디어 기골이 튼실한 아들 하나를 낳았는데, 주변이 훤해질 정도로 밝은 기운을 내뿜는 아이였다. 금와왕이 기뻐하며 자신의 아들로 삼고 이름을 상해象解라 지었으니, 해(日)와 같다는 뜻이었다. 그에게는 이미 전 왕후인 해영과의 사이에서 일곱 아들을 두고 있었으므로, 금와왕은 유화의 아이를 여덟째 왕자로 인정했다.

사실 금와왕은 유화의 부친인 옥두진의 능력을 높이 평가해, 조만간 두진을 조정으로 불러들여 측근에서 자신을 보필케 하려던 중이었다. 실제로 얼마 지나지 않아 금와왕이 두진을 입조시킨 다음 주변에 명을 내렸다.

"이제부터 청하백 옥두진을 부여의 상相으로 삼을 것이다. 아울러 두진에게 갈사국曷思國을 봉하고, 식읍 7천을 내릴 것이다."

이로써 유화의 부친인 옥두진 역시 〈동부여〉의 국상國相이라는 중책을 맡게 되었다. 금와왕은 대신에 청하 땅을 책성으로 귀속시키되, 순노후 오천의 아들 오건奧犍이 다스리게 했으니, 그는 유화의 생모인 호인의 조카였다. 이때부터 〈청하〉 출신으로 일약 〈동부여〉의 고관대작에 오른 자가 속출하기 시작했다.

그즈음 동명제에게 난을 일으켰던 〈비리卑离〉의 왕불旺弗이 잘못을 뉘우치고는 동명제의 아들을 모셔서 〈서제西帝〉라 칭했다. 그가 고무서高無胥단군으로 홀본천에서 즉위했다고 하는데, 2년 뒤 사망했다는 등 이후의 자세한 행적은 알려지지 않았다. 아무튼 소문을 듣게 된 두진도 이에 대응하기 위해 금와왕에게 간했다.

"비리의 왕불이 동명제의 아들인 고무서를 서제라 부르고 우대하는 시늉을 한다니, 부여인들의 인심을 사려는 수작입니다. 부여는 전하께서 반드시 되찾아야 하는 만큼, 왕불의 행태를 이대로 용인할 수는 없습니다. 해서 이제부터 우리도 전하를 동제라 불러 맞대응하고자 합니다."

이에 따라 〈동부여〉 조정에서도 금와왕을 부여의 〈동제東帝〉라 칭하기로 했다. 금와왕은 이때 '말馬, 소牛, 돼지猪, 양羊, 사슴鹿'으로 상징되는 〈오가五加〉의 대신들을 새로이 임명하고 내정을 단단히 했다. 동명제 사후의 북부여가 열국시대로 접어들면서 소국 간의 강역 다툼으로 여전히 어지럽던 시대였던 것이다.

그 무렵 동부여가 동쪽으로 〈우산于山〉을 치자, 왜인倭人들이 찾아와 복속하였다는데, 예족濊族의 일파로 보였다. 또 서쪽으로 군병을 보내 〈백웅白熊〉을 쳤더니 〈옥저〉가 신하를 자처했고, 〈황룡〉이 사신을 보내 입조했으며, 〈낙랑〉 또한 후국이 되었다. 금와왕은 북부여가 와해되는 틈을 타 착실하게 〈동부여〉의 강역을 넓히고 지배력을 강화함으로써, 사실상 동명제가 사라진 북부여를 대체할 만한 세력으로 성장시켜 나갔다.

BC 54년경이 되니 열국 간의 경쟁이 더욱 치열해지기 시작했다. 〈말갈(예맥)〉이 오만奧万(오천의 아들)이 다스리는 순노를 침입하자, 갈사후曷思侯 옥두진이 출정해 〈순노〉를 구했다. 그러나 〈낙랑〉의 최시길崔柴吉은 이때에 이르러 생각이 바뀌어 3년 만에 〈동부여〉로부터 독립을 선언하고, 다시 〈낙랑국樂浪國〉의 왕으로 돌아가 버렸다. 〈홀본忽本〉이 곧 연涀淵 지역을 차지하는가 하면, 〈비류沸流〉의 왕 송양松讓은 오건奧犍이 다스리는 〈청하〉와 고국원故國原(불이)을 놓고 다투었다.

유화의 아이는 어려서부터 외모가 영특한 데다 불과 여섯 살에 말을 능숙하게 탔다. 일곱 살이 되어서는 스스로 활과 화살을 만들어 쏘고 다닐 정도였는데, 그 솜씨가 백발백중이라 주위를 놀라게 했다. 유화부인은 그런 아들을 매우 엄격하게 가르쳐, 매일같이 낮에는 활이나 무기를 들어 연습하게 하고, 밤에는 열심히 글을 공부하게 했다. 하루는 유화부인이 상해를 불러 말했다.

"이제부터 스승을 따로 모시기로 했으니, 너는 그분의 말씀을 잘 따르고 더욱 공부에 정진해야 할 것이다!"

그 무렵부터 오이烏伊가 스승이 되어 검술을 가르치는 등 아이의 소양을 키워 주었다.

그 당시 동부여 땅은 주변이 온통 울창한 숲과 산림이라 山짐승이 많은 탓에 사냥은 일상 그 자체였다. 그러다 보니 여기저기서 사냥대회도 자주 열렸고 활을 잘 쏘는 사람을 우대했는데, 그 가운데서도 특출하게 뛰어난 명궁名弓을 일컬어 주몽朱蒙(추모鄒牟)이라 불렀다. 유화의 아들은 자라면서 더욱 활 솜씨가 늘어나 백 보 안에서는 어떤 대상이든 맞출 정도였다. 사람들이 그런 유화의 아들을 가리켜 주몽이라 부르기 시작하니, 어느덧 아이는 아버지의 성을 따라 고주몽高朱蒙이라 불리게 되었다.

BC 52년에는 옥두진이 자신이 다스렸던 〈청하〉를 두고 〈순노〉와 다투던 〈비류국〉의 송양을 공격해 벌하였다. 이듬해인 BC 51년이 되자, 〈비리〉의 왕불이 일어나 동명제의 서자 칠공桼公이 다스리는 〈개마〉를 공격했다. 그러자 〈황룡〉의 양길羊吉이 이 소식을 접하고는 이내 군대를 보내 칠공을 구원하고자 나섰다. 양길은 동명제의 차녀 란鸞이 황룡후侯 양복羊福과의 사이에서 낳은 아들이었다.

〈황룡〉이 〈비리〉를 공격해 꺾었다는 소식은 〈행인荇仁〉의 조천祖天에게도 전해졌는데, 그는 10년 전 〈왕불의 난〉 때 〈황룡〉의 양복과 더불어

난을 진압하는 데 앞장선 인물이었다.

"황룡의 양길이 왕불을 패퇴시켰다니 제법이로구나. 이참에 기세가 꺾인 왕불을 잡고 아예 비리를 노려볼 절호의 기회로다!"

마음이 다급해진 행인왕 조천이 병력을 일으켜 곧장 〈비리〉의 왕불을 습격했다. 그러자 연이은 싸움에 지쳤는지 이번에도 왕불이 패퇴하고 말았다.

왕불이 이때 같은 선비계의 나라 〈자몽紫蒙〉으로 무작정 달아났는데, 이곳은 모용慕容씨가 다스리던 나라였다. 그런데 하필이면 모용씨는 왕의 방안에 동명제의 초상화를 걸어 놓을 정도로 북부여에 충성스러운 가문이었다. 보고를 받은 모용씨가 펄쩍 뛰며 불같이 화를 냈다.

"왕불은 동명제를 배반하고 무도하게 난을 일으킨 역도이자, 부여를 분열케 한 장본인이다. 당장 놈을 잡아들이고 목을 쳐서 동명제와 부여 백성들의 한을 풀게 해야 할 것이다!"

모용씨가 왕불의 죄상을 물어 왕불을 죽이려 들자, 왕불이 별수 없이 대죄를 지었음을 사죄하며 구차하게 목숨을 구걸했다. 그러나 이후로 왕불의 행적이 사라진 것으로 미루어 〈자몽〉에서 어지러운 생을 마감한 것으로 보였다.

한편 왕불이 사라진 〈비리〉의 도성 불이성不而城에서는 〈행인〉의 병사들이 들이닥쳐 약탈이 시작되었는데, 뒤이어 〈황룡〉의 병사들까지 가세하는 바람에 끝내 양 진영이 서로 다투는 지경이 연출되었다. 이렇듯 〈행인〉과 〈황룡〉이 〈비리〉를 놓고 서로 견제하는 등, 부여의 소국들 간에 서로가 물고 물리는 어지러운 상황이 한동안 지속되었다.

그 무렵 동부여에서는 유화의 부친인 두진斗辰이 재상으로서 10년간 활약하는 동안 정치가 바르게 펼쳐져, 나라의 힘이 더욱 공고해졌다. BC 49년이 되니 〈우산于山〉과 〈조나藻那〉, 〈옥저〉와 〈낙랑〉이 토산물을 바쳐 오고, 이어 〈섭라〉와 〈가라加羅〉 등도 입조해 왔다. 금와왕이 그런 옥두진의 공을 인정해 7천 호를 더 봉해 주니, 〈순노〉의 재정이 더욱 튼실하게 되었다.

그 무렵 유화부인이 아들 해주解朱를 낳았는데, 이미 그 위로 금와왕과의 사이에서 해불解弗과 해화解花공주가 있었다. 이에 금와왕이 유화부인을 위해 별도의 관부를 마련해 주고, 그녀를 보필할 사람들까지 딸려 주었다. 이제 열 살이 된 주몽은 이미 한문漢文에 통달했고 신장이 다섯 척을 넘었다. 이때는 병법에 흥미가 많아 손오孫吳(손자와 오자)의 책을 읽으며 진법을 공부했고, 오이에 이어 마리摩离를 좌우의 참모로 삼아 상당한 수의 군병들을 거느리고 다녔다. 금와의 다른 일곱 아들이 모두 교만했으나, 주몽만은 백성들을 아끼고 군림하려 들지 않았다.

그즈음에 薰국은 東西로 갈라져 있었다. 東흉노의 호한야가 장안까지 가서 漢선제 앞에 머리를 숙이고 난 이래, 호한야가 漢나라와 함께 형인 西흉노의 질지를 협공했다. 질지선우는 어쩔 수 없이 서쪽 〈오손〉 땅으로 달아나야 했다. 그때쯤 북쪽에 있던 말갈(예맥)이 남하를 지속하더니 〈낙랑〉의 바로 위 개사수盖斯水 인근까지 차지해 버렸고, 얼마 후 〈南옥저〉임을 자처했다.

이듬해 BC 48년, 동부여 조정이 금와왕을 높여 大선우로 칭했는데, 이제야말로 〈동부여〉가 명실공히 부여夫餘를 대표하는 종주국임을 만방에 선포한 셈이었다. 전년도에 漢선제 병이病已가 죽어 아들 유석劉奭 원제元帝가 즉위했다. 이를 계기로 당시 〈동부여〉 또한 황제가 다스리는 중원의 漢나라와 비교해 대등한 수준임을 애써 강조했던 것이다. 금와왕은 이어서 대선우나 황제에 버금가는 자신의 입지를 공고히 하고자 첫째 부인이었던 해영解英 소생의 일곱 아들을 전면에 내세우고, 모두 왕위에 봉하는 등 행정 개혁과 인사를 단행했다.

장남인 대백帶伯을 우현왕, 대소帶素를 좌현왕으로 삼았고, 대중帶仲을 고야高邪왕, 대현帶玄을 가섭加葉왕, 대황帶黃을 관나貫那왕, 대적帶赤을 동해東海왕, 대청帶靑을 란릉蘭陵왕에 봉했다. 이어 두진이 패릉貝陵왕, 가숙加菽이 갈사후, 호진胡眞이 조나藻那후에 올랐고, 추모(주몽)가 좌대장, 해불이 우대장, 오릉奧陵이 책성후가 되었다. 당시 추모가 11살에 불과했던 만큼, 어린 왕자들은 다분히 형식적인 자리였을 가능성이 컸지만, 금와왕이 자신의 핏줄을 중심으로 〈동부여〉를 다지려 했던 의지가 엿보이는 조치였다.

그런데 당시 적봉赤峰 일대로 추정되는 적곡赤谷 출신의 부분노扶芬奴라는 사람이 힘이 좋고 활을 잘 쏘기로 유명했다. 금와왕의 일곱 태자 중에서 특히 대소가 이제 13살이 되어 갈수록 용력이 좋아지는 추모를 늘 의식하고 있었다. 대소가 부분노를 데려와 활 솜씨를 보고는 흡족하여 이내 부하로 삼으며 말했다.

"과연 너는 명궁이로다. 그런데 궁 안에는 너만큼 활 솜씨가 탁월한 아이가 있다. 내가 활쏘기 시합을 열고자 하니, 네가 반드시 그 아이를 꺾어야 할 것이다!"

그리하여 얼마 후 대소의 주관 아래 추모와 부분노가 만나 활 솜씨를 겨루게 되었다. 그러나 부분노는 단 한 번도 추모를 꺾지 못했다. 당황하고 놀란 부분노가 속으로 탄복했다.

'이럴 수가……. 이건 사람의 솜씨가 아니다. 게다가 나이도 아직 어린데, 실로 하늘이 내린 신궁神弓이 아니면 이렇게 쏠 수가 없다!'

부분노가 이내 추모를 찾아 스스로 그의 부하가 되고자 했다. 대소가 이 소식을 듣고는 대노하여 자객을 보내 부분노를 칼질하게 했다. 그러나 부분노는 오히려 그 자객을 살해하고는, 고향으로 달아나 모친의 집으로 숨어 버렸다.

BC 45년 가을이 되자, 〈동부여〉황실에서 큰 사냥대회가 열렸다. 금와왕과 함께 여러 태자와 가신들이 사냥대회에 나섰다. 대백을 비롯한 해영 소생의 일곱 태자들은 저마다 준마에 보궁寶弓을 지닌 채 서로 사냥 실적을 겨루기 바빴다. 이에 반해 추모에게는 처음부터 시원찮은 말과 뽕나무 활이 주어졌을 뿐이었다. 그럼에도 탁월한 솜씨로 추모가 가장 많은 사슴을 잡자, 대백 형제들이 이를 시기해 이런저런 트집을 잡으려 들었다. 그러자 이를 듣고 있던 금와왕이 태자들을 나무랐다.

"너희들은 활을 잘 쏘면 활 때문이고, 말을 잘 타면 말 때문이라고 보는 것이로구나. 그 말은 농사도 밭 때문이고 의술도 약 때문이라는 말인데, 그렇다면 너희들이 주몽에게서 좋은 말과 활을 빼앗고도 어찌하여 그렇게 사냥으로 잡은 사슴의 수가 형편없더란 말이더냐? 어째서 자신들의 재능이 모자라다는 생각은 아니 하고, 오히려 졸렬하게 시기만 일삼는 것이더냐? 에이, 모자란 인간들 같으니라구……"

태자들이 하나같이 고개를 들지 못했으나, 그럴수록 추모에 대한 미움과 경계심은 날로 커져만 갔다.

그즈음, 금와왕의 오른팔이나 다름없던 재상 옥두진屋斗辰이 세상을 떠났다. 유화의 부친이자 추모의 외조부였다. 금와왕이 그를 도성 인근의 계산鷄山에 묻고 후하게 장사 지내 주었다. 그런데 그때 금와왕이 느닷없이 추모로 하여금 자신의 딸인 예禮공주와 혼인을 하게 했다. 추모의 나이 아직 어린 14살에 불과했으나, 추모의 재능에 잔뜩 기대를 걸고 있던 터라 서둘러 그를 사위로 삼아 가까이 두고자 함이었다. 처음 추모가 혼인을 사양해서였는지 금와왕은 추모에게 식읍으로 3천 호를 내려 주기까지 했다.

얼마 후 금와왕은 옥두진의 후임으로 란파蘭巴를 중용해 새로이 국상으로 삼았다. 여러 전공戰功이 있던 그는 전임자의 흔적을 지우기라도 하려는 듯, 두진이 이룩한 정사政事를 모조리 갈아치우려 들었다. 그 바람에 동부여의 국정에 혼란이 생기고 나라가 조금씩 어지럽게 되었다. 아니나 다를까 이듬해 BC 44년이 되자 먼저 〈백웅〉이 반란을 일으켰다. 재상인 란파가 추모를 시험하고자 아직 어린 그를 출정케 했다.

그러자 부분노가 추모의 선봉이 되어 순식간에 대수천大嫂川을 장악해 버렸다. 백웅의 무리가 적곡 방면으로 달아났다가, 얼마 후 일부 땅을 바치며 다시금 신하가 되겠다고 자청해 왔다. 란파가 대소 형제들을 의식했는지, 추모가 백웅을 평정한 내용을 기록하지 않았다.

그해 〈비류〉의 송양이 연타발延陀勃이 다스리는 〈홀본〉을 쳐서 굴복시켰다. 연타발이 딸 관패貫貝를 송양의 처로 바치고, 겨우 위기를 모면했다. 일찍이 두진에게 패했던 송양이 〈동부여〉의 영웅이 사라진 것을 알고는, 즉시 일어나 마치 보복이라도 하듯 행동을 개시한 것이었다. 비슷한 시기에 말갈이 〈순노〉의 경계를 침범해 기습해 오는 바람에 오만이 모둔毛屯으로 피해야 했다. 순노왕 오만의 아우이자 청하왕인 오건이 동부여로 사신을 보내와 구원을 요청했다.

"무지한 말갈의 무리가 형님의 나라인 순노를 공격했습니다. 말갈은 시도 때도 없이 툭하면 부여의 후국들을 습격해 오니, 부여의 동제東帝께서 말갈을 내치는 데 앞장서 주시기를 이 지역의 모든 열후들이 바라고 있습니다. 그리되면 청하는 동부여를 도와 최선을 다할 것이고, 장차 순노와 더불어 두고두고 동제를 따를 것입니다!"

그러나 웬일인지 금와왕이 망설이며 쉽게 답을 주지 않았다. 〈순노〉
와 〈청하〉는 추모의 외조부인 옥두진이 다스리던 나라였으므로, 추모
의 무리가 금와왕에게 순노를 돕겠다고 자원하고 나섰다. 그러자 금와
왕은 이 역시 허락하지 않겠노라고 명했다. 오만 형제가 모두 선비 계열
인 데다 죽은 북부여 동명제의 외손들이기 때문이었다. 게다가 대소형
제들을 고려할 때 백웅을 평정한 데 이어 또다시 추모에게 기회를 주는
것 또한 내키지 않는 일인 듯했다. 그러나 이 일로 추모 일행은 내심 분
개하는 마음을 품게 되었다.

BC 43년, 薰國에서는 東흉노의 호한야가 산서 태원太原 일대로 추정
되는 선우왕정 용성龍城을 되찾았는데, 그가 漢선제에게 머리를 조아린
지 7년째 되던 해였다. 당시 형인 西흉노의 질지와 경쟁하던 호한야가
이때 동부여 금와왕에게 사신을 보내오고 귀한 물건들을 바쳤다. 동명
제 고두막한의 사후 사실상 부여의 종주국으로 떠오른 동부여를 상대
로, 자신이 흉노를 대표하는 大선우임을 분명히 하고 관계 개선을 꾀하
려 했던 것이다.

그해 여름에는 추모가 외조부 두진이 다스리던 〈갈사국〉을 방문해 백
성들을 회유했는데, 그곳의 백성 중에는 누런색 머리칼을 한 황두黃頭가
많았다. 전국시대 〈중산국〉도 백융白戎 또는 백적白敵으로 불리던 시절이
있었으니, 아마도 이때 이미 일부 백인의 핏줄이 섞여든 모양이었다.

갈사국은 부분노의 고향이었는데, 이때 그의 모친인 대수大嫂부인이
추모 일행에게 푸짐하게 음식을 바쳤다. 그녀에게 위염尉厭이라는 아들
이 있었는데 아비가 다른 부분노의 형제였다. 위염 또한 힘이 장사라 이
때 추모의 선봉으로 영입되었다. 그때 어떤 사람이 매우 특이한 인물을

천거했다.

"협보陜父라는 소년이 불과 여덟 살에 능히 글을 깨우친 귀재라고 소문이 자자하니, 데려다 신하로 삼으시지요!"

추모가 그 어미를 만나 보니 과연 칭찬이 대단해 사실임을 확인했는데, 그 역시 황두에 흰 살결을 지녔다고 한다. 한마디로 협보는 아직 어린아이에 불과했으나, 하늘이 내린 드문 천재였기에 이때부터 줄곧 추모를 따라 동행하게 되었다.

금와왕이 〈순노〉의 지원 요청을 들어주지 않은 가운데 이듬해(BC 42년) 봄이 되자, 북쪽 흉노의 일파로 보이는 〈적득獲得〉이 모둔毛屯을 습격해 왔다. 그런데 기이하게도 사나운 범과 표범들이 잇달아 산길에 나타나 행군을 방해하는 바람에 적득의 병사들이 앞으로 나아가질 못했다. 당시 말갈에 쫓겨 모둔으로 피해 와 있던 순노왕 오만이 이 소문을 들었다.

"이는 하늘의 뜻이 틀림없다. 조상신들이 우리를 돕고 계시는 것이다!"

오만이 손수 군병을 이끌고 출병해 적득과 맞서 싸웠는데, 중과부적으로 오히려 싸움에 패한 데다가 큰 부상까지 입은 채로 구여향九如鄕으로 달아나야 했다.

적득의 병사들이 오만의 무리를 추격했으나, 이내 갈하羯河를 넘지 못한 채 강을 사이에 두고 오래도록 서로 대치했다. 그 사이 오만은 부상이 심해져 이내 사망하고 말았다. 순노 왕비인 화잠禾岑이 남편의 원수를 갚겠다며 직접 말에 올라 군병들을 이끌고 말갈의 소굴로 쳐들어갔으나, 곧바로 패퇴해 후퇴하던 중에 적득 병사들에게 사로잡혀 포로가 되고 말았다.

안타깝게도 이때부터 지도자를 잃고, 상국인 동부여로부터도 버림받은 신세가 된 〈순노順奴〉가 일곱 개의 무리로 분열되고 말았다. 그 결과 이들 모두는 소국이랄 것도 없이 지역 우두머리에 불과한 토호土豪들이 다스리는 부족 공동체 수준으로 추락하고 말았다.

동부여에 대한 도발은 다음 해에도 사방에서 이어졌다. 〈고야高邪〉에서 반란이 일어났으나 대중帶仲이 이를 제압하지 못해, 그 맏형이자 우현왕인 대백帶伯이 대중을 지원하고자 출정했다. 그러나 쉽게 이기지 못하던 터에, 마침 대중의 진영에 때 아닌 폭설이 내렸다. 고야의 반란군이 이틈을 타고 반격해오니, 끝내 대백 형제의 동부여 정부군이 이를 막지 못한 채 물러나고 말았다.

〈고야〉에서의 패배 소식을 접한 금와왕이 이번에는 추모에게 명을 내려 출정케 했다. 추모가 군대를 이끌고 고야로 향했는데, 무작정 진격해 들어간 것이 아니었다. 추모는 병력을 고야의 경계 지역에 단단히 주둔시킨 다음, 우선 사람들을 보내 고야 백성들의 사정과 불만이 무엇인지 들어 보고자 소통을 시도했다. 그러자 그때까지 성나게 대들던 고야 백성들의 태도가 누그러들더니 싸움을 그치기 시작했다.

"추모태자는 나이는 어리면서도 이제껏 동부여의 다른 태자들과는 그릇이 남다른 사람이다. 지금까지 우리들에게 귀 기울여 준 왕이 없었는데, 추모태자는 우리들의 불만과 고충을 들어준 것은 물론, 장차 문제 해결을 위해 나서겠다고 약속까지 해 주었다. 그동안 전쟁으로 희생자가 많이 나왔으니, 우리도 이쯤 해서 싸움을 멈추고 사태의 진전을 지켜볼 필요가 있다."

사실 두려움이 더 큰 쪽은 정부군이 아닌 고야의 백성들이었다. 그들은 동부여 출신 역대 고야왕들의 일방적 탄압에 불만이 쌓여만 갔고, 결국 목숨을 걸고 항거해 왔다. 그런 터에 추모가 그들의 애기를 들어주고 소통하는 것만으로도 고야인들의 마음이 누그러든 것이었다. 그렇게 전쟁을 추가하지 않고서도 고야의 백성들이 흩어지고 소동이 마무리되자, 금와왕이 추모의 침착한 대응에 탄복했다.

금와왕이 18살 추모를 고야왕으로 삼으려 했으나, 추모가 왕의 자리에 오를 만한 연륜이 아니라며 고사했다. 금와왕이 그런 추모에게 외조부의 나라 〈갈사국〉의 열두 읍을 식읍으로 내려 주려 했으나, 추모는 그 또한 사양하고 받지 않았다. 대백과 그 형제들의 질시를 의식했던 것인데, 갈사국이 바로 도성을 둘러싸고 있는 나라이기 때문이었다.

이와 같은 추모의 공적과 덕德이 나라 안팎으로 널리 알려지자 점점 더 많은 인재들이 추모를 따르게 되었는데, 추모에게 충성을 바치기로 한 핵심 인물들이 어느덧 70여 명에 달했다. 그중에서도 오이烏伊, 마리摩離, 협보陜父와 부분노扶芬奴를 일컬어 〈동사호東四豪〉라 불렀는데 '동부여의 네 호걸'이라는 의미였다. 그 외에도 눈빛이 누런 안황眼黃, 눈썹이 흰 백미白眉, 털보 수다鬚多, 몽칠夢七 등이 인력과 물자를 대 주었는데, 이들 모두는 인근 습지의 주인들이었다. 기타 수많은 인재가 활弓과 노弩를 바쳐 오고, 창검을 가지고 모여들었다.

이런 와중에 대백帶伯 7형제들의 추모에 대한 질시와 경계가 극에 달했다. 그중에서도 차남이자 좌현왕인 대소帶素가 유독 추모를 의식하면서 사람을 붙여 감시하거나 음해했다. 어느 날 대소가 부친인 금와왕에게 추모에 대해 간했다.

"폐하, 주몽은 사람의 태생이 아닌 듯, 재주가 뛰어나고 지나치게 용맹한 아이입니다. 듣자니 원래 저 아이가 부여 황손인 구려후의 자손이라고 하질 않습니까? 그런데 구려는 지금 우리 부여를 내쫓은 북부여의 강역이니, 우리 동부여의 원수이자 적성국이나 다름없습니다. 그러니 적국의 아이인 주몽을 일찍 내치지 않으면 나중에 후환거리라도 될까 두렵습니다. 청컨대 주몽을 미리 없애 버리시옵소서!"

그러나 이 말을 들은 금와왕은 동생이나 다름없는 주몽을 태자들이 못난 마음으로 시기한다며, 오히려 대소를 크게 꾸짖었다. 금와왕이 국상인 옥두진의 사후에도 여전히 유화황후를 아끼다 보니, 대백 형제들의 추모에 대한 질시와 경계심이 더욱 커진 듯했다.

그러던 어느 날 추모를 감시하던 대소의 수하가 대소를 찾아 추모 일행의 동태를 보고했다.

"태자마마, 요즘 주몽이 부쩍 수상쩍은 행동들을 하고 있습니다!"

"그래? 무슨 일인지 소상하게 말하거라!"

"예, 주몽이 남쪽 숲속 일원에서 오이, 마리, 협보 등 그 일당과 활쏘기와 승마 등 무술 연마에 주력하고 있다는 것은 이미 오래전에 보고한 대로입니다. 그런데 요즘 들어 그 숫자가 점점 늘어나더니, 최근에는 그곳을 드나드는 자의 숫자가 어림잡아도 백여 명이 넘을 정도로 급격하게 불어난 모양새입니다. 혈기 넘치는 젊은 청년들 백여 명이 저마다의 병장기를 갖추고 한곳에 모여 무술을 연마한다는 것은 아무래도 무슨 특별한 목적이 있기 때문이 아니겠습니까?"

"그러냐? 주몽 이놈이 대체 무슨 꿍꿍이가 있어서 그러는 것이냐? 알겠다. 너는 앞으로 주몽 일당을 더욱 세심히 관찰하고, 수시로 내게 보고토록 하라!"

얼마 후 대소가 작심을 하고 다시 금와왕을 찾아 주몽의 수상쩍은 동태를 보고하고는, 주몽을 당장 잡아다 추궁해야 한다고 고했다.

"폐하, 그러니 주몽이 반역을 꾀하려는 생각이 아니라면, 어찌 그렇게 많은 장정들을 한곳에 모아 놓고 마치 군사훈련을 하듯 하겠습니까?

이는 결코 예사로운 행동이 아니니, 주몽과 그 일당을 즉시 잡아들여 국문하시고, 엄하게 다스리셔야 할 것입니다!"

그러나 금와왕은 쉽게 수긍하지 않는 모습이었다.

"그 말이 진정 사실이렷다? 그렇더라도 설마 주몽이 배은망덕하게 반역을 꿈꾸기야 하겠느냐? 젊은 혈기에 친구들끼리 모여 무술을 연마하는 것은 주변에 늘 있는 일이 아니더냐?"

"문제는 주몽을 따르는 무리의 숫자와 규모가 필요 이상으로 많고, 그 위세가 자못 범상치 않다는 것입니다. 그러니 그들을 잡아다 문초해 보시면 모든 사실이 드러나지 않겠습니까?"

"알았느니라! 조정의 허가도 없이 수많은 장정이 한데 모인다는 것이 분명 정상은 아니다. 내 이를 알아서 처리할 테니 좌현왕은 그쯤 해 두거라!"

금와왕이 서둘러 마무리를 지으려 했음에도, 대소는 쉽게 물러서지 않았다.

"폐하, 이는 시급을 다투는 일일 수도 있는데, 지금 수배령을 망설이실 이유가 무엇인지요? 주몽은 전하의 혈육도 아닌 데다 적성국인 북부여 제후의 후손이니, 이참에 후환거리를 아예 없애 버리면 될 일이 아니겠습니까?"

"글쎄 알았으니, 너는 일단 물러가 있거라!"

사실 금와왕은 황후인 유화부인을 생각하지 않을 수 없었기에, 대소의 말만 듣고 곧장 수배령을 내리는 것이 맘에 걸렸던 것이다. 금와왕과 대소가 추모의 문제로 옥신각신하는 사이, 그 광경을 목격한 국왕의 시녀 한 명이 재빨리 유화에게 달려가 위급한 소식을 전했다. 놀란 유화황후가 급히 추모를 찾았다.

"큰일이다! 대소태자가 네가 적성국의 후손으로 친구들과 역모를 꾸미고 있다며 폐하께 수배령을 내리라고 하였다는구나. 대소태자와 그 측근들이 이를 핑계로 너를 죽이려 든다면 못 할 일도 아니니, 이제 정말 때가 된 것 같구나……"

"대소 형제들이 소자를 괴롭히던 것도 모자라 아예 역모로 무고했다면 정녕 큰일이 아닙니까? 어머니 이를 어쩌지요?"

추모가 놀라고 분한 마음에 어쩔 줄 몰라 하자, 유화부인이 정색을 하고 추모의 두 손을 잡은 채 말했다.

"아들아, 잘 들어라! 너의 재주와 용력이라면 어디인들 자리 잡지 못하겠느냐? 지금 우물쭈물하다간 궁 안에서 큰일을 당할지도 모르니, 지금 당장 너 혼자 동부여를 멀리 떠나서 대사를 도모하도록 하려무나!"

사실 추모는 오래전부터 대소 형제들의 노골적인 따돌림에 크게 위협을 느끼고 있었다. 따라서 언젠가는 기회를 보아 궁을 떠날 준비를 하고 있었고, 유화부인도 늘 대비를 하라고 주문해 오던 터였다. 그러나 막상 그 순간이 닥쳤다고 생각하니 추모는 눈앞이 아득해짐을 느꼈다. 모친인 유화부인이야 동부여의 황후로서 금와왕과의 사이에서 이미 다섯 남매를 둔 상황이라 금와왕의 곁을 떠날 수 없었다. 그러나 막 배 속에 아이를 잉태한 아내 예禮씨와 딸아이만큼은 데려가려 했다. 유화부인이 이를 극구 말렸으나 추모가 고집을 부렸다.

"어머니와 형제들을 두고 이렇게 홀로 떠나는 것도 황망한데, 어찌 갓 임신한 아내와 딸을 두고 떠날 수 있겠습니까?"

추모가 안타까움을 하소연하려 했지만, 유화부인이 단호한 어조로 재촉했다.

"애야, 이럴 시간이 없다! 지금쯤 수배령이 떨어졌을지도 모를 일이다. 여럿이 움직이면 바로 잡힐 뿐이니, 일단 너부터 달아나고 볼 일이다. 아이를 가진 네 아내와 아이는 내가 잘 돌볼 테니 나중을 생각하고, 일단은 서둘러 떠나거라! 그리고, 잘 들어라! 너는 부여의 황손이니라! 서남쪽 멀리 순노는 네 외조부께서 다스리셨던 곳이니 우선 그곳으로 가 보아라. 그게 아니라면 그 인근의 구려국句麗國 쪽으로 들어가, 네 아버지의 친척들을 찾아보고 새로운 기회를 만들도록 하거라!"

그때서야 추모도 수긍하지 않을 수 없었다.

"네, 어머니 말씀 명심하겠습니다. 아시다시피 성 밖에는 소자와 뜻을 같이하기로 맹세한 수십 명의 인재들이 이날을 기다리며 무술을 연마해 왔습니다. 지금 즉시 그들을 불러 모아 동부여를 떠나도록 하겠습니다……"

추모鄒牟는 절박한 마음이 되어 모친인 유화부인에게 마지막으로 큰절을 했다.

"어머님, 부디 강녕하세요! 소자가 반드시 큰 뜻을 이루고, 어머니를 모실 것입니다, 흑흑!"

유화부인은 북받쳐 오르는 울음을 참고, 아들의 손을 꼭 잡은 채 굳센 표정으로 말했다.

"반드시 살아서 큰일을 도모할 생각만 하거라!"

추모는 이내 눈물을 훔치고 비장한 각오로 궁성을 나왔다. 그리고는 서둘러 오이 등 몇몇 최측근을 찾아, 사태의 심각성을 얘기하고 당장 동부여를 떠나야 한다고 말했다.

"우리가 그동안 큰 뜻을 세우고 평생을 함께하기로 했는데, 이제 정말 그것을 실행에 옮길 순간이 느닷없이 오고 말았소."

갑작스러운 상황에 모두들 당황하여 난감한 표정들이었다.

어쨌든 추모와 그 최측근 일행은 여러 가지를 논의한 끝에 사람들의 눈을 피해 당일 해가 진 후 모처에서 다시 집결해 함께 출발하기로 약속하고, 서둘러 각자의 집으로 흩어졌다. 추모 역시 곧장 집으로 와서 아내에게 긴박하게 작별을 고하자니, 진작부터 이별을 예감해 오던 예禮부인도 한없이 흐르는 눈물을 감추질 못했다. 추모가 그런 아내의 손을 잡고 간절하게 말했다.

"홑몸도 아닌데 당신 혼자 외롭고 힘들겠지만, 지금 같이 떠나는 것은 너무도 위험하니, 한동안 당신한테 어머님을 부탁드리고 싶소! 그것이 어머님의 뜻이기도 하오. 내가 자리를 잡는 대로 서둘러 연락할 것이고, 어머님과 동생들이 당신의 뒤를 돌봐 주실 것이오! 그리 하십시다, 부인!"

추모가 유화부인을 당부한다는 말에 예씨부인은 의연하게 답했다.

"대장부가 어찌 아녀자를 마음에 두신답니까? 부디 강녕하시고, 큰 뜻을 이루셔야 합니다. 다만, 이렇게 떠나면 당신을 언제 다시 만날지 기약도 없으니, 배 속 아이의 이름이나 지어 주고 떠나시지요."

그 말에 잠시 생각을 하던 추모가 몸에 차고 있던 작은 철검을 두 동강이 낸 다음, 부러진 칼 조각을 들고 말했다.

"아이가 사내라면, 유리라 부르도록 하시오! 그리고 세월이 오래 흐를지도 모르니 만일을 위해 이 부러진 칼을 징표로 삼게 하시오!"

추모가 예씨부인의 눈앞에서 부러진 칼을 맞추어 보인 다음 자신이 한쪽을 챙기고는, 나머지 반쪽은 집 밖의 네모난 암석 아래 숨겨 놓을 테니 유리가 자라면 그 반쪽 칼과 함께 자신을 찾게 하라고 일러두었다.

유리類利란 이름은 세상을 뜻하는 '누리'란 말의 이두식 표기로, 온 세상을 품에 안으라는 추모의 열망이 담긴 이름이었다. 추모는 곧이어 생이별을 아쉬워하는 예씨禮氏부인과 아무것도 모르는 딸아이를 품에 꼬옥 안아 주었다. 젊디젊은 두 부부의 눈에서 속절없이 한없는 눈물이 흘러내렸다. 한동안을 그런 다음, 추모는 어금니를 악물고 총총히 약속 장소로 떠났다. BC 40년 5월의 일이었고 추모의 나이 열아홉 때였다.

이후 추모는 그길로 미리 약속한 집결 장소에 가장 먼저 도착해, 사람들을 기다렸다. 이윽고 해가 지고 사방이 어둑어둑해지자 이십여 청년들이 말을 탄 채 속속 모여들기 시작했는데, 원래 뜻을 같이하기로 했던 자들의 1/4도 채 안 되는 인원이었다. 이들이야말로 그간 친구의 의를 맺고 각별하게 어울리던 오이, 마리, 협보, 부분노 네 사람과 그들을 따르던 핵심 청년들이었다. 그렇게 동부여 북방의 습지에 살던 청년들이 추모와 뜻을 함께하기로 하고 모여드니, 네 명의 호걸이 추모의 앞과 뒤를 호위하고, 나머지 사람들이 좌우를 맡기로 했는데 대략 이십여 명이었다. 추모가 앞에 나서며 비장한 목소리로 말했다.

"긴박한 상황에도 불구하고, 우리가 함께 세웠던 대의를 위해 가족들과 생이별을 감당하기로 한 여러분들에게 눈물겹도록 고맙소! 이제 우리 모두는 생사를 함께해야 하는 한 형제들이나 다름없소! 우리의 앞길에 수많은 어려움이 도사리고 있을 것이고 그 끝이 어찌 될지 아무도 알수 없소. 하지만 적어도 오늘 이렇게 그대들과 같이하기로 한 맹세를 절대 저버리지 않을 것이고, 또한 무슨 일이 있어도 결코 후회하지 않을 것이오! 틀림없이 지금쯤 궁에서는 우리에 대한 체포령이 떨어졌을 것이오. 이제 시간도 없고, 진정 떠날 사람들은 모두 모인 듯하니, 서둘러 출발하기로 합시다!"

"예, 태자마마!"

엄숙한 분위기 속에서 추모 일행은 그렇게 야밤을 이용해 〈동부여〉 탈출을 위한 대장정을 시작했다. 책성柵城을 나서자 밤하늘엔 북극성이 밝게 빛나고 있었고, 굽이굽이 번쩍이며 흐르는 강물이 소리를 내면서 이들을 전송하는 듯했다. 그런데 당시 추모 일행이 목적지로 한 곳은 동부여로부터 서남쪽 멀리 떨어진 구려句麗 방면이었는데, 그곳은 추모의 조상인 고진이 고구려후(옥저후)를 지낸 곳이었다. 당시 〈구려국〉(고리) 일대는 동부여를 밀어냈던 북부여의 강역으로 아직 금와왕과 동부여의 발길이 온전히 미치지 못한 것으로 보였다. 그리고 이 모두는 그곳 출신이기도 한 유화부인이 일찍부터 생각해 둔 것이 틀림없었다.

이튿날 날이 밝자 대소는 추모 일행이 전날 밤, 감쪽같이 사라져 버린 것 같다는 보고를 받았다.

"뭐라, 주몽 그놈이 달아난 것 같다고? 에잇, 그래서 서둘러야 했는데……"

대소가 황급히 금와왕을 찾아 사태를 보고했다.

"폐하, 간밤에 주몽이 눈치를 채고 도성을 떠났는지 일체 모습을 찾을 수 없다는 보고입니다. 그놈이 반역을 도모하려던 것이 틀림없으니, 이제라도 즉시 체포령을 내려 반역 도당을 당장 잡아들이도록 하옵소서!"

좌현왕 대소의 말에 금와왕도 놀랐지만, 그 이상 아들의 말을 무시할 처지가 아니었기에 일단 추모 일당을 잡아들이라는 체포령을 내렸다. 그리하여 동부여 병사들로 이루어진 추격대가 순식간에 꾸려지고, 정오가 지나서는 마침내 추모 일행에 대한 추격이 본격적으로 시작되었다.

그 후 추모 일행은 강을 따라 순탄한 길로 들어섰는데, 그렇게 동부여를 떠난 지 한 달쯤 지나 새벽 무렵에 〈고야〉 땅에 당도했다. 갑자기 몽칠이 헐레벌떡 나타나더니 추모에게 고했다.

"지금 고야왕 대중이 병사들을 이끌고 쫓아오고 있습니다. 좌현왕 대소도 반드시 추격해 오고 있을 것입니다. 서둘러 자리를 피하셔야 합니다!"

그 말에 추모 일행이 간단하게 말들을 먹이고, 서둘러 자리를 떠났다. 그곳에서부터는 동부여의 추격대를 피해 다시금 험준한 산악로를 택했는데 개마대산盖馬大山(노로아호산)으로 들어간 듯했다. 일행은 그렇게 20여 일 동안 험로를 주파한 끝에 마침내 추격대를 따돌리는 데 성공했다.

　　그런데 당시 추모의 명성이 동부여 전체에 널리 퍼져 있었던지, 가는 곳마다 추모를 만나 보고는 이내 같이 따라나서겠다는 인재들이 곳곳에서 나타났다. 〈고야〉의 수장守將 하진이荷眞已가 그랬고, 이어 배 만드는 기술을 지닌 한소漢素 또한 같았다. 사실 한소는 무제의 방사方士이면서 사위였던 란대欒大의 손자이자 무제의 외손으로 추모만큼이나 귀한 신분이었다. 그러나 40여 년 전 그 부친이 漢에서 축출당해 부여로 들어와 漢씨 성을 받은 이래로, 부여인으로 살아온 것이었다.

　　특별히 한소의 당부로 그의 친구 야금장이 정공鄭共과 그 조카로 말몰이의 달인이라는 마려馬黎도 한꺼번에 합류했다. 한소는 인근의 지리에도 밝아 추모 일행의 길잡이 역할을 톡톡히 수행했다.

　　갈사曷思를 지날 때는 부분노와 위염의 모친인 대수를 3년 만에 다시 찾았는데, 그녀는 〈대수점大嫂店〉이라는 대형 객사客舍의 주인으로 근동에서 창검槍劍을 잘 쓰기로 이름난 여걸이었다. 부분노의 또 다른 아우인 어구於狗가 그사이 힘센 청년이 되어 있었는데, 그 역시 추모의 수하가 되었다. 이들 대수의 세 아들이 모이면 하루에 돼지 한 마리를 먹어치울 정도로 하나같이 큰 덩치에 힘센 장사들이었다. 대수부인이 추모에게 그런 세 아들을 바치고도 모자랐던지, 추모에게 재물을 올리겠다며 말했다.

　　"태자마마, 소인이 궂은일로 평생을 번 재물이옵니다. 마마께서 소인의 어리석은 자식 셋을 모두 거두어 주시니 제가 무엇을 더 바라겠습니까? 태자마마의 성공이 곧 제 자식들의 성공일 테니, 마마의 큰 뜻이 이루어지길 염원하는 뜻에서 이 모두를 바치고자 합니다. 부디 경비에 보태 주시기 바랍니다."

"아니, 어찌 이럴 수가······. 실로 부인께서는 바다처럼 넓은 도량을 지닌 大人이십니다······"

대수부인이 눈이 휘둥그레지면서 놀라는 추모 앞에 누렇게 반짝이는 많은 양의 황금을 내놓으니, 한낱 여인의 남다른 배포와 배려에 추모가 크게 감동하지 않을 수 없었다. 추모 일행 모두가 그런 대수부인에게 거듭 감사를 표하고 장차 반드시 대업을 이룰 것을 다짐하고는 갈사를 떠났다.

그 후로 일행이 도착한 곳은 황두黃頭촌이었는데, 그곳에서 가숙공加菽公을 만나 절을 올렸다. 그랬더니 이번에는 그를 모시고 있던 훤화萱花가 추모를 따라나섰다. 그녀는 유화부인의 나이 어린 여동생으로 추모의 이모였으나, 이후로 평생을 추모의 뒤를 돌보며 살게 되었다. 황두촌을 거쳐 두 달쯤 지나 7월경이 되자 추모 일행은 마침내 〈순노국〉의 엄리奄利땅 안에 발을 들일 수 있었다. 그곳엔 큰 강인 엄리대수가 흐르고 있었는데, 훌본 서북쪽을 흘러내리는 난하로 추정되는 강이었다. 다행히 추모 일행은 강어귀에서 크고 검은 배 한 척을 구할 수 있었고, 무사히 강을 건너 보술구普述口에 당도했다.

뒤늦게 추모가 달아났다는 소식을 들은 금와왕은 못내 아쉬워하며 유화부인을 찾아 자초지종을 물었다.

"주몽이 달아났다 들었소. 그 아이가 동료들과 무술을 연마하고 반역을 도모했다는데, 설마하니 배은망덕한 일을 꾸밀 리가 있었겠소? 나는 그 말을 도저히 믿고 싶지 않소……"

금와왕이 슬쩍 넘겨짚는 듯한 말을 하자, 유화부인이 의연하게 답했다.

"황송하옵니다, 폐하! 주몽이 반역을 꿈꿀 리가 있겠습니까? 그저 그 아이는 폐하의 혈육이 아니라는 사실을 죄인처럼 여겨, 언제나 이곳을 떠나려 했을 뿐입니다……"

그러자 금와왕이 머리를 끄덕이며 수긍한다는 표정을 지었다.

"그래도 그렇지, 내게 인사 한마디도 없이 참으로 무심하게 떠나 버렸 구려. 재주가 많은 아이라 장차 이 나라의 동량이 돼 줄 것으로 기대했 는데, 주몽을 품지 못한 내 잘못이 크오. 황후의 상심이 클 것이오……"

"아닙니다, 폐하! 주몽은 폐하의 깊은 사랑을 누구보다 잘 알고 있습 니다. 다만, 그 활달한 기운과 성정이 이곳에 순응하도록 버려두지 못했 을 뿐입니다. 영특한 아이라서 어딜 가든 제 역할을 찾아서 잘 살 것입 니다. 멀리 떠난다 했으니 괘념치 마옵소서……"

유화부인이 담담하게 말했으나, 금와왕은 주몽을 놓친 듯한 생각에 왠지 마음 한구석이 허전해지는 것을 떨칠 수가 없었다.

그즈음 주몽 일행은 보술을 지나 모둔곡毛屯谷이라는 곳에 도착했다. 사실 순노順奴 땅은 유화부인의 외가이자 동명제의 외손인 오奧씨들이 다스리던 땅으로, 추모의 외조부인 옥두진이 다스리던 청하靑河와도 가 까웠다. 옥두진의 사망 후 1년 뒤인 BC 44년에 말갈의 침공으로 순노후 오만이 동부여에 지원을 요청한 적이 있었다. 추모가 출정을 자원했으 나 금와왕의 반대로 무산되었고, 그 후 동부여로부터 버림을 받은 순노 가 갈기갈기 찢긴 데 대해 추모는 늘 마음 아프게 생각하고 있었다.

그런 와중에 추모 일행이 모둔곡에서 고을의 촌장이자 호족인 중실 씨中室氏 무골공武骨公을 처음으로 만나 서로 인사했는데, 그로부터 순노국이 처한 안타까운 사연을 자세히 듣게 되었다.

"어서 오시지요! 예전에 우리 순노국 옆에는 북부여 도성까지 곡물을 배로 실어 나르는 일(주운舟運)을 하던 옥저가 있었습니다. 그런데 그들이 주운 일을 게을리하더니 아예 북쪽으로 옮겨 가고 말았습니다. 그들이 떠나고 빈 땅에는 북옥저에서 만여 명이나 되는 말갈인들이 남하해 그 자리를 채우고 살게 되었는데 스스로 남옥저라 했습니다."

"아, 그렇군요……. 그런데 어째서 이리도 마을이 어수선해 보이는 것이 마치 전쟁이라도 치른 듯하군요?"

협보가 이상하다고 묻자, 무골이 기다렸다는 듯 말을 이었다.

"그렇지요? 잘 보셨습니다. 이는 모두 새로 이웃하게 된 남옥저 사람들 때문입니다. 말갈인들은 사냥에 능하고 사나운 기질에다 싸움을 좋아하는데, 그래서인지 우리 순노국을 수시로 습격하고 약탈을 자행한 지 오래되었습니다. 그 바람에 우리 순노의 7개 부족이 순식간에 갈가리 찢기고 보시다시피 이렇게 피폐해지고 말았습니다. 그뿐 아니라 사람들이 흩어지고 요즘은 또 장마철이다 보니 굶주린 호표虎彪(범과 표범)들이 자주 출몰해, 낮에도 사람들이 맘 놓고 거리를 다니지 못할 지경이 되었습니다."

"말갈족에 호표까지……. 참으로 안타까운 사정이군요. 쯧쯧!"

얘기를 듣던 추모 일행이 모두 혀를 차며 동정심 가득한 심정을 나타냈다.

"보아하니 무술을 터득한 청년들도 많고 하니, 부디 여기에 머물러 함께 말갈의 습격을 막아 내고, 같이 터 잡고 사시면 어떻겠는지요?"

딱한 사정을 듣게 된 데다 추모 일행을 따뜻하게 영접해 주니 추모는 차마 그곳을 떠나지 못했다. 그들은 집단으로 거처할 곳도 마땅치 않아 우선 비류강변에 임시로 초막집이나 다름없는 영채를 쌓고 생활하기로 했다.

모둔곡에는 현명하다고 소문난 세 명의 촌장들이 부락을 다스리고 있었다. 마의촌麻衣村에는 극克씨 재사공再思公이 있었는데, 그는 능히 길흉을 점칠 줄 아는 이로 백성들에게 농사일과 누에 치는 기술을 가르쳐, 촌민들이 신神처럼 받드는 인물이었다. 수조촌水藻村의 소실小室씨 묵거공默居公은 약藥에 정통해 사람들의 질병을 낫게 해 주고, 배를 만들어 홍수를 피하게 해 준 탓에 덕망이 깊은 자였다. 이미 만났던 납의촌衲衣村 촌장 무골공은 의협심이 남다르고 무예에 정통해 마을에 도적질이 사라지게 하니, 백성들이 부락의 안전을 그에게 크게 의지하고 있었다. 그가 추모 일행을 처음 찾은 것도 그런 이유 때문이었던 것이다.

그사이 추모 일행이 모둔곡에 머물고 있다는 소문이 이웃 고을까지 났던지, 얼마 후 모둔곡의 세 촌장이 함께 추모를 찾아와 서로 인사를 나누고, 간절하게 도움을 청했다. 그러자 촌장들의 말을 차분히 듣고 있던 오이가 나서서 굳은 표정을 한 채로 이들 촌장에게 말했다.

"촌장들께 드릴 말씀이 있소. 사실 추모공은 대부여국 해모수천제의 핏줄로 구려후 고진의 손자이시며, 동부여의 태자로 황후이신 유화부인의 아들이시오. 또한 청하백을 지내고 갈사후 겸 국상이셨던 옥두진의 외손이시자, 이곳 순노후 오만의 외척이시오!"

"예? 그 말이 모두 진정 사실이란 말이오?"

오이의 입에서 추모의 태생에 대한 놀라운 이야기가 끝도 없이 줄줄 나오자, 모둔의 세 촌장들이 경악해 좀처럼 입을 다물지 못했다. 오이가 아랑곳하지 않고 말을 이어 갔다.

"말씀하셨다시피 이곳 순노뿐만 아니라 동명제 사후 부여 땅 전체가 크고 작은 전쟁으로 어지럽혀지다 보니, 백성들의 고통이 이만저만한 것이 아니오. 태자님께서 구태여 동부여를 떠나 이토록 먼 길을 찾아오신 것은 바로 조상들께서 다스리던 부여의 옛 땅을 반드시 되찾고 말겠다는 원대한 포부를 품으셨기 때문이오. 그래야만 부여 땅 전체에 평화가 찾아올 수 있을 것이오. 여러 촌장들께서는 이러한 태자님의 큰 뜻을 헤아리시고, 이제부터 태자님에 대한 예의를 갖춰 주길 바라오!"

오이가 단호한 어조로 말하자, 촌장들이 그 기세에 눌려 크게 당황했으나, 추모와 그 일행을 찬찬히 둘러보고는 일제히 머리를 조아려 절을 했다.

"추모공께서 대부여의 황손이시라니요. 소신들이 산골에만 처박혀 있다 보니 존귀하신 분을 몰라뵙고 무례를 저질렀나 봅니다. 부디 용서해 주시기 바라며, 삼가 인사 올립니다!"

그러자 추모가 손사래를 치며, 종전처럼 편하게 대해 주기를 거듭 당부했다.

"아니요, 별말씀을 다 하십니다. 지금껏 양식이랑 여러 가지로 분에 넘치도록 지원해 주셔서 참으로 고맙게 생각하고 있습니다!"

그렇게 추모와 얼마간의 대화를 나눈 끝에 족장들은 하나같이 추모의 모둔곡 방문이 하늘의 뜻이라며 크게 반겼다. 이어 이구동성으로 추모를 가까이 모시게 되어 영광스럽고 잘 받들어 모시겠노라고 다짐했다. 그리하여 추모 일행이 동부여 책성을 탈출한 이래로, 비로소 〈순노국〉 모둔에서의 첫 정착 생활을 시작하게 되었다.

3부

고구려 일어서다

11. 부여의 부활 고구려

추모 일행이 모둔의 마을을 위해 제일 먼저 착수한 일은 마을에 자주 출몰하는 호표虎豹들을 제거하는 것이었다. 이를 위해 한밤중에 조를 짜서 순찰을 돌거나, 큰 구덩이를 파고 덫을 놓아 호표들을 사냥하듯 차례대로 제거하니 어느덧 이 사나운 짐승들이 사라지게 되었다. 삼십여 추모 일행에게는 식은 죽 먹기나 다름없는 일이었으나, 한낮에도 불안에 떨며 집 밖을 나오지 못하던 마을의 아낙들과 노약자들은 크게 기뻐하면서 추모 일행을 칭송했다.

그즈음 모둔에서는 이웃한 〈순노〉 구여향九如鄕을 지원하고자 병사들을 모아 활쏘기와 검술 등 훈련에 힘쓰고 있었다. 2년 전, 북갈의 일파인 〈적득荻得〉이 〈순노〉를 침공해 순노왕 오만奧万이 부상으로 죽었다. 이때 그의 아우인 청하왕青河王 오건奧犍이 형을 구하려다 실패했고, 끝내 구여향으로 달아나 그곳에 머물고 있었던 것이다. 오건이 추모의 생모 유화부인과는 외사촌인 관계라 하루는 추모가 구여향을 찾아 인사했다.

오건공이 추모를 기쁘게 맞아 주었는데, 公으로부터 〈순노〉를 7개 나라로 분열케 한 말갈에 대한 정보를 속속들이 들을 수 있었다. 주로 말갈병들이 자주 쓰는 무기류와, 전술, 습속 외에도 그들을 이끄는 지도자들에 대한 정보들이었다. 그 후 모둔으로 돌아오자마자 추모는 수하들을 모아 놓고 말갈末曷에 대한 정보를 상세히 들려주었다. 이어 참모들과 논의해 말갈에 대한 대비책을 미리 결정해 두고는 이내 수하들이 보유한 병장기를 일일이 점검하는 한편, 병사들의 무예 실력을 직접 살펴보았다.

추모는 이어 모둔 족장들에게 약간의 병력 지원을 부탁해, 자신의 수하들과 합쳐 30인의 궁수와 50인의 창수를 선발했다. 한소漢素는 숲속에서 나무를 베어내 배와 수레를 만드는 작업에 착수했고, 동사호東四豪가 병사들의 훈련을 담당해 선발된 병사들을 호되게 단련시켰다. 모둔의 세 촌장은 백성들을 위무하여 생업에 전념할 수 있도록 하는 한편, 추모 일행에 대한 신뢰와 전폭적인 지원을 설득했다.

그렇게 추모 일행이 말갈과의 일전을 착실하게 준비하는 사이, 부여夫餘 황손 추모에 대한 풍문이 사방으로 퍼지다 보니 인근 큰 부락의 토호들이 추모를 직접 찾아와 인사를 나누고 다녀가는 사례가 늘어만 갔다. 그러던 어느 날, 모둔의 세 촌장이 다시 추모를 찾았는데, 무골이 엎드려 청했다.

"그동안 우리끼리 숙의한 끝에, 태자님을 이 이상 강변 초막집에 머무르게 해서는 안 되고, 부여의 황손에 걸맞는 예우를 해야 한다는 의견들이 나왔습니다. 하여 제가 사는 집이 비록 허름하긴 하지만, 어느 정도 규모를 갖추고 있으니 태자님께서 저희의 집을 임시 궁으로 삼으시고 들어와 생활하시면 좋겠습니다만……"

"예? 무골공의 대저택을 임시 궁으로 쓰자구요?"

추모가 놀라 어쩔 줄 몰라 답을 하지 못하는 사이 오이가 냉큼 말을 가로채며 대신 답을 했다.

"아, 역시 무골공은 생각하시는 틀이 다르십니다! 우리들이야 강변이면 어떻구, 초막집이면 어떻겠습니까? 그러나 아시다시피 요즘 우리와 뜻을 같이하겠다는 사람들이 하루가 멀다는 듯 찾아 주고 있어, 새로이 격이 갖추어진 저택과 장소를 고민하고 있었습니다. 무골공께서 이렇게 대저택을 임시 궁으로 제공해 주신다면야 우리로서는 더할 나위 없이 커다란 고민거리 하나를 제거하는 일임이 틀림없습니다. 이는 또 장차 우리 추모공을 크게 돕는 일이 될 것입니다! 실로 감사한 일입니다!"

"그리 답해 주시니 고맙습니다. 추모공을 돕는 것이 우리 모두의 소망이니 수일 내로 저의 저택으로 이동해 주시면 되겠습니다. 그런 의미에서 임시 궁에 드는 날은 작은 잔치라도 준비해 두겠습니다, 하하하!"

그렇게 얼떨결에 추모 일행은 드디어 강변의 초막 영채 생활을 끝내고, 무골이 내준 저택으로 들어가 임시 궁(모둔궁)으로 사용하면서 본격적인 정착 생활로 접어들었다. 무골을 포함한 순노국 사람들이 이제 새롭게 나타난 부여의 황손에게 거는 기대가 그만큼 커졌기에 가능한 일이었을 것이다.

추모 일행의 모둔 생활이 순탄하게 지속되던 어느 날, 이웃 나라 〈홀본〉(졸본)의 왕비 을류乙旒가 직접 모둔궁을 찾아왔다. 순노 땅에 부여의 황손이 나타났다는 소문을 듣고, 직접 만나 이를 확인코자 들렀던 것이다. 그녀는 추모를 만나 말을 섞어 보더니, 이내 그 풍모와 인품에 크게 흡족해하며 돌아갔다. 모둔에서 돌아온 을류가 남편인 홀본왕 연타발을 찾아 호들갑을 떨었다.

"전하! 추모공이 동부여 금와왕의 태자이고, 그 외조부가 국상을 지낸 갈사후 두진이랍니다. 소문대로 대단한 혈통을 지닌 인물이 나타났습니다. 게다가 그 인품과 외모가 그야말로 군계일학입니다. 앞으로 큰 것을 이룰 인물이 나타난 것 같으니, 서둘러 우리 딸애를 처로 보내야겠어요, 호호호."

당시 연타발 부부에게는 소서노召西奴란 딸이 있었는데, 아름다운 외모와 지력이 뛰어나기로 소문이 자자했다.

그러자 연타발이 퉁명스럽게 물었다.

"공주는 이미 구태와 살고 있거늘 그게 무슨 해괴한 소리요?"

그러자 을류가 대수롭지 않다는 듯 답했다.

"구태는 그냥 없던 일로 하고 자택으로 보내 버리면 되지요……"

"허어, 내참……"

연타발왕이 어이가 없다는 듯 혀를 찼지만, 병석에 누워 있는 처지에 나라가 위태로운 상황에서 왕후가 내놓는 고육책이었기에 안쓰럽기까지 했다. 재기발랄하던 소서노가 오래전 근동의 귀족 자제인 구태仇台를 맘에 들어 해 같이 산 지 오래되었고, 이미 아들 형제를 두고 있었던 것이다.

얼마 후에는 아래쪽에 있던 〈낙랑〉 왕 시길 또한 직접 딸을 데리고 모둔을 찾았다. 그가 은근히 청혼을 하려 했으나, 추모는 혼사가 내키지 않는 듯 다른 호걸들과 방문객을 응대하기 바빴다.

'제아무리 부여의 황손이라 해도 그렇지, 일국의 왕인 나의 청혼을 거절하고 무안을 주다니……. 어디 두고 보자!'

홀대 아닌 홀대를 당한 시길이 자존심이 잔뜩 상한 채로 이를 갈며 돌아갔다.

그해 여름이 끝날 무렵 〈동부여〉 책성에서 사람이 찾아와 예禮부인이 아들인 유리類利를 낳았다는 소식을 전해 왔다. 추모가 이를 크게 반기더니 인근의 제실을 찾아 경건한 마음으로 손수 경내 안팎을 청소하고는, 조상들이 자식을 내려 준 데 대해 감사의 제를 올렸다.

추모는 이후에도 항상 일찍 일어나 몽칠을 데리고 습관적으로 먼저 경내를 순시했다. 또 적들이 치고 들어올 만한 길목을 탐지해 여기저기 관문을 세운 다음 수졸을 두어 지키게 했다. 또 피류장인을 모아 군사들이 입을 의복을 만들게 했고, 소나 양을 잡아 그 고기를 말려 전투식량으로 대비케 했다. 정공鄭共을 시켜 쇠붙이를 모아 부지런히 창검을 제작하게 하고, 마려馬黎에게는 군마용으로 쓸 말들을 모아 사육하게 했다.

그런데 이러한 과정에서 추모는 옥저沃沮 지역의 영내에 철鐵이 나는 곳이 여러 군데라는 말을 듣게 되었다. 추모가 모둔곡의 족장들과 정공 등을 대동하고 함께 그곳을 직접 찾아 나섰더니, 철창진鐵廠鎭, 도가장刀家庄, 도산장刀山庄 등의 마을이 모두 질 좋은 철광석의 산지임을 확인할 수 있었다. 정공이 말했다.

"놀랍습니다. 옥저 땅이 온통 철 산지투성이네요! 대단한 곳입니다. 서둘러 군대와 사람들을 배치해 철광석을 캐내야겠습니다……"

그리하여 이들 고을 인근에 철광석을 녹이는 야금과 단조시설을 확대해 만들고, 엄격한 통제 아래 본격적으로 병장기를 생산하게 했다. 추모는 그렇게 조만간 닥쳐올 말갈과의 전투를 철저하게 대비했다.

어느덧 가을이 오고 사람들이 추수로 한창 바쁜 계절이 되자, 마침내 말갈이 수백, 수천의 여러 무리로 나누어 곳곳에서 순노 부락을 공격해 왔다. 그러나 추모와 함께 순노국 사람들도 말갈의 대공세에 철저하게 대비해 온 터라, 쉽사리 진영이 뚫리지 않음은 물론, 오히려 말갈 병사들을 효과적으로 공격해 패퇴시켰다. 이때 추모의 수하들은 삼삼오오 흩어져 순노군을 지휘했는데, 우선 모둔에서는 오이가 말갈병들을 대파했고, 구여향 쪽에서도 마리가 침입자들을 막아 내는 데 성공했다.

〈순노국〉을 공략하는 데 실패를 거듭하자 〈말갈〉은 말머리를 돌려 북쪽으로는 〈비류〉를 공격했고, 남쪽으로는 〈낙랑〉과 〈홀본〉의 변경을 침범했다. 말갈의 기습 공세를 당해 내지 못한 이들 세 나라에서는 백성들이 크게 불안해하면서, 다급하게 〈순노〉 쪽에 지원을 요청하기에 이르렀다. 그러나 추모는 이런 요청에 일절 응하지 않는 대신, 수하 군병들의 훈련에만 주력했다.

"순노의 바깥 영역에 대해서는 우리가 지리도 어둡거니와 방어 준비가 제대로 되어 있지 않으니, 섣불리 싸움에 나섰다가는 승리를 보장할 수 없다."

한 번의 승리에 우쭐하기보다는, 사태를 관망하면서 때를 기다리는 추모의 냉정함이 돋보이는 처사였다.

한편 말갈병들은 〈비류〉 등 세 나라로 치고 들어가 실컷 노략질을 일삼고, 아녀자들을 괴롭혔다. 무리를 지어 다니는 말갈병들은 도적질이 끝나면, 산속으로 들어가 커다란 굴속 둥지에서 은신했다. 그 속에서 맘껏 술을 퍼마시고 자기들끼리 희희낙락하며 여흥을 즐기거나, 잠을 자든지 뒹굴다가 다음 차례의 노략질을 기다렸다.

9월, 가을바람이 점점 차갑게 느껴질 무렵, 그때까지 아무런 움직임을 보이지 않던 추모가 드디어 은밀하게 수하 군병들을 이끌고 말갈의 핵심 부대인 적득獲得을 공략하기 위해 서쪽으로 향했다. 적득의 산채 근처에 도착한 추모는 먼저 마리를 시켜 화수火手들을 데리고 산채 입구에 일제히 큰불을 놓게 했다. 주변이 온통 마른 억새와 부들 천지라 순식간에 붉은 화염과 시커먼 연기가 하늘로 솟구치며 활활 맹렬하게 타올랐다. 그러자 혼비백산해 놀란 적득의 병사들이 비명을 지르며 앞다퉈 소굴 밖으로 몰려나오기 시작했다.

"적군이다! 적들이 나타나, 들판에 불을 났다! 모두 어서 피하라!"

그때 소굴 밖에서 기다리고 있던 수다와 몽칠의 군병들이 일제히 화살을 날리자 사방에서 말갈병들이 쓰러졌다. 이어서 순노 병사들이 함성을 지르며 달려들어 말갈 병사들을 사정없이 쓸어 버렸다. 마침 적장인 금사자金獅子가 술에 잔뜩 취한 채로 무언가 고래고래 소리를 지르며, 수하들과 뒤섞여 창을 질질 끌고 나오는 모습이 목격되었다. 이를 본 백미眉가 재빨리 말을 타고 달려가 즉석에서 금사자의 목을 날려 버렸다.

양쪽 군사들이 뒤엉켜 혼전을 펼치는 가운데, 젊은 말갈 족장 적득아獲得兒가 말을 탄 채로 나타나 말갈병들의 전투를 독려하고 다녔다. 이를 본 오이가 말을 몰아 적득아를 향해 질풍같이 내달리며 소릴 질렀다.

"네 이놈, 애송이야! 나랑 한판 붙자꾸나! 내가 오이다, 에잇!"

오이가 무서운 기세로 창을 휘두르며 적득아와 창술을 펼쳤으나, 적득아 역시 만만치 않은 실력이라 쉽게 승패가 나지 않았다. 그때였다. 뒤에서 이 광경을 지켜보던 추모가 활을 들어 적득아를 겨냥하여 화살을 날리니, 적득아가 목을 움켜쥐며 휘청거리다가 힘없이 말에서 굴러떨어졌다. 순간 오이가 번개처럼 달려가 적득아의 머리를 베어 버렸다. 누군가 재빠르게 적득아의 머리를 창에 꽂아 높이 들어 올리고 큰소리로 외치자, 순간 함성이 터져 나왔다.

"적장의 목을 베었다! 적장을 죽였다! 와아아!"

불구덩이 속에서 질식사를 당하는 등 이미 무수히 희생자를 낸 말갈병들이 잘린 추장의 머리를 보자 더더욱 놀라 사방으로 달아나기 시작했다. 지옥에서 용케 살아남은 말갈병들은 말을 몰아 갈하羯河 쪽을 향해 필사적으로 달아났다. 그러나 그것으로 끝난 것이 아니었다. 갈하에 당도하기 직전 그들 앞에는 부분노가 궁수들을 이끌고 매복해 있었다. 부분노가 하늘 높이 불화살을 날려 신호를 보내고 소릴 질렀다.

"쏴라! 일제히 화살을 날려라!"

날카롭게 바람을 가르는 소리와 함께 하늘 위로 시커멓게 화살과 쇠뇌가 날아오르자 사방에서 말갈병들이 말과 함께 나뒹굴고 고꾸라졌다. 그곳에서조차도 끝까지 살아남은 말갈병들은 말을 탄 채로 갈하로 풍덩풍덩 뛰어들어 도강을 시도하려 들었다. 그러자 강물 위로 한소가 이끄는 水병들을 태운 배들이 물살을 거슬러 오르며 나타났다. 한소의 수병들이 도주하기 바쁜 말갈병들을 향해 화살을 날리거나, 가까이 다가가 창칼을 휘두르니, 강을 건너 살아 돌아간 말갈병들이 지극히 드물었다.

젊은 추장 적득아가 이끌던 말갈 부대는 가을 공세에서 무려 8천 騎나 목숨을 잃으면서 추모가 이끄는 순노군에 대패하고 말았다. 살아서 달아난 자는 고작 이삼백에 불과했다니, 그야말로 완벽한 쾌승이 아닐 수 없었다. 그 과정에 일만여 명에 이르는 말갈병과 무리를 따르던 아녀자들이 사로잡혔으며, 이후 〈갈하〉 땅 전체가 완전하게 평정되었다.

놀라운 것은 당시 추모가 이끈 군병의 규모가 불과 3백여 남짓한 소수 정예병이었다는 것이다. 물론 여기저기 부락민들 가운데 자원한 지원병들이 많이 참가하고 전투를 도와주었겠지만, 추모 일행이 공들여 직접 훈련시킨 정예 군사들은 100여 명의 궁수에 100여 명의 수병, 기타 검수劍手와 화수火手 정도의 병력뿐이었다. 이 정도 소수 병력만을 동원하고도, 대략 1만에 달하는 말갈 대군을 차례로 깨뜨렸으니, 제아무리 일당백이라지만 도저히 믿기 어려운 승리였다. 철저한 전투 준비와 완벽하게 짜 놓은 작전이 가져온 결과였다. 추모는 사로잡은 말갈병들의 처자식들을 군사들에게 고루 나누어 주고, 전쟁에서 획득한 노획물과 재물을 사사로이 다루지 않고 모두에게 공평하게 분배토록 했다.

순노의 옛 왕비로 오래도록 적득에 포로가 되어 처참한 생활을 이어 오던 여걸 화잠禾岑은 특별히 부분노의 처로 삼게 해 주었다. 〈갈하대전 羯河大戰〉에서 추모의 정예병이 〈적득荻得〉을 궤멸시켰다는 소문이 빠르게 사방으로 퍼져나갔고, 그러자 인근의 여러 소국에서 모둔을 찾아와 승리를 축하해 주었다. 추모가 으쓱대지 않는 모습으로 정중하게 하례

객들을 대하니, 황족으로서의 품위가 남다르다며 젊은 영웅에 대한 칭송이 자자했다.

이제 추모와 그 수하 참모들이 이끄는 순노 군대는 천하무적으로 소문이 나고, 용맹하기 그지없다는 명성이 붙어 인근에서 이들과 맞서 싸우려는 세력이 드물게 되었다. 오이가 갈하를 진압한 데 이어, 마리가 청하를, 한소가 한빈汗濱을 제압했고, 부분노가 하남河南(패수 남쪽)을, 재사가 엄표淹淲를, 무골이 모둔毛屯을, 묵거는 양하兩河를, 오건 또한 구여九如를 장악하는 데 성공하니 그야말로 승승장구 그 자체였다. 천재로 소문난 협보는 추모의 곁을 지키며 계책과 전략을 궁리해 냈고, 훤화부인은 사실상 추모의 안사람처럼 뒤에서 살림을 도맡고 보살폈다.

그즈음 추모가 모둔에서 연회를 열었는데, 그때 홀본왕비 을류乙旒가 여동생인 을전乙㫸과 함께 다시 찾아와 추모에게 자신의 딸인 소서노와 혼인해 줄 것을 극구 청해 왔다. 추모가 유부녀를 빼앗을 수는 없는 노릇이라며 정중하게 사양하자, 왕비가 손사래를 치며 부인했다.

"아닙니다, 추모공! 딸아이는 지아비와 벌써 헤어져 홀몸이라 다시는 서로를 불편하게 할 일이 없을 것입니다!"

사실 추모의 입장에서는 인근에서 가장 부유하고 강력한 〈홀본〉의 사위가 되는 것이 장차 그에게 큰 도움이 되리라는 것을 모르는 바가 아니었고, 수하 중에는 이를 부추기는 인사들도 있었다. 그럼에도 추모는 결코 답을 주지 않았다. 당시 홀본왕비 을류는 소서노의 지아비인 구태를 남쪽 멀리 내쫓고, 죽은 것으로 했다.

나중에 추모가 그 사실을 듣고 비로소 소서노와의 혼인에 응하기로 했는데, 하필이면 그때 소서노가 구태의 아이를 잉태했다는 사실이 밝혀졌다. 추모는 조금도 싫은 내색을 하지 않고, 홀본으로 사람을 보내 자신의 뜻을 전하게 했다.

"추모공께서 홀본 공주님의 출산을 기다리겠노라고 하셨습니다."

추모의 의연한 태도에 홀본왕가 사람들이 크게 감동했는데, 추모로서도 황족끼리의 약속이기에 반드시 지키려 했던 것이고, 무엇보다 홀본국 공주와의 혼인이 자신에게 더없이 큰 힘이 되어 줄 것을 믿었기 때문이었다. 어쩌면 자신을 잉태한 채 금와왕을 따라나섰던 모친 유화부인을 생각해서, 소서노에게 더욱 관대할 수 있었는지도 모를 일이었다.

해가 바뀌고 이듬해인 BC 39년이 되자, 순노 땅 전체가 다시 하나로 통일되지는 않았지만, 사실상 추모는 순노를 대표하는 인물이나 다름없었다. 춘정월이 되니 추모는 오이와 마리를 각각 좌우대장으로 삼고, 무게가 열댓 근이나 되는 금으로 만든 자인 금척金尺과 허리끈에 지위와 문양을 넣은 대수장大綬章을 하사했다. 이어 협보를 대주부大主簿에, 부분노를 대사마大司馬로 삼은 다음, 열 근 무게의 금척과 小수장을 내려 줌으로써 동사호東四豪가 보여 준 그간의 노고를 치하했다.

추모가 이끄는 〈순노〉에 궤멸되다시피 한 말갈에서는 남은 무리의 우두머리인 고두古斗와 서문西文 등이 이후로 〈북옥저〉에 지원을 요청해, 3천여 기병을 확보했다. 이들이 고구원菰丘原이라는 곳에 진을 친후, 지속해서 흩어진 말갈의 무리들을 모으고 있었다. 결국 이들 〈남옥저〉의 잔류 말갈족이 아래쪽 시길柴吉의 〈낙랑〉과 한패가 되어 순노를 다시금 공격해 왔다.

그러나 이번에도 추모의 지휘 아래 한소가 이끄는 水軍과 부분노가 이끄는 기병대가 출정해, 남·북옥저와 낙랑의 연합군을 물리치는 데 성공했다. 당시 〈순노국〉은 패하의 중상류 일대로 보였는데, 주변에 여러 강과 지천은 물론이고, 곳곳에 바다처럼 넓은 호수들이 즐비해 수군의 쓰임새가 긴요했다.

그 무렵 동명제의 후손이라는 〈행인荇仁〉의 왕이 죽어 아들 해문解文
이 왕위를 잇게 되니, 추모가 재사再思를 보내 조문케 했다. 마침 〈개마盖
馬〉의 칠공桼公이 사자를 보내왔는데, 추모에게 제위帝位에 오를 것을 정
중하게 청했다. 이에 추모를 따르는 일행들이 흥분해 이를 반겼으나, 추
모는 다르게 답했다.

"공의 뜻은 고맙지만, 나는 아직 제위에 오를 만한 덕을 지니지 못
했습니다."

추모가 비록 칠공의 제안을 고사했으나, 주변에서의 이러한 성원이
야말로 추모는 물론, 그를 따르는 수하들로 하여금 장차 자신들의 나라
를 세우고자 하는 열망을 더욱더 강렬하게 만들었을 것이다.

그해 3월, 추모는 한소를 태사太師로 삼고, 그에게도 금척과 대수장을
내려 주었다. 이어 그간 자신의 뒤를 돌봐 주던 가숙공비加菽公妃 훤화공
주와 순노왕비 을전공주, 무골공의 아내인 중실仲室부인을 아내(천후天
后)로 받아들이고, 적복翟服에 금어金魚, 옥마玉馬와 금척 및 대수장을 내
렸는데, 각각의 무게가 70근이었다. 전쟁을 일삼던 고대 왕족들의 혼인
은 나라나 부족의 결속에 초점이 맞춰져, 왕들과 신하 사이에 부인을 보
내거나 교환하는 일이 다반사였다.

이러한 혼인 풍습은 고도의 정치적 행위로 여성의 나이와도 무관한
일이었으며, 오로지 여성의 혈통과 신분을 우선시하던 북방 기마민족의
풍속과도 무관치 않은 것이었다. 그러나 후대에 이르러 주로 농경사회
를 기반으로 하던 유교적 관점에서 북방민족들의 혼인 풍습을 야만적이
라고 비판하게 되었다. 이런 이유로 자기네 조상인 북방 고대 왕실의 혼

인 문화를 수치로 여기고, 이들의 역사를 자신들의 역사에서 아예 지우려는 무도함까지 드러내게 되었다. 이것이 오늘날 북방 고대사를 파악하는데 어려움을 가중시키는 원인이 되기도 했다.

북방민족 특유의 이런 혼인 풍습은 후대의 통일신라 및 고려, 훈족은 물론 선비와 말갈, 몽골 및 여진을 거쳐 근세 일본日本으로까지 뿌리 깊게 이어졌으나, 오직 반도 〈조선〉에서만큼은 교조적 유교주의에 치우쳐 이를 호되게 배척했다. 이로써 근친혼이 사라지게 되었으나, 조선의 왕실과 양반들은 엄격한 신분사회와 남존여비男尊女卑를 내세워 후궁이나 첩, 노비 제도를 통해 오히려 여성을 비하하고 성性을 착취했으니, 또 다른 방식의 자기모순일 뿐이었다.

그 무렵 추모는 오건을 순노왕에 임명하는 의미 있는 조치를 단행했는데, 이는 그간 일곱 부족으로 흩어져 있던 〈순노국〉의 통일을 암시해 주는 사건이었다. 그뿐 아니라, 오명奧命을 비여후比如侯로, 오춘奧春을 청하백靑河伯으로 삼아, 각각 금인金印과 옥장玉章을 내려 주었다. 이는 사실상 부여의 천왕이나 할 수 있는 통치 행위였으니, 비록 공식적으로 그 자리에 오른 것도 아니었지만 당시 스무 살 추모의 위상을 가늠할 수 있게 해 주는 대목이었다. 추모는 이미 작은 나라의 소왕이 아니라, 〈북부여〉 전체를 통할해 다스리는 천제天帝를 꿈꾸고 있었던 것이다. 그달에 〈홀본국〉으로부터 소서노공주가 마침내 몸을 풀고 딸인 아이阿爾를 낳았다는 소식이 전해졌다.

추모에게 거듭 패배를 당한 〈남옥저〉의 말갈은 그 무렵에는 세력이 쪼그라들어 어느 결에 〈낙랑〉에 병합된 듯했다. 낙랑왕 최시길은 노련한 인물이었으나, 낙랑을 부여의 중심 세력으로 키우기에는 역부족인 듯했다. 특히 고두막한의 사후 주변의 눈치를 보면서 〈동부여〉에 귀속을 번복했던 그가, 이 시기에는 순노 모둔에 혜성처럼 나타나 말갈을 제압해 버린 추모에 대해 크게 경계하고 있었다.

일찍이 BC 194년경, 위만이 기씨조선을 내치고 위씨낙랑(조선)의 왕에 올랐을 때, 구려하(구하洶河) 동쪽 인근에 〈옥저〉가 있었는데 스스로 위만에 복속했다. 그 후 조선 열국과 漢나라의 협공으로 우거왕이 피살당하고 위씨낙랑이 멸망하자, 漢나라가 옛 번조선을 〈요동군〉으로 삼고, 요동의 헌우락軒芋樂(패수)에 도읍지를 두었다. 이곳이 바로 오늘날 북경 동북쪽의 계현薊縣으로, 과거 진왕 정政을 피해 연왕 희喜가 머물던 곳이었다. 이후 漢나라는 장차 〈부여〉까지 손에 넣고 패수 위로 새로이 〈현도군〉을 두어, 아시아 최고最古의 고대국가인 古조선 전체를 다스리겠다는 야심 찬 계획을 마련했었다.

그러나 성사成已의 순국을 계기로 고두막한을 중심으로 하는 조선인들이 일어나 강력하게 저항하는 바람에 모든 계획이 무산되고 말았다. 그러자 漢나라는 임시방편으로 요동군 내 패수 인근에 억지로 〈현도군玄菟郡〉을 설치했고, 한때 그 치소를 옥저성이 있던 불이(불내, 관성寬城)에 두었다. 그럼에도 불구하고 BC 75년경 동명왕 고두막한이 현도군을 패수 서쪽으로 몰아내면서 이 지역을 다시금 북부여가 장악하게 되었다. 그 후로 10여 년이 지나 동명제의 사망과 함께 북부여가 사실상 와해되자, 옛 번조선(위씨낙랑) 지역이 권력의 공백으로 극심하게 혼란스러운 지역이 되었다.

다행히 무제 사후 漢나라 및 흉노 역시 요동에 신경을 쓸 여유가 없었다. 그 틈을 타고, 난하 서쪽의 현도군 아래로는 한韓씨의 〈中마한〉이 장악한 듯했다. 난하 중상류의 좌우로는 〈홀본부여〉를 비롯하여 北부여의 후국이었던 〈예맥〉이나 〈진번辰番〉 계열의 소국들이 우후죽순 격으로 난립하고 있었다. 그 아래 난하 하류의 동쪽으로 옛 마한馬韓이 있던 자리에는 최崔씨 〈낙랑〉이 〈남옥저〉를 흡수해 빠르게 세력을 확장하고 있었고, 그 동북으로는 낙랑의 또 다른 일파인 〈북옥저〉가 자리 잡고 있었다.

낙랑樂浪은 원래 東夷의 일파였던 〈양이良夷〉의 후손으로 BC 17세기경, 탕湯임금의 〈은殷〉나라 건국에도 간여했던 연원이 꽤 오래된 민족이었다. 周나라 초기 기자가 무왕을 피해 상구商丘 근처 회이淮夷(조선)의 변경으로 들어온 후, 그의 후손들이 다시 북쪽으로 이동했다. 그곳이 바로 〈창해〉 서쪽(하북보정保定) 일대의 낙랑樂浪으로 〈번조선〉의 강역이었다. 나중에 이곳은 기자箕子의 이름을 따 수유須臾로도 불렀는데, 낙랑은 이후 이웃한 기씨족과 친연성을 높이며 같은 민족처럼 함께 움직였다. 특히 기씨들이 번조선의 대표국인 〈고죽〉을 병합하고 〈기씨낙랑(조선)〉을 탄생시키는 데 크게 기여했다.

그러나 이후 燕나라 진개의 〈동호원정〉으로 낙랑 지역이 크게 잠식되었고, 이때 많은 낙랑인들이 요수遼水를 건너 기씨조선의 도성이 있는 해성海城(험독) 일대로 대거 이주한 것으로 보였다. 그 후 위만이 기씨조선을 찬탈하면서 낙랑은 다시금 위씨의 낙랑이 되었다. 이어서 BC 2세기 초 우거왕 때 〈조한朝漢전쟁〉으로 〈위씨낙랑〉이 멸망한 이후로는, 漢나라가 이 지역의 위아래로 현도군과 낙랑군 2郡을 설치했다. 바로 그 무렵부터 난하의 동남쪽에 있던 〈마한〉이 재빨리 낙랑군의 동남쪽을 장악하기 시작했고, 그 북쪽으로는 고두막한이 일어나 현도군을 패수 서쪽으로 밀어냈던 것이다.

그 와중에 마한의 위쪽인 남낙랑, 즉 남옥저(남동부여) 지역은 최시길崔柴吉이라는 낙랑의 군장이 장악하면서 〈낙랑국〉을 세웠다. 시길은 위만이 일찍이 상하장에 들어왔을 때, 부여에 곡식을 바쳤던 최숭의 후손으로 보이며, 고두막한 사후 발해만을 낀 〈마한〉 위쪽으로 옛 번조선 동남부를 장악하고 독립국가인 낙랑국을 세운 것으로 보였다.

그즈음 난하 동쪽 아래에 있던 〈낙랑국〉이 북쪽의 〈홀본부여〉와 〈순노국〉을 자주 침범하면서 양쪽이 대치하는 국면이 지속되었다. 그러던 중 시길이 사람을 보내 추모에게 서로 만나 양국의 국경을 정해 보자고 협상을 제안해 왔다. 사실 1년 전에 시길은 자신의 딸을 데리고 직접 모둔궁의 추모를 찾아와 혼인을 제의했었다. 그러나 추모가 이에 응해 주지 않자, 그 길로 남옥저의 잔병들과 합세해 순노를 공격했으나 실패하면서 추모를 크게 경계하고 있었다.

당시 힘으로 추모를 제압할 수 없음을 확인한 시길이 궁리 끝에 새로이 영토 협상이라는 방식을 떠올렸다. 조상 대대로 이 지역의 토박이나 다름없는 자신에 비해, 추모는 낯선 이방인에 불과한 데다 추모가 부여의 황족이랍시고 명분을 중요시하는 모습을 보이니, 지역의 연고를 내세워 외교전을 펼치면 먹힐지도 모르겠다고 판단한 것이었다.

과연 추모가 이에 응하기로 하여 변경의 모처에서 두 사람이 서로 만났는데, 이미 서로 구면이었음에도 이 또한 자존심을 건 소리 없는 전쟁이나 다름없었다. 따라서 양쪽 진영 모두 팽팽한 긴장감이 도는 가운데 처음부터 몹시 어색한 분위기가 연출되었다. 추모가 먼저 시길이 원하는 바를 듣겠다고 하니, 엄수奄水와 개사수盖斯水 땅을 탐내던 시길이 기다렸다는 듯 주저 없이 말했다.

"나는 원래 옥저의 옛 땅을 가졌으면 하오이다!"

당시 〈남옥저〉였던 말갈이 이제는 낙랑과 하나가 되었으므로, 지난번 말갈의 순노 대공세 때 남옥저가 추모와 순노에게 빼앗긴 땅을 도로 가졌으면 한다는 뜻이었다. 사실 바로 직전에도 말갈은 순노에게 빼앗긴 난하 중상류 지역의 이 땅을 되찾기 위해, 〈북옥저〉와 〈낙랑〉을 끌어들여 연합으로 추모를 공격했던 것이다.

그러자 추모를 수행해 곁에 있던 좌대장 오이烏伊가 얼른 추모에게 다가가 귀띔을 했다.

"아니 됩니다! 그 땅은 우리가 이곳에서 처음으로 어렵게 확보한 순노국의 땅인데, 시길은 그저 앉아서 입으로 땅을 얻을 심산이니, 절대 허용하시면 아니 됩니다!"

그러나 추모는 오이의 말을 들으면서도 이미 다른 생각을 하고 있었다. 추모가 나서서 시길에게 말했다.

"아하, 옥저 땅을 원하신다구요? 정확하게는 옛 남옥저의 일부겠지요. 또 우리 순노국이 북옥저를 자처하던 말갈을 몰아내고 막 확보한 땅이기도 하구요……"

추모가 최근에 일어났던 그 땅의 이력을 분명하게 환기시키자, 시길이 잔뜩 긴장한 채로 젊은 추모를 노려보았다. 잠시 생각을 하는 듯하던 추모가 이내 순순히 답을 주었다.

"알겠습니다. 그렇다면 원하는 대로 그리하시지요! 우리 순노국이 그 땅을 포기하고, 물러나 드릴 수 있습니다. 대신, 이번에 새로이 국경이 정해지면 그 이후로는 상호 국경선을 절대로 침범하지 않을 것임을 단단히 약조해 주서야 할 것입니다."

추모가 망설임 없이 시길의 청을 들어주기로 하자 오이를 포함한 참모들의 눈이 놀라서 휘둥그레졌다. 이에 아랑곳하지 않고 시길이 얼른 답했다.

"아, 당연한 말씀이오! 추모공이 이리 시원하게 양보해 주신다면야

우리가 구태여 국경선을 넘어 불란을 일으킬 아무런 이유가 없는 셈이
오! 기꺼이 그리하리다, 하하하!"

결국 추모가 원래는 남옥저의 땅이었으나 자신들이 말갈(예맥)을 몰
아내고 확보했던 엄동奄東과 개사盖斯 땅을 〈낙랑국〉에 내어주기로 했
다. 그러자 시길왕이 매우 흡족해하면서 추모가 젊은 호걸답게 시원시
원하다며, 때아닌 치하에 열을 올렸다. 추모의 속뜻을 모르는 오이 등은
구렁이 같은 시길을 원망할 뿐, 그저 추모의 결정을 따르는 수밖에 없었
다. 그렇게 일사천리로 국경선 정리가 마무리된 다음, 서로 각자의 나라
를 향했다.

돌아오는 길에 오이가 추모에게 그 연유를 따져 묻자 추모가 답했다.

"말갈이 비록 우리에게 패해 물러갔으나, 그들이 그리 호락호락하지
는 않을 것이오. 필시 북옥저에 다시 붙든지 해서 병력을 불려 땅을 되
찾으려 들 것이고, 그리되면 낙랑에게 다시금 싸우려 대들 테니 결국 낙
랑국이 우리를 대신해 말갈과 싸워 주는 셈이 될 것이오."

"아하……. 그럴 수도 있겠군요!"

오이 등이 고개를 끄덕이며 비로소 수긍하자 추모가 말을 이었다.

"그뿐만은 아니오. 황룡과 행인, 홀본, 비류 등 주변의 모든 열국들이
아직은 우리 힘만으로 제압하기는 어려운 강국들이니, 섣불리 사소한
싸움으로 힘을 소모해서는 아니 되겠기에 그리한 것이오."

그 말에 수하들이 잠시 생각에 빠진 모습을 보이자, 추모가 더욱 깊
은 속내를 드러냈다.

"듣자니 이웃한 홀본의 연타발왕이 병이 깊어서 정사를 제대로 돌보
지 못하는 지경이라 하오. 그의 딸 소서노가 대신 국사를 돌보는 모양이
지만, 공주가 제아무리 지략이 뛰어난 여장부라 하더라도 아직 연륜이

부족한 만큼, 이런 상태가 지속된다면 나라가 위태로워지는 것은 시간 문제일 것이오. 그러니 우리가 반드시 다른 나라에 앞서 먼저 홀본국을 취해야 할 터인데, 그래서 소서노공주와의 혼인이 대단히 중요하오. 그런 다음에 북으로 비류를 치고 다시 서쪽으로 황룡을 평정한다면, 이 일대를 더욱 확실하게 장악할 수 있으리라는 것이 나의 큰 계책이니, 모두들 따라주었으면 하오!"

"그러믄요, 추모공. 여부가 있겠습니까? 우리는 오로지 추모공을 따를 뿐입니다!"

과연 멀리 앞을 내다보는 깊은 생각인지라 오이가 새삼 추모에게 감탄하던 중에 추모가 마지막으로 시길에 대한 인물평까지 덧붙였다.

"게다가 시길은 작은 적으로 보입디다. 우리에게 패한 지 얼마나 지났다고 그토록 뻔뻔한 요구를 하는 걸 보면 분명 그는 교만한 데다 허풍이 심한 사람이오……. 허니 잠시 안심하게 두었다가 나중에 유리한 상황에서 그를 잡는 것도 그리 늦진 않을 것이오. 하하하!"

"허어, 과연 추모공다운 말씀이십니다, 하하하!"

나이도 어린 추모의 대범하고도 치밀한 계산은 물론, 사람을 보는 탁견에 오이가 다시금 탄복하지 않을 수 없었다. 과연 추모의 예상대로 여름이 되자 북쪽으로 올라갔던 〈말갈〉이 이번에는 〈북옥저〉의 지원 아래 〈낙랑〉을 때리기 시작했다. 아울러 기병 2천으로 재차 〈순노〉를 공격해 왔으나, 이번에도 부분노와 한소, 마리 등이 이들을 가볍게 내치는 데 성공했다.

그 무렵에 〈홀본부여〉의 연타발이 사자를 보내 추모를 만나보고 싶다며 홀본忽本을 방문해 줄 것을 정식으로 요청해 왔다. 추모가 홀본을 잘 아는 재사를 시켜 대신 답방케 했더니, 재사는 연타발왕에게 3백의 정예만으로 8천 말갈병을 도륙한 〈갈하대전〉의 공적들을 포함해, 추모의 빼어난 자질에 대해 침이 마르도록 칭찬을 늘어놓았다. 병든 연타발이 계속해서 맞장구를 쳐 주다가 끝내 소서노와의 혼담을 어렵사리 꺼냈다.

"내가 바라는 것은 딸아이가 성인聖人(추모)을 새롭게 지아비로 맞이해, 오롯이 이 땅을 다스릴 수 있도록 하는 것이오! 쿨럭쿨럭!"

그러자 재사가 귀띔하듯 언질을 하나 주었다.

"지금 낙랑, 갈사, 한서汗西 등 가까이 있는 세습 호족들이 앞을 다투어 추모공께 작은 땅이라도 바치지 않는 이가 없고, 아들들을 보내 귀부하는 경우가 답지하고 있습니다. 대왕께서 진정 공주로 하여금 화친을 맺고자 하신다면, 어찌해서 후한 폐백으로 예의를 다하고, 지성으로 간청하지 않으시는 것입니까?"

"호오……"

그 말에 연타발이 고개를 끄덕이더니, 얼마 후 과연 구도仇都를 시켜 우마牛馬 천 필, 호피 백 장, 열 자루의 보검과 황금 일백 냥을 추모에게 딸려 보내 주고, 정식으로 혼인을 청했다. 그때 추모가 요란하게 들어오는 구도 일행을 바라보면서 혼잣말을 했다.

'아, 하늘이 내게 홀본을 주시니 이제 나머지는 순탄하게 풀리겠구나……'

〈홀본부여〉는 동명제 고두막한이 처음 일어난 곳으로 사실상 초기 〈북부여〉의 도읍이었으나, 그 후로 북부여가 붕괴되면서 그 지역만을 따로 지칭하는 옛 이름으로 부활했다. 홀본忽本은 후대 청조淸朝의 피서 산장으로 유명한 곳으로, 난하 상류인 열하熱河(하북舊승덕承德)의 동남 아래에 자리했다. 강의 서남쪽에 연산산맥의 줄기인 의무려산醫巫閭山(무령산霧靈山 2,116m)이 높이 솟아 있어 그 너머로 漢나라 현도군과의 경계를 이루고 있었다. 이런 천혜의 자연조건을 배경으로 요새나 다름없는 도성인 흘승골성屹升骨城이 있었고, 인근에 홀본천이 흘렀다.

위씨낙랑이 멸망하자 漢나라가 이 근처에 현도군玄菟郡을 세웠으나, BC 75년경 〈북부여〉의 고두막한이 현도군을 서쪽으로 내몰고 다시 이 지역을 장악했다. 이후 자신의 근거지를 홀본에서 현도군의 치소(도읍)가 있던 불이성不而城(하북관성)으로 옮겨 다스렸다. 고두막한이 시라무룬강 북쪽의 부여고지故地(임서)를 두고, 서남쪽으로 잔뜩 치우친 데다 漢나라 변경 가까운 이곳에 도읍을 둔 것은, 漢나라의 동방진출 의욕을 무력화시키려는 강력한 의지 때문이었다.

원래 〈홀본국〉은 연노부涓奴部, 계루부 등 여러 부部로 이루어진 소국으로 을족乙足이란 인물이 제후가 되어 다스렸다. 당시 을족의 숙부인 을송乙宋은 조하潮河와 백하白河가 합류하는 밀운密雲 일대를 다스리는 곤연백鯤淵伯이었다. 이에 을송이 자신의 딸 을류乙旒를 홀본의 수장인 을족과 혼인케 했고, 사촌지간인 둘 사이에 아들 을음乙音을 두었으나, 을족이 이내 세상을 뜨고 말았다. 을족이 죽자 홀본의 국상國相이었던 연타발이 을족의 식솔들을 거두고, 제후직을 승계한 것이었다.

연타발은 원래 거상巨商 출신으로, 남북 갈사국曷思國을 오가면서 소금 등의 장사를 통해 거부가 되었다. 그러다 홀본에서 고두막한이 의병을 일으켜 漢나라에 대적하니 그를 물심양면으로 크게 도왔다. 그런 공을 인정받아 〈홀본국〉의 국상이 되어 을족을 도왔고, 〈河上전쟁〉인 칠국七國의 난리 때도 홀본의 사직을 지켜 냈다. 이후로 을족의 처자식을 떠맡으면서 결국 연타발이 홀본국의 제후가 되었고, 을류와의 사이에서 관패貫貝와 소서노召西奴 두 자매를 얻게 되었던 것이다.

그러던 중 동명제 사후 〈북부여〉가 갑작스럽게 붕괴되자, 그는 부득이하게 〈동부여〉를 의식하지 않을 수 없었다. 그러나 東부여 조정에서는 연타발이 한때 해부루임금을 몰아낸 고두막한의 강력한 오른팔이었으므로 그를 반겨 줄 리가 없었다. 그 와중에 BC 44년경, 소금 운송과 철(쇠)을 무역하는 일을 놓고 〈비류국〉과 분쟁이 일어나 한빈汗濱에서 전투가 벌어졌는데, 〈홀본부여〉가 송양松讓에게 패하고 말았다. 홀본비을류가 적극 나서서 무릎으로 기다시피 해 화친을 애걸하고, 큰딸인 관패를 송양에게 처로 바치면서 사태가 겨우 수습되기에 이르렀다.

〈비류국〉과의 분쟁이 마무리되자 자유분방한 데다 성격이 활달한 소서노가 홀본의 세족 출신 구태를 좋아하다 정분이 났다. 연타발 부부는 구태의 가문이 미미하여 내키지 않았으나 딸인 소서노의 고집을 꺾지 못했고, 이에 두 사람은 혼인해서 한때 같이 살았다. 구태가 외모는 수려했으나, 용맹하지 못하니 이내 소서노의 애정이 식어 버렸다.

그러한 터에 추모가 등장하자 을류와 짜고 구태로 하여금 자살을 강요한 끝에 스스로 죽었다고 소문을 냈는데, 둘 사이에 비류沸流와 두절斗切(온조) 아들 형제와 딸(아이阿爾)까지 두었다. 소서노召西奴는 생모인 을류가 꿈에서 서쪽의 봉황새를 부르다 깬 후 낳은 딸이라 하여 붙인 이름이었다. 추모보다 8살이나 연상인 그녀는 이미 세 아이를 두었음에도 아직 이십 대 후반의 나이라 여전히 고운 미색을 유지하고 있었다. 그녀는 일찍부터 부친을 따라 장사를 하며 보고 배운 것이 많아 세상을 경영하는 기술을 터득한 여걸이었다. 따라서 아들이 없는 데다 노쇠한 연타발이 그녀에게 많은 것을 의지함은 물론, 여군女君의 자격을 부여해 사실상 나라의 정무를 맡긴 상태였다.

그해 7월, 추모가 목욕재계하고 나서 애저(태 속 새끼 돼지)를 삶아 곤연鯤淵으로 나가 북방신 현무신玄武神께 제를 올렸다. 이어 오이 등과 함께 서남쪽으로 내려가 홀본천에 도착해 보니, 토양이 비옥한 데다 산하가 높고 견고해 방어에 유리한 것을 보고는 크게 기뻐했다. 그때 자주색 옷을 곱게 차려입은 소서노공주가 백마를 타고 시녀들을 대동한 채 마중을 나왔다. 추모가 비로소 입가에 미소를 보이며 만족해했는데, 소서노의 안내로 두 사람이 홀본의 동성東城인 흘승골성紇升骨城에 도착했다. 이윽고 공주가 추모를 향해 재배하고 또 절하면서 조심스레 말했다.

"저는 소방小邦(소국)의 주인으로 나라를 세습했으나, 몇 해 전부터 북쪽의 말갈에게 치욕을 당하고, 동쪽의 낙랑에게 굽실거려야 했습니다. 그뿐 아니라 동북쪽엔 비류의 송양이, 남으로는 섭라가 도사리고 있는 데다 전란과 싸움이 이어져 나라는 피폐해지고, 백성들은 역병이 들어 실로 나라를 지탱하기가 어려운 지경입니다. 게다가 지아비인 우태于台(구태의 직위)가 떠나 홀로 과부가 되었으니, 부디 공께서 이런 저를 가련하게 여기시어 첩으로 맞아 주시고 이 나라 백성들을 다스려 주십시오!"

"공주께서는 무슨 겸손의 말씀을 그리하십니까? 오히려 나야말로……"

소서노의 지극히 솔직한 인사말에 추모는 내심 놀랐으나 얼른 사양하는 척 공주를 위무하다가, 이내 소서노와의 혼인을 기쁜 마음으로 받아들인다는 뜻을 밝혔다. 젊은 두 군주가 서로 즐거워하자 주변에 수행하던 자들과 구경나온 백성들까지 모두 만세를 불러 이들의 혼인을 축하해 주었다.

"공주의 나라는 땅이 비옥해 우牛, 양羊, 어魚, 별鼈(자라)은 먹어 없앨 수가 없을 지경이고, 서黍(기장), 직稷(피), 두豆(콩), 량粱(수수) 또한 풍부하니 백성들이 어찌 근심할 바가 있겠소이까? 하하하!"

추모가 보란 듯이 호탕하게 덕담을 늘어놓자, 모두가 와아, 박수를 치고 웃으며 기뻐했다. 추모와 공주는 그날 밤 운금雲衾(이불)을 펼쳐 놓고 초례醮禮를 무사히 치른 다음, 이후 사흘 내내 연회를 베풀고 밤마다 정을 나누었다.

그 후 추모 부부가 함께 〈홀본〉의 우양牛壤으로 옮겨 연타발왕 내외를 찾아 예를 올리니, 병석에 있던 왕도 크게 기뻐했다. 이런저런 이야기를 나누다 보니 연타발은 더욱 추모의 모든 면이 마음에 들었지만, 결정적으로 확인하고 싶은 것이 있어 체면도 불사하고 직접 물어보았다.

"아, 그리고, 사위께서 해모수천왕의 황손이라는 소문도 들었소만……. 구체적으로 누구의 후손이신지 궁금하구려?"

이에 추모가 자세를 바로 하고 진지하게 답했다.

"예, 신의 부친은 고모수라 합니다. 그분은 과거 이곳 구려후(옥저후)를 지내셨던 고진 할아버님의 손자라 들었습니다……"

이 말을 들은 연타발이 몹시 반기며 답했다.

"아, 그렇다면 진정 소문이 사실이라는 말이구려! 북부여 고모수 장군의 아들이자 옥저후의 증손을 만나게 되다니, 정말 반갑기 그지없소! 부친 되시는 고모수장군 역시 참으로 용맹한 분이셨소! 북부여와 동명제를 위해 맹활약하셨던 분이셨지요……"

부친을 잘 안다는 말에 추모 역시 정색을 하고 연타발의 말에 귀 기울였다.

"다만, 동명제께서 아끼던 자 중에 흉노족 장수 타리佗利와 비리족 장수 왕불旺弗이라는 자가 있었지요……. 믿었던 그들이 동명제를 배신하는 바람에 高장군까지 크게 고생하셨고, 순노 출신 수하들과 북부여 도성 밖 비습한 지역에서 지내다 끝내 소식이 끊어진 걸로 들었소만, 이렇게 훌륭한 혈육을 두고 가셨다니 참으로 놀랍기 그지없소이다!"

난생처음 듣는 부친에 대한 생생한 소식인지라 추모 역시 말문이 막히고 가슴이 먹먹해지면서, 하마터면 눈물을 보일 지경이 되었다. 그러자 옆에서 듣고 있던 홀본비 을류가 분위기를 바꾸고자 거들었다.

"전하, 오늘같이 경사스러운 날에 가슴 아픈 얘기는 그만하시고, 이제는 쉬셔야지요!"

이에 연타발이 고개를 끄덕이며 수긍했다.

"그래, 늙은이가 다 지난 옛날얘기로 추모공을 숙연하게 한 모양이오! 분위기가 이래서야 아니 되지요. 내 몸이 이리 부실해 이제 좀 쉬어야겠으니, 모두 나가서 즐기시구려!"

추모는 부친의 존재를 확인시켜 준 연타발왕에게 고마움과 한없는 친근함을 느끼면서 방을 나왔다.

얼마 후 연타발 내외는 추모 부부를 위해 별궁인 동궁東宮으로 스스로 물러나 주었다. 추모는 이후 홀본의 왕궁에 머물며 소후召侯(소서노)와 더불어 순노와 홀본 양국의 대신들을 불러 조회를 주관하고, 양쪽의 국사를 처리하기 시작했다. 이때서야 비로소 홀본의 병마兵馬가 모두 추모의 수중으로 들어오게 되었으니, 추모는 사실상 모둔의 〈순노국〉에 이어 〈홀본국〉의 왕이 된 것이나 다름없었다.

추모는 특별히 부위염에게 명하여 홀본의 군사들을 정예병이 되도록 훈련하게 했고, 순노와 홀본의 귀족 자녀들을 불러 모아 친히 궁술과 검술을 가르쳤다. 이듬해인 BC 38년 정월이 되자, 추모가 후비后妃 4명의 서열을 정해 주었는데, 그간 자신의 뒤를 돌봐주던 훤화萱花를 천태후天太后로, 소서노를 天황후皇后로, 을전을 地황후, 중실씨를 人황후로 삼고 황실의 안정을 꾀했다.

그 무렵에 여러 분야에서 재주를 지닌 漢人들까지 추모의 소문을 듣고는 홀본으로 찾아와 귀의하는 자들이 날로 늘어만 갔다. 그러던 중 5월이 되자 말갈 장수 설경雪敬이 기병 1천을 이끌고 강을 이용해 청곡靑谷 방면으로 침투해 들어왔다. 마리摩離가 나서서 이들을 격파했는데, 이들이 탔던 배와 노, 또 사용하던 병장기들의 상당수가 〈비류국〉에서 나오는 물건들이었다. 보고를 받은 추모가 오춘奧春에게 명해 송양왕을 찾아 그 연유를 캐 보게 했다.

7월이 되자 추모가 오랜만에 소후召后와 더불어 한남汗南으로 향했는데, 〈환나국桓那國〉 여왕인 계루桂婁부인을 만나 나라 간의 경계를 정하기 위한 협상 때문이었다. 소국의 여왕이면서도 용맹하기로 소문난 계루부인은 막상 만나고 보니 뜻밖에도 출중한 미모에 생각이 깊은 여인이었다. 추모가 일찍 만나 보지 못한 것을 아쉬워할 정도였다. 계루여왕 또한 추모의 늠름한 풍모와 인품을 대하고는 한눈에 그가 범상치 않은 인물임을 알아보고는, 이내 흠모하는 기색을 감추지 못한 채 기꺼이 추모의 뜻에 따르려 했다.

그러나 협상 과정에서 소후가 자주 끼어들어 〈홀본〉에 유리한 주장을 고집하려 들었다. 그때마다 계루여왕이 양보를 거듭하니 곁에서 이를 지켜보던 환나국 신하들이 탄식을 쏟아 낼 지경이었다. 어쨌든 국경을 정하는 협상이 우호적인 분위기에서 잘 마무리되어 추모 일행은 홀본으로 다시 떠났다. 홀본인들에 대한 전송을 마치자 여왕이 불평을 늘어놓던 신하들을 향해 한마디 했다.

"잘들 들으시오! 그대들 모두 추모공을 보았을 텐데, 무언가 느껴지는 것이 없었소? 해모수천제의 황족이라더니 과연 비범한 인물이라 머지않아 그분이 이 지역의 주인이 될 것이오. 그리되면 결국 종당엔 추모공에게 모든 것이 귀속될 터인데, 그대들은 어찌 한 자, 한 치의 땅을 갖고 추모공과 다투려 드는 게요?"

"……."

여왕이 점잖게 타이르자 신하들이 더는 아무런 대꾸를 하지 못했다.

그다음 달이 되니 〈낙랑국〉의 시길이 군사를 일으켜 우산牛山 일대를 습격해 왔다. 추모가 예상이라도 했다는 듯, 직접 병력을 이끌고 출정했고 시길을 상대해 대파시켰다. 이때 곤연 이남의 땅과 엄수 동쪽의 개사수蓋斯水 땅을 모두 거두어 홀본에 귀속시켰으니, 원래 이 땅은 순노가 남옥저 말갈에게 빼앗겼던 땅이다. 추모 일행이 남옥저의 말갈로부터 전쟁을 치르고 되찾았다가, 지난번 시길과의 국경 협상 때 양보했던 땅이었으니, 이참에 〈순노〉의 옛 땅들을 모두 원상 복구시킨 셈이었다.

추모와의 전쟁에서 연거푸 패해 낙랑으로 달아난 시길에게 추모가 사람을 보내 명을 전했다.

"홀본의 추모공께서 이르시길, 이번에는 낙랑왕께서 홀본까지 직접 와서 사죄하라 하셨으니, 반드시 명을 따르셔야 할 것입니다."

그러나, 잔뜩 겁을 먹은 최시길은 병을 핑계 삼아 입조하지 않았다. 대신 사신을 보내는 편에 홀본 기습을 주도했던 5인의 부하들을 체포해 바치면서, 크게 사죄한다는 뜻을 밝혔다. 그럼에도 시길은 이후로도 귀속과 배반을 반복하면서 어지러운 행보를 지속했다.

낙랑왕 시길이 뜬금없이 홀본을 습격했다가, 그야말로 본전도 못 찾고 망신만 당했다는 소문이 널리 퍼졌다. 소식을 들은 〈선비鮮卑〉왕 호전豪全이 토산물과 함께 사신을 보내, 잃었던 순노 땅을 복구한 것을 축하해 주었다. 그때 〈황룡국〉의 기동箕東 땅을 다스리던 우진于眞이라는 자가 추모를 찾아와 귀속하기로 했는데, 그는 황룡왕 우인于仁의 아우이자 을전후乙旃后의 사위이기도 했다. 필시 전후旃后(을전)의 입김이 작용한 듯했다.

가을이 되자 이전의 개마왕이었던 칠공柒公이 세상을 떠났다. 그가
죽기 전에 자신의 처인 추秋씨에게 장차 추모를 섬기도록 하고, 자기 아
들을 추모에게 바치라는 유언을 남겼다. 당시 〈개마국〉은 왕인 연음燕音
이 다스리고 있었는데, 그의 아들인 연의燕宜가 차례를 기다리지 못하고
좌우대장인 호구와 여철을 앞세워 내란을 일으켰다. 이후 연의가 부친
을 끌어내리고 스스로 〈개마국蓋馬國〉의 새로운 왕위에 올랐고, 칠공의
처인 추씨를 자신의 처로 삼았다. 추씨부인이 몰래 인편으로 이런 사정
을 알려 오니, 협보가 개마정벌을 주장했으나, 추모는 허락하지 않았다.

그 대신 추모는 엽기병獵騎兵들을 거느리고 한수汗水를 넘어 기구箕丘
의 동편에서 사냥을 했다. 그런데 이때 귀경을 하는 길에 슬그머니 〈환
나국〉을 들러 계루여왕과 상봉했다. 추모가 사냥에서 잡은 귀한 사향노
루를 선물로 내밀자, 여왕이 반색하며 말했다.

"마침 小王이 잡아둔 영양이 한 마리가 있으니, 사향노루와 맞바꾸면
되겠습니다!"

그러자 추모가 슬쩍 장난기 어린 농담을 던졌다.

"허어, 영양이 크긴 하지만 값은 사향에 훨씬 미치지 못하니, 아무래
도 내가 손해 보는 것이 아니겠소?"

그러자 계루여왕이 뜻밖의 대답을 했다.

"사향은 귀하여 값은 비싸겠지만 남자에게 소용되는 물건이 아니지
요. 제가 이 사향으로 몸을 깨끗이 하고자 하니, 부디 공께서 후궁엘 들
러 저를 찾으시기를 기다리겠습니다!"

그렇게 추모와 여왕이 상대방의 속내를 알아차리고는 그날 밤 한 몸
이 되어 서로를 즐겼다. 이때부터 홀본과 환나 양쪽에서 사신들의 왕래

가 부쩍 빈번해지게 되었다.

BC 37년 2월, 그간 늙고 병으로 지친 홀본왕 연타발이 마침내 세상을 떠났다. 이때에서야 비로소 소검황후가 공식적으로 나라를 들어 지아비인 추모에게 바쳤다. 오이 등의 사호四豪와 재사 등 삼현三賢의 주도 아래 백관들과 호족들이 한데 모여 추모에게 천제의 자리에 오를 것을 주청했다. 형식적이긴 했으나 추모가 덕이 없다는 이유로 몇 번을 고사했고, 그럴수록 신하들이 더욱 간곡하게 재촉한 끝에 추모가 부득이 이를 수용하는 모양새를 갖췄다.

결국 순노와 홀본의 경계 지역인 비류곡 서성산西城山에서 추모가 마침내 천제天帝의 자리에 오르고 엄숙한 즉위식을 거행했으니, 오늘날의 하북 승덕현承德縣 일대로 추정되는 곳이었다. 수많은 대신과 백성들이 추모대왕의 즉위를 열렬하게 환호했다.

"만세, 만세! 추모대왕 만만세!"

동부여 책성을 탈출하듯 떠나온 지 실로 3년 만의 일이었고, 추모대왕의 나이 이제 한창인 스물둘의 나이였다. 이로써 생모인 유화부인은 물론, 그를 믿고 따라 준 여러 수하들과의 맹세, 즉 반드시 조상의 나라를 되찾겠다는 원대한 포부의 절반은 달성한 셈이었다. 오히려 추모는 이제야말로 시작일 뿐이라고 마음속 깊이 각오를 더욱 단단히 했다.

이윽고 한소漢素 등의 대신들이 모여서 국호國號를 정하기로 했는데 의논이 분분했다. 마려馬黎가 아뢰었다.

"부여夫餘는 '장차 날이 부옇게 밝아 온다.(장서將曙, 려黎)'라는 뜻에서 음音(부여)을 딴 것으로, 그 형상은 문門이요, 글자로는 나무 목木자에 해당되는데, 지금은 그런 부여의 운세가 다했습니다. 우리의 국호는, 소리

音는 혈穴(굴, 구리)에서 따오고, 뜻은 발을 말아 올린다는 의미(권렴捲簾), 즉 '빛을 받아들인다.'는 납명納明으로 했으면 합니다. 다시 말해 발을 높이 걷어 올린다는 뜻이 고구高勾이며, 구리勾麗가 곧 굴穴의 소리와 같으니, 이를 합쳐서 '고구리高勾麗'를 나라 이름으로 삼는다면, 이는 장차 검은(가라) 말이 흘승絃升(수컷이 올라붙는)하는 듯한 상서로운 뜻이라 할 것입니다."

"오호, 고구리라, 고구리……. 발을 높이 걷어 올려 밝은 빛을 받아들인다……. 과연 좋은 뜻이구려!"

추모제가 새로운 나라의 이름을 몇 번이나 되뇌더니, 그 뜻이 아주 좋다며 반색을 하면서 이를 받아들이기로 했다. 그러자 한소가 말을 거들었다.

"부여는 가화佳禾(좋은 벼, 볘)를 이름으로 삼은 탓에 백성들이 먹는 것은 족했을지라도, 몽매함을 떨치지는 못했습니다. 이제 '밝은 빛을 받아들임(納明)'을 나라 이름으로 삼으시니, 이것이 곧 나라를 밝게 한다는 뜻이므로 백성들도 이 이름에 만족할 것입니다. 여기에 동작東作(봄에 씨 뿌리기)의 뜻을 보태서 부지런한 백성들이 되도록 이끌어 주옵소서!"

그리하여 나라의 이름을 일단 〈고구리〉(고구려)라 부르기로 했다. 그러나 원래 홀본 지역은 시라무룬강(서요하)에서 시작했던 고리藁離(구려九黎)였으며, 구리, 까오리, 계루桂樓 등으로도 불리었다. 부여의 시조인 해모수를 비롯한 고두막한 등이 바로 고리국 출신이었다. 추모의 증조부 또한 해모수(高모수)의 차남인 구려후 고진이었고, 당초 추모의 목적 또한 부친이 있던 고리국으로 가서 나라를 되찾는 것이었다.

그런데 고리나 계루라는 말은 중앙center을 뜻하며, 고대로부터 가장 널리 쓰이던 금속인 구리(동銅)를 말하는 것이기도 했다. 이처럼 실로 제일 중요하다는 의미를 동시에 지니고 있었기에, 새로 건국하는 나라의 이름으로 삼은 것이었다. 또 해모수도 원래는 고高씨 성이었고 추모의 조상이 高씨였으므로 高씨의 나라인 고리국이라는 뜻도 있고, 혹은 구리국의 앞에 높고 성스럽다는 뜻의 高 자를 붙인 것이라는 등 고구리라는 의미는 여러 가지 중첩적으로 해석되었다. 어떤 것이든 한결같이 〈고구려〉의 의미를 높이려는 것이었으니, 다 같이 옳은 해석임이 틀림없었다.

3월에 커다란 새가 궁 안에 날아 들어와 한나절을 울어댔다. 이에 군신들이 봉황이 우는 상서로움과 같다면서, 연호年號의 근본으로 삼자고 간했다. 그러자 추모제가 말했다.

"한소가 동작東作의 뜻을 보태자 했는데, 나도 그것이 좋다고 생각 중이오. 보통 하늘은 자시子時(밤 12시 전후)에 열리는데 나는 해시亥時(밤 10시 전후)에 태어났소. 그 사이 날이 밝으려면 산이 온통 검은색으로 뒤덮여 있다가, 점점 자색 빛으로 바뀌고 다시 붉은빛으로 변하니 이것이 곧 주몽朱蒙이요. 내 이름인 추모鄒牟와도 같소이다. 따라서 연호를 동명東明으로 삼았으면 하오!"

"오오, 그렇게 깊은 뜻을 지녔다니 충분히 연호로 삼을 만합니다."

이에 모두들 고개를 끄덕이며 찬성하니, 나라 이름國號과 연호年號가 동시에 정해지게 되었다. 마지막으로 〈부여〉를 계승한다는 의미에서 부여夫餘의 시조인 〈해解모수〉를 새로운 나라의 시조始祖로 계속해서 받들기로 했다. 사실 동명東明은 북부여왕 고두막한이 사용하던 왕호였다. 따라서 동명을 연호로 정한 것은 장차 〈(북)부여〉를 계승하겠다는 의지를 분명히 함으로써, 백성들이 새로운 나라와 왕조를 거부감 없이 받아들일 수 있도록 하려는 정치적 계산이 깔린 것이 틀림없었다.

연호는 처음 중원의 통일제국인 漢나라의 무제가 처음 사용하기 시작한 이래로 그 후대까지 이어져 왔는데, 이때 〈고구리〉가 漢나라와 어깨를 나란히 하겠다는 의지에서 도입한 것으로 보였다. 따라서 처음부터 〈고구리〉의 통치자는 열국을 다스리는 황제에 버금가는 천왕天王이나 대왕大王, 태왕太王, 천제天帝와 같은 반열로 존숭을 받으며 시작한 것이었다.

대체로 추모의 새로운 나라는 종전의 〈(북)부여〉라는 이름을 버리고 새로운 국호인 〈고구리高句麗〉로 대체하고자 했고, 직전 〈북부여〉의 맹주였던 고두막한 동명제를 계승한다는 의미에서 〈동명東明〉을 연호로 택하되, 중원의 漢나라 황제를 능가하는 최고 통치자라는 뜻에서 〈태왕太王〉 또는 〈천제天帝〉라는 극존칭을 사용키로 했던 것이다. 옛 부여 지역을 대표하는 신흥강국으로서 태생부터 추모의 원대한 포부와 잘 맞아떨어지는 칭호들이었다.

추모가 마침내 후비들과 군신들을 모아 성대한 연회를 베풀고, 이때 〈고구리高句麗〉라는 나라 이름과 〈동명東明〉이라는 연호를 정식으로 반포하는 동시에, 스스로 〈천제天帝〉라 칭했다. 이후로 7백 년을 이어 가게 될 위대한 〈고구려高句麗〉가 탄생하는 순간이었다. 그날 궁 안에는 모든 군신과 인근 소국의 왕, 그들의 후비들이 대거 참석했다. 추모대제의 머리에는 금관이 씌워져 있었고, 가슴엔 태양과 천제를 상징하는 신성한 구리거울(동경銅鏡)이 매달려 번쩍이고 있었다.

궁 밖에는 백성들이 구름같이 모여 만세를 부르며 새로운 나라의 탄생을 축하했다. 궁궐의 하늘 가득 형형색색의 오방색 깃발이 나부끼는 가운데, 추모가 고구리의 천제로서 즉위하는 순간에는 웅장한 주악에 맞추어 사뭇 장엄하고도 화려하게 식이 거행되었고, 궁 안팎에서 참석자 모두가 흥분과 기대 속에서 열렬히 환호했다.

"고구리 만세! 천제 만세! 추모대제 만만세!"

"와아, 와아!"

추모제는 이 위대한 순간을 기리고자, 연회가 벌어졌던 전각에도 〈봉명전鳳鳴殿〉이라는 이름을 붙여 주었다. 그러나 사실 〈고구리〉는 말이 천제의 나라지, 고작 순노順奴와 홀본忽本 두 소국의 강역을 합친 여전히 작은 나라에 불과했다. 그럼에도 당당하게 천제天帝임을 자칭한 것은, 추모대제와 그를 따르던 〈고구리〉 건국 세력들이 언젠가는 옛 〈부여〉의 고토를 되찾고 통일을 이루겠노라는 원대한 포부를 품고 있었기 때문이었다.

그들 모두는 대륙의 동북아시아를 호령하던 〈古조선〉(부여)의 부활이라는 꿈vision과 목표를 공유하고 있었기에, 작은 나라임에도 전혀 위축되지 않은 채 당당하게 시작하려 했던 것이다. 중원의 漢나라는 이때 원제元帝가 다스리고 있었다. 이후 동북아의 유목민 나라에서는 〈고구리〉를 원래 부르던 대로 〈까오리(고리)〉라 불렀고, 이것이 후대에 〈고려高麗〉를 거치면서 오늘날의 한국韓國을 꼬레아Corea 또는 코리아Korea 라 부르는 기원이 되었던 것이다.

12. 고구려의 비상

추모대제가 성대하게 〈고구려〉의 건국을 반포하고 천제 즉위식을 거행함으로써, 그동안 임시 거처였던 순노 땅 모둔궁에 이어 우양의 홀본

왕궁이 추모대제의 두 번째 황궁이 되었다. 이때 추모대제는 이미 여러 후와 비들을 거느리고 있었는데, 소召황후를 맞이한 이래로는 東城과 西城, 우양牛壤과 모둔毛屯의 궁실을 수시로 오가며 정사政事를 펼쳤다. 그러다가 소후가 홀본의 나라를 바친 이후로는 주로 서성에서 기거했으니, 홀본을 바친 소후의 위상을 배려한 조치였다.

한편 종실들의 자식들 중에서도 아들딸을 선발해 임금 앞에서 영令을 따르게 했는데, 딸들은 여어女御라 부르는 동시에 자색 옷을 입었다 하여 자의선인紫衣仙人이라고도 불렀으며, 아들들은 비의緋衣선인이라 했다. 공경의 자제들로 당상堂上의 영을 따르는 이들을 청의靑衣선인, 당하堂下의 영을 따르는 이들을 조의皂衣선인이라 했다. 마찬가지로 호족들의 자제 중 섬돌 아래서 심부름을 하는 자에 대해서도 조도皂徒 또는 조의皂衣선인이라고 불렀다.

추모가 〈고구리〉를 세웠다는 소식이 〈동부여〉에 알려지자 금와왕은 크게 분노했다. 조정은 연일 대소태자를 비롯해 추모를 성토하는 분위기로 가득했다.

"주몽 그 녀석이 기어코 우리 부여를 분열시키고 말았습니다. 진작부터 화근덩어리라 생각되어 없애 버렸어야 했는데, 천추의 한이 되고 말았습니다."

대소가 이를 갈며 분을 참지 못하자, 금와왕이 넌지시 태자를 달랬다.

"비록 주몽이 나라를 새로 세웠다고는 하나, 우리의 제후국 하나만도 못한 작은 소국에 불과하다. 국가라는 것은 그저 세우기보다는 백성들과 땅을 보전하고, 나라를 잘 경영하는 것이 더욱 힘든 법이니라. 주몽이 아직 어리고 경험이 부족하니 제 뜻대로만 되기는 어려울 것이다. 태자와 여러 왕자들은 이 점을 명심하고, 나라를 더욱 강성하게 하면 되는 것이고, 장차 주몽이 세운 나라를 반드시 우리 부여에 병합시켜야 할 것이다!"

이에 반해 추모의 생모 유화부인과 추모의 아내인 예禮씨부인, 그리고 해불解弗을 비롯해 유화부인이 금와왕과의 사이에서 낳은 자식들은 그야말로 바늘방석에 앉은 기분으로 곤혹스러운 나날을 보내야 했다. 그럼에도 유화부인을 포함한 그들 모두 속으로는 추모대제가 마침내 뜻을 이룬 것을 크게 기뻐했고, 〈고구리〉의 안녕과 번영을 위해 늘 기도했다.

그해 건국의 흥분이 가시기도 전에 말갈 추장 서문西文과 설경雪敬 등이 다시금 한빈汗濱으로 침입해 들어와 노략질했다. 그야말로 〈고구리〉의 건국에 고춧가루를 뿌리는 형국이었다. 추모제가 나서서 친히 말갈 토벌에 나서 천여 명의 수급을 베었고, 생포된 설경은 河上에서 가차 없이 효시에 처했다. 그러나 다 같은 북방민족의 일파인 예인(말갈)들 또한 끈질긴 민족이었다.

한서汗西와 하북河北 땅에 흩어져 살거나, 근래에 전쟁에서 쫓겨난 말갈인들이 〈비류국〉의 송양과 또다시 밀통했다. 결국 이들끼리 연합해 한빈의 선창과 그곳에 있던 고구려의 훈련장을 급습했다. 보고를 받은 추모제가 이번에도 이들에게 유인책을 써서 한구汗口로 끌어들인 다음, 일거에 토멸해 버렸다. 겨우 살아남은 비류와 말갈의 연합군들은 하북河北(패수 북쪽)으로 달아나기에 바빴다. 송양은 또다시 약속을 어기고 추모제에게 무리하게 도전했으나, 거듭 참패를 당하고 말았다. 좌절한 송양 또한 별수 없이 수하들과 함께 도피 행렬에 끼어 있었다.

토벌이 마무리되자 추모제는 마리에게 명을 내려 군사 부문을 혁신하는 일에 본격적으로 나섰다.

"말갈의 잦은 침입으로 하수 근처 변경에 사는 백성들의 피해가 너무 크다. 아무래도 그들을 농사를 지을 만한 다른 땅으로 옮겨 살게 해야겠다!"

그리고는 강을 지키는 감시병을 두게 해 방어를 강화했다. 아울러 전장에서 사용할 병선과 병장기, 군마가 더욱 긴요하게 되자, 한소를 조선대가造船大加에 정공을 조병造兵대가에, 마려를 축마畜馬대가로 삼게 하고, 각각 관부官府를 두어 필요한 인력을 부릴 수 있게 했다. 또 협보와 길사吉士를 좌우 태사太史로 삼고 명하였다.

"절후력節侯曆(달력)을 만들고 모든 호족들에게 배포해, 농사와 목축을 좀 더 편하게 할 수 있도록 도와주도록 하라!"

또한 한빈군汗濱軍을 12부대로 나눈 다음 대정隊正이라는 직책을 두어 지휘하게 하되, 그 절반은 기마군을, 나머지 절반은 선군船軍을 이끌도록 했다. 병사들에게는 궁弓(활), 검劍(칼), 노弩(쇠뇌), 창槍을 나누어 무기로 쓰게 했다. 지금의 북경과 천진의 동북 방향에 위치한 홀본은 연산산맥 아래로 의무려산을 비롯해 주변에 2천 미터를 넘나드는 고산高山이 수두룩한 데다 내륙 깊숙한 곳이었다. 반면 남쪽으로 2, 3백 리 아래 발해 바다에 이르기까지는 험준한 계곡이 많아 곳곳에 깊은 강과 호수는 물론 거대 수고水庫(저수지)가 즐비했다.

압록수인 난하와 패수, 조선하를 비롯해 구하, 백하, 흑하, 청하, 백랑수, 탕하, 칠하, 향하, 계운하 등 수많은 강이 이곳저곳에서 합쳐졌다 나뉘면서 상류와 하류의 이름이 다르고, 시대별로 명칭 또한 수시로 바뀌어 현재도 혼란스럽기 그지없다. 또한 곤연鯤淵(밀운수고密云水庫)을 비롯한 거대 담수호가 곳곳에 널려 있었다. 험준한 산악에서 남쪽 발해만을 향해 가파르게 경사진 땅을 흘러내리는 물을 가두어 농사를 짓기 위한 것이었고, 곧고 넓은 대로를 내기가 어려웠으므로 배나 水군의 용도가 많았던 것이다.

5월이 되어 추모제가 소후와 함께 비류수를 거슬러 올라가 〈비류국〉에 당도했다. 비류왕 송양松讓은 지난 전투에 참패해 달아난 뒤 도성으로 돌아오지 못한 상태였다. 사실 송양은 〈七國의 난〉 때 그리 큰 활약도 없었으나, 말로 공치사를 하고는 그 여주인에게 장가를 들어 임금이 된 인물이었다. 그 후 소금 운송과 철제 무역 문제로 연타발의 홀본과 갈등을 벌이다 7년 전 〈한빈汗濱전투〉에서 승리해, 소서노의 언니인 관패貫貝를 얻고 아들 송의松議와 딸들을 낳았다.

송양은 당초 연타발에게 아들이 없다 보니 홀본을 병합할 욕심으로 소서노와의 혼인을 끈질기게 청했으나, 그녀가 백방으로 뛰어 이를 저지했고 그때마다 홀본의 변경을 침범해 괴롭혔다. 그러다 돌연 추모 일행이 순노에 나타난 다음부터 송양의 기대가 모두 어그러지기 시작했다. 송양은 자신이 홀본의 맏사위임을 내세우며 트집을 잡기 일쑤였고, 홀본 내 불순한 세력들을 선동해 나라를 빼앗으려 했던 것이다. 직전에 말갈을 끌어들여 싸움을 걸어온 것도 같은 연장선상의 일이었다.

그 무렵 추모대제가 송양의 은둔처를 탐문해 그를 찾아 나섰는데, 사람들의 통행이 불가능할 정도로 삼림이 울창한 곳을 여러 번 지나야 했다. 곳곳에 온천과 빼어난 경치를 지닌 곳도 많았는데, 어느 계곡에 들어서니 소채 잎들이 계곡물에 둥둥 떠내려오는 것이 목격되었다. 추모 일행이 계곡을 따라 거슬러 올라가 보니, 과연 송양의 거처가 나타났다.

송양은 추모제가 군사를 이끌고 나타났다는 소식에 아연실색했으나, 어차피 막바지에 다다른 이상, 담대하게 굴기로 하고 태왕太王을 상대하고자 했다. 송양이 먼저 말했다.

"누추한 곳까지 잘 오셨소이다. 그나저나 그대가 주몽을 사칭하며 내 처제를 속여 혼인을 하더니, 장인이 돌아갔는데도 내게 알리지 않고 멋대로 장례를 치르는 바람에 조상弔喪도 못하고 말았소. 게다가 종당에는 장인의 나라까지 차지했으니 이 어찌 무도한 일이 아니겠소?"

그러자 추모대제가 맞장구를 쳤다.

"나는 부여의 황손으로 말갈을 내쫓고 사나운 범표를 몰아내 순노를 보호했소. 또 낙랑의 시길을 토벌하고 환나를 평정해 홀본을 돕다 보니, 선왕(연타발)께서 나를 아껴 그 따님과 혼인을 시키고 뒤를 잇게 한 것이오. 이는 세상이 다 아는 이야기거늘 그대는 어찌 내가 세상을 속였다고 함부로 말하는 것이오?"

그러자 송양은 전혀 굴하지 않고 이번엔 지역의 토박이임을 내세워 정통성을 시비로 삼으려 들었다.

"나야말로 선인仙人으로 오래도록 이곳에서 살아왔으나, 그대를 만나본 건 이번이 처음이오. 나의 가문은 여러 대에 걸쳐 이곳에서 왕 노릇을 해 왔는데, 알다시피 이곳은 땅이 좁아 백성들이 두 임금을 허용하기 어려운 상황이오. 그러니 이제 막 태어나 도읍을 정한 지도 얼마 되지 않은 그대의 고구리가 비류국의 속국이 되는 것이 당연한 일 아니겠소?"

이는 송양왕 자신의 가문이 고조선 단군의 후손인 선족仙族으로 부여 왕족인 추모의 가문보다 우월하다는 것이고, 게다가 신생국에 불과하니 자신에게 나라를 바치라는 말이나 다름없었다. 그러나 이에 물러설 추모대제가 아니었기에 두 사람은 한참을 정통성에 대한 시비를 벌였으나, 결론이 있을 수 없었다. 이에 송양이 먼저 문제 해결을 위한 하나의 제안을 들고나왔다.

"그렇다면 우리 둘이 여기서 말로만 다툴 것이 아니라, 지금 이 자리에서 무술 시합을 벌여 보는 게 어떻겠소? 활 솜씨를 겨뤄서 지는 쪽이 나라를 양보하는 것으로 합시다!"

송양왕도 활 솜씨라면 누구에게도 지지 않는 실력인지라, 자신이 먼저 활쏘기를 하자고 내건 것이었다. 그러나 그것이야말로 추모제는 물론, 그를 수행하던 부하들 모두가 원하던 바였으므로, 뒤에서 킥킥거리며 웃음을 참는 사람들까지 있었다. 송양왕이 이내 사람을 시켜 작은 사슴 한 마리를 끌어오라고 지시한 다음, 백 보 이내에 사슴을 풀어 주고는 추모에게 활을 쏴보라고 했다.

"흐음! 알았소, 그렇다면 내가 먼저 활을 쏘겠소!"

추모대제가 크게 호흡을 가다듬은 다음, 달아나는 사슴을 향해 연속 3발의 화살을 날렸다. 그러자 세 발의 화살촉 모두가 사슴의 머리에 박혀 버렸다. 그것을 본 순간 송양왕의 놀란 두 눈이 휘둥그레졌다. 여기저기서 박수 소리와 함께 커다란 탄성이 터져 나왔다.

"와아, 과연……. 짝짝짝!"

송양왕은 그러나 그것만으로 결코 기가 죽지 않았다. 이번에는 새장을 가져오라 해서, 새장 속에 있던 작은 새 한 마리를 풀어 날게 하고는, 태왕에게 쏘아 보라는 눈짓을 했다.

"이번에는 나는 새라……"

추모대제가 다시금 활을 잡고 연속 세 발을 쏘자, 한 발이 먼저 새의 몸통에 맞아 새를 떨어지게 했고, 다음 한 발은 떨어지는 새의 날개 깃털에, 나머지가 새의 꼬리털에 맞아 새는 땅에 떨어지기도 전에 남은 몸뚱이가 사라질 지경이 되어 버렸다. 난생처음 보는 신기에 가까운 활 솜씨를 본 송양왕은 그야말로 놀라 입을 다물지 못했다. 그는 도저히 자신의 실력으로 추모를 이길 수 없음을 알고는 활쏘기 자체를 포기해 버렸다. 그리고는 자신이 속았다는 표정이 되어 말했다.

"흠, 내 일찍이 이런 솜씨를 본 적이 없거늘……. 그대는 가히 신궁이구려."

그때 추모대제가 매서운 눈으로 송양을 노려보자, 기가 죽은 송양왕이 더 이상의 말을 잇지 못했다. 그러자 추모제가 비로소 송양의 욕심을 탓하였다.

"그대가 무모한 욕심으로 전쟁을 일삼는 바람에 그간 무고한 병사들만 희생되었소. 내가 그대를 만나 덕德과 의義로써 타이르려 했건만, 그대는 여전히 망령되이 선족仙族을 칭하면서 굽히지 않았소. 그것도 모자라 활쏘기에 져서 이제 나라를 바치기로 약속을 했으니, 대체 그대는 이제 어쩔 셈이오?"

그제야 수치스러운 마음에 고개를 떨군 채로 있던 송양왕이 추모대제를 올려다보며 간곡하게 자비를 구했다.

"전투에 패한 왕이 무슨 할 말이 있겠소이까? 그저 태왕의 처신만을 따를 뿐이외다. 다만, 얼마 전까지는 같은 북부여의 하늘 아래 같은 나라의 백성이었음을 감안해 나의 무모한 도발을 용서해 준다면, 앞으로 다시는 고구리를 도발하지 않을 것임은 물론, 앞으로 태왕께 조공으로 답하고자 하오! 부디 하해와 같은 도량으로 나의 과오를 용서해 주시오!"

그러자 주변의 장수들이 송양왕의 목을 베어 버리라고 재촉했다.

"아니 됩니다, 저 오만무례한 자의 목을 당장 쳐 버리셔야 합니다!"

좌중이 크게 소란스러울 때 송양왕의 처로서 소서노의 친언니인 관패부인이 나타나 눈물로 간곡하게 용서를 구했다. 추모대제는 송양을 용서하는 대신, 비류국의 10여 가지 진귀한 보물들을 거두었다. 그 속에는 대대로 세습해 오던 황금국새와 금인金印, 옥마玉馬와 은학銀鶴 외에 황금 5천 근, 대모玳瑁(거북등) 80매에 진주선眞珠扇 다섯 자루 등이 포함되어 있었다.

이어 송양의 처자인 관패부인과 그 자식들을 인질로 삼아 데려가기로 했는데, 이는 여전히 송양을 미덥지 않게 여기는 반증이었다. 그러나 송양은 목숨을 구하게 된 데 대해 눈물을 흘리며 사죄했고, 비류수 어귀까지 따라 나와 추모대제를 전송했다. 추모제가 이렇게 더 이상의 전쟁 없이 〈비류국〉 원정을 마무리했는데, 이는 과거 같은 나라였던 동족들과 살육을 일삼는 전쟁을 피하고, 아직은 신생국인 만큼 기초를 다지는 일에 집중하기 위해서였다.

그러나 송양의 약속은 채 2달도 지켜지지 못했다. 그가 나라에 총동원령을 내리다시피 해 겨우 5천의 병력을 모은 다음, 가돈賈敦을 장수로 삼아 다시금 고구려를 쳐들어온 것이었다. 사실 송양은 지난번 처자식과 함께 왕가의 보물을 빼앗긴 굴욕으로 스스로 목숨을 끊으려 했으나, 신하들이 겨우 뜯어말리고 복수를 주청한 끝에 유능하다는 漢人 장수를 영입해 또 다른 보복을 시도한 것이었다. 송양의 이러한 행위는 일견 무모한 것으로 비춰질 수도 있겠으나, 이는 신흥국 고구려의 병력이나 군사력이 여전히 비류국의 그것을 압도하는 수준이 아니었음을 의미하는 것이었다.

송양의 끈질긴 도발에 먼저 한소가 水軍을 이끌고 나가 비류군 전체를 수몰시켜 버리겠다고 나섰다. 그러자 추모대제가 전과는 약간 다른 전략을 제시했다.

"무작정 공격하기보다는 적군이 절반쯤 강물로 들어오기를 기다렸다가 들이쳐서 비류군을 반으로 자르고, 앞뒤가 서로 돕지 못하도록 하시오!"

이어 오이와 마리에게 각각 발 빠른 기병 5백씩을 주고, 새벽안개를 이용해서 몰래 북안을 넘도록 했다. 그런 다음, 오이의 부대는 탕동湯東(탕하 동편)에 있는 비류국의 모든 창고를 털게 했고, 마리의 부대는 곧장 비류국의 도성으로 내달려 텅 빈 궁궐을 치고 송양을 사로잡을 것을 명했다. 부분노에게도 1천의 군병을 이끌고 한서汗西로 나아간 다음 북쪽으로 향해 탕남湯南과 탕서湯西를 공격하라 일렀다. 한마디로 사방에서 일시에 비류국을 공략해 들어간다는 전략이었다.

　이에 대해 비류국의 가돈은 군대를 둘로 나눈 다음 일군一軍은 한빈으로 나와 요란하게 진을 치고 허장성세를 부리게 했다. 나머지 정예기병과 보병으로 꾸려진 일군은 자신이 직접 이끌고 하남으로 와서, 청곡의 고구려 창고를 습격하려 했다. 이를 기반으로 장차 지구전을 펼친다는 전략을 세우고 청곡의 정보를 탐문했다. 그런 가돈의 전략을 간파한 추모제가 명을 내렸다.

　"청곡 일대에 군대를 미리 매복시켜 놓되, 사람이 없는 듯 위장을 하도록 하라!"

　그 무렵 가돈이 이끄는 비류군은 하남에 도착하자마자, 처음부터 오이와 마리의 기병대에 패해 쫓기게 되었다. 한빈에 진을 치려던 또 다른 부대 또한 부분노와 한소의 협공에 풍비박산이 나고 말았다. 가돈이 비류군 전체에 명을 내려 살아남은 병사들을 모두 청곡으로 모이게 했다. 고구려군에 내쫓겨 강가를 따라 겨우 청곡으로 올라가던 비류군은 그러나 추모대제가 직접 이끄는 고구려 병사들에게 곧바로 포위되고 말았다. 추모제가 주변에 말했다.

　"적들이 예상대로 함정에 빠져들었다. 이제부터 자비란 없다. 자, 적진을 향해 일제히 활을 쏴라, 공격하라!"

　이윽고 날카로운 공격 신호와 함께 사방에서 비 오듯 화살이 쏟아지고, 비류군 진영은 순식간에 아수라장이 되었다. 수많은 병사들이 희생된 채 시체가 들판에 가득했고, 항복하거나 달아나서 목숨을 건진 병사들은 많지 않았다. 적장 가돈 역시 화살을 맞고 말에서 굴러떨어져 곧장 체포되었다. 이때 부분노는 탕남湯南을 파죽지세로 쳐들어가 무자비하게 토벌전을 펼치고 남녀 2천여 명을 포로로 잡았다. 반면 탕동으로 진격해 들어갔던 오이는 힘으로 백성들을 제압하는 대신, 이들을 안심시키고 거스르지 않게 설득하니 다치거나 죽은 희생자가 없다시피 했다. 이 일로 비류국 사람들이 마음속으로 오이를 따르게 되었다.

그즈음 비류왕 송양은 영내의 한 강가에 있는 수루水樓에 올라 초조한 마음으로 승전보가 오기를 기다리고 있었다. 마리의 부대가 비류국 군대로 위장을 한 채로 다가가니, 송양이 속은 줄도 모르고 반갑게 뛰어나오며 외쳤다.

"오오, 가돈장군, 싸움을 승리로 이끌고 벌써 개선하는 거요?"

마리가 그대로 질주해 놀라 기겁을 하는 송양왕을 사로잡아 비류의 도성으로 끌고 왔다. 마리는 송양을 노복으로 삼아 술을 따르게 했고, 그의 후궁들과 시녀들 모두를 자신의 시녀로 만들겠노라고 으름장을 놓았다. 이윽고 추모대제가 등장하니 그 이상 대적할 적수가 아님을 깨달은 송양왕이 이내 무릎으로 기어 태왕에게 속죄를 청했다. 근엄한 표정으로 내려다보던 추모제가 작은 목소리로 말했다.

"왕은 왕을 죽이지 않는 법이다!"

그 말에 송양왕이 고개를 들지 못하고 소리 없이 눈물만 흘렸다.

추모대제는 그 대신 비류국에 조공을 요구했는데, 매년 양 8천 마리, 기장과 콩 2천 석, 각종 약재와 궁시弓矢(활과 화살), 금은, 보검 등과 흰 소금 3천 석을 고구려에 바칠 것을 명했다.

〈비류국〉 원정이 끝난 다음 달, 추모대제는 한빈에서 대규모 군사훈련을 실시했다. 부위염이 3천 보병을, 한소가 1천 수병을, 마려가 1천 기병을 이끌고 훈련에 참가했다. 태왕이 손수 3군을 지휘하니 병사들이 바람처럼 움직였고, 사방에서 구경꾼들이 구름처럼 몰려와 장관을 이뤘는데, 이를 구경하고 나서 군대에 자원한 장사들이 2천여 명이나 되었다. 훈련이 끝나고 나자 추모대제는 비류국의 이름난 선비 송태松太를 불러 자신의 곁을 지키는 신하로 삼았다.

가을이 되자 수확할 농사 거리가 풍성해졌다. 추모제가 3후后 5비妃를 비롯한 공경들의 처妻를 대동한 채로, 농사일을 둘러보기 위해 동쪽 교외로 나갔다. 수확에 나섰던 노인들이 추모제를 보고 큰 풍년이라며 기뻐하니 태왕이 술을 내리며 말했다.

"조粟, 기장稷, 콩豆, 수수粱는 풍족한 듯하나 맥종麥種(보리종자)이 부족한 것이 아쉽소!"

이에 곁에 있던 류후旒后의 남동생 을경乙耕이 말을 거들었다.

"비록 면맥麵麥(밀)은 부족하지만 교맥蕎麥(메밀)은 많이 있습니다!"

그러자 추모제가 다시 대꾸했다.

"그렇지만 교맥은 차갑고, 면맥은 따뜻하니 어찌 그것이 같을 수 있단 말이오?"

그 말을 들은 을경이 이내 술을 따라 올리면서 맥종을 동부여에서 사들일 것을 청했다.

그런 일이 있은 후 얼마 지나서 홀본西城의 궁정 뜰로 비둘기 한 쌍이 내려앉았는데, 머금고 있던 무언가를 토해 냈다. 궁인들이 다가가서 자세히 살펴보니 보리를 토해 낸 것이었는데, 〈동부여〉유화柳花부인의 서신을 전하는 전서구傳書鳩들로 발에 작은 주머니가 매여 있었다. 궁인들이 비둘기를 추모제에게 바치자, 추모제가 직접 곁에 있던 후비들과 함께 주머니 매듭을 조심스레 펼쳐 보더니 감탄을 했다.

"오오, 소맥씨로구나……. 모후께서 보내 주신 것이로다!"

추모제가 이내 의관을 가다듬고 동쪽을 향해 감사의 절을 올렸다. 추모제는 오래전부터 유화부인과 비둘기로 소식을 주고받은 듯했다. 그러다가 그즈음 추모제가 소맥 씨앗을 구해서 보내 달라 당부했고, 이에 유화부인이 비둘기를 통해 은밀하게 보내온 소맥 씨앗이 도착한 것이었다. 이후로도 이 한 쌍의 비둘기가 수시로 한 무리의 비둘기 떼를 데리고 나타나 궁궐 마당에 내려앉곤 했는데, 매번 보리 종자를 실어 왔다. 이를 계기로 결국 동부여로부터 대맥大麥(보리)과 소맥小麥(밀)의 종자를 들여오니, 대맥의 싹(엿기름)은 엿을 만드는 데 쓰였고, 소맥은 가루를 내어 국수麵나 술을 만드는 데 쓰였다.

당시 주요 곡식의 종자는 나라마다 반출을 엄격하게 금지하는 소중한 품목이었을 것이다. 동부여의 보리가 이런 경로를 통해 고구려에 널리 퍼지게 되었고, 이로써 백성들의 양식 문제 해결에 획기적인 도움이 되었을 것이다. 고구려인들이 유화부인을 〈성모聖母〉로 각별하게 추앙한 데는 시조인 추모의 생모라는 사실 외에도, 이런 식으로 쌓인 음덕蔭德이 크게 작용한 듯했다. 일설에는 추모가 동부여를 떠날 때도 유화부인이 추모에게 여러 곡식의 종자를 챙겨 주었다는 소문도 있었다.

추모제는 농사에 공이 많았던 을경과 중실후의 남동생인 중실우仲室禹를 각각 주농대가主農大加와 소가小加로 삼았는데, 후비들의 친척일지라도 반드시 재주와 공적을 살펴 임용했다. 그해 추수철이 끝나자 추모제는 후비들을 거느리고 〈신수神隧〉로 나가 풍년에 감사하며 제를 올렸다. 신수는 홀본궁의 동북 가까이에 있는 신비로운 대규모 석회굴로 〈국동대혈國東大穴〉이라 불렸으며, 이후 고구려에서 황실의 제祭를 올리는 신성한 장소로 여겨졌다.

추모대제가 이때 '5생牲, 7곡穀, 3주酒, 6과果'로 제를 올렸다. 5가지 짐승은 소, 양, 사슴, 돼지豕, 노루獐였고, 7가지 곡식은 기장黍, 피稷, 콩, 수

수, 조粟, 메밀蕎, 차조蘇였다. 고구려는 산간지대가 많고 평지가 적은 땅
이 대부분이라 아직은 논농사가 이루어지지 않았기에, 당시만 해도 가
장 널리 생산되는 주곡은 기장이었다. 3가지 술은 기장술(서주黍酒), 수
수술(량주)粱酒, 우유발효술(락주酪酒)이었고, 6가지 과일은 매실梅, 복숭
아桃, 상수리橡(개암), 밤栗, 가시연, 잣栢을 말하는 것이었다.

그해 11월에, 추모대제가 정예기병 2천을 이끌고 친히 한수汗水를 건
넜다. 이어 中川에 이르러서 〈황룡국〉에 사람을 보내 황룡왕 양길羊吉에
게 마중을 나오라 일렀다. 양길이 태왕을 두려워한 나머지 궁 안에서 전
혀 움직일 생각을 하지 않자, 태왕이 재차 사람을 보내 힐난했다.

"그대는 란후鸞后(동명제 딸)의 아들로서 선제先帝(동명제)를 욕보였으
며, 형제들을 돕지 않고 말갈 추장에게 넘기는 비행을 저질렀소. 게다가
오늘 내 어가를 마중조차 하지 않으니 그 죄를 면하기 어려울 것이오!"

양길이 서둘러 조카 우인玗仁을 보내 대신 사죄했는데, 황금 8천 근과
채견 2천 필의 공물을 바치는 외에 이십여 명의 궁녀들을 바쳐 왔다. 협
보가 양길을 쳐 버리자고 간했으나, 단공丹公이 이를 말렸다.

"아니 될 말입니다. 황룡은 대대로 충의를 지킨 나라이며, 양길이 비
록 모자라긴 해도 그래도 선제(고두막한)의 손자입니다. 시간이 들더라
도 다독여서 합병하심이 옳을 것입니다!"

추모제가 수궁을 하여 우인을 대동하고 함께 수림에서 노루 사냥을
즐겼는데, 우인은 신궁에 가까운 추모제의 솜씨에 탄복할 뿐이었다. 추
모제가 넌지시 일러 말했다.

"그대의 왕이 시일 내로 항복하지 않으면, 장차 송양의 신세처럼 될
것이다!"

이후 추모제는 기동箕東 땅을 떼어 전용 사냥터로 만들었는데, 그곳

에 기병인 엽기獵騎를 두어 지키게 하고 이들이 머물게 될 막사인 엽사獵숨를 설치하게 했다. 이어 오이烏伊를 기동장군으로 삼아 황룡을 잔뜩 압박하게 했다.

그해 겨울임에도 오이가 추모대제의 명으로 5천 병력을 이끌고 중천에서 요란하게 훈련을 실시하니, 놀란 양길이 오이에게 처로 삼아 달라며 두 딸을 바쳤다. 오이는 그것도 모자라서 오래도록 진을 치고 버틸 생각으로 황룡의 장정들을 동원해 진주성眞珠城을 쌓게 했다. 그런데 그런 오이의 행태가 황룡 제압을 핑계로 처첩이나 밝히려는 것이라며, 이를 비난하는 소리가 들리기 시작했다. 그러자 추모제가 오이를 비호하며 말했다.

"성을 쌓은 일이 자의적으로 한 일이긴 하다. 허나 외지에 떨어져 있는 장수라면 굳이 천제의 칙령이 없더라도 그 정도의 일 처리는 편의대로 할 수 있어야 하는 법이다. 게다가 황룡은 북부여의 일부였으니 간단히 토멸해 버릴 대상이 아니다. 조금 기다려도 늦지 않을 것이고, 오이가 그곳에서 오래도록 머물러야 하는 이유이다. 어찌 자잘한 일들로 원정을 나가 고생하는 그를 책망하려 드는가?"

고구려 조정에서 이를 불문에 부치기로 하자 그사이 오이의 권세가 더욱 커져 황룡왕을 능가하는 수준이었는데, 오태왕烏太王이라는 별칭까지 생길 정도였다.

BC 36년, 추모대제가 중천으로 나가 황룡군 2천을 훈련에 동원하고, 말 3천 필을 징발했다. 양길은 처와 딸들을 오이에게 빼앗긴 데 이어, 장차 바쳐야 하는 재물의 양이 날로 커지니 걱정과 두려움으로 하루하루를 보내야 했다. 그러더니 소심한 성격에 스트레스가 컸던지 44세의 나이로 끝내 요절하고 말았다. 우여곡절 끝에 그의 아들 보득寶得이 보위에 올랐는데 추모제와 동갑이었다. 그러나 보득은 술과 여인들이나 찾을 뿐, 정사를 우인에게 내맡겼다. 우인 또한 나약한 데다 지략이 부족해 오히려 의붓아비가 된 오이를 따르고 섬겼다. 오이가 보득과 우인을 턱으로 지시하듯 부리니, 황룡국은 사실상 오이의 수중에 든 것이나 다름없었다.

그런데 양길이 죽기 직전인 정월, 〈환나국〉의 계루여왕이 새해 인사 겸 친히 입조했다. 추모제가 반가이 맞이하고 총애하다 보니 소황후가 질투심을 감추지 못했다. 그러자 태왕이 소황후를 피할 겸 중천에서 황룡군 훈련을 참관한다는 핑계로 계루여왕과 같이 말을 타고 나갔는데, 그 길로 계루여왕을 后로 삼고 말았다. 계루여왕은 풍만한 몸매에 아름다웠으나, 외모와 달리 당찬 북방 여인답게 말타기와 활쏘기에 능해 전투에 직접 참여하곤 했다.

또 여왕으로서 나라를 다스리는 대강을 알고 있어 누구보다도 추모제의 속마음을 잘 읽어 내니, 태왕이 그녀를 각별히 아끼고 더 일찍 만나 정처로 삼지 못함을 아쉬워했을 정도였다. 그럴 때마다 계루여왕이 아뢰었다.

"인생에는 명운이란 것이 있으니, 비록 비첩婢妾의 자리일지라도 첩은 스스로 달게 여길 것입니다!"

황룡을 다녀오자마자, 추모제는 재사를 주빈主賓대가로 삼고, 계루여왕을 정식으로 后로 책봉하는 절차를 밟으라고 명했다. 2월이 되어 추모제가 계루여왕과 환나로 가서 여왕의 생모인 환숙桓淑의 사당을 들러 제를 올린 다음, 비로소 계루여왕과 혼례를 치렀다. 주빈대가인 재사가 계루여왕에게 예물을 올리는데 소후召后와 같은 수준으로 맞추었다. 이때 계루여왕 역시 추모대제에게 나라를 바치는 의식을 거행했고, 이 또한 소후가 홀본을 바칠 때와 같았다. 그리하여 고구려는 활 한 번 쏘지 않은 채로 〈환나국桓那國〉을 병합할 수 있었고, 또 하나의 강역을 추가하게 되었다.

그 후 추모제는 봉명전 남쪽에 계루궁을 짓게 한 다음 계루여왕을 제3 天后로 삼았고, 궁전이나 예우 등은 제1, 제2 천후인 훤후나 소후와 같게 했다. 이제 계후桂后가 된 계루부인의 오빠 자공柘公을 계림왕桂林王으로 삼고 남동생 환백桓栢을 환나후桓那侯로 삼았다. 두 형제는 누이인 계후와 뜻을 같이해 나라를 추모에게 바치려 했는데, 여왕이 돌아올 때까지 반대 세력에게 잡혀 있기도 했다. 모두 사욕이 없고 고매한 성품이라 세상사에 관여하지 않았다.

그 무렵 하북의 삼림 지역에 말갈의 잔류 세력들이 들어와 산다는 말을 듣고, 추모제가 송양에게 명해 병사 3천과 군량미 5천 석을 내게 하고는 고두藁斗와 길사吉士 등을 출정시켜 진압하도록 했다. 이때 고구려의 토벌을 피해 달아난 말갈의 무리들이 이번에는 행동㣔東 땅으로 피신했다.

그해 4월, 소황후가 서성산의 온수궁溫水宮에서 온溫공주를 낳았다. 추모제가 크게 기뻐하며 소후에게 말했다.

"하늘이 내게 봉황을 내려 주셨나 보오, 하하하!"

5월이 되자 당시 15세에 불과한 환복桓福을 계림의 패자로 삼았는데 자공의 아들이었다. 자공이 정사에 뜻이 없다 보니 그 처인 계맹자桂孟子가 나라를 다스렸기에 환복을 패자로 삼은 것이었다. 그때 환나국을 〈계림군桂林郡〉으로 삼아 완전히 고구리에 편입시키고, 오간烏干을 엄표패자, 구분仇賁을 홀본패자, 우진于眞을 한빈패자 등에 봉했다.

한편 그즈음 비류국에서는 큰비가 이레나 내리면서 홍수가 일어 평지의 물 깊이가 두 길이나 될 정도였다. 도성이 물속에 잠기고, 송양 또한 고지대의 암굴을 찾아 피했는데, 백성들이 도처에서 울부짖으며 잃어버린 부모와 처자를 찾아 헤매는 모습이 참담할 지경이었다. 추모제가 친히 군대를 이끌고 가서 백성들을 구원하고 진휼하니, 송양이 스스로 나라를 바치겠노라고 나섰다.

"태왕폐하, 아무래도 소왕이 부덕한 탓에 나라가 이리 된 듯합니다. 해서 이제 나라를 고구리에 바치고 영원히 폐하의 신하가 되고자 하니 부디 허락해 주옵소서!"

추모대제가 그 뜻을 받아들이고, 〈비류국〉의 강역을 탕동湯東, 湯西, 湯北 3개의 郡으로 나누고, 송양을 다물후多勿侯에 봉했다. 〈다물〉이란 옛 땅을 되찾는 것을 말하는 것으로, 당시는 북부여의 옛 땅을 〈고국故國〉이라 불렀다고 한다. 북부여 동명제의 웅심산 압록행궁이 탕동 땅에 있었는데, BC 54년에 이를 송양이 차지했다가 이번에 되찾은 셈이 되었기에 탕동군을 다물군으로 삼은 것이었다. 이제 고구리는 〈순노〉와 〈홀본〉에 이어 〈환나〉와 〈비류〉의 4개 소국을 병합하면서 한동汗東, 한남, 계림, 기동箕東, 탕동, 탕서, 탕북의 7개 郡을 직속 행정조직으로 거느리게 되었다.

그 무렵 추모제는 훤후훤后 소생이자 장남인 가훤공加훤公을 황태자로 봉하고 훤태자라 부르게 했다. 이제 6살이었지만 됨됨이가 씩씩하고 정중한 데다 추모의 모습이 어려 있어 추모제가 좋아했다고 한다. 8월에는 추모제가 계후와 함께 한빈과 중천에 나가 무려 2만에 달하는 군병의 훈련을 관람했다. 그 사이 고구려의 병력이 전과는 비교도 되지 않을 만큼 크게 늘어 있었다. 추모제는 군사軍事에 임할 때는 병사들과 다를

바 없이 소금기 없는 밥에 바람으로 머리를 빗고, 빗물로 머리를 감았
다. 몸소 병사들과 함께 행군에 나서고, 늦게 잠자리에 드니 편할 날이
없었다.

추모제가 자주 궁을 비우다 보니 부재 시에는 훤후에게 신정神政을,
소후에게 민정民政을, 계후에게는 군정軍政을 맡게 했다. 계후는 열병이
나 훈련, 정벌이 있을 때면 항상 태왕을 따라나서니 무후武后라고도 불
렀으며, 소후는 문후文后, 훤후를 선후仙后라고도 불렀다. 추모제의 이모
인 데다 나이가 많은 훤후에 대해 소후와 계후는 모친을 대하듯 승복했
고, 훤후는 아래 두 황후를 여동생처럼 포용했다. 그러나 계후가 지위는
아래이면서도 소후보다 나이도 어리고 권한도 많아 늘 소후의 질투를
샀고, 그때마다 태왕이 훤후로 하여금 달래게 했다. 소후는 성깔이 매섭
고 깔끔해 사람들이 어려워했으나, 계후는 덕성스럽고 기상이 넘쳐 사
람들이 따랐으므로 모두들 쑤군댔다고 한다.

"아무래도 문무文武 后가 뒤바뀐 듯해……"

그해 〈황룡국〉 진장鎭將 오이와 〈비류국〉 진장 마리가 각각 자신의
두 처를 거느리고 오랜만에 입조했다. 오이는 황룡국의 옥새와 금인, 보
마宝馬 및 위서緯書와 경서經書 외에 6례지사六藝之士(6례에 능한 선비)들
을 바쳤고, 마리 또한 비류국의 보마, 양궁, 금새金璽, 보정宝鼎(솥)과 경
서 외에 역시 육례지사 들을 보내왔다. 추모제가 이를 모두 거두어 궁내
의 관아에 두게 하고 선비들을 그곳에서 일하게 했는데, 오이와 마리를
치하하며 말했다.

"비류는 평정되었고, 황룡도 입안에 든 셈이며, 남방도 평정되었다
할 것이오. 다만 하북의 갈족들이 행인과 밀통해 숲속으로 다시 들어와
있으니, 고두와 길사의 공이 허튼 것이 되고 말았소. 선량한 백성들을

위해서라도 이들을 끝내 소탕하지 않으면 아니 될 것이오!"

추모제가 오이와 마리를 좌우군 대장으로, 부분노를 선봉장으로 삼고 각기 3천씩의 병력을 주어 토벌에 나서게 했다. 결국 〈북갈〉의 무리들을 삼림 밖으로 내쫓는 데 성공했고, 그 땅을 거두어 〈탕외湯外〉와 〈질산質山〉 2개 郡을 추가했다. 9월이 되자 오이, 마리, 협보를 삼공三公에, 한소 등을 구경九卿으로, 부위염 등 12인을 12 상대부上大夫로 삼고, 각각 품계에 따라 땅과 집, 노비, 수레 등을 내려 주었다.

그해 10월, 漢나라 장수 진탕이 〈강거康居〉까지 추격한 끝에 마침내 〈서흉노〉 질지선우를 죽이고, 그 머리를 장안으로 보냈다. 이듬해 동명 3년인 BC 35년 정월, 추모제는 다시금 공신들의 편제를 개혁하여 三公을 없애는 대신, 오이를 태보 겸 주병主兵대가로, 마리를 좌보 겸 주민主民대가로, 협보를 우보 겸 주형主刑대가로 삼았다. 부분노가 협보는 16세 어린 나이에도 좋은 자리만 차지하고 있다고 불평을 해 댔으나, 태왕이 협보의 천재성과 학문, 빼어난 전략 수립 능력을 높이 사는 것이라며 무마했다. 환나 여왕이었던 계후桂后가 아들 고루高婁를 낳은 데 이어, 겨울에는 새로이 황룡국을 다스리던 보득이 딸 화禾를 보내와 추모대제의 妃로 삼았다.

봄이 되니 선비鮮卑왕 호전豪全이 사신과 함께 토산물을 보내왔는데, 함께 〈비리卑離〉를 쳐서 그 땅을 나누자고 제안해 왔다. 그러나 추모제는 이에 응하지 않고 다만 사신을 후하게 응대해 돌려보냈다. 대신에 그 다음 달인 5월에는 직접 질산까지 나가 〈행인국荇人國〉의 소식을 탐문했다. 당시 행인왕 조천祖天은 신선神仙 사상에 빠져 황금 거북을 만들어 놓고 신처럼 섬겼는데, 사치를 즐기고 백여 명이 넘는 후궁들을 두고 있었다.

비류국의 동쪽에 위치한 행인국은 적봉赤峰을 포함한 노로아호산奴魯兒虎山 일대로, 이 지역은 선사先史시대부터 〈홍산문명弘山文明〉이 일어난 지역이었다. 행인국은 북부여 황족 출신의 일부가 동남쪽으로 이동해서 세운 북부여의 후국으로, 행인국보다 나중에 북부여 계승을 천명했던 고구려로서는 다소 껄끄러운 존재임이 틀림없었다.

행인은 의복이나 양식을 주로 현 북경과 천진 일대의 요동遼東 땅에서 조달했는데, 이를 실어 나르는 일이 여간 고역이 아니었다. 대신 질 좋은 소금과 철이 많이 나고, 활과 화살촉, 행채荇菜(야채), 거위鵝 등이 유명해 그 이득이 막대했다. 북부여가 소멸된 이후로는 북쪽의 말갈이나 숙신肅愼(쥬신, 조선)과는 군사적으로 지원을 받는 대신, 소금과 철, 화살촉 등을 공급해 주는 관계였다.

백성들 대다수가 〈요〉 땅에서 온 사람들로 이들이 행채를 많이 먹다 보니, 멀리 요遼와 화華 땅에까지 행채가 퍼져, 행인국의 이름을 널리 알리는 데 일조했다. 행채荇菜는 나라 안의 많은 호수나 늪에서 생산되었는데, 그 맛과 향이 뛰어나 먹기 좋기로 인기가 높았다. 조천은 그런 행채와 거위를 즐겨 먹다 보니 돼지처럼 잔뜩 비대한 모습이었고, 정사는 모두 방사들에게 맡겼다.

행인 사람들은 농경과 양잠처럼 고된 일은 힘쓰지 않는 대신, 물건을 팔고 사는 장사를 생업으로 하는 이가 많았다. 백성 중에 아들이 셋이라면 한 명은 선원仙院에 가서 노역을 했고, 둘째는 군대에 들어가 소금 운송 일을 맡기 십상이고, 셋째는 가축 등 짐승 기르는 일을 하는 식이었다. 황무지가 많아 농사를 짓는 이들이 극히 적었고, 독사나 호표虎豹처럼 큰 짐승들이 많았다고 한다.

행인국의 도읍은 3곳에 있어서 조천은 여름엔 해산海山에서 지내고,

겨울엔 호원灝原, 봄가을엔 북극北棘에서 거처했다. 모친인 란후鸞后는 요동遼東의 세족 출신 여인으로 조산祖山이 천금을 주고 사서 데려와 조천을 낳았다. 그러나 조산이 사냥 중에 범에게 잡아먹히는 일을 당해, 그의 아우 조뢰祖雷가 보위에 올라 란후를 처로 삼았다. 조천이 장성해 란후가 조뢰에게 약속한 대로 조천에게 전위할 것을 요구했으나, 조뢰가 이를 들어줄 리가 없었다.

'푸훗, 어림도 없는 소리. 어딜 어린 조카에게 왕위를 내주라고 함부로 떠들 수 있단 말인가? 두고 보자……'

조뢰는 오히려 조천을 없애려 들었다. 두려움과 분노에 사로잡힌 란후가 어느 날 조뢰를 술에 잔뜩 취하게 한 다음, 조천과 함께 조뢰를 목졸라 죽이고, 아들인 조천을 보위에 올리고 말았다.

행인왕이 된 조천은 정사는 모후에게 일임한 채, 학과 사슴을 기르거나 감색 종이에 금 물감으로 선인仙人 그리기를 좋아했다. 행인의 들이나 밭이 황폐해 곡식은 황룡국이나 비리국에서 가져다 먹고, 소금으로 갚는 형국이 지속되었다. 이런 지경에서 추모대제가 행인에 치명적인 명을 내렸다.

"황룡의 곡식이 행인으로 일체 들어가지 못하게 하라!"

오늘날의 경제 제재와 같은 갑작스러운 조치로 행인 백성들이 나날이 굶게 되고 추위에 떨다 보니 이주민들이 질산으로 몰려들었다. 그곳에는 짐승이 많고 숲이 깊어 굶주리거나 추위에 떨 일이 없기 때문이었다.

그런데 당시 행인의 왕궁에서는 란후가 환갑을 넘어서도 방사들과 정을 통하고 다녔다. 그녀가 두루 권력을 행사했기 때문이었다. 결국 분노한 조천이 어느 날 란후의 정부들을 일거에 잡다 사형에 처해 버렸다. 이에 란후가 조천을 폐위시키려다 발각되어 오히려 행천에 갇히게 되는 등 행인 조정이 모자간의 갈등으로 어수선하기 짝이 없었다. 이런 상황에서 란후가 용케 추모제에게 조카를 보내 아들인 조천의 죄를 물어 달라 요청해 왔다. 추모제가 기뻐하며 주위에 말했다.

"잘되었다. 이제야 행인을 칠 명분이 생겼으니, 앞으로는 정복할 일만 남았구나, 하하하!"

동명 4년째인 BC 34년 봄, 날이 풀리길 기다렸던 추모제가 하남과 탕동, 한빈에서 군사 3만을 징발했다. 그 무렵에 〈적득〉의 잔류 세력이 북옥저의 말갈 무리들을 꼬드겨 함께 남하를 지속하면서, 흑수黑水 남쪽의 강변에다 굴을 파고 살기 시작했는데 해마다 그 수가 늘어만 갔다. 이들이 돈하敦河와 이물利勿 땅에 사는 적도賊徒들과 상응해 대거 남하할 조짐이 매우 커졌기에, 선수를 쳐서 이들의 토벌에 나선 것이었다.

고구려군은 이때의 대공세로 수구水口에서 양산梁山에 이르는 탕동 안의 10개 부락을 쳐서 무려 1만 5천여 말갈병들의 수급을 베고, 8천여 명을 포로로 잡는 성과를 거두었다. 이때 겨우 살아남은 잔병들이 돈하 땅으로 달아났는데, 돈하 쪽에서 이들을 도와주었던 세력들까지 치명타를 입고 수없이 살상을 당했다. 이때도 추모제가 주로 화공을 펼쳐서 말갈병을 괴멸시키고, 그 소굴들을 남김없이 불살라 버리니, 말갈인들은 흑수 바깥으로 달아나기 바빴고 이후 추모대제를 화신火神이라며 두려워했다.

그 사이 고구려군의 탕동 대공세로 말갈인들이 초토화되었다는 소문이 사방으로 번져 나갔다. 이 소문을 전해 들은 북옥저 땅의 말갈인들은 고구려군이 강을 넘어오는 것을 보고는 혼비백산해, 강가의 토굴을 버리고 멀리 북쪽의 요새로 달아나기 바빴다. 산악지대로 숨어든 이들 중에는 나중에 사신을 보내와 항복을 다짐하고, 매년 고구려에 조공을 바치겠노라며 자신들을 받아들여 달라 요청해 온 무리들이 무려 열둘이나 되었다.

추모대제가 하남河南으로 개선하는 길에 낙랑왕 시길을 불러오라 명했다.

"어서 오시오, 낙랑왕! 그간 무탈하셨겠지요? 오랜만에 함께 왜산矮山에서 사냥이나 즐기고자 해서 이렇게 모셨소이다, 하하하!"

낙랑이 〈동부여〉의 속국임에도 그간 정성껏 조공을 해 온 데 대해 치하하고, 시길왕을 편하게 예우해 주기 위함이었다. 그러나 시길은 여전히 불안한 마음을 떨치지 못하고 굳이 딸을 바쳐 왔다. 추모제가 이제 겨우 어른 티가 나기 시작한 협보에게 명해 시길의 딸을 처로 삼게 했으니, 시화柴花부인이었다.

그해 다물후 송양이 병이 들었다는 소식에 추모제가 인질로 데려왔던 그의 처 관패를 비류로 돌려보냈다. 두 달 뒤인 6월에는 탕동의 양산으로 가서 사냥을 즐기고, 송양 내외를 위로했다. 당시 갈사국과 엄리현은 오래도록 말갈이 차지하고 있었는데, 탕동 대공세 때 말갈을 내쫓는 바람에 송강松江으로 귀속하게 되니 송양이 이를 고맙게 여겼다.

7월에 西城이 비좁다 해서 그동안 신축 공사를 해 오던 〈동명신궁東明神宮〉이 완성되었다. 띠 풀로 지붕을 잇고, 끝을 다듬지도 않았을 정도로 검박한 궁이 되게 했고, 궁터 역시 흙으로 3단을 다진 것이었다. 얼마 지나지 않아 궁궐 근처로 이주해 오는 백성들이 구름처럼 늘어나더니, 두 강줄기 사이로 인가人家들이 빽빽하게 들어차 밤마다 불야성을 이룰 정도였다. 두 강은 패수의 상류인 비류수와 유하柳河를 말하는 것으로 보였다.

8월에는 동명신궁의 남쪽에서 사람들이 한데 모여 춤과 노래를 즐기는 〈월가회月歌會〉가 열렸는데 오늘날의 축제나 카니발과 다름없었다.

소후가 월선月仙이 되어 이를 주관했고, 사흘간이나 큰 술잔치를 벌여 장수 및 병사들은 물론, 漢人들까지 위로했다. 월가회는 소황후의 가문에서 비롯되었다는데, 그 후 〈황룡국〉에서 성행하다가, 그즈음엔 다시 〈고구려〉의 풍속으로 널리 자리 잡게 되었다고 한다.

가을에는 황룡 출신 화비禾妃가 아들 을두지乙豆智를 낳았다. 그해 큰 풍년이 들어 모두들 기뻐했는데, 〈선비〉의 새 임금이라는 섭신涉臣이 사신을 보내오면서 호피虎皮(범 가죽)와 상아象牙, 감초甘草 등을 바쳤다. 선왕先王인 호전豪全이 작은 처를 아끼자 대연지가 노해 자신의 아들 섭신과 짜고 호전을 죽인 다음, 섭신을 보위에 올린 것이었다.

이듬해 동명 5년인 BC 33년, 춘정월에는 동명력東明曆을 새로이 만들어 반포하고, 〈황룡국〉의 모든 部에 배포토록 했다. 을乙, 정丁, 기己, 신辛, 계해癸亥의 오해五亥를 중심으로 했는데, 추모제가 해시에 출생했기 때문으로 풀이되었다. 하빈에 객사인 한관漢館을 크게 짓게 했는데, 재능 있는 漢人들을 그곳에 거처할 수 있도록 허락해 줌으로써, 한인들의 이주를 적극 독려했다. 아울러 한인 출신인 한소에게 명을 내렸다.

"한소를 하빈후河濱侯로 삼아 漢인들을 다스리게 할 것이다. 한소는 재주 있는 자들에게 기술을 가르치도록 하라!"

당시 부여에서는 고유의 부여문자夫余文字를 사용해 왔는데, 이에 능통한 사람들에게 추가로 한자漢字를 익혀 쓸 수 있도록 하고, 이를 두루 보급하게 하려는 의도였던 것이다. 漢字의 기원은 틀림없이 古조선이었지만, 상나라와 춘추전국시대를 거치면서 중원의 문자가 되다시피 했다. 중원의 나라들이 폭발적으로 인구가 늘면서 한자가 크게 발전했던 것이고, 진한秦漢과 같은 거대 통일제국의 등장으로, 각종 외교나 무역을 함에 있어 공용어로써 한자의 쓰임새가 날로 커지던 때였다.

그해 〈서흉노〉의 멸망과 질지선우의 죽음을 계기로 〈동흉노〉의 호한야가 漢나라 장안으로 다시 가서 원제를 알현하고, 신하의 나라임을 거듭 확인해 주었다. 우쭐해진 원제가 왕장王嬙(소군昭君)을 호한야에게 처로 내주었는데, 미색이 워낙 출중해 당대 제일이라는 소문이 났다. 그러나 유목민족인 薰國은 오랜 전쟁으로 인구도 줄고, 중원에 비하면 그 문화 수준도 많이 떨어졌다. 초원에서 거칠게 살던 훈족 사람들이 장안에서 화초처럼 꾸미고 살던 중원의 미인에게 누구든지 넋이 나갈 법했으니, 왕소군의 미색은 오히려 훈족에 의해 크게 과장되었을 가능성이 컸다.

　그런데 그해 10월, 漢원제 유석劉奭이 나이 43세로 세상을 뜨고 말았다. 원제가 그저 심약한 황제일 뿐이었으니, 왕소군은 어쩌면 운이 좋은 여인이었다. 원제의 뒤를 19세 유오劉驁가 이었으니 漢성제成帝(~AD 7년)였는데, 그 역시 부친을 닮았는지 정치에 흥미가 없고 여색만 밝혔다. 그녀의 생모가 이후 5명의 황제를 대신해 섭정을 펼쳤던 왕정군王政君이었다. 漢나라에 나약한 황제들이 연달아 등장해 정치가 흔들리는 사이, 동북의 古조선(부여) 강역에서는 추모제가 다스리는 신흥강국 〈고구려〉가 무섭게 일어서고 있었다.

　훈薰국의 호한야선우는 西흉노가 망하고 형 질지선우의 목이 장안에 내걸렸다는 소식을 듣고는 처음에는 기뻐했으나, 이내 漢나라의 강력한 군사력에 대한 두려움에 휩싸였다. 사실상 서흉노의 몰락은 漢무제 이래 소제, 선제, 원제 4대에 걸친 백년 전쟁의 종식을 의미하는 것이었으며, 묵돌과 고제 유방까지 거슬러 올라가면 〈漢-薰〉 간의 170년에 걸친 숙명적 패권 싸움으로도 볼 수 있었다. 그뿐만 아니라 이는 앞으로 중원을 포함한, 북방 아시아에 최강 漢나라 제국만이 존재함을 뜻하는 것이기도 했다. 이제 정말 광대한 초원의 꿈이 진정 역사 속으로 사라질지도 모르는 일이었던 것이다.

그러나 호한야선우는 그런 역사 인식을 가진 인물이 되지 못했다. 형 질지와 달리 항상 전쟁을 두려워하던 소심한 성격에 그저 현실적 안위를 걱정하는 군주에 불과했다. 나름대로 그는 더욱 강력해진 漢나라와의 화친을 단단히 굳혀 놓아야겠다는 속셈으로 BC 33년, 장안의 원제에게 다시금 글을 올렸다.

"존귀하신 폐하, 변방 멀리에 있는 신이 천자를 자주 알현하지 못하는 불충을 저질렀습니다. 지난해 비로소 서훈西薰이 멸망해, 천자의 근심이 분명하게 사라진 만큼, 이를 다시 한번 경하드립니다. 아울러 천자께 영원한 충성을 맹약하는 의미로 신은 이번에 한나라의 사위가 될 것을 간청하려 합니다. 이에 신이 장안에 가서 천자를 알현하고자 하오니 삼가 허락해 주소서!"

원제는 호한야선우의 입조를 크게 반기며, 이를 허락해 주었다. 두 번째로 장안에 들러 원제를 만난 호한야는 서둘러 〈漢-薰〉 간 화친의 맹약을 추진했다. 흉노의 유일한 선우가 직접 입조해 스스로 신하를 칭하며 머리를 조아리니 원제는 마음이 흡족해졌다. 漢나라는 흉노와의 화친 정책으로 종실의 공주를 선우에게 시집보내는 정략결혼을 오랫동안 이어 왔었다. 호한야가 스스로 원제의 사위가 되겠다고 한 것은 오히려 이를 역으로 활용하려는 심산이었고, 원제도 이를 빤히 알고 있었다.

그 전인 BC 36년, 원제는 전국에 궁녀를 뽑아 올리라는 조서를 내린 적이 있었는데, 집안, 국적 등 출신을 따지지 않았다. 남군南郡(사천호북) 출신 왕소군王昭君도 18살에 가무와 비파 연주에 능한 데다 자색이 뛰어나 궁녀로 선발되었다. 당시 선발된 궁녀의 수가 수천에 달해 황제가 일일이 궁녀들을 확인하는 일이 불가능해서, 궁정의 화공이 그린 초상화를 보고 간택했다. 그런 이유로 화공들이 황제의 선택을 바라는 궁녀들과 공공연히 뒷돈 거래를 하곤 했다. 집안이 가난한 데다 연줄도 없고, 황제를 속일 마음도 없던 왕소군은 5년간이나 외롭고 쓸쓸한 나날을 비파로 달래고 있었다.

그때 원제는 이참에 자신의 선택을 받지 못한 궁녀 중 누군가를 호한야에게 내줄 요량으로 연회를 베푸는 자리에서, 그녀들을 불러내 술을 따르도록 했다. 바로 그 속에 왕소군이 끼어 있었는데, 호한야가 그녀의 고운 자태에 첫눈에 마음을 빼앗기고 말았다. 그런 그에게 원제가 호쾌하게 말했다.

"선우께서 이번에 데려갈 마음에 드시는 여인이 있는지 잘 살펴보시구려, 하하!"

"황공하옵니다. 신臣 따위에게 굳이 종실의 공주가 아닌 궁녀를 주신다 해도 그저 감읍할 따름입니다. 실은 방금 다녀간 저 여인이 마음에 들긴 합니다만……. 늙은 나이에 민망하기 짝이 없습니다, 껄껄껄!"

호한야가 얼른 왕소군을 찍어 지명해 버리자, 원제 또한 공주를 마다하고 궁녀를 택하겠다는 호한야의 제의인지라 기꺼이 이를 수락했다. 그리고는 살짝 안쓰러운 마음이 들었는지 선택된 궁녀의 신분을 높여 주겠다는 약속까지 추가했다.

"멀리 흉노로 시집가는 궁녀는 장차 공주와 같은 대우를 받게 될 것이니라! 또한 특별히 짐이 한나라 황실을 빛내라는 의미에서 소군昭君이라는 칭호를 내리겠노라! 자, 이 경사를 축복하는 의미에서 모두 축배를 드십시다! 하하하!"

원제는 그 자리에서 날을 택하게 해 호한야선우와 왕소군을 장안에서 혼인시키기로 하니, 모든 일이 일사천리로 이루어졌다. 소군은 소군대로 흉노 선우에게 시집갈 궁녀를 간택한다는 소문이 돌았을 때, 속으로 생각했다.

'아무도 알아주는 이 없는 구중궁궐에서 쓸쓸하고 외로이 늙기보다는 비록 멀고 낯선 흉노 땅으로 가야겠지만, 선우의 아내가 되는 편이 훨씬 낫다!'

마침내 호한야선우가 다시 북쪽 선우정單于庭으로 떠나는 날이 되었다. 선우와의 작별 인사를 위해 원제가 친히 마중을 나왔는데, 흉노족의 붉은 옷차림을 한 새 신부 왕소군을 태운 말이 막 떠나려 할 때였다. 원제의 눈앞에 절세의 미인이 단아하고 우아한 자태로 말 등에 앉아 있는 모습이 들어왔다. 그야말로 침이 꼴깍 넘어갈 정도의 아름다움에 넋이 나간 원제는 그때서야 왕소군의 빼어난 미모를 알아차리고는 내심 후회 막급이었으나, 이미 돌이킬 수는 없는 노릇이었다. 애써 웃으며 호한야와 왕소군 일행을 보내야 했다.

아쉬운 마음에 궁으로 돌아온 원제는 이내 궁녀들의 초상화를 대조해 보았다. 그리고는 왕소군의 얼굴이 실물과 많이 다른 데다, 커다란 점까지 그려진 것을 알아내고는 화가 머리끝까지 났다.

"도대체 초상화를 이따위로 그린 놈이 누구더란 말이냐? 당장 그림을 그린 화공을 찾아내 참형에 처하라!"

그러고도 미련이 남았던지, 원제는 장차 왕소군의 소식을 전해 듣고자 그녀의 동생인 왕흡王歙을 데려다 화친후和親侯로 삼고 소군을 뒤따르게 했다.

왕소군은 훈족과 漢나라 군병의 요란한 호위를 받으며 장안을 떠났다. 부모 형제와 고향을 떠나 홀로 머나먼 북쪽으로 갈 것을 생각하니 한편으로 두렵기도 하고, 자신의 처지가 애처롭다는 생각이 들었다. 일설에는 왕소군이 이때 자신의 슬픈 마음을 달래려고 〈출새곡出塞曲〉이라는 노래를 지어 불렀는데, 마침 남쪽으로 무리 지어 날아가던 기러기들이 왕소군의 미모에 놀라 날갯짓하던 것을 잊고 땅으로 떨어졌다고 했다. 그리하여 왕소군은 '낙안落雁'이라는 별칭을 하나 더 얻게 되었다.

훈족의 땅엔 꽃과 풀이 없을 테니	胡地無花草
봄이 와도 봄 같지 않겠네.	春來不似春

漢나라 황제를 만나 의도대로 화친의 맹약을 성사시킨 데다, 늘그막에 아름다운 한나라 미인을 아내로 맞은 호한야선우는 기쁨을 감추지 못했다. 이제 오십 대 중반에 흰 머리칼이 더 많게 된 호한야선우는 어찌 보면 참으로 속없는 위인이었다. 초원의 주인이었던 훈족의 대선우가 한때는 조상들이 그토록 만만하게 보았던 한나라 황제에게 스스로 찾아가 투항하고, 그것도 모자라 거듭된 칭신에 사위까지 자청한 것이었다. 부득이한 상황이야 생존을 위한 것이라 어쩔 수 없다지만, 진정 선우 된 자라면 이 모두를 치욕으로 여기고 스스로 채찍질하며, 훈족의 부활과 백년대계를 꿈꾸고 자중하는 모습을 보였어야 했다. 고작 정치적 화친이라는 말뿐인 성과에 황실의 공주도 아닌 궁녀 한 사람을 얻어가는 마당에 그토록 기쁘기만 한 일이었을까?

선우정으로 귀환한 호한야는 조정 대신들이 보는 앞에서 정식으로 왕소군을 소개하면서 그녀에게 꽤 괜찮은 선물을 내려주었다.

"왕부인은 한나라 원제께서 〈한-훈〉 간의 화친을 맹약하는 의미에서 친히 보내 주신 귀하신 분이다. 따라서 왕부인을 이제부터 알지閼氏에 임명하고자 한다. 아울러 그 칭호를 북방의 안녕을 기원한다는 의미에서 '영호寧胡알지'라 부르도록 하겠노라!"

선우는 훈족의 군주로서 통상 좌, 우부인을 포함, 여러 명의 부인을 두게 된다. 그런데 알지는 황후의 여부에 상관없이 선우의 부재 시 그를 대리하거나, 독립적인 재산권과 통치권을 갖는 각별한 존재였다. 이는 철저하게 모계사회의 전통을 이어온 북방 유목민족의 관습으로, 그 권한으로 볼 때 사실상 중원의 황후에 비할 바가 아니었다. 또 선우를 승계함에 있어서도 부계인 선우의 혈통보다는 모계인 알지의 혈통을 더욱 우선시했다. 그래서 대부분의 황후가 알지의 신분이었으므로, 왕소군의 경우는 예외적으로 드문 사례였다.

그렇게 비록 왕소군이 알지의 칭호를 받긴 했지만, 정통 알지의 핏줄이 아니기에 그녀의 자식들은 결코 선우의 자리에 오를 수 없었다. 소군은 일종의 명예직에 오른 셈이었다. 북방민족의 이러한 모계 중심 전통은 후일 선비족을 포함, 신라新羅와 일본日本으로까지 이어지게 되었다. 이듬해 왕소군은 호한야선우와의 사이에서 아들 이도지아사伊屠智牙師를 얻게 되었다. 소군의 아들은 후일 右일축왕과 좌현왕을 거치며 훈족의 핵심 인물로 거듭나게 되었다.

그러나 BC 31년, 왕소군을 그토록 좋아했던 호한야선우가 병사하고 말았다. 선우로서의 재위 기간이 27년이나 되었으니, 당시로서는 드물게 오래도록 훈국을 통치한 셈이었으나, 그는 최초로 漢나라에 투항한 선우라는 불명예를 안았다. 그러나 그와 정반대의 길을 갔던 형 질지의 서흉노가 한나라에 패망했음에 비추어 보면, 그 스스로는 물론, 그를 따르는 종족의 안위를 유지할 수 있었으니 그의 선택이 오히려 더 현명한 것일 수도 있었다. 더구나 후일 그의 여러 아들들이 줄 이어 훈족의 선우에 오르게 되고 제 수명을 다했으니, 그는 행복한 삶을 살다간 복 많은 군주임이 틀림없었다.

그러나 한 나라의 역사란 그 민족의 정체성과 주체성의 지속 여부를 따지는 것으로, 다른 나라나 민족에 흡수되는 그 순간 그 역사 또한 소멸되는 법이다. 호한야선우는 그런 의미에서 절대로 성공한 군주가 될 수 없었다. '호胡와 월越은 결코 중원의 지배를 받지 않는다.'던 강고한 북방민족의 정신적 유산을 그의 대에서 스스로 포기해 버렸기 때문이었다.

호한야의 죽음에 실망한 소군은 이내 漢나라로 되돌아가겠다며 청원했으나, 원제의 뒤를 이은 성제는 이를 거절하는 명을 내렸다.

"그대는 흉노의 풍속을 따르고, 그곳에서 사는 것이 좋을 것이다!"

훈족의 대알지는 호한야의 뒤를 이어 그의 장성한 아들이자 장남인 조도막고雕陶莫皋를 선우의 자리에 앉게 하니, 그가 바로 15대 복주루復株累선우(~BC 20년)였다. 그는 훈족의 관습대로 부친의 아내인 왕소군에게 청혼했고, 소군은 별수 없이 그와 재혼했다.

형식을 중시하는 유교적 관점에서 보면 아예 생각조차 못할 일이지만, 북방 유목민족은 피를 나눈 실질적 근친이 아닌 바에야, 부친이나 형제가 죽었을 때 그 부인이나 첩을 아들이나 형제가 뒤를 이어 아내로 맞이하는 것이 오랜 전통이었다. 이는 유목민의 특성상 잦은 전쟁으로 남자들이 쉬이 사망하는 데다, 가족이 재혼하게 되면 가축 일부를 떼어 주게 되니, 가문의 재산 유출을 막고 혈통을 보존하려는 데서 비롯되었다고 한다.

호한야보다 훨씬 젊고 혈기방장한 복주루와 왕소군의 사이는 제법 원만한 듯했다. 둘 사이에서도 2명의 딸을 두었는데, 특히 장녀 운云은 장성하여 수복씨에게 시집을 가 수복거차須卜居次(공주)라 불렸다. 그녀 역시 훗날 〈漢-薰〉 간의 관계에 있어 중요한 역할을 하게 되었다. 왕소군이 훈족의 알지로 사는 동안 다행히 漢나라와의 전쟁은 일어나지 않았다. 그녀가 훈족에게 길쌈을 가르치고 교육에 힘을 쏟으니, 많은 훈족들이 그녀를 사랑과 존경으로 대했다고 한다. 왕소군은 제 수명을 다하고 60세가 다 되어 훈족의 땅에서 사망했으니, 그녀의 노래 〈출새곡〉과는 달리 운이 좋은 여인이었다.

복주루선우 역시 부친인 호한야가 택했던 화친의 길을 그대로 따랐다. 漢과의 관계를 지속하기 위해 수차례나 예물과 조공을 漢나라 황제에게 바쳤고, BC 24년에는 그 역시 직접 장안으로 가서 성제를 만나기까지 했다. 공교롭게도 왕소군이 호한야를 따라 훈족으로 가면서, 漢나라와 薰족이 다시금 화친의 시대를 맞게 되었던 것이다.

비록 그 화친의 성격은 漢나라 입장에서 볼 때 초기와는 전혀 다른 것이고 속국에 대한 보호라는 의미였겠으나, 어찌 됐든 두 나라가 전에 없이 평화와 안정을 누린 것은 사실이었다. 그 속에는 역대 중국의 4大미녀美女라고 칭송되던 왕소군王昭君의 이야기가 들어 있었다. 고대 북방의 최강자 훈족의 위상이 빠르게 추락하는 가운데, 왕소군의 존재 자체는 장차 더욱 활발해지게 될 漢족과 薰족 간의 동화同和를 시사하는 것이기도 했다.

13. 왕정군과 여인천하

漢원제 유석劉奭이 태자 시절, 사마양제司馬良娣라는 비첩을 총애했는데 그녀는 너무도 일찍 생을 마감해 버렸다. 그런데 그녀가 병들어 죽기전에 태자에게 다분히 고약스러운 말을 남겼다.

"소첩이 원래 죽을 것까지는 아니었는데, 다른 비빈들의 저주가 많아서 죽게 된 것입니다……"

상심한 유석이 다른 비첩들을 탓하면서 누구도 만나 주지 않자, 부친인 선제宣帝가 태자의 마음을 돌리고자 황후를 시켜 후궁에서 다섯 명의 여자를 뽑아 태자의 시중을 들게 했다. 황후가 물었다.

"태자, 어떠십니까? 혹여 마음에 드는 아이라도 있는지요?"

"아, 예, 황후마마! 이리 마음 쓰시지 않아도 되는데, 번거롭게 해 드려서 죄송합니다. 그저 한 아이면 되겠습니다……"

유석은 별다른 생각이 없었음에도 그저 황후를 배려해 마지못해 한 사람이면 된다고 답했다. 그리고는 가장 가까이에 서 있던 궁인을 향해 얼굴도 보지 않은 채로 손가락으로 가리켰다. 황후가 보니 붉은 꽃을 수놓은 화려한 옷에 용모도 그럭저럭 보아 줄 만한 데다, 무엇보다 태자가 선택했으므로 그녀를 태자궁인 동궁東宮으로 보냈다. 그렇게 간택된 여인이 바로 왕정군王政君이었다.

BC 53년, 18세에 입궁했던 왕정군은 그날 석연찮게 가졌던 태자 유석과의 단 한 번의 잠자리로 운 좋게도 임신을 하게 되었다. 왕정군은 그 후 다행히 아들을 낳았는데, 선제가 적손이 생겼다고 기뻐하면서 친히 이름을 오驁라 지어 주었을 뿐 아니라, 자주 태손 유오를 안고 놀아 주곤 했다.

그러던 BC 49년 12월, 선제가 사망하자 태자 유석이 미앙궁에서 즉위하니 11대 漢원제元帝였다. 그때 유오는 겨우 3살이었는데, 황제에 오른 원제는 장남인 유오를 곧바로 황태자에 봉했다. 그러나 태자의 생모인 왕정군은 자신이 좀처럼 찾지 않던 여인이다 보니, 그녀를 황후에 봉해 주기가 선뜻 내킬 리가 없었다. 게다가 당시 원제는 이미 부傅씨와 풍

馮氏를 총애했는데, 부씨는 총명하고 영리했으며, 풍씨는 어진 성격이라 남들의 마음을 잘 헤아려 욕하는 사람이 없었다. 왕정군이 유오를 낳고 얼마 되지 않아서 두 사람 모두 아들을 낳았는데, 부씨는 유강劉康을, 풍씨는 유흥劉興을 낳았으므로 이들 비빈 간의 경쟁과 보이지 않는 갈등이 심해졌다.

사실 원제는 황후를 부씨에게 주려 했으나, 사흘을 고민한 끝에 결국 태자의 앞날을 배려해 그 어미인 왕정군을 황후에 봉했다고 한다. 그러나 부씨와 풍씨를 나란히 황후의 바로 아래 서열인 소의昭儀에 봉해 승상에 버금가는 지위를 주었으며, 유강을 정도定陶왕에, 유흥을 신도新都왕에 봉했다. 다행히 왕황후가 사람이 유순한 편이어서 다른 후궁들과 다투는 일은 없었으나, 그 후에도 원제를 거의 모시지 못했다고 하니 기이한 일이었다.

남편을 가까이하지 못한 탓이었는지 왕정군은 아들 유오에 집착했다. 유오는 어릴 적 책 읽기를 좋아하고 공손하며 매사에 조신했다고 한다. 그러다 언제부터인가 경서經書에 싫증을 내기 시작하더니, 종일 놀기만 하거나 급기야 술을 마셔 댔다. 아들만 보고 사는 왕정군이 강압적이고 엄격한 교육에 매달리니 어린 유오가 갈수록 힘들어했다는 것이다.

이런 태자를 원제가 여러 번 불러 타일렀으나 말을 듣지 않았다. 그렇게 장성한 유오가 태자가 되어서 궁녀 은환에 빠져들게 되었는데, 미천한 신분을 받아들일 수 없다고 생각한 왕정군이 강제로 둘을 떼어 놓으려 했다.

"태자, 은환은 아니 된다. 장차 태자가 황위에 오르게 되면 귀한 여인을 황후로 맞이해야 하는데, 궁녀의 신분으로는 어림없지 않겠느냐?"

"에이, 심려 놓으세요. 황후는 무슨 황후입니까? 그냥 궁인 한 명을 좋아하는 것도 아니 됩니까?"

유오는 모친의 간섭에 속으로 크게 반발했고, 왕황후의 말을 듣지 않았다. 그러다 은환이 태자의 아이를 가졌다는 소식이 들려오자, 왕황후는 은환을 아예 궁에서 내쳐 버렸는데, 하필 그녀가 탔던 마차가 뒤집혀 죽는 사고가 발생했다. 유오는 이를 모친의 소행이라 생각하고 왕황후를 증오하기 시작하더니, 아예 주색을 일삼고 삐뚤어진 행동을 일삼았다.

결국에는 원제도 이런 왕정군 모자를 싫어했는데, 죽기 전 위독할 때도 자신의 곁을 지키도록 허락한 것은 정작 부소의와 그 아들 정도왕 유강이었다. 음악을 좋아했던 원제는 음률에 밝고 다재다능한 유강을 더 좋아해, 황태자 유오를 폐위시키려 한 적도 있었다. 그러나 시중인 사단師丹의 간언으로 뜻을 접기로 하면서 이렇게 말했다.

"허긴 선제께서 태자를 그리도 아끼셨으니, 내 어찌 부황의 뜻을 어기겠는가?"

그렇게 태자 자리를 지켜 내긴 했으나, 결국 왕정군과 태자 유오는 원제의 임종 시에도 문밖으로 쫓겨난 신세였다.

BC 33년, 43살의 원제가 재위 16년 만에 미앙궁에서 사망하자 태자인 유오가 황제에 즉위했고, 그가 곧 12대 漢성제成帝였다. 이미 예상되긴 했으나, 아직 스무 살이 안 된 성제는 보위에 오른 이후에도 철없는 행보를 이어 갔다. 도통 정치에는 관심을 보이지 않았고, 조례에도 나오지 않은 채 보란 듯이 주색에 빠져 지냈다. 황태후가 된 왕정군은 이제 장락궁으로 옮겨 살았으나, 성제가 그러하니 사실상 섭정이나 다름없었고, 일약 권력의 핵심으로 부상했다.

왕태후에게는 오빠들이 여럿 있었는데, 태후가 되자 이내 큰 오빠인 왕봉王鳳을 대사마대장군으로 임명해 상서尙書의 일을 주관하게 했다.

"황상이 저리도 철없이 구니 아무래도 오라버니께서 중책을 맡아 주셔야겠습니다. 황상이 조회에도 나오지 않고 밤낮으로 궁인들이나 끼고 있으니, 장차 이 일을 어찌해야 좋을지 참으로 걱정입니다……"

"태후마마, 너무 심려치 마소서! 황상께서 혈기방장한 때가 아닙니까? 머지않아 정사를 돌보게 될 것입니다. 신이 마마와 황상을 보필하는 데 최선을 다하도록 하겠습니다!"

왕태후의 숱한 형제 중에서 태후와 왕봉, 동생 왕숭이 모친 이씨李氏 부인의 소생이었고, 나머지는 배다른 형제들이었다. 왕태후는 동복동생인 왕숭에게도 식읍 1만 호를 거느린 안성후安成侯에 봉했는데, 이때부터 漢 조정이 왕씨 외척들에 의해 좌우되기 시작했다. 특히 6년 뒤인 BC 27년에는 왕태후의 이복형제 5명 모두가 일시에 제후에 오르면서 권세가 극에 달했다. 사람들이 이들을 오후五侯라는 별칭으로 불렀는데, 전국의 수많은 군수와 재상, 재사 등이 왕씨 집안을 출입하던 문객일 정도였다고 한다.

이처럼 왕씨 일가의 형제들 모두가 왕태후의 권세를 등에 업고 온갖 사치와 향락을 누렸다. 오직 태후의 배다른 둘째 오빠 왕만王曼은 불행히도 너무 일찍 죽는 바람에 남겨진 가족들도 살림살이가 넉넉하지 못했다. 죽은 왕만에게는 왕망王莽이라는 아들이 있었는데, 왕망의 모친인 남씨南氏부인이 생활이 어려워진 탓인지 왕망이 어렸을 때 김국金國(추정)이라는 인물에게 재가했다. 그런데 그녀의 새 남편은 바로 漢무제가 그토록 총애하던 투후秺侯 김일제金日磾의 손자였다. 따라서 왕망은 한때 의붓아버지의 성을 따라 김망金莽이라 불렸다.

사실 왕망은 엄연한 왕태후의 조카이자 황제의 이종사촌임에도 부친을 일찍 여읜 데다, 그 모친마저 흉노 출신 재상의 후손에게 재가해 金

씨가 되었으니 더는 아무도 그를 챙겨 주지 않았다. 그런 환경이라 철이 일찍 들었는지, 김망은 어려서부터 매우 부지런했고, 늘 책을 가까이하면서 학문에 정진했다. 다행히 유학에 조예가 깊게 되니, 그 스승으로부터도 장차 큰 인물이 될 거라는 말까지 듣게 되었다.

그러던 중 그의 고모인 왕정군이 태후에 올랐다는 반가운 소식을 접했고, 이에 김망은 마음이 바빠졌다.

'이러고 있을 때가 아니다. 서둘러 김씨 성을 버리고 고모 쪽에 기댈 기회를 찾아야 한다……'

김망은 이내 자신의 성을 본래의 王씨로 되돌렸다. 이후로는 먼저 세상을 뜬 형의 아이들을 돌보고, 사회의 저명한 인사들이나 인재들과 교분을 넓히는 동시에, 권세를 지닌 백부나 숙부들에게는 행동거지를 조심하면서 공경했다. 그렇게 왕태후의 조카로 돌아가려 노력했으나 여전히 고모인 왕태후를 포함, 다른 친척 어른들 누구도 조카인 왕망을 챙기는 이가 없었다. 그러던 BC 22년, 왕망의 백부인 대사마 왕봉이 중병에 걸렸다는 소문이 들려오자 왕망은 속으로 결심했다.

'백부께서 위독하시다고? 백부는 집안의 제일 위 어르신이다. 이 기회를 놓쳐서는 아니 된다! 누가 뭐라든 무조건 백부의 집으로 들어가는 게다. 그리고 최선을 다하는 모습을 보여야 한다……'

왕망은 막무가내로 왕봉의 집에 들어가 정성껏 병간을 했다. 곁에서 직접 탕약을 맛보거나 하면서, 씻거나 옷조차 갈아입지도 않고 잠시도 자리를 뜨지 않은 채 한 달이나 시중을 들었다. 이에 크게 감동한 왕봉은 죽기 전에 여동생인 왕태후와 성제에게 왕망의 사람됨을 말하며 그의 뒤를 부탁했다. 그 덕에 결국 왕망은 황제의 곁에서 시중을 들거나 황명을 전달하는 낭관郎官이 될 수 있었다. 이어 활쏘기에 능한 무사들을 관리하는 사성교위射聲校尉로 진급했으니 그때 24살의 나이였다.

그렇게 힘들게 중앙 정치 무대에 진출한 왕망은 그러나 때를 기다리며 더욱 공손하고 부지런한 모습으로 일관했다. 그러면서도 숙부들의 비위를 맞추고, 여전히 조정의 관료들이나 명사들과 어울리며 친분을 쌓았다. 당시 왕씨 외척들의 사치가 극에 달해, 숱한 이들이 호화로운 저택에서 처첩을 1백 명이나 둔다든지, 황제에 버금가는 복식이나 장신구를 하면서 부와 권세를 과시하던 때였다. 그런 상황에서 같은 왕씨 외척임에도 유독 왕망이 근검절약하고 부지런한 유생의 이미지를 보이자, 서서히 조정 대신들의 주목을 끌게 되었다. 당장 그의 숙부인 성도후成都侯 왕상王商이 상소를 올렸다.

"사성교위 왕망이 그의 지위가 결코 낮은 것이 아님에도 근검절약하며 솔선수범하니, 이는 널리 알려야 하는 모범이 아닐 수 없습니다. 왕망은 또한 신의 조카이기도 하니, 황상께옵서 신의 봉읍을 떼어 왕망에게 줄 것을 감히 주청하옵니다!"

연이어 시중 김섭金涉과 같은 명사들도 왕망의 덕을 칭찬하는 상소를 올리니, 왕망의 평판이 자자했다. 그러다 왕망의 나이 서른 살이던 BC 16년, 마침내 성제는 일찍이 사망한 왕망의 부친 왕만을 신도애후新都哀侯에 봉한 다음, 그 직위를 왕망이 세습하도록 해 남양군 신야현新野縣의 식읍 1,500호를 떼어 봉지로 하사했다. 그뿐 아니라 왕망을 기도위 광록대부光祿大夫 시중侍中으로 임명해 궁정의 숙위를 맡게 하니, 이제 황제의 측근에서 매우 영향력 있는 중요 인물이 되기에 이르렀다.

왕망은 이제 구경九卿의 바로 아래까지 지위가 높아졌으나, 여전히 더욱 겸손하고 조신한 모습에서 벗어나지 않았다. 자신의 마차나 의복 등을 빈객들에게 나눠 주고, 집안에 재물을 쌓아 두지 않았다. 대신 당대의 학자들을 후원하거나 이름난 장군, 재상, 3공公 9경卿들과 친분을 넓혀 가니, 언제부터인가 그 명성이 그의 숙부들을 압도할 정도가 되었다.

그러나 사실 왕망은 누구보다 철저하게 입신양명을 추구하던 이중인격자였다. 어느 날, 몰래 마음에 드는 시녀 하나를 사서 자신의 곁에 두려 했는데 그의 사촌들에게 탄로가 나 소문이 나빠지자, 재빨리 둘러댔다.

"그건 지독한 오해올시다. 사실은 後장군인 주자원대감께서 후사가 없지 않습니까? 해서 그분의 아들을 낳아 줄 여인을 구해 주장군께 보내려던 것이었소! 진정 그러하오이다!"

그리고는 주저 없이 시녀를 주자원朱子元에게 보냈다. 덕분에 아무런 상관도 없던 주자원은 예쁜 첩을 얻게 되었으나 반면, 왕망은 아깝고 분한 마음에 속이 타들어 갔을 것이다.

BC 8년, 당시는 왕망의 일곱째 숙부인 곡양후 왕근王根이 대사마대장군을 맡고 있었다. 오래 병을 앓던 그는 성제에게 이제 관직에서 물러나게 해 달라고 소를 올렸다. 이 중요한 조정의 핵심 자리를 놓고 이제 왕망과 그의 고종사촌인 정릉후定陵侯 순우장淳于長이 함께 경합했다. 순우장은 왕태후의 배다른 언니가 낳은 아들로 그 역시 중병이던 왕봉을 성심껏 간호해 벼슬에 오른 자로 왕망을 능가하는 경쟁자였다.

원제 생전에 그의 총애를 한 몸에 받았던 부소의傅昭儀가 있었다. 원제가 죽은 다음에는 연적戀敵인 왕태후에게 밀려 지방으로 쫓겨나 정도태후(부태후)로 지냈는데, 그때 고아 출신으로 가무에 능한 조趙씨 자매를 거두었다. 비록 조씨 자매가 미천한 신분이었으나, 빼어난 미모를 지녔기 때문이었다. 부태후는 성제가 정사에 소홀한 탓에, 언젠가는 자신의 아들 유강劉康을 황제로 올릴 수 있다는 희망으로 늘 기회를 엿보고 있었다. 그녀는 외모가 출중하고 가무에 능한 조씨 자매를 후원하기로 마음먹고, 장차 성제를 유혹해 그 후사를 막아 버릴 속셈이었다.

그런데 이런 부태후의 속도 모른 채 그녀의 아들 정도왕 유강이 조자매의 언니와 눈이 맞아 서로 사랑하는 사이가 되었다. 부태후가 크게 노해 이들을 떼어 놓으려 조씨 자매를 왕정군의 딸인 양아공주 집으로 서둘러 보냈다. 공주의 집에서 조씨 자매는 각각 조비연趙飛燕과, 조합덕趙合德이라는 새 이름을 얻게 되었다.

성제가 삼십 대의 나이에 접어든 어느 날, 여동생인 양아공주의 집에 들렀다가 조씨 자매의 가무에 홀딱 빠져 버렸다. 과연 부태후의 의도대로 이후 성제가 조비연을 궁 안으로 들였다. 얼마 안 가서 조비연은 성제를 구워삶아 동생인 조합덕까지 입궁시켰는데, 황제는 그런 조비연을 소의에, 합덕을 후궁으로 앉혔다. 젊고 아름다운 조씨 자매의 등장에 정실황후인 허許씨와 또 다른 후궁 반班첩여 사이에 긴장과 갈등이 고조되었다. 급기야 성제가 조비연을 황후로 삼으려 들자, 또다시 왕태후가 나서서 극구 반대했다.

"황상, 아니 됩니다! 조소의는 신분이 미천하니 그냥 이대로 옆에 두는 것만으로도 족하지 않겠습니까?"

그러나 조씨 자매 역시 만만한 여인들이 아니었다. BC 18년, 조비연은 황후인 허씨와 후궁 반씨가 성제를 저주한다고 무고해, 허황후를 폐위시키고 반첩여를 내치는 데 성공했다. 반첩여는 고된 고문에도 결백을 주장해 겨우 살아남았으나, 이후 조씨 자매를 극도로 두려워하게 되었다. 그녀는 궁리 끝에 아예 왕태후를 모실 것을 자청해, 장신궁長信宮으로 피해 살았다. 원래 학식이 있고 여류시인이었던 반첩여(반념班恬)는 자신의 신세를 가을 부채인 추풍선秋風扇에 비유한 〈원가행怨歌行〉 등의 시를 남겼다. 그녀가 바로 역사서 《한서漢書》를 남긴 반고班固의 고조모였다.

그 후 2년이 지나, 성제가 황후의 빈자리를 다시 조비연으로 삼으려 하니, 눈치 빠른 순우장이 성제를 위해 왕태후를 설득하는 일에 앞장섰다.

"태후마마, 황상의 고집을 꺾기는 어려울 것입니다. 하오니 이번만은 황상의 뜻을 받아들이시고, 모자 간의 화친을 도모하는 편이 좋을 듯합니다!"

그리하여 왕태후가 뜻을 굽히니 조비연이 효성황후에 올랐고, 그 공으로 순우장도 성제의 총애를 받게 되면서 삼공구경의 자리에 올라 왕망보다 더욱 큰 권세를 누렸다. 그런데 조비연이 그토록 어렵게 황후에 오르자, 막상 성제는 이제 그녀를 피하고 여동생 합덕을 더 자주 찾게되었다. 그 바람에 조씨 자매는 이제 성제를 놓고 서로 다투는 연적戀敵이 되어 버렸다.

다시 세월이 흐른 뒤인 BC 8년, 권력의 정점에서 더욱 교만해진 순우장이 폐위된 허황후 자매를 농락하는 황당한 일이 벌어졌다. 허씨가 첩여의 신분으로라도 궁중으로 복귀하고픈 욕심에 성제가 총애하는 순우장에게 뇌물을 바쳤는데, 그 와중에 순우장이 허씨의 언니인 과부 허미와 정을 통하는 우愚를 범한 것이었다. 나약한 여인들의 약점을 이용한이런 치졸한 행동은 황족에다 최고위직에 있는 사람이 할 짓은 아니었다. 순우장의 비리를 모두 알아낸 왕망이 병든 왕근의 곁에서 시중을 들다가 슬쩍 고자질했다.

"순우장이 장군께서 오래 앓고 계시니 머지않아 자신이 그 자리를 대신할 것이라며 기뻐한다 들었습니다!"

병중임에도 순우장의 비행을 듣고 화가 난 왕근이 왕망에게 그런 사실들을 왕태후에게도 고하라 시키니, 왕망이 그대로 했다. 왕태후가 크게 노해 순우장의 관직을 빼앗았고, 성제마저도 곧 그를 대역죄로 다스려 자결할 것을 명했다. 무리하게 첩여로 복귀하려던 허許황후는 사약을 받고 죽었다.

결국 라이벌 순우장이 사라진 가운데 그해 왕근이 퇴임하면서 왕망을 천거하니, 왕망은 38살의 나이에 마침내 대사마의 자리에 오르게 되었고, 백부 왕봉에 이어 왕씨 가족 중 5번째로 보정대신이 되었다. 이제 대사마라는 최고의 관직에 올랐음에도 왕망은 여전히 자신을 절제하며 사치나 향락을 멀리하고, 검소하게 지냈다. 또 많은 문인, 학자들과 어울리고 그들을 예우했다.

이듬해인 BC 7년, 어느 날 아침 조합덕의 처소에서 일어난 성제가 바지를 입으려다 쓰러지면서 갑작스레 말을 못 하더니 급사하고 말았다. 46세의 나이였고, 재위 26년 동안 모친 왕태후를 의식해서인지 국정을 소홀히 한 채 늘 주색에 빠져 지냈다. 그럼에도 불구하고 조부인 선제宣帝와 부친 원제元帝시대에 쌓인 은덕으로 커다란 외침도 없어, 그럭저럭 나라를 꾸려 온 운 좋은 황제였다. 성제는 늘 병치레가 많았는데, 결국 후사를 남기지도 못했다. 황후에 오른 조비연과 그 동생 합덕 역시 아이를 갖지 못했는데, 그런 탓에 다른 후궁이나 비첩들이 아이를 갖거나 낳지 못하도록 온갖 방해와 비행을 저질렀다.

그 무렵 원제와의 사이에서 정도태후(부태후)가 낳은 아들 정도왕 유강은 일찍 죽고 없었으므로, 그의 아들 유흔이 모든 것을 승계한 뒤였다. 정도태후는 성제가 후사가 없는 데다 강건하지 못한 것을 지켜봐 온 터라 도저히 뜻을 접을 수가 없었다. 그녀는 이제 늙었으나 여전히 노련한 여인이었다. 황후가 된 조비연에게 접근해 뇌물을 쓰는 한편, 무엇보다 성제의 모친인 왕태후를 설득하는 데 적극 나섰다.

"태후마마, 황상이 후사를 보지 못해 여태 태자를 두지 못했으니, 이제 이 일을 어찌하실 생각이십니까? 선대 원제께서 생전에 소인의 아들 죽은 유강을 아끼셨고, 지금의 황상께서도 유강을 좋게 보아 제위를 물려주려 하셨던 것은 마마도 잘 아시는 일 아닙니까? 다행히 유강이 정도왕 유흔을 남기고 갔으니, 정도왕을 황상의 양자로 입적하게 하고 태자로 삼으시면 해결될 일이 아니겠습니까?"

왕태후는 평생의 라이벌인 부태후의 혈통을 황제로 만드는 것이 그리 내키지 않았으나, 그녀의 손자를 성제의 양자로 입적시켜 준다는 제안에 솔깃했다. 부태후가 말을 이었다.

"태후마마, 우리도 이젠 늙었습니다. 다 늙어 빠진 소인에게 무슨 딴마음이 있겠습니까? 소인은 황실을 위해 손자를 기꺼이 태후마마에게 바칠 준비가 되어 있습니다. 혹여 후사를 잇지 못하게 된다면, 우리가 죽어서 조상이신 선대 황제들을 어찌 만날 수 있겠습니까? 부디 한나라와 황실만을 생각해 주시지요!"

뜻밖에 부태후의 솔직한 이야기도 그렇고, 무엇보다 성제가 20여 년이 넘도록 후사를 보지 못해 조정의 우환거리가 된 지 오래다 보니, 왕태후가 마지못해 이를 허락했다. 그런 노력으로 부태후는 성제가 죽기 1년 전, 결국 유강의 아들이자 자신의 손자인 정도왕 유흔劉欣을 성제의 양자로 입적시키고 태자로 올리는 데 성공했다. 공교롭게도 이듬해 성제가 급사하니, 나이 든 태후들의 처사가 시의적절한 것이었음이 입증되었다. 새로이 21살의 유흔이 13대 황제로 즉위하니, 그가 곧 漢애제哀帝(~BC 1년)였다.

이제 효원황후 왕정군은 태황태후가 되었지만, 애제가 자신의 핏줄이 아닌 만큼 우려하던 대로 위세가 크게 떨어지고, 하루아침에 뒷방 할머니 신세가 되고 말았다. 당시 애제의 생모 정희丁姬와 친할머니 정도태후 부씨가 궁 밖에 살고 있으니, 고창후 동굉董宏이 《춘추春秋》까지 들먹이며 소를 올렸다.

"폐하, 아들이 존귀해지면 그 어머니도 같이 존귀해져야 한다 했습니다. 하오니 모친이신 정희부인께 반드시 존호를 내리셔야 합니다!"

곧바로 소식을 들은 왕망과 사단師丹이 함께 동굉을 탄핵하고 나섰다.

"황상께서는 이미 선황의 장자로 입적되신 신분입니다. 따라서 비록 생모 정희부인이 계시지만 함부로 존호를 내리는 것은 궁중의 법도에 어긋나는 것입니다. 이를 누구보다도 잘 아는 동굉이 황상께 그릇된 소를 올려 황상의 마음을 어지럽혔으니 반드시 죄를 물어야 할 것입니다!"

다음 날, 애제가 미앙궁에서 연회를 베풀었는데, 태황태후의 옆자리에 휘장이 쳐진 채로 애제의 친조모인 부태후의 자리가 마련되어 있었다. 순찰 도중 연회장 상석에 좌석이 2개인 것을 왕망이 보고는 곧장 내자령을 불러 호통을 쳤다.

"정도태후는 일개 번국藩國의 후궁이시다. 어찌하여 지존하신 태황태후와 같은 서열로 앉을 수 있단 말이냐?"

당황한 내자령이 즉시 휘장을 치우고 좌석을 다시 배치했다. 그 말을 전해 들은 부태후가 격노했고, 결국 연회에 참석하지 않았다. 반면 잔뜩 긴장한 채로 부태후와의 상면을 불편해하던 태황태후는 자신의 위상과 체면을 한껏 올려 준 왕망을 속 깊이 신뢰하게 되었다.

그러나 지는 해가 뜨는 해를 막을 수는 없는 노릇이었다. 2년쯤 지나자 결국은 부태후와 정희부인 모두 존호를 얻게 되었고, 승상 주박朱博이 왕망을 탄핵하는 소를 올렸다.

"과거 왕망이 황상의 웃어른이신 정도태후와 정희부인을 폄하해 존호를 받는 것을 지연시켰습니다. 이로써 황상의 효심이 손상되도록 했으니 왕망의 목을 베어 백성들에게 황실의 지엄함을 드러내셔야 하옵니다!"

그러나 공경 대신들 사이에서는 여전히 왕망의 신망이 두터웠으므로, 애제는 왕망을 파면시켜 그의 영지인 신도新都로 보내는 것으로 마무리했다. 이 일을 두고 백성들 사이에서는 왕망이 황제에게 직언하다 당한 일이라며, 명신의 기풍이 있다는 칭송이 나돌았다.

그렇게 왕망이 봉국에서 두문불출하던 차에 왕망의 차남인 왕획王獲이 어느 날 집안의 하인을 무단으로 살해한 일이 발생했다. 당시 귀족 명문대가에서는 종종 일어나던 일이었음에도, 왕망은 나쁜 소문이 퍼질까 봐 왕획을 불러 엄히 추궁하더니, 느닷없이 스스로 목숨을 끊으라고 강요했다.

"아버님, 소자가 아무리 돌이킬 수 없는 잘못을 저질렀다고는 하지만, 그렇다고 자진을 하라니요? 어찌하여 자식에게 이리도 가혹하게 처신하시는지요? 아버님의 높으신 명망이 정녕 자식의 목숨보다 중하단 말씀입니까? 흑흑!"

결국 왕망을 크게 원망하면서도 왕획이 스스로 목숨을 끊어 주위를 안타깝게 했다. 이 일로 왕망의 처와 아들 왕우王宇는 물론 주변 가까이에 있는 사람들이, 지나치게 명분에 매달리는 왕망의 처신에 점차 등을 돌리게 되었다. 왕망의 이러한 일련의 행위는 문득 무제의 충신이었던 김일제를 떠올리게 하는 것이었다. 어릴 적 왕망의 의붓아버지가 흉노 출신 신흥귀족 일제의 손자였던 만큼, 끊임없이 자신을 낮추고 엄격한 자기 관리를 요구하는 金씨 가풍의 영향을 받은 것으로 짐작되기 때문이었다.

한편 성제의 사랑을 독차지하던 소의 조합덕은 성제의 급사로 주변으로부터 의심을 받고 고변을 당하자 스스로 자결을 택했다. 일설에는 애제에게 최음제를 과다하게 복용시킨 것이 원인이었다는 소문도 떠돌았으나, 어찌 됐든 그녀에게도 성제의 죽음이 커다란 충격이었음은 틀림없었을 것이다. 반면, 성제의 황후였던 언니 조비연은 부태후의 편에 서서 애제의 황제 즉위를 지원한 공으로 무난히 황태후로 격상되었다.

그 무렵 애제의 친조모인 부태후가 다시 입성해 마침내 장안의 궁으로 들어왔다. 아니나 다를까 오랫동안 왕정군에게 밀려나 있던 부태후가 약속과는 달리 서서히 본색을 드러내기 시작했다. 왕정군의 외척들은 왕망을 포함, 줄줄이 조정에서 쫓겨났고, 부태후와 애제의 모친인 정희의 외척들이 그 자리를 대신했다. 부태후는 왕정군을 힘없는 늙은이라며 대놓고 무시하기 일쑤였으나, 왕정군은 아무런 대꾸도 하지 못했다. 그러나 그토록 호시절만 누릴 것 같던 부태후가 뜻밖에도 전혀 새로운 복병을 만나게 되었다.

애제가 즉위 후 2년 정도 지났을 때, 어느 날 궁 안에서 낭관 동현董賢과 마주치게 되었다. 동현은 태자 시절의 애제를 곁에서 모시던 시종(사인舍人) 출신이었는데 어느덧 장성해 훤훤장부가 되어 있었다. 애제는 그의 빼어난 용모에 흠뻑 빠져 단번에 그를 정인情人으로 삼고는 별스럽게도 동성애에 집착했다. 그 일로 애제가 갑자기 동현의 부친과 가족들을 중용하고, 동현의 아내마저 궁 안에 들어와 살게 하는 등 비정상적인 인사人事 전횡을 일삼았다. 황당한 소식에 놀란 조모 부태후가 격노했고, 두 사람이 크게 충돌하고 말았다.

"황상, 이 무슨 해괴한 일이랍니까? 할미가 황상을 보위에 앉히려고 평생을 그 얼마나 애썼는지 정녕 모르신단 말입니까? 궁 안에 그토록 수많은 절세미인이 오로지 황상만을 쳐다보고 있거늘, 젊디젊은 황상이 사내놈인 동현만을 찾는다니요? 제발 그놈을 멀리하세요. 정신 차리세요, 황상! 어이어이!"

늙은 조모가 눈물을 뿌리며 말려 대는 것이 부담스러워진 애제는 노골적으로 모후와 부태후를 피하기 바빴다. 급기야 22살에 불과한 동현을 대사마에 앉히고 상서尚書의 중책까지 맡기니, 한순간에 동董씨의 친족들이 시중, 제조 자리를 차지하면서 정씨, 부씨 외척보다 황제를 더 가까이하게 되었다.

할머니와 손자의 격렬한 싸움은 서로를 힘들고 지치게 했다. 나이 칠십에 호호백발이 다 된 부태후는 도저히 이해할 수 없는 손자의 괴벽에 실망과 분노로 치를 떨었다. 그러다가 제 풀에 겨워 기력이 다했는지 더럭 병사하고 말았다. 그런데 얼마 지나지 않은 BC 1년, 공교롭게도 손자인 애제 또한 26살의 젊은 나이에 요절해 버리고 말았다. 그때서야 구중궁궐 깊은 곳에서 은밀하게 벌어졌던 기이한 행각들도 끝이 나게 되었다.

갑자기 상황이 급박하게 돌아가는 중에도, 그동안 뒷방 신세로 지내던 태왕태후 왕정군이 발 빠르게 나섰다. 그녀는 황제의 옥쇄부터 챙긴 다음, 대사마 동현을 곁채로 불렀다.

"대사마, 황제의 장례 절차를 어찌하실 요량이오?"

평소 애제와 놀아나기만 했지, 아무것도 몰랐던 동현은 즉석에서 관모를 벗고 울면서 사죄할 뿐이었다. 왕정군이 측은한 듯 혀를 차면서 귀띔하듯 말을 툭 내던졌다.

"신도후 왕망이 대사마가 되어 선황제의 상喪을 모신 경험이 있다네. 지금 즉시 그를 모셔 도움을 받으시게!"

이에 동현이 안도하면서 무릎을 꿇고는 머리를 조아렸다.

그리하여 궁으로 다시 복귀한 왕망은 속전속결로 모든 일을 처리해 나갔다. 우선 나라를 망치게 한 동현을 탄핵하니 동현과 그의 아내가 자결했고, 동씨 일족들은 일괄 파면과 함께 모든 재산을 몰수당해야 했다.

분노한 백성들이 동현의 대저택에 난입해 재물을 훔쳤고, 조정에서 그의 재산을 경매에 부쳤는데 43억 전에 달했다고 한다.

그런데 공교롭게도 애제 또한 후사를 남기지 못했으므로, 다시 대사마에 오른 왕망이 태황태후와 이 문제를 상의했다.

"내가 박복한 게지. 살아생전 네 분의 황제를 모시게 생겼구나! 황가에 후사가 이리도 귀해서야 원……. 죽어서 선대 황제들과 조상님들을 어찌 뵐 수 있겠느냐? 내가 빨리 눈을 감아야 할 텐데……"

72살, 이제 완전 백발노인이 된 왕태후의 넋두리에 왕망이 초조해져서 다그치듯 물었다.

"태황태후마마, 황제를 누구로 삼으려 하십니까?"

"어쩌겠느냐? 효원제의 손자인 중산왕中山王 기자箕子가 있질 않더냐? 대사마 자네가 잘해야 할 게야……"

그런데 이미 고인이 된 중산왕 유흥의 아들이자 죽은 풍馮태후의 손자인 기자는 이제 고작 9살 어린아이에 불과했다. 왕망은 왕태후의 의중을 알고는 아직 꺼지지 않은 그녀의 권력욕에 연민을 느꼈다. 그리하여 14대 漢평제平帝(~AD 5년)가 어린 나이에 즉위했고, 이름을 유간劉衎이라 했다. 이제 태황태후가 평제를 대신해 조정에 나와 섭정을 한다고는 했으나, 연노한 데다 거동이 불편한지라 사실상 조정의 대소사를 왕망이 모두 좌지우지했다.

왕망은 즉시 왕씨를 제외한 외척, 즉 정丁씨와 부傅씨 등의 세력을 제거하는 데 착수했다. 성제의 부인이었던 효성황후 조비연과 애제의 부인으로 부태후의 조카 손녀였던 효애황후 부傅씨는 종실을 어지럽혔다는 죄목으로 모두 폐위시켜 계궁桂宮에 유폐시키고 서인庶人으로 강등시켰다. 젊어서 빼어난 미모로 이름을 떨치고, 세상을 쥐락펴락하며 권력을 누렸던 조비연도 조정 대신들의 강요에 못 이겨 끝내 자결하고 말았다. 오직 반班첩여만이 살아남아 홀로 성제의 능묘를 지키며 여생을 보냈으니, 어쩌면 그녀가 최후의 승자였는지도 모를 일이었다.

평제에게는 생모 위희衛姬가 있었다. 왕망은 생모 위씨와 그 형제들을 제후로 봉한 다음, 외척의 손과 발을 묶어 두기 위해 봉국으로 보내버리고, 다시는 장안에 들어오지 못하게 조치했다. 그러나 이를 지켜보던 왕망의 아들 왕우王宇는 전혀 다른 생각을 했다.

'아버지의 이런 처사는 옳지 못한 것이다. 나중에 평제가 장성해 이 일을 책망이라도 하는 날엔 집안이 어찌 되겠는가 말이다……'

왕우가 위씨에게 사람을 보내 직접 상소하라고 일렀지만, 조정에 왕망이 있으니 어느 것 하나 허락될 리가 없었다. 오히려 위씨와 모의를 하다 탄로가 나서 평제의 생모를 제외한 위衛씨 일가 모두가 몰살당하고 말았다. 왕우 역시 옥에 갇혔다가 명을 받아 독약을 마시고 자결했다. 왕망은 참담해하기는커녕, 대의를 위해 제 자식을 기꺼이 희생시킨 것을 모범인 양 유생들 사이에 널리 유포시키게 했다. 자신의 야망을 위해 아들을 둘씩이나 희생시킨 셈이었다.

이제 왕망은 大유학자로 두루 신망이 높은 공광孔光을 시켜, 누군가를 제거하거나 공격할 때마다 왕태후에게 상소하게 했다. 그러니 왕망을 기꺼이 따르는 자는 발탁되고, 그에게 반감을 갖거나 거스르는 자는 쫓겨나거나 가차 없이 죽임을 당했다. 하루아침에 조정이 왕망의 도당들에게 장악되었고, 왕망 스스로는 漢나라를 평안하게 한다는 뜻에서 안한공安漢公이란 존호를 받았는데, 그것조차 거듭 사양하는 척하면서 얕은꾀를 부린 결과였다.

왕망은 또 漢고조 이래 공신들의 후손들을 찾아 표창과 함께 우대하고, 곧이어 모든 현직 관리들에게 상을 내렸으며, 고아와 노인, 홀아비와 과부 등 외롭게 살아가는 백성들을 널리 구제하는 조치를 취했다. 또 2천 명 이상의 관리들이 퇴직한 후에도 원래 받던 녹봉의 1/3 수준을 죽을 때까지 받게 하고, 과거 1년간 과다 징수된 세금은 돌려주었다. 또한 전통 유가 사상을 강조하기 위해 명당明堂과 대학, 기상대 등을 세우고 특히 선비나 학자들을 위해 1만 채에 가까운 주택을 짓고 가난한 선비들을 살게 했다.

한마디로 이러한 조치는 오늘날의 보훈, 공무원 연금, 장학 사업과 유사한 복지 정책들이었으니, 놀랍게도 약 2천 년 전에 왕망에 의해 이러한 제도가 시행되었다는 의미였다. 이에 백성들과 관리들이 입을 모아 왕망을 칭송하고 인심을 얻게 되었지만, 오히려 이 모든 것들이야말로 그가 오랜 세월 가슴 속에 품고 있던 야망을 드러내는 증거들이었다. 늙고 기력이 쇠한 효원태후 왕정군은 그런 왕망에게 무한 신뢰를 보냈다. 왕망이 도당에 사주해 상소를 올리면, 그녀는 전혀 비정상적인 지시들마저도 그대로 조정에 내렸다. 왕망이 도당에 주문을 더했다.

"태황태후마마는 지존이시니, 지나치게 신경을 쓰시게 하는 것은 좋지 않다. 자잘한 일들은 친히 살펴보실 필요가 없게 하라!"

신하들이 왕태후에게 이런 뜻을 전하니 왕태후가 이를 받아들여 조서를 내렸다.

"앞으로 대신들의 작위를 봉함에 있어 질문 따위를 하지도 말고, 내게 보고도 하지 마라! 또 조정의 온갖 중대사는 안한공과 사보四輔(태사 등 4관직)가 평결하도록 하라!"

그리하여 漢나라 관료들의 승진과 파면 등 온갖 생사여탈권을 왕망이 쥐게 되니 이는 사실상 군주나 다름없는 권능이었다.

왕망의 쇼에 가까운 보여 주기식 선행은 더욱 철저하게 이어졌다. AD 2년, 황충해가 휩쓸고 지나가자, 왕망은 스스로 먹고 입는 것을 절약하며 모범을 보이고, 사재를 내놓아 백성들을 구휼하는 데 앞장섰다. 홍수나 가뭄 등 자연재해 시에는 종일 채식만 하고 생선이나 육류는 입에도 대지 않으니, 오히려 왕태후가 그의 건강을 염려하여 고기를 먹으라고 명을 내릴 정도였다.

이듬해 평제가 12살이 되자, 왕망은 권력을 더욱 공고히 하고자 자신의 딸을 황제에게 시집보내려는 작업에 착수했다. 관례대로 12명의 황후와 후궁을 들여야 한다며 귀족들의 규수들을 선택해 책자를 올리게 했다. 그러다 보니 온통 왕씨들의 세상이라 왕씨 성의 규수들이 절반을 넘었다. 왕망이 태후에게 진정했다.

"태황태후마마, 소신은 덕이 크게 부족하고, 딸아이 역시 재능과 용모가 떨어지는 편입니다. 해서 간택에 참여하는 다른 여러 미녀들과 경쟁하지 않도록 하겠습니다!"

왕태후는 이 또한 진정 어린 뜻이라 오해하고 명을 내렸다.

"왕씨 성을 가진 여인들은 모두 나의 외손녀뻘이나 다름없으니, 간택하지 않겠노라!"

그러자, 조정에서 천여 개의 상소가 빗발치듯 올라왔다. 왕망의 딸이야말로 용모와 덕이 빼어나니 황후로 세워야 한다는 내용이었다. 그 결과 왕망의 딸이 홀로 황후가 되었는데, 왕망이 나머지 11명을 채우려 했음에도 군신들이 강력히 반대했다고 한다.

그뿐이 아니었다. 대신들이 왕망의 봉국封國인 신야현의 토지를 늘려 줘야 한다고 소를 올려 1백 리까지 늘어났는데, 그 과정에 같은 내용의 상소가 전국에서 약 29만 개나 올라왔다고 한다. 이제 나이가 50줄에 접어든 왕망은 이후에도 가증스럽기 짝이 없는 위선적 행동으로 끊임없이 여론을 호도하면서, 황제를 능가하는 독점적 권력을 행사했다.

　그 무렵에 왕망은 薰족의 선우를 매수한 다음, 漢나라로의 복속을 원한다는 소를 올리게 해 스스로 공적을 높인 적이 있었다. AD 5년에도 이 수법을 응용해, 하서주랑 인근에 살던 강羌족이 스스로 청해靑海 등지를 漢에 바치게 하고는, 대신 그곳에 새로이 〈서해군西海郡〉을 설치했다. 이와 함께 형법을 50조條나 늘리고, 이를 어기는 사람들을 서해군으로 강제 이주시켰다. 그러자 그 수가 어언 1천만 명에 달하게 되면서, 백성들 사이에 조정을 원망하는 소리가 터져 나오기 시작했다.

　그해 12월이 되자, 이제 14살이 된 평제가 사리판단에 눈을 뜨기 시작했다. 당시 왕망이 이미 죽은 부태후와 정희의 존호를 삭제하고 무덤을 파헤쳐 이장을 추진했는데, 느닷없이 산사태가 나는 바람에 수백 명이 압사당하는 사건이 발생했다. 그런데 평제가 이 사건뿐 아니라, 자신의 외가인 위씨 일가를 몰락시킨 일들에 대해서도 모두 알고 분하게 여기고 있었다.

　"짐이 어른이 되면 반드시 용서치 않을 것이니라!"

　어린 평제가 얕은 속으로 주변에 던진 말이었음에도 이를 전해 들은 왕망은 섬뜩하게 느꼈다.

　'황제가 어린 줄로만 알았더니 어느새 다 자라 그런 말을 하다니…….아니 되겠구나!'

　왕망이 곰곰이 되돌아 생각해 보니, 그동안 자신이 저질렀던 수많은 행위들이 황제의 권위를 능가하는 어마어마한 것투성이라 이제는 돌이킬 수 없는 것임을 깨달았다.

　'어쩔 수가 없다. 너무 많이 지나온 탓에, 이제는 그냥 이대로 가는 수밖에 없다…….'

결국 왕망이 거대한 음모를 꾸몄다. 평제의 생일을 축하하는 연회장에서 향이 강한 조피 열매로 만든 초주椒酒를 이용, 몰래 약을 타고 이를 바치게 하여 평제를 독살해 버리고 말았다. 죽기 직전의 평제가 독에 중독되어 위독한 상황에서도 왕망은 주공周公을 흉내 내면서, 평제의 고통을 자신이 겪게 해 달라며 비는 척하고는, 이내 대전으로 나가 칙령을 내렸다.

"경들은 모두 들어라. 황궁 안에서 일어난 일들에 대해 일체 말을 삼갈지어다!"

평제 사망 후 그의 뒤를 이을 새로운 인물을 물색하는 일은 당연히 안한공 왕망이 수행했다. 그때 선제의 현손이 23명이었는데, 왕망은 강보에 싸여 겨우 2살밖에 안 된 광척후光戚侯 유영劉嬰을 택했다. 그리고는 각지의 지방 관민들을 부추겨 조정에 너도나도 부명符命을 바치게 했는데, 이는 곧 제왕이 될 만한 사람에게 내리는 길조를 말함이었다.

그중에는 장안의 우물에서 '장차 안한공이 황제가 된다.'는 주홍글씨가 새겨진 돌까지 나오게 한 적도 있었다. 이어서 측근인 왕순王舜을 시켜 유영이 너무 어리니 왕망이 대신 섭정을 해야 한다는 건의를 서두르게 했다. 왕망이 사람을 시켜 왕태후에게 그런 말들을 전하게 하니, 그제야 내막을 눈치챈 태황태후가 노하여 크게 꾸짖었다.

"아니 된다! 이는 사람들을 속이는 망발이니라! 절대 따르면 아니 된다!"

그러나 때는 이미 늦어 늙은 왕태후가 통제할 수 있는 상황이 아니었다. 그녀는 황제를 대신해 섭정하는 가황제假皇帝에 왕망을 임명한다는 조서에 어쩔 수 없이 서명했다. 왕망은 다시금 주공周公을 흉내 내면서 천자의 옷을 입은 채로 가황제에 올랐고, 대신들과 백성들에게는 그가 반드시 황제가 되어야 한다는 의미를 지닌 섭황제攝皇帝라 부르게 했다.

왕망은 이미 사실상 황제나 다름없었다.

14. 추모대제의 정복전쟁

동명 6년인 BC 32년 봄이 끝날 무렵, 추모대제가 계후桂后와 더불어 1만의 병력을 이끌고 질산質山 남쪽(질수質水북쪽)으로 출정했다. 그동안 〈행인荇人〉 정벌을 위한 병사들의 훈련을 부분노와 부위염 형제에게 맡겼는데, 고구려군은 질산의 나무를 벌목해다가 쌍강(질수)에서 배(군선)를 만든 다음, 호구澔口에서 水군과 육군으로 나누어 훈련을 해 왔다. 추모제가 두눌원杜訥原과 질양質陽에서 사냥을 하며 동정을 살피다가, 호수澔水 연변에 지역 거점인 역참驛站을 세워 소금의 유통로를 차단한 다음, 염후鹽侯(염정 지배자)들로부터 소금을 빼앗아 호구에 쌓아 놓았다.

〈행인국〉은 곳곳에 염지鹽池와 염정鹽井, 염산鹽山 등이 많아 소금이 많이 생산되는 나라로, 이를 〈황룡〉과 〈개마〉, 〈홀본〉과 〈구다句多〉 등에 팔아 커다란 수익을 남겼다. 지역별로 이들 소금 산지를 거점으로 하는 염후들을 두었는데, 규모에 따라 大, 小, 황黃, 백白 4부류의 염후들이 있었고, 각기 수백에 이르는 염병鹽兵들을 거느릴 정도였다. 고구려군에 소금 길이 끊기고 소금을 빼앗기자, 염후들이 찾아와 난리법석을 피웠으나 추모제는 꿈쩍도 하지 않았다.

행인국왕 조천이 이를 보고 받고 크게 두려워하더니 大염후를 불러 말했다.

"큰일이로다! 고구리 태왕이 우리를 치기로 작정을 했구나. 왕부에 속한 군병들 전체를 그대에게 맡길 셈이네. 이제부터 일의 성패가 모두 경의 손에 달렸으니 알아서 하시게!"

그러자 대염후가 난색을 표하며 아뢰었다.

"황송하옵니다, 전하! 신 등의 병졸은 다 합해도 겨우 2천을 넘지 못합니다. 게다가 이들은 소금이나 팔던 병사들이라 활이나 칼을 쓸 줄도 모릅니다. 그러니 북갈의 나라들에 도움을 청하지 않고는 고구리를 대적할 수 없을 것입니다!"

"허어, 낭패로구나! 그렇다면 어서 북갈北羯과 숙신肅愼에 파발을 보내 지원을 요청하라! 서둘러라!"

결국 조천이 북갈왕 용신舂臣에게 미녀들을 잔뜩 딸려 보내고, 도움을 청하면서 자신의 뜻을 전하게 했다.

"주몽이 내 나라에 쳐들어와 소금 산들을 빼앗으려 하오. 염산이 저들의 수중에 넘어가는 날이면 말갈 역시 앞으로 소금을 얻지 못할 것이오. 주몽의 속내는 염산뿐 아니라 촉산마저 장악하는 것이니, 그리되면 북갈도 그 힘을 잃게 되지 않겠소이까? 부디 왕과 함께 고구리의 도적들을 막아 내길 바랄 뿐이오!"

이에 북갈왕 용신도 그렇고, 숙신왕 건짐乾朕도 다 같이 큰 위기라 판단했는지 〈행인〉으로 대거 지원군을 파병했다. 결국 〈북갈〉과 〈숙신〉, 〈행인〉의 3개국 연합군이 고구려군과 자오곡子午谷에서 맞붙어 종일토록 대접전을 벌였다. 그 결과 양쪽에서 사망자와 부상자가 속출하는 가운데 해질녘이 되도록 승부가 나지 않았다. 추모제와 계후가 화살과 돌멩이가 날아다니는 전장을 무릅쓰고 앞에 나가 전투를 독려했음에도, 오히려 적의 기세가 더욱 살아나 실로 위태로운 순간에 직면했다.

그러던 와중에 때마침 모래와 먼지를 동반한 남풍이 거세게 불어와 행인연합군이 있는 북쪽으로 향했다. 행인연합군은 숲에 의지해 고구려군에 화살 세례를 퍼붓고 있었는데, 그때 추모제가 큰 소리로 외쳤다.

"화공火功이다. 화공을 퍼부어라!"

계후가 재빠르게 화수火手들을 이끌고 바람이 부는 방향으로 불을 지르게 했다. 그러자 삽시간에 불씨들이 거센 바람을 타고 숲을 향해 날아가더니, 숲속은 물론 산 전체가 시뻘겋게 타올랐다. 엄청난 화염 속에 갇히게 된 행인연합군이 불길을 피해 달아나기 바빴고, 아비규환이 되었다. 결국 고구려군이 이번에도 화공으로 대승을 거두었고, 겨우 살아남아 달아나기 바쁜 말갈인들을 추격하니 일당백이 따로 없었다.

행인연합군은 이 〈자오곡전투〉에서 무려 1만의 희생자를 남긴 채 도주했고, 전장에 남겨진 마필과 소, 양, 병장기가 셀 수 없이 많았는데 모두 고구려군의 수중으로 들어갔다. 고구려의 정예부대로 구성된 원정군이 전투에서 승리하면서 올린 첫 전과였다. 행인국왕 조천은 패전 소식을 듣자마자 기다렸다는 듯 처자식을 데리고 북극北棘으로 달아나 버렸다. 독이 오른 고구려 병사들이 추격을 서두르려 했으나 추모대제가 이를 말렸다.

"이만하면 됐다. 아군의 피해도 상당하니 추격을 멈추게 하라!"

그런데 조천이 북극으로 달아나기 직전에, 그의 조카인 왕발旺發이 조천에게 항복을 권유했다. 그러자 조천이 왕발을 옥에 가두게 하고는 자신은 이내 달아나 버렸다. 얼마 후 왕발이 용케 옥에서 빠져나와 민심 수습에 나섰는데, 그는 이때 부고府庫와 궁실宮室을 단단히 잠가 놓고 추모대제를 기다렸다. 마침내 추모제가 고구려군을 이끌고 〈행인국〉의 도성인 호원澔原에 당도하니, 왕발이 천제의 군대를 맞이해 준 덕에 편안하게 입성할 수 있었다. 이윽고 사태를 파악한 추모제가 주위에 명을 내렸다.

"왕발의 공을 인정해 그를 행인의 패자沛者로 임명하노라!"

그리고는 왕발로 하여금 난민들을 장악하고 위무토록 했다. 궁 안에는 80여 명이나 되는 조천의 후궁들이 남아 있었는데, 추모제는 이들을 공이 많은 장수들에게 첩이나 노비로 내려 주고, 부고를 열어 귀한 보물들을 부夫씨 형제와 계후 등에게 나누어 주었다. 전투에 참전한 장졸들에게는 닷새 동안 큰 술자리를 베풀고 두루 노고를 치하했다. 또 난리 통에 굶주린 백성들을 구휼하고, 행인국의 종척들을 위로하며 안심시켰다.

추모대제는 행인국 전체를 고구려 땅으로 편입시키고, 행동, 행서, 행남, 행북 4개 郡으로 만들어 다스리게 했다. 그러는 도중에 오이烏伊가 새로이 행인 땅에서 살아갈 5천여 명의 이주민을 거느리고 나타났다. 추모제는 진작부터 행인을 새롭게 일으킬 구상을 해 왔는데, 이주민 정책 역시 그 일환이었던 것이다. 그렇게 전후의 뒷수습을 마무리한 고구려 원정군은 河上에서 집결해 병력을 정비한 다음, 당당하게 도성으로의 귀환 길에 나섰다. 아니나 다를까 홀본의 길가에는 백성들의 열렬한 환영이 기다리고 있었다.

"추모대제 만세! 고구려 만세!"

고구려 건국 이래 추모대제가 처음으로 대규모 정예 병력을 이끌고 실시한 〈행인국〉 원정이 성공리에 완수된 셈이었다.

그해 가을에는 고구려가 북극을 빼앗는 데 성공했고, 그러자 조천은 홀몸으로 다시 해산海山 쪽으로 도망쳐 버렸다. 이제 고구려는 〈순노〉, 〈홀본〉에 이어 〈환나〉와 〈비류〉, 〈행인〉을 병합했고 사실상 〈황룡〉을 지배하고 있었으니, 이들 나라들은 과거 북부여에 속했던 대표적인 후국후國들이었다. 추모대제가 다스리는 고구려가 인근에서 가장 강력한 힘을 가진 나라로 빠르게 비상하고 있다는 징표들이었다.

겨울이 되자 그간 전투에서 전사한 병사들을 위해 크게 제사를 지내고, 그 가족들에게는 연곡年穀 및 옷, 술 등을 내려 위로했다. 또한 계후를 대동해 자오곡으로 가서 시신을 산더미처럼 묻었던 골산骨山에도 친히 제를 올리고, 전쟁터에서 무고하게 죽은 수많은 혼령들을 조상弔喪했다. 추모제가 제를 마치고 오이에게 말했다.

"자오곡전투에서 때마침 바람이 불어 주지 않았다면, 우리에게 오늘은 없었을 것이오……"

오이가 이에 추모제에게 다시는 화살이 난무하는 최전선에 앞장서지 마시라고 간언을 하자, 추모제가 쓸쓸한 표정을 지으며 답했다.

"그러게 말이오……. 전쟁은 언제나 흉하고, 선仙은 그저 음란할 뿐이구려. 오직 농사만이 가장 깨끗하니, 나는 오로지 농사일에나 힘써야 할 것 같소!"

이듬해인 동명 7년(BC 31년) 봄이 되자, 협보와 길사 등이 연호年號를 바꿀 것을 청했다. 그러자 추모대제가 점잖게 타이르며 거절했다.

"동명東明이란 연호는 국호에서 나온 것인데 어찌 되돌려 바꾸려는 것이오? 유철劉徹(한무제)이 같은 경망스러움을 본받자는 것이오?"

연호는 漢무제 때 시작되었으나, 그가 재위 기간 내내 무려 11차례나 연호를 바꾸면서 세상을 다분히 혼란스럽게 했음을 지적한 것이었다. 그러자 이번에는 여러 후국의 상가相加(재상)들 대부분이 천제의 호칭을 대선우大單于로 하자고 청하였다. 그러자 오히려 추모제가 그 이유를 물었다.

"선우單于가 곧 추모鄒牟니, 같은 말에 글자만 다른 것이오. 선우는 하

늘天처럼 여긴다는 것이고, 추모는 신神처럼 여긴다는 뜻이니 다를 바가
없거늘, 어째서 굳이 선우라야만 된다는 것이오?"

이에 오이가 아뢰었다.

"비리와 개마가 선우를 중시하고, 추모를 경시하는 경향이 있습니다
만……"

"중요한 것은 근본이지 글자는 아닐 것이오. 이름만 거창하고 그에
걸맞은 힘이 없다면 그것이야말로 더욱 곤란한 일이 아니겠소?"

추모대제가 허울보다는 실속이 더 중요한 법이라고 넌지시 타이르
며, 선우라는 칭호를 물리치고, 이전처럼 추모라는 호칭을 유지하기로
했다. 추모대제는 고대 아시아의 종주국이었던 〈고조선〉과 〈부여〉를
계승하는 처지라, 비록 제국이라고는 하지만 중원의 漢나라나 흉노를
구태여 따라 하고 싶지 않았던 것이다. 그리하여 연호와 천제의 칭호 변
경에 대한 논란이 일단락되었다.

그해에 추모제는 고구려 전군에 대해 획기적인 조직 개편을 단행해
팔기八旗 64軍으로 편제를 나누었다. 팔패八卦를 따라 동서남북과 그 사
이의 8방면으로 군대를 나눈 것으로 보였고, 각 군마다 군정軍正을 두어
지휘토록 했다. 얼마 후 한빈에서 수군과 육군에 대한 대대적인 사열이
거행되었다. 오이烏伊가 전 군을 총괄하되, 마리摩離와 부분노扶芬奴가 그
를 보좌하게 했다. 아울러 팔기의 장군을 각각 임명했는데, 오간烏干, 위
염尉厭, 마려馬黎, 환백桓栢, 구분仇賁, 어구菸狗, 도희都喜, 송태松太가 그들
이었다.

그렇게 나라의 안녕을 강화하고 나자, 이때부터는 오곡 재배를 비롯
한 농사일과 가축 사육을 대대적으로 장려하는 동시에 집짓기를 적극
권장했다. 이어 백성들이 원통하고 억울한 것이 있는지를 밝혀 주는 평

자評者로 하여금 송사訟事를 처리하게 하고, 〈평부評府〉라는 관부를 두어 총괄하게 했다. 그러나 도적질을 했던 관수官守(관리)들과 나라의 자산인 관물官物을 훔친 도적들, 사람을 죽이고서 물건을 훔치거나 간음한 이들, 부자 형제간에 서로 해친 이들은 모두 평자의 심리 없이 주살케 했다.

또한 행정조직의 관등 체계를 대대적으로 정비해 1품品에서 12품까지 나누고, 직위별 품계에 맞는 봉록과 우대 기준을 정했다. 또 〈공복사公服司〉를 두어 백관 내외에게 관복에 해당하는 공복을 나눠 주되 등차를 두어 구분되게 했고, 이를 복부령服府令이 주관했다. 1품인 공公은 자줏빛 소매 옷에 금화 장식을 머리에 했고, 2품 대경大卿은 자줏빛 적삼 옷을, 3품 소경小卿과 4품 상대부上大夫 외에 5품 중대부中大夫는 꿩 깃을 머리에 꽂게 했다.

천제天帝는 3처妻 5첩妾 9비妃를 두었는데, 직위에 따라 의복과 침상, 몸에 지니는 보옥宝玉과 패용물 등에 차등을 두었다. 정처인 황후皇后가 입는 적복翟服은 비단고의袴衣(속바지)에 자색과 녹색이 어우러진 비단 저고리로 이루어졌고, 자색 도포(자라포紫羅袍), 황색 적삼(황라삼黃羅衫), 옥대玉帶, 7보宝로 장식한 붉은 관모(주관珠冠)를 착용했다. 7보七宝는 비취, 홍옥, 황금, 산호, 진주, 야광, 호박을 말하는 것이었다.

또 금어金魚, 옥마玉馬, 금인金印, 옥장玉章, 금비녀, 금팔찌, 금반지, 옥반지, 12가지 향낭香囊(향주머니), 궁중 예복에 쓰는 자수로 된 보불黼黻, 진주보선眞珠宝扇(부채), 사향란수蘭綬, 차거보합硨磲宝盒(함), 마유합瑪琉盒을 패용했다. 황후는 옥침상, 옥교玉轎(가마)에, 4마리 말이 끄는 마차인 사마보거四馬宝車에 금구슬을 치장해 다녔고, 비妃는 상아교와 상아침상을 썼다.

그즈음 추모제가 백성들에게 권면勸勉을 강조하는 조칙을 하나 내렸다.

"내가 무도한 이들을 쫓아내고 백성들을 구하는 일에 허둥대다 보니, 농사지을 밭이나 누에 칠 들판을 만들지 못했다. 따라서 백성들은 부지런히 황무지를 일구고 기장, 조, 콩, 수수를 파종해 배고픔을 면해야 할 것이다. 목사나 태수, 장수들과 같은 관리들은 근검 자숙하여 힘없는 백성들로부터 이익을 취하려 해서는 안 될 것이며, 비행을 저지르는 자들은 반역죄로 다스릴 것이다."

추모제가 손수 적전籍田(등록된 밭)을 일구었고, 훤후가 누에를 쳤으며, 소후가 삼베를 베고 계후가 친히 양털을 고르니, 누에치는 잠인蠶人과 삼베를 짜는 마인麻人, 양모를 짜는 모인毛人 등이 날로 늘어났다. 특히 북부여 〈황룡국〉은 예전부터 강물을 다스리는 치수 사업과 잠업이 크게 발달한 나라였다. 그런데도 당시 漢나라로부터 비단 짜는 새 기술이 유입되다 보니 추모제가 뽕나무를 많이 심게 했고, 여름 한철 농사거리로 삼기에 훌륭했다.

〈황룡〉과 〈환나〉의 남쪽 땅에는 〈구다국勾茶國〉이 있었는데, 구다의 북쪽은 한산漢山이고, 동쪽은 한동汗東의 남과 경계를 이루고 있었다. 구다의 서쪽은 〈개마국盖馬國〉이 있었고, 남쪽에는 〈中마한〉과 〈진한辰韓〉(낙랑)이 근접해 있었는데, 구다는 늘 황룡과 개마에 부용해서 살던 소국이었다. 그런데 그해 〈구다국勾茶國〉의 여왕 섬니閃尼가 자신의 남편을 살해하는 끔찍한 사건이 벌어졌다. 얼마 후 여왕이 추모제에게 사람을 보내오더니 뜬금없이 청을 하나 했다.

"태왕을 뵈옵니다. 우리 구다국의 섬니여왕께서 태왕의 부인이 되기를 청하오니 부디 허락해 주옵소서!"

"……"

추모제가 섬니의 독한 성정을 싫어했는지 끝내 여왕의 청을 허락하지 않았다. 자존심이 상한 섬니는 즉시 반발하더니, 이웃한 개마왕 연의燕宜를 남편으로 삼고는 황룡을 도발하려 들었다. 그러자 고구려의 군신들이 당장이라도 개마를 토벌해 버리자고 주청했다. 그러나 추모제는 행인과의 〈자오곡전투〉로 아직 그 후유증에서 완전히 벗어나지 않았다며, 병사들을 더 쉬게 하라고 했다. 그러면서도 섬니의 도발에 대처하기 위해 정보를 탐문하라 일렀다.

6월이 되자, 추모제가 행남에서 2천, 황룡에서 5천의 군사를 징집하고는 부분노 등에게 서천西川에서 훈련을 시키게 했다. 이어 추모제가 친히 비류군 3천을 거느리고 한빈에서 훈련을 마치고는 한수汗水를 따라 한동으로 이동한 다음, 그 남쪽의 환나와 구다의 경계쯤에서 사냥을 했다. 그때 느닷없이 섬니가 나타나 계후를 뒤쫓으며 큰 소리로 욕을 해댔다.

"나라를 말아먹은 계집이 어딜 감히 천선天仙의 나라를 어지럽히려드는 게냐?"

추모제가 이에 크게 노하여 비류군에 명을 내리고 구다 토벌을 위해 비상대기 하라는 명을 내렸다. 섬니가 그사이 中마한 출신인 수덕水德을 정부情夫로 삼는 바람에, 그즈음에는 개마왕과도 멀어지고 말았다. 아마도 섬니가 연의에 의지하려 했으나, 고구려를 의식한 연의가 섬니의 요구에 소극적으로 대응한 것이 원인이 된 듯했다. 다급해진 섬니가 즉시 中마한의 맹장 수덕을 연인戀人으로 끌어들이고, 구다국의 병사들을 총집결시켜 고구려와 대항하려 했던 것이다.

추모제가 그 무렵 섬니에게 사람을 보내 화친을 제의했으나 섬니는 강하게 반발했다.

"군사들을 잔뜩 끌고 와 위세를 떨며 겁을 줄 땐 언제고, 이제 서야 화친을 입에 담는 건 대체 무슨 뜻이냐?"

섬니의 저항이 이토록 완강하니 추모제도 더는 기다릴 수 없어 병사들을 독려하기 시작했다.

"구다여왕이 싸움을 원하니 피할 수 없게 되었다. 어차피 북부여 땅을 되찾는 싸움인 만큼 모든 병사들은 선전으로 반드시 구다를 깨뜨려야 할 것이다!"

이와 함께 구다의 백성들에게도 사나운 섬니와 수덕을 잡아오는 자가 있으면 구다후侯로 삼겠노라는 소문을 퍼뜨리게 했다. 그러는 와중에 비가 심하게 내려, 양쪽의 군대가 이수二水(쌍강)에서 잠시 대치했다.

7월이 되자 마침내 추모대제의 진격 명령이 떨어졌다. 고구려군의 선봉이 적진을 돌파해 황산黃山 쪽으로 내닫고, 그 뒤를 대군이 따랐다. 이에 맞서 섬니 또한 구다군을 황산 동편으로 집결시켰다. 결국 〈고구려〉와 〈구다〉 양쪽의 군대가 황산에서 맞부딪쳐 결전을 펼쳤는데, 뜻밖에도 구다군이 결코 밀리지 않았다. 3일을 크게 싸우면서 엎치락뒤치락했는데, 마한 장수 수덕이 워낙 용맹하다 보니 고구려군도 큰 피해를 입고 말았다.

"더 이상 시간을 끌수록 아군의 피해가 커질 테니 내가 직접 나서야겠다!"

승전보를 기다리던 추모대제가 친히 출정해 싸움을 독려하니, 고구려의 장수들과 병사들이 죽을힘을 다해 전투에 임했고, 결국 적장 수덕의 목을 베는 데 성공할 수 있었다. 그토록 용맹하던 구다군들도 갑자기 장수를 잃고 저항선이 무너지자 강을 따라 상류 쪽으로 달아났으나, 이내 고구려군의 추격에 풍비박산이 나고 말았다.

〈황산전투〉에서 구다군의 본진을 깨뜨린 고구려 원정군은 곧장 구다국의 도읍 남소南蘇(평곡平谷)로 진격해 도성을 에워쌌다. 구다국 섬니여왕은 여전히 굴하지 않고 이번에도 맹장 호산虎山을 장수로 삼아 성에서 죽기를 각오하고 저항했다. 이에 보름이 넘도록 구다국의 도성이 좀처럼 무너지지 않았다. 이처럼 강력한 구다군의 농성전이 지속되는 가운데, 고구려 토벌군의 희생도 다시금 점차 늘어나기 시작했다. 이쯤 되니 병사들도 지쳐 사기가 떨어질 지경이 되었고, 이에 장수들이 추모대제의 막사로 모여 대책을 논의했다. 협보가 말했다.

"구다국은 여왕이 다스리는데도 이처럼 저항이 강력하니, 믿을 수 없을 정도입니다……. 호산은 그야말로 맹장입니다!"

"그렇습니다, 폐하! 아군의 피해도 막대하고, 시간이 지체되니 병사들의 사기도 떨어지고 많이들 지쳐 있습니다……"

그러자 늘 수하들에게 자애롭게만 굴 줄 알았던 추모대제가 고개를 가로저으며 단호한 어조로 장수들의 선전을 채근했다.

"그렇다고 다 잡은 범을 여기서 포기할 수는 없는 일이다! 병사들을 다독여 우리도 버텨 내야 한다! 적들의 저항이 강력하다고는 하지만, 적들은 이미 황산에서 아군에게 치명적 타격을 입었으니 두려움과 피로도 우리보단 더할 것이고, 실제로는 사기도 크게 떨어져 있을 것이다! 조금만 더 버티면 적들도 머지않아 무너질 것이니 제장들부터 각오를 단단히 하라!"

깜짝 놀란 장수들이 추모제의 추상같은 명령에 수긍해 머리를 조아리고 막사를 물러 나와야 했다.

그러는 사이 뜻밖의 사고가 터지고 말았다. 계후桂后가 〈환나국〉의 바로 아래에 인접해 있던 〈구다국〉을 잘 아는 터라, 애당초 구다국 토벌에 나설 때 적극적으로 추모대제를 따라나섰다. 계후는 환나여왕 출신으로 무용이 뛰어나고, 특히 말을 탄 채로 활을 쏘는 기사騎謝에 능해, 출정 때부터 전사의 복장을 한 채 말을 타고 태왕의 어가를 호위했다. 그러던 중 느닷없이 흐르는 화살에 계후가 맞아 쓰러진 것이었다. 추모대제가 화들짝 놀라 손수 계후를 부축하는 등 고구려 진영이 일대 혼란에 빠져 어수선하기 그지없었다.

분노한 태왕이 이내 병사들을 독려해 총공격을 퍼부은 결과 호산은 물론 구다국 아홉 장수들의 목이 한꺼번에 떨어져 나갔다. 그때 놀라운 일이 벌어졌다. 구다국 도성 안에서 내분이 일어나 섬니여왕의 대신인 하봉霞逢 등이 여왕을 붙잡아 포박하고는, 도성 밖으로 나와 투항해 온 것이었다. 분노한 고구려 장수들의 요청이 빗발치는 가운데 자비란 있을 수 없었으니, 이윽고 추모제가 말없이 턱짓을 했다. 그러자 협보가 태왕의 추상같은 명령이 떨어졌다며 큰 소리로 이를 전달했다.

"구다여왕 섬니의 목을 베어 버려라!"

그렇게 즉석에서 여왕 섬니閃尼의 목이 날아갔다. 추모대제는 승리를 기뻐할 겨를도 없이 곧장 다음 단계의 명을 내려야 했다.

"제장들이 솔선해 준 덕에 어려운 승리를 쟁취했다. 이제부터 제장들은 모든 병사들의 노고를 위로해 주도록 하라!"

그리고는 이내 계후를 태워 급히 도성으로의 귀환을 서둘렀다.

남은 장수들은 병사들을 수습해 항복을 거부한 채 저항하는 섬니의 잔당들을 토벌해야 했다. 한 달 가까이 전투가 벌어지는 동안 적지 않은 희생자가 나오고 계후가 부상을 당한 이 전투를 〈황산대전黃山大戰〉이라 불렀다. 추모제는 〈구다국〉을 나누어 마산馬山, 평산平山, 황산黃山, 니하泥河, 풍성豊城의 5郡으로 삼게 하고, 섬니의 딸들을 장수들에게 내려 주어 첩이나 종으로 삼게 했다.

그런데 안타깝게도 그해 가을, 계후가 화살에 맞은 상처가 덧나고 썩어 결국 죽음에 이르고 말았다. 이제 겨우 서른둘의 젊은 나이에 계후가 세상을 떠나 버리자 추모대제는 비탄에 빠지고 말았다. 그는 비슷한 나이의 계후를 특별히 아껴 둘 사이에 아들 고루高婁와 딸 만鼞을 두었는데, 그녀는 의義와 충忠, 효孝를 중요시하면서 자식들을 훈육해 왔다. 계후는 고두막한의 충신이었던 계량桂亮의 딸로 고두막한을 모셨던 환숙桓淑이 생모였다.

추모대제는 계루부인을 진주산眞珠山에 묻어 장사 지내고, 손수 〈오처곡吾妻曲〉이란 노래를 지어 계후의 영혼을 달랬다. 계루부인은 남성들과 함께 말을 타고 용맹하게 전쟁터를 누빈 북방민족의 후예이자, 고구려 여인의 표상 그 자체였다.

아내여, 내 아내여, 지금 어디로 떠나셨소!
날 업고 그토록 버티더니, 청산으로 가신 게요.
청산은 말이 없고, 꽃들만 절로 하얗게 피었으니,
아픈 마음을 흐르는 물에 실어 보낸다오.
흐르는 물은 흘러 흘러 돌아오지 않으니,
언제나 그대를 만날 수 있게 해 주시려오.

吾妻吾妻今何去
忍能負我青山去
青山無語花自白
使我傷心流水去

流水去去去不還
使我何日訪君去

이듬해 동명 8년인 BC 30년, 훤후가 누에치기를 시작해 명주실을 뽑고, 비단 천을 짜서 추모대제의 옷을 손수 지어 바쳤다. 고구려의 잠업이 이때부터 시작된 것이라고 했는데, 누에치기하는 잠인蠶人과 비단 천을 짜는 직인織人이 생겨났다. 나라에서 이들에게 그 실적에 따라 차등을 두어 양과 돼지를 내려 주곤 했다.

4월이 되어 추모제가 계후의 뒤를 이은 계맹자桂孟子와 동반으로 수림獸林의 온궁溫宮으로 갔다. 그때 〈숙신〉 왕 건집乾朕이 사신을 보내와 이전에 〈자오곡전투〉에서 행인荇人을 도운 것을 사죄했다. 그뿐 아니라 건집은 귀한 〈금인상金人像〉과 보물로 만든 화살촉을 바치면서 고구려 황실과의 혼인을 요청했다. 그러나 추모제가 이에 대해 차갑게 뿌리쳤다.

"내게 딸이 없으니 아쉽게도 숙신왕의 청을 들어줄 수는 없구나……"

그즈음 〈행인〉에서도 행천후荇泉侯인 조운祖雲과 그의 아우 조준祖駿이 서로 다툰 끝에, 아우가 형을 살해하고 그 재산을 가로채는 사태가 벌어졌다. 난蘭씨가 조준을 주살해 달라며 청을 해 오자, 추모제의 명으로 조준을 붙잡아 질양質陽의 옥에 가두었다. 그러나 이내 친족을 죽인 죄를 물어 국법에 따라 평자評者의 심리도 거치지 않은 채 주살하고, 조준의 재산을 몰수해 버렸다.

5월에는 추모대제가 河上에서 3만의 대규모 병력을 모아 훈련을 실시했는데, 군병들의 규모가 빠르게 늘고 있었다. 고구려의 6개 지역 즉 〈행인〉, 〈구다〉, 〈홀본〉, 〈환나〉, 〈비류〉, 〈순노〉 외에도, 〈옥저〉, 〈말갈〉, 〈낙랑〉에서도 병사들이 모여들었다. 이처럼 엄청난 규모의 병력이 한데 모여 훈련한 다음 지역별로 시범을 보이다 보니, 끼니마다 이들을 먹이는 일 또한 보통 일이 아니었고, 그 자체가 장관이었다. 〈비리〉와 〈양맥〉에서 이 소문을 듣고 우려하는 바가 매우 컸다고 한다.

결국 고구려의 눈치를 보던 〈양맥국梁貊國〉에서 여러 추장들이 도성까지 찾아와 추모대제에게 입조했다. 사두부沙頭部의 허신許信과 오리부五里部의 맥극陌克, 남부南部 추장 오진烏陳 및 월이부月伊部의 금인金忍 등이었다. 추모제가 이들의 성의에 답하고자 명을 내렸다.

"양맥의 추장들에게 처를 한 명씩 내려 주고, 기타 말과 명주 등을 하사토록 하라!"

그 무렵 황룡국의 보득宝得이 1년이 넘도록 병을 앓다가 죽어서, 우인于仁을 황룡왕으로 삼았다.

양맥의 추장들이 추모대제를 알현했다는 소식에 〈비리국卑离國〉도 가만히 있을 수는 없는 노릇이었다. 비리왕 보공箑公이 아들인 소노素奴를 고구려로 보내왔는데, 5인의 미녀와 맑은 구슬 10개를 바치면서 〈동지東池〉에서 만날 것을 청해 왔다. 그러자 〈자몽국紫蒙國〉의 왕인 광공廣公도 아들 서천西川에게 상아 등 보물을 들려 고구려로 보내왔다. 비리왕 보공은 이때 자몽왕과 호왕胡王(흉노선우) 막거莫車에게도 사자를 보내, 동지에서 모두 모여 고구려의 추모제와 한번 회맹을 갖자는 제안을 했다.

당시 薰국에서는 전년도에 호한야(~BC 31년)가 죽어 그 아들인 막거莫車가 복주루復株累선우(~BC 20년)에 올라 있었다. 늙은 호한야에게 떠들썩하게 시집갔던 왕소군은 이제 관습에 따라 복주루의 알지가 되어 있었는데, 새로운 선우가 젊어서였는지 훨씬 사이가 좋았다. 어쨌든 薰국에서도 고구려로 사신을 보내와 불로주를 바치면서 동지에서의 회맹을 건의하니, 추모제가 이를 수락했다. 아쉽게도 동지東池의 지명은 정

331

확히 알 수 없으나, 원래 고두막한이 동지의 물길을 열어 인근 백성들의 밭에 물을 댈 수 있게 한 곳으로, 당시 호胡(흉노)와 선비鮮卑 나라의 왕들이 이곳에서 자주 회맹을 가졌던 장소로 추정된다.

이때 추모제가 호괄胡括비와 그녀의 딸인 소괄素括비 모녀를 데리고 함께 동지로 향했다. 호괄은 맹장 이릉李陵이 약 40년 전에 동명제 고두막한에게 바친 딸로 자몽왕 광공廣公의 처였으나, 이후 딸과 함께 추모제를 모셨다. 호괄은 이미 나이가 들었지만, 추모제의 배려로 모처럼 모녀가 함께 친정 나들이나 다름없는 소중한 여행길에 나선 것이었다. 추모대제가 동지에서 드디어 호왕(흉노선우) 막거를 비롯해 비리왕 보공과 자몽왕 광공을 만나, 소위 동북방 4개국의 정상이 모이는 역사적인 〈동지회맹東池會盟〉을 갖게 되었다.

〈동지회맹〉에는 모처럼 제왕들의 妃들도 같이 참가했는데, 모임 자체가 화친의 성격을 위한 것이라 부드러운 분위기를 연출하기 위한 것으로 보였다. 보공비 작鳥씨와 광공비 모용慕容씨, 막거비 왕소군王昭君, 추모비 소괄素括까지 동지의 물가에서 모두 한자리에 모였는데, 과연 왕소군이 소문대로 아름답긴 했으나 기대에는 미치지 못한 모양이었다. 모임이 끝난 다음 추모제가 기분 좋게 웃으면서 소괄비에게 듣기 좋은 말을 던졌다.

"누가 漢나라 여인들이 천하의 미색이라고 한 것이냐? 천하의 미색들은 모두 우리 동쪽 땅에 있질 않더냐? 껄껄껄!"

추모제가 동지에서 돌아오니, 이번에는 선비왕 섭신涉臣이 사신을 보내와 토산물을 바쳤다. 추모제가 태왕에 오른 지 8년 만에, 고구려가 옛 북부여 강역의 상당 부분을 되찾은 상태였다. 따라서 이제 고구려가 요동료東의 맹주가 되었음을 자타가 인정하는 분위기 일색이었던 것이다. 그때쯤에 주로 고구려의 서쪽에 있던 선비 나라들은 고구려가 대부분 통합했거나 통제 범위 안에 두게 되었다. 다만, 동쪽의 〈말갈〉(예맥, 숙신) 계통의 나라들만큼은 여전히 통제 밖에 머물러 있었다.

그러던 어느 날, 추모제의 꿈속에 죽은 계후桂后가 나타나 아뢰었다.

"봄, 여름으로 아름다운 꽃은 모란丹花이고, 가을에는 연꽃蓮花이며 겨울에 아름다운 것은 황화黃花입니다……"

꿈에서 깬 태왕이 도통 황화를 알지 못해 수소문하니, 황산黃山 출신인 석축石縮이라는 사람이 황금빛이 선명한 노란 황화를 캐서 가져왔다. 태왕께서 은은한 황화의 향기를 맡아 보더니 말했다.

"정말 내 처의 냄새로다……"

그리고는 이를 맹후孟后궁에 바치라고 했다. 이것이 바로 황국黃菊으로 보였는데, 조하潮河의 상류 중에 고북구古北口 서쪽으로 황화하黃花河가 있었으니 그곳에서 나는 국화였을 것이다. 바로 이곳 황산黃山이 후일 장수대제가 광개토대왕을 장사 지내고, 그 유명한 〈호태왕비〉를 세운 곳이기도 했다.

동명 9년인 BC 29년이 되니, 여러 나라에서 입조하는 사신들의 왕래가 잦아지면서 궁실이 비좁아서 접대할 장소가 마땅치 않다는 말들이 쏟아져 나왔다. 오이가 나서서 추모제에게 간했다.

"태왕폐하, 서도西都를 새로이 세우셔서 대내외에 황위를 떨치셔야 합니다!"

그뿐만이 아니었다. 도성 자체도 조밀하여 고구려로 귀화해 이주해 들어오는 자들을 수용하기 어려운 지경이었다. 이때부터 신궁新宮을 세우는 일들이 다 각도로 검토되기 시작했다.

그해 한빈汗濱에서 다시금 3만의 군병에 대한 대대적인 훈련이 실시되었다. 군사력을 수시로 점검해 장차 있을 전쟁에 대비하고, 병사들이 나태해지는 것을 막기 위함이었다. 그 무렵 추모제가 재사再思를 불러 명을 내렸다.

"낙랑왕 시길柴吉을 만나 국경을 다시 정하는 협상에 나서 달라 이르시오!"

약 40년 전인 BC 68년경, 당시 북부여의 도성인 불이성까지 배로 곡식을 나르는 주운舟運 일을 남옥저에서 수행했었다. 그러나 시길이 이끄는 낙랑이 남옥저를 물리치고 그 일을 대신 맡기로 하면서, 동명제(고두막한)로부터 금척金尺(금자)까지 하사받은 적이 있었다.

동명제 사후 북부여가 소멸되자 시길은 BC 54년경 자신의 나라를 〈낙랑국〉으로 칭했다. 이후 〈순노국〉이 〈말갈〉의 침공으로 7개로 분열되었는데, 10년 전인 BC 39년경 모둔에 추모일행이 나타나 3백의 정예병으로 8천의 말갈을 화공으로 퇴치했으니 유명한 〈갈하대전〉이었다. 그 후로 시길이 말갈과 북옥저와 연합해 순노를 재차 침입했으나 또다시 패하자, 추모와 만나 국경선을 정하는 담판을 지었는데 이때 추모가 순노국 남부에 해당하는 엄동의 개사 땅을 시길에게 양보했었다.

그러나 이듬해에 낙랑이 약속을 어기고 홀본의 우산牛山 지역을 다시금 습격했고, 이에 추모가 친히 출정해 낙랑을 격파한 적이 있었다. 그때 낙랑에게 잃었던 홀본 서남부 곤연鯤淵의 남쪽 땅은 물론, 낙랑에게 내주었던 개사 땅까지 빼앗아 다시금 홀본에 속하게 했었다. 그런데 이때 재사로 하여금 낙랑과의 국경 협상을 다시 하게 한 것이었다. 당시 시길은 고구려에 대해 더는 가타부타할 입장이 아니었기에 고구려의 요구를 대부분 수용했고, 이에 재사가 돌아와 협상 결과를 보고했다.

"이제 죽령竹嶺 동쪽의 땅은 낙랑樂浪의 땅으로 하되, 엄리수奄利水 동안과 남안 모두를 순노順奴 땅으로 삼기로 했습니다."

엄리수는 패수의 지류인 이수梨水(二水)를 말하는 것으로 〈남옥저〉의 옛 땅 모두를 이때서야 비로소 고구려에 편입시킨 셈이었다. 그 무렵엔 동부여의 서쪽 국경에서도 고구려로 이주해 넘어가는 사람들이 늘어나 금와왕이 이를 걱정할 정도였다.

5월에는 동부여로부터 추모제의 배다른 아우인 해주解朱가 고구려 도성을 다녀갔는데, 유화부인이 보낸 것이었다. 그런데 해주가 이때 유화부인과 금와왕 사이의 첫아들인 해불解弗이 죽었다는 사실을 전해 왔다. 추모제가 이때 아들인 유리類利의 소식을 물었다.

"유리는 어찌 지내는가?"

"예, 유리가 자라서 이제는 12살입니다. 어느 날 유리가 참새를 쏘려다 물 긷는 동네 아낙의 물동이를 깨는 바람에 '애비 없는 자식'이란 욕을 먹었습니다. 이에 형수(예씨부인)께서 유리를 앉혀 놓고 비로소 태왕폐하께서 동남쪽으로 떠난 일을 소상히 알려 주었답니다. 최근에는 유리가 활쏘기와 칼 쓰기를 배우는 데 열중이랍니다, 하하하!"

"호오, 그렇구나……"

어린 아들의 소식에 고개를 끄덕이던 태왕의 눈빛에 모후, 예씨부인과 딸, 얼굴도 모르는 아들 유리에 대한 그리움이 가득했다.

그때까지 추모대제는 홀본의 주변을 고구려에 편입시키거나 정복하는 데 대체로 성공한 셈이었다. 태왕은 이제 마지막 단계로 비류국 북쪽의 〈말갈〉과 〈북옥저〉에 대한 대대적인 토벌작전에 돌입하기로 하고, 여러 대신과 장수들을 모이게 했다.

"그동안 여러 제장들이 혼신의 힘을 다한 끝에 나라 주변의 여러 소국들, 즉 비류, 환나, 황룡, 행인, 구다, 비리, 낙랑 등을 두루 정벌하고 병합하는 데 성공했소. 이제 남은 가장 큰 골칫거리는 북옥저의 말갈이 아닐 수 없소. 이들이 매년 강을 넘어와 하상의 백성들이 노략질을 당하니, 무슨 조치라도 취해야 하지 않겠소?"

태왕이 운을 떼자 오이를 비롯한 대신들이 여러 견해를 말했다.

"폐하, 북방유목민의 습성을 지닌 말갈은 본디 한곳에 머무르지 않고 주로 물줄기를 따라 옮겨 다니는데, 흑수黑水 땅의 말갈은 그 거주 영역이 매우 넓어 상곡上谷 북쪽에서 멀리는 북해(바이칼호)에 이르고, 더 멀리 동쪽으로는 동해 바다까지 이른다고도 합니다."

"무엇보다 말갈은 물고기를 잡거나 사냥으로 사는데, 이것만으로는 부족하니까 약탈을 생업으로 하는 족속입니다. 그들이 주로 사용하는 맥궁貊弓은 그 성능이 최고 수준이 아니겠습니까? 사납기 짝이 없어 싸움에 능한 데다, 말을 잘 타고 이동에 능해 흩어졌다가 다시 돌아오는 것이 마치 파리와 모기떼나 다름이 없으니 실로 어려운 문제입니다."

여름이 되자 추모제가 친히 양산梁山을 거쳐 대하大河(하북張北 일대)의 북쪽까지 거슬러 올라가 그 산세를 두루 살펴본 데 이어, 곳곳에 걸쳐 있는 말갈의 영역을 골고루 돌아보았다. 대체로 말갈인들은 강가의 너른 공터에 군락을 이루고 사는데, 주로 갈대의 일종인 부들을 엮어 만든 움막집을 사용하는 것이 눈에 두드러졌다. 추모제가 이를 염두에 두고는 오이에게 말했다.

"말갈 무리는 늘 부들 무더기에 의존해 사는 모습이니, 바람을 이용한 화공火攻이 제격일 것이오. 길목을 지키는 관병들에게 명을 내려 어유魚油를 미리 구해 놓고, 송진과 횃불 자루 등을 준비해 두라 이르시오!"

당시 요수 상류의 장가구張家口 일대로 보이는 구하九河 땅에 있던 말갈의 30여 부락 중에서도 대하大河, 옥하玉河, 난하蘭河, 중하中河, 우하牛河, 빈하濱河, 석치石齒, 월굴月窟, 마구馬丘, 적둔狄屯, 파루巴婁, 아물阿勿, 사불史弗 등이 아주 강성했고, 나머지는 이들에게 복속된 부락들이었다. 그중에서도 사불은 양산梁山 가까이 인접해 있다 보니 점차 교화되어 고구려에 복종할 뜻이 꽤 큰 편이었고, 그 바깥에 있던 일곱 부락의 추장들까지 내부할 뜻을 지니고 있었다. 추모제가 도희都喜를 시켜 이들 추장에게 후하게 재물을 내리고는 유사시에 서로 내응하기로 미리 약조해 두었다.

8월이 되어 추모제가 즙수汁水(온유하) 가까이 나가 서도西都로 삼을 만한 터가 있는지 살폈는데, 황룡국 동도東都의 옛터답게 산천의 풍광이 빼어났다. 마침내 추모제가 주위에 지엄한 명령을 내렸다.

"오이와 마리에게 8만의 병력을 줄 것이니 이제부터 병사들을 철저하게 훈련시키도록 하라. 조만간 옥저 땅 토벌에 나설 것이다!"

9월이 되어 군사훈련을 마친 오이가 먼저 대부대를 이끌고 드디어 양산으로 들어갔는데, 고구려가 이토록 엄청난 대규모의 수륙 양군을 동원한 것은 사상 유례가 없던 일이었다.

고구려군은 양산에서 8路로 부대를 나누어 적군을 기다렸는데, 마침 중요한 정보가 들어왔다.

"아뢰오. 사불의 말갈족들이 파루와 아물 부락의 말갈족과 한창 교전 중이랍니다."

오이 측에서 곧바로 어구獟狗의 부대를 선발로 삼아 전격적으로 아물 부로 진격해 들어가 말갈 부락의 소굴을 쓸어버렸다. 동시에 고구려 본대의 대군도 출정에 나서서 부지런히 도강을 시도했다. 먼저 강을 건넌 부대부터 시작해서 고구려 병사들은 갈대밭에 세차게 부는 바람을 이용해, 말갈 부락을 향해 계속해서 불을 질러 댔다. 시뻘건 불길이 부락을 덮치는 바람에 말갈 부대가 우왕좌왕하다가 서로 호응해 돕는 데 실패했고, 그러자 이내 뿔뿔이 흩어져 산으로, 물로 달아나기 바빴다. 말갈 부락에서는 미처 불길을 피해 달아나지 못하고 뒤로 처진 노약자들이 크게 희생을 당하고 말았으니, 그 수를 헤아릴 수 없을 정도였다.

한편, 마리의 부대는 대하의 강변을 따라 올라가면서 물으로 달아나는 말갈병들을 추격하기 시작했고, 한소가 이끄는 水軍은 물속으로 뛰어든 말갈병들을 공격해 차례대로 제거해 나갔다. 그렇게 구하九河 근처에 널려 있던 말갈 부락이 도처에서 고구려군에게 무너지고 몰살을 당하니, 마침내 〈북갈北羯〉 왕 용신春臣이 사신을 보내와 화친을 요청하기에 이르렀다. 추모제가 이를 받아들여 대하大河의 동쪽을 고구려의 땅으로 편입시키는 데 성공했다. 이로써 과거 〈연燕〉에 빼앗긴 진한辰韓의 고토를 일정 부분 되찾는 위업을 달성한 것으로 보였다.

이때 중하에서 생포한 백웅왕의 딸 가득加得을 〈백웅국白熊國〉으로 돌려보냈더니, 얼마 후 그 사신이 들어와 반가운 소식을 전했다.

"백웅국 사신이 태왕폐하를 뵈옵니다. 우리 소왕께서 폐하의 배려에 크게 감격해 소신을 보내 감사의 뜻을 전하라 하셨습니다!"

이때 사신이 바쳐온 공물 속에는 상어 가죽을 말린 진귀한 어피魚皮와 사슴, 소금 등이 포함되어 있었다. 〈백웅국〉의 위치는 알 수 없으나 백웅이 시베리아 땅에 사는 흰곰을 뜻하니, 고대에 〈말갈〉의 영향력이 어디까지 미쳤는지 새삼 흥미로운 이야기가 아닐 수 없었다.

10월에는 오이 등이 말갈 부락을 다시 12부락으로 나누어 大河, 中河, 난하蘭河의 3개 주州로 삼고는, 그곳을 지킬 수자리(요새)를 만들어 놓고 개선했다. 추모제는 이때 잡은 〈북옥저〉 포로 8만여 명을 황룡의 도성으로 보이는 두눌원杜訥原의 서쪽 땅과 양맥곡梁貊谷 사이를 개간하는 데 집중 투입하게 했다.

동명 10년인 BC 28년 정월, 선비왕 섭신涉臣의 사신이 호왕胡王 막거莫車(복주루선우)의 사신과 더불어 입조해 토산물을 바쳤다. 소후召后의 생모인 류후旒后 을乙씨가 노쇠해 자기 아들 을음乙音을 따라서 우양牛壤으로 가겠다고 청해, 추모제가 허락해 주었다. 2월이 되자 추모제가 마침내 황룡과, 행남, 계림(환나)의 민간에서 장정 1만을 징발해 〈서도西都〉를 건설하게 했다. 즙수汁水 곁 아란원鷹卵原으로 황룡국의 옛 동도東都 땅이었으며, 일대의 산천이 알을 품은 거위의 둥지처럼 안온한 풍광을 자랑했다. 궁성은 치장하지 않고 질박하게 짓기로 했다.

그해 〈자몽〉 왕 광공廣公이 나이가 들어 그 아들 西川에게 왕위를 물려주고, 자신은 태상천왕太上天王을 칭했다. 새로운 자몽왕 서천이 사신을 보내와서 토산물을 바쳤다. 공교롭게도 그 무렵 〈북갈〉에서도 난이 일어나 용신春臣이 그의 수하 소진蘇辰에게 죽임을 당하고 말았다. 〈大河전투〉에서의 패배로 용신의 위신이 크게 흔들렸던 것이다. 그러나 얼마 후 大河 추장 각민角民이 다시 소진을 토벌해 죽이고, 자신이 보위에 올라 용신의 재물과 보물을 차지한 다음, 그 처와 딸을 모조리 취했다.

3월이 되어 추모제는 하상河上(패하 추정)에서 백성들 10만을 징집해 본격적인 군사훈련을 시켰다. 〈북옥저〉를 차지하면서 더욱 드넓어진 강역과 국경을 지키기 위해서는 병사들이 절대적으로 부족했기 때문이었다. 이들이 훈련을 마치고 고구려 북방의 변경에 배치되는 것을 본 다음에서야, 추모제가 비로소 서천西川으로 귀경했다. 다음 달이 되니 추모제가 친히 나서서 적전籍田을 일구었고, 동시에 3后 또한 민간에서 아낙들이 흔하게 하던 일들을 찾아 손수 시범을 보였다. 훤후는 잠사蠶事를, 소후가 마사麻事를 하였고, 맹후가 모사毛事 일을 보았다.

농사철인 5월이 되자 추모제가 또 다른 명을 내렸다.

"도성都城을 짓는 민간 장정들을 반으로 줄여서 귀가시키되, 둔전병屯田兵으로 그 수를 채워 도성(西都) 짓기를 독려하도록 하라!"

그 무렵 북갈왕 용신이 살해당한 연후에, 大河 이북의 여러 부락들 간에 왕위를 놓고 서로 심하게 다투고 있다는 보고가 들어왔다. 추모제가 부위염, 마려 등에게 명을 내려 대하에서 군병을 훈련하게 하고는, 〈북갈〉을 재차 토벌할 방안을 모색하면서 묵거에게 말했다.

"우리나라는 땅은 넓고 기름진데도 사람들과 농사짓는 땅이 적어서, 군병을 많게 할 수도 없고 나라가 능히 부강하지 못하오. 그러니 지금으로선 많이 낳아 잘 키우는 것보다 나은 계책이 따로 없소이다. 그대가 영을 내려 한 번에 아들 다섯을 낳았거나 한 번에 딸 넷을 낳은 백성들 중에서 12인을 가려내 중대부中大夫에 준하는 작위와 함께, 공복公服과 화식花飾, 어패魚佩를 하사해 주겠노라고 선언하시오. 그 외에 해마다 아들을 낳았거나 해를 걸러 아들을 낳은 이들 모두에게도 연곡年穀과 고기 반찬 및 비단과 솜, 그리고 약물을 대 주겠다고 하시오. 경이 이 일을 맡아 주관하시오."

그리하여 묵거가 생산대가生産大加를 맡아, 고구려 전역에서 자식들을 낳는 일을 독려하고 나섰다. 천정이 뚫린 몽골식 오두막집인 궁려穹廬에서 대를 이어 사는 이들에게 명해 아들과 딸을 가리지 말고 낳게 했는데, 부진한 이들에게는 집도 지어 주고 혼인을 해서 자식들을 낳도록 분가를 적극 장려했다. 또 혈통을 중시해 자기들끼리만 혼인을 한 탓에 생산(자식 낳기)이 부진한 다섯 호족豪族들, 즉 봉호封豪, 토호土豪, 신호神

豪, 재호財豪, 한호漢豪들에게는 호족들 상호 간의 혼인을 통해 서로 친척이 되도록 권장했다.

5강五江의 백성들 중 배와 수레 만들기에 능한 사람들에게 소금을 나눠 주고 재화를 곳곳에 유통케 하는 한편, 소금을 생산하는 염소鹽所, 그릇을 만드는 기소器所, 옷을 만드는 의소衣所 등을 각지에 두게 했으니, 관청이 운영하는 각종 제조 공장을 곳곳에 둔 셈이었다. 추모제는 또 동도가 있는 탕외군湯外郡으로 가서 철산鐵山들을 순시하고는 정공鄭共에게 명해 철광석을 캐내고 녹여 야금冶金하게 했다. 그곳에서 나온 부산물인 금金·은銀·동銅·옥玉은 모두 소후궁召后宮으로 들여보내 궁중에서 긴히 쓰게 했다.

또한 추모제는 漢인, 갈鞨인, 호胡인 출신으로 종군從軍에 참여한 이들 모두에게는 역시 고구려 백성에 준하는 직위 및 처첩과 노비를 하사하게 했다. 주민主民대가와 주병主兵대가에게 영을 내려 공功이 있는 이들에겐 같은 작위를 내려 주어 영원토록 안심하고 고구려의 백성으로 살 수 있도록 제도를 마련하게 했다. 한마디로 국외로부터 들어오는 이주민들을 차별 없이 우대해 인구를 늘리려는 이민 유입정책을 적극적으로 펼친 셈이었다.

지아비夫가 죽어 홀로 된 과부에게 자녀가 있을 경우에는 형제 및 숙질(삼촌, 조카)들과 우선적으로 혼인한 연후에 출가하게 했다. 이때 어미는 아들을 따르고 형수는 죽은 이의 동생을 따르며 숙모는 조카를 따르게 하여, 형제 및 숙질간에 어미와 형수 및 재물을 다투지 못하게 했다. 주민대가에게 별도로 명을 내려 이를 제도로 정하게 했다.

또 비첩이 낳은 자녀들 또한 주인의 처와 첩이 낳은 자녀들의 예에 따라 종군하며 재산도 물려받게 하고, 재능에 따라 직위를 이어받게 해

영원토록 노비가 되지 않게 했다. 종척 및 공경들의 비첩이 종척과 공경들의 자녀를 낳으면 모두를 첩으로 승차시키고, 성씨를 하사했다. 이 모든 것들이 장차 인구를 늘려 부국강병을 달성하기 위한 고구려의 계책들이었다.

그 무렵에 〈숙신〉 왕 건짐乾朕이 사신을 보내와서 북해北海의 화어火魚와 월산月山의 각안角雁을 바치며 아뢰었다.

"태왕께서 군병 10만을 대하에서 훈련하시며, 곧 북갈 무리를 도륙하실 것이라 들었습니다. 허나, 말갈은 물줄기를 좇아 근원을 옮기는데, 멀리 상곡의 북방에서부터 큰물을 따라 태백에 이르고 흑수 땅을 잠식하더니만, 동쪽은 바다의 북쪽에 이르고, 서쪽으론 북해에 다다랐습니다. 북해는 선우의 옛 터전으로, 漢의 임금(한무제)도 능히 칠 수 없어, 소무(漢의 사신)가 이곳에서 늙었습니다. 신의 나라는 말갈과는 싸우거나 화친하기를 백여 년을 했어도, 능히 뿌리를 뽑을 수 없어 포기하였습니다. 비록 태왕께서 용맹하기가 모든 왕 중 으뜸이라 하더라도, 이 지독한 잡초들과는 이로움을 다퉈 보아야 얻는 것이 잃는 것을 메우지 못할 것이라서, 성인聖人의 다스림이 되지 못할까 두렵습니다. 청컨대 이 전쟁을 파하소서."

추모제가 이 말을 크게 반기며 사신을 후하게 대접해 돌려보냈다. 이때 건짐은 장차 화禍가 자신에게까지 미칠까 두려워 이런 말을 한 것이었으나, 추모대제가 기뻐했다는 말을 듣고서도 반신반의하며 걱정만 하다가 끝내 몸까지 쇠약해져서 죽고 말았다. 그의 아들 호백胡白이 건짐의 뒤를 이었으나, 그 역시 고구려를 두려워한 나머지 부친의 죽음을 감추고 알리지 않았다.

사실 추모제 또한 건짐의 말을 그대로 수용한 것이 결코 아니었다. 고구려 대군은 여전히 대하 인근에서 훈련을 실시하면서 꾸준히 병력을 증강시키고 있었던 것이다. 당시 고구려에 자진해서 투항해 온 말갈인들이 무려 3만 명이나 되었는데, 추모제는 이들을 향도로 삼기로 했다. 태왕은 이때 고구려 병력을 3로군으로 나누고 총 60軍을 편성했는데, 1軍 2천 명을 다섯 부대로 했으니 고구려군 12만에 말갈 부대 3만을 합치면 총 15만에 이르는 어마어마한 군단을 꾸린 셈이었다. 각 부대마다 말갈인 100명을 내세워 길 안내를 맡도록 하고, 드디어 고구려 대군이 大河를 건넜다.

고구려군의 북상에 놀란 북갈인들이 크게 두려워하더니 사방으로 흩어져 달아나기 바빴다. 추모제가 그 길로 무작정 북갈을 추격하기보다는 때를 기다리며 주둔하게 하니, 장수들 중에는 조급한 마음을 가진 자들이 있어 공격 명령을 내려 달라고 청하는 이들도 있었다.

"말갈이 모두 도망쳐 달아나면 빈 땅만 남게 될 테니, 즉시 공격해 들어가 적들을 일망타진해 버리는 것이 상책이지 않겠습니까?"

이에 추모제가 타일렀다.

"땅이 비어 있다면 신경 쓸 일이 없으니 더없이 쉬울 텐데, 그런 곳은 필시 말갈의 근거지도 아닐 것이다. 반면에 적들이 남아서 죽기로 지키려 드는 곳이라면 그들의 근거지가 틀림없을 것이니, 그때 달아나는 자들은 놔두고 남아 있는 자들 위주로 토벌하면 될 것이다. 이리저리 떠도는 자들은 만나는 대로 생포하거나 주살하면 될 것이니, 서로 죽자고 달려들어 겨루기보다는 이런 방식이 더욱 안전한 계책일 것이다."

그해 8월인데도 북쪽 땅이다 보니 이내 눈이 날리고 추위가 일찍 찾아왔는데, 병졸들이 겨울에 입을 가죽옷이 도착하지 않은 상태라서 추모대제도 이들과 더불어 벌판에서 노숙해야 했다. 그때마다 강변에 땔감을 쌓아 놓고 밤마다 불을 피우며 견뎌 냈는데, 오래지 않아 가죽옷이 도착하는 것을 확인한 뒤에서야 추모제가 도성으로 돌아왔다.

다음 달인 9월에는 길조로 널리 알려진 흰 란鸞새들이 서도西都의 왕대王臺(제왕의 누각)에 모여들었다. 황색의 턱에 적색 눈을 가졌으며, 뿔처럼 생긴 머리털은 녹색이고, 정강이는 붉었다. 서도가 미처 다 완성되지 않은 상태에서 란새들이 모여드니, 더없이 좋은 경사라며 소후와 화후가 서둘러 누대로 거처를 옮겼는데 〈란대鸞臺〉라 이름을 붙였다. 맹후는 동도東都의 조양당朝陽堂에 머물렀고, 화영禾英부인은 홀본 西城의 봉명전鳳鳴殿 화리당華离堂에 각각 거처했다.

그때 북쪽 대하에선 부위염과 보연이 제1軍을 거느리고 大河 동남쪽에 있던 오가사부五加沙部를 쳤다. 마려馬黎와 정복鄭福이 이끄는 제2軍은 대하의 서북쪽을 공격했고, 어구扵狗와 양신羊臣의 제3軍은 五河를 쳤다. 그 결과 그 전년도에 행천荇泉을 빼앗은 데 이어, 이때의 대공세로 마침내 〈북갈北鞨〉을 멸망시키는 데 성공했다. 사람들이 백란白鸞이 날아오더니 나라에 경사가 생겼다고 했다.

원래부터 말갈 무리들은 남북으로 워낙 긴 거리에 걸쳐 늘어져 있다 보니, 닭이 울거나 개 짖는 소리를 듣기도 힘든 지역이었다. 그럼에도 궁려窮廬 안은 실로 화려했고, 그 안에 천년보화千年寶貨를 갖고 있었는데 옛 중원中原 나라들의 물건들로 가득했다고 한다.

10월, 3軍의 병력 전체가 5개의 지류를 뜻하는 오하(五道河) 북쪽으로 진격하여 지천支川들을 빼앗았고, 북갈왕 행세를 하던 각민角民의 형제 셋을 사로잡았다. 그러자 〈북옥저〉 땅의 30여 부락들이 차례대로 찾아와 항복했다. 고구려군이 이때 소탕해 버린 소굴의 수가 83개소, 목을 벤 장수들이 102인, 아울러 무려 1천여 리에 달하는 드넓은 땅을 확보했다. 소와 양, 개, 사슴 같은 가축이 17만 두, 생포한 말갈인들이 8만 명에 달했으며, 준마駿馬가 5천 필이었고, 노획한 병장기와 진보珍寶는 셀 수도 없을 지경이었다.

추모제는 〈북옥저〉 땅에 12명의 장군을 두어 항복한 무리들을 나누어 다스리게 했다. 말갈 여인 6만 3천을 장수와 병사들에게 나눠 주고, 말갈의 큰 성씨 집안 장정들은 두눌의 서쪽과 양맥곡으로 옮기게 했다. 당시 말갈의 포로들을 이곳으로 보내 대대적으로 황무지를 개간하게 했는데, 장차 농사를 짓게 해 정착시키려 한 것이었다. 놀랍게도 후일 이들의 후손들이 〈5호 16국〉 중 〈전조前趙〉와 〈후조後趙〉를 세웠고, 흑수말갈의 〈발해渤海〉가 고구려를 계승하는 시발점이 되었으니, 따지고 보면 이들 나라 모두가 고구려에 그 연원을 둔 셈이 되었다.

이로써 말도 많고 탈도 많았던 〈북갈(북옥저)원정〉이 마무리되게 되었고, 추모대제는 정복 군주로서의 위용을 만천하에 드러냈다. 고구려가 이때 이르러 비로소 서쪽의 선비鮮卑에 이어 북쪽의 말갈靺鞨까지 제압하면서 명실공히 〈북부여〉의 옛 땅 대부분을 차지하게 되었다. 고구려 건국 후 10년 만의 일이었고, 추모 일행이 순노의 모둔곡에 와서 말갈과 첫 전투를 치른 후 13년 만의 일이었다.

15. 통일 대업의 달성

북옥저(북갈) 토벌을 완료하기 직전 해에, 소후가 마마馬공주를 낳았다. 추모제가 소후를 찾아 노고를 위로하려니, 소후가 대뜸 엉뚱한 이야기를 꺼냈다.

"첩이 듣자니 동부여 땅에 태자와 황후가 계신다고 합니다. 어째서 태자 모자를 모서 오지 않는 것입니까? 첩은 절대 시샘하지 않을 것이니, 속히 태자 모자를 데려오시지요. 우리 딸 아이阿爾로 하여금 태자와 짝을 지어 주면 될 일이 아니겠습니까?"

그러자 추모제가 빙그레 웃으면서 답했다.

"모후(유화부인)께서 다 생각이 있으실 것이니, 후께서는 몸조리에나 힘을 쓰시오. 아이공주는 좋은 혼처를 마련해 천천히 짝을 지어 주면 될 것이고, 세상일이란 게 모두 저절로 풀리는 때가 있는 법이지요……"

그 무렵에 맹후孟后와 화후禾后(황룡왕 보득의 딸) 등이 추모제의 총애를 받는 대신, 소후는 추모제의 사랑이 식어 가는 데다 딸을 낳으니 스스로가 불안을 느낀 나머지, 대담하게 유리를 끌어들이려는 궁리를 한 것으로 보였다.

동명 11년째 되던 BC 27년 3월, 西川의 하람河灆(범람원) 땅에 있다는 소륵疏勒이라는 자의 농원이 매화꽃으로 유명해, 추모제가 이를 둘러보기로 했다. 漢人 출신인 소륵은 잠사蠶事로 재물을 크게 이뤄 〈황룡국〉의 서천후西川侯에 오른 자였다. 거부였던 그는 왕궁을 본떠서 금과 옥으로 꾸민 전각을 거처로 삼았고, 백 명이 넘는 처첩에, 사방에 사령使令을 두고 있었다.

그가 자신의 농원에 여러 종류의 매화梅花를 심었더니, 백매화, 청백매화, 록백매화, 홍백매화, 반백매화, 황매화, 홍매화와 복겹꽃 등 70여 종의 매화가 앞다투어 피었는데, 해마다 봄이면 그윽하고도 담담한 향기가 멀리까지 퍼진 탓에 그의 농원이 유명해졌다. 화영후가 소릉을 추모제에게 천거해 나라의 잠직蠶織을 주관토록 했던 것인데, 추모제가 그의 농원인 〈소릉원疏勒園〉을 둘러보고 매화를 감상하던 중에 뜻밖의 말을 남겼다.

"이 꽃은 비록 곱고 예쁜 것은 아니지만, 그윽한 운치가 좋은 것이 내처 예씨의 덕과 같구나……"

그러더니 이내 동부여 쪽을 바라보면서 예禮후를 그리워하듯 오래도록 슬픔에 젖은 모습을 보였다.

추모제는 이미 여러 아들을 두었는데, 훤후의 아들 훤窅은 비록 적출嫡出은 아니어도 나이가 제일 많았고 무던해 정윤(황태자)으로 삼았으나, 나약했다. 이에 소후召后는 비록 추모제의 친아들이 아니긴 하지만, 자신의 아들 중 하나로 하여금 태왕의 후사를 잇게 하려는 욕심을 품게 되었다. 그런데 맏아들인 비류沸流는 이제 스무 살의 왕성한 나이에도 불구하고 심약한 편이었다. 따라서 소후는 비류보다 3살 어린 차남 두절斗切을 내심 후사로 삼고 싶어서 매번 태왕의 의중을 살피고 있었다. 고루高婁와 을두지乙豆智는 모두 현명하고 용맹했으나 의지할 만한 어미들이 죽고 없었다.

동부여를 떠나던 때 예후禮后는 대업을 꿈꾸는 장부가 어찌 아녀자를 염두에 두냐며, 떠나는 추모의 발걸음을 가볍게 하려 애썼다. 그런 예씨 부인의 덕을 늘 마음에 두고 있던 추모제가 그녀의 아들인 유리가 현명하다는 말을 전해 듣고부터는 부쩍 동부여에 두고 온 처자식을 그리워하기 시작한 것이었다.

그러던 어느 날, 추모제가 화영禾英비에게 꿈속 이야기를 꺼냈다.

"내가 비리를 치지 않고 그대로 두는 것은 화수禾穗와 화악禾尊을 위해 서였소. 그런데 요즘 누차 꿈에서 얼굴도 모르는 부제父帝께서 자주 나타나는 걸 보니, 아무래도 옛것을 되찾고자 하시는 뜻이 있으신 것 같소. 북갈을 혼내 주기는 했지만 여전히 부족하니 이제 서쪽으로 움직이지 않으면 아니 되겠소."

이는 곧 서쪽의 〈비리卑离〉와 〈선비鮮卑〉를 토벌해 아직 되찾지 못한 몇몇 〈북부여〉의 나라를 정복해야겠다는 뜻이었다. 그런데 〈비리국〉은 원래 선비왕 보공簠公이 다스리던 것을 30여 년 전 왕불旺弗이 공을 쫓아내고 스스로 왕이 되었으나, 이 무렵엔 다시 공의 아들 소노素奴가 다스리고 있었다. 그러나 그는 고구려의 급성장에 머리를 숙인 채로 잔뜩 눈치를 보고 있었다. 그즈음 추모제가 소노를 동도東都로 데려와 살게 했고, 소노의 모친인 화악과 화수(가달의 딸) 모녀를 거두어 서도西都에 별도의 궁실을 짓게 해 주었다. 이후로 화禾씨, 해鮮씨, 양羊씨 중에 고구려로 귀부해 오는 사람들이 끊이지 않았다.

사실 추모제는 〈비리〉가 동명제 고두막한의 후손들이 다스리던 땅이라 그간 토벌을 하지 않고 둔 것이었는데, 마침내 공략에 나서기로 한 것이었다. 추모제가 사전에 河上에서 친히 군대를 사열하고는, 얼마 지나지 않아 오이에게 명을 내려 마침내 〈비리〉를 토벌하게 했는데, 이때 각별한 주문을 더했다.

"군병들이 함부로 곡식을 상하게 하거나 사람들을 죽이지 않게 하시오. 항복하는 자는 그 자리에 봉해 주고 도망하는 이들은 구태여 추격하지 말 것이며, 대적하려는 자는 공격하고 지키려는 자는 내버려 두시오.

그곳의 곡식과 양들을 거둬서 먹게 하고, 천천히 전진하면서 내가 왔음을 알리도록 하시오!"

얼마 후 비리 영내로 진입한 고구려군은 백성들을 핍박하지 않았고, 추모제의 지시대로 질서와 위엄을 지키려 애썼다. 그러자 이를 목도한 〈비리〉의 부로父老들이 몰려와 고했다.

"이제 다시 천제의 군대를 뵙게 되었습니다. 우리는 황군皇軍의 위엄에 가히 안심하고자 합니다!"

그리고는 앞다투어 소와 양을 끌고 와 군사들의 식량으로 쓰라며 바쳤다. 추모제가 화영 및 보공(소노)과 함께 한 달여가 넘도록 〈비리〉에 머물며 백성들을 만나고 위무하니, 민심이 빠르게 돌아섰다. 8월에, 오이가 계속 전진해 마침내 비리의 도성인 불이성不而城을 완전히 장악했는데, 피차 상한 군졸이 없어서 무혈입성이나 마찬가지였다.

홀본의 동남쪽 아래 그리 멀지 않은 곳에 위치한 불이성(하북관성)은 동명제 고두막한의 〈북부여〉 도성이 있던 곳이었다. 漢나라 때 현도군의 첫 치소가 있던 곳으로, 옥저성, 위나암(국내성)으로도 불리던 천혜의 유서 깊은 성이었다. 당시 고두막한이 한사군 저지를 위해 북쪽의 부여성(임서 일대)을 비운 대신, 부여를 계승한다는 뜻에서 이곳을 불이성으로 부르고 〈북부여〉의 도성으로 삼았던 것이다.

추모제가 오이의 군대와 함께 불이성 안으로 입성하니 백성들이 봉거鳳車를 가져와 추모제를 기다리고 있었는데, 봉거에는 란새의 모양을 새긴 깃발 란기鸞旗가 나부끼고 있었다.

"태왕폐하, 봉거를 준비했으니 어서 오르시옵소서!"

추모제가 백성들의 열렬한 환호 속에 봉거에 오르자, 세 명의 화후禾后들이 추모제를 맞이해 궁 안으로 들어갔다. 추모제는 그 즉시 북부여 천제였던 동명제의 옛 단궁檀宮으로 안내되었고, 그곳에서 친히 사당에 제를 올렸다.

선실대형仙室大兄인 옥춘屋春을 불이성의 성주로 삼았고, 화禾, 해觧, 양羊, 타佗, 왕旺, 구龜씨 등 비리의 큰 성씨들에게 사흘간이나 큰 주연을 베풀었다. 이어서 비리 땅의 큰 씨족들인 왕旺, 해觧, 피皮, 수遂씨 등을 탕동 땅으로 이주시켜 백성들과 분리시켰다. 아울러 오이烏伊를 비리의 임시왕으로 삼았는데, 이때 품계를 추모제와 대략 비등한 수준으로 높이고 파격적으로 우대해 주었다.

비리의 후궁들은 오이에게, 공경들의 처와 딸들은 여러 장수들에게 처첩으로 보내졌으며, 그곳의 진귀한 보물들은 서도로 옮겨졌다. 소와 양과 같은 가축들과 사방으로 흩어졌던 재물들은 모조리 군사들에게 차등을 두어서 나눠 주었다. 오이가 〈황룡〉 및 〈비리〉의 왕을 동시에 역임하다 보니, 시첩侍妾들이 수백 인이나 되었다. 게다가 밥상 또한 호화롭게 커지니, 앞가슴이 불거지고 몸에 살이 붙어 거대한 하마河馬 꼴을 하게 되었다. 10여 년 전만 해도 오이는 추모제를 수행하느라 언제나 비쩍 말라 있던 오자烏子(까마귀)의 모습이었으나, 이제 그의 얼굴에서 까마귀 같던 인상을 더는 찾을 수 없었다.

그 무렵 추모제가 화영과 함께 빈지彬枳 온천에 들렀다가 부여의 태사였던 양은羊殷이란 자를 찾아 만나 보았다. 추모제가 양은에게 부여의 역사와 부여문자 및 신경神經과 시詩, 역易 서書, 예禮, 악樂, 《춘추春秋》, 《효경孝經》 등의 위서緯書(경서經書)에 대해 물었더니, 양은이 뜻밖의 대답을 주었다.

"30여 년 전 왕불의 난으로 〈부여〉의 전적典籍들이 불타 없어져 지금 남은 것이 없습니다. 다만, 지난해에 신이 우연히 형동陘東 땅에서 천제

운관을 집에 가지고 있는 농부를 만난 일이 있었습니다만, 지금 폐하를 뵈오니 그 물건이 옛 주인을 오래도록 기다린 것임을 알겠습니다.”

그리고는 이내 무릎을 꿇고 그 운관을 추모제에게 바쳤다. 〈천제운관天帝雲冠〉이란 북부여 천제였던 동명제 고두막한이 쓰던 구름 모양을 한 의관儀冠을 말하는 것이었다. 추모제가 놀라서 이를 받아들고 한참을 살피더니, 기쁜 듯 슬픈 듯 알 수 없는 탄식을 했다.

“물건은 남았는데 그 주인은 가고 없으니, 인생이란 분명 뜬구름 같은 것이구려……”

그리고는 뚜껑을 손으로 밀어서 열어 보니 안쪽에 〈운관雲冠〉이란 글자가 또렷이 쓰여 있었다. 그날, 화후가 딸을 낳았는데 그 이름을 또한 운책공주라 하였다. 추모제가 양은, 양세羊世, 길사吉士, 대경大更 등에게 명하여 〈부여夫余〉의 옛 역사와 전적典籍들을 수집하라 일렀다. 또 부여와 漢의 문자文字로 이를 다시 편찬해 모두가 열람할 수 있게 하니, 공경들의 자제들을 가르치기에도 편리했다. 오늘날 그중 어느 것 하나 전해진 것이 없으니 안타까운 일이다.

10월쯤에 이르자, 〈비리〉(불이)의 모든 성들이 함락되었는데, 오직 장령長岺과 고현高顯만이 떨어지지 않았다. 추모제가 마리와 부위염을 시켜 두 성을 치게 했는데, 부위염이 여전히 장령과 고현성을 함락시키지 못했으므로 오간이 대신하게 했다. 얼마 후에는 마리 또한 불러들이고 태보太輔로 승차시켜 병마의 임무에서 풀어 주었고, 대신 마려가 그를 대신해 서진西進하도록 조치했다. 아울러 한소를 좌보 겸 주민대가로, 부분노를 주병대가로, 환복을 주곡대가로 삼는 인사 개편을 단행했다.

그런데 12월이 되자 큰 눈이 내려서 전장에 나가 있던 오간과 마려 등이 쌓이는 눈 속에서 큰 곤욕을 치러야 했다. 현토군의 부속현이었던 장령 일대는 화산지대라 땅 위로 매우 강한 유황 기운이 퍼져 있는 데다, 유독한 샘들이 많아서 종종 병사들이 질식 내지는 중독사를 당하던 곳이었다. 결국 이때도 기어코 중독 사고가 일어나는 바람에 부득불 군대를 뒤로 물려야만 했다. 이 소식을 들은 추모제가 급히 명을 내렸다.

"황룡에서 당장 20여 의원을 차출해 장령으로 보내 병사들을 돕도록 하라!"

그때 고구려군이 일시적으로 西河 땅 량하樂河로 물러나 있었는데, 서하를 지키고 있던 양직羊直이 고구려를 배반하고 장령에 붙어 비리의 편에 서고 말았다. 추모제가 양신羊臣을 보내 양직을 설득하게 했으나, 양직이 움직이지 않았다. 그러자 군신들이 간하였다.

"태왕폐하, 양직은 겉은 순해 보이지만 속은 음험해 믿을 수 없는 자이니 즉시 토벌에 나서야 합니다!"

이제 갓 서른 살을 넘긴 양직은 화악의 사위이자 양화의 아들이었다. 추모제가 그의 나이를 물어보더니 한창 혈기방장한 때라며 잠시 그를 그냥 놔둬 보자고 했다.

해가 바뀌어 동명 12년인 BC 26년 춘정월, 추모제가 양화羊花를 불러 란대鸞臺에서 술자리를 열고 넌지시 물어보았다.

"그대의 아들 양직이 고구려를 배반했으니 그대를 안중에도 두고 있지 않은 모양이오. 나는 그대를 생각해서 양직을 죽이지 않았는데, 장차 나랏일이 어찌 될 것 같소?"

그러자 양화가 황망해하며 답했다.

"신첩이 불행히도 양길에게 욕을 당해 이 어리석은 자식을 낳았습니다. 폐하께서 통일 대업을 이루고 계시는데, 어찌 첩 하나를 위해 이런 자식을 사사로이 생각하시겠습니까? 청컨대 아들을 주살하시고, 그와 관련된 모든 이들도 징벌하소서!"

이에 추모제가 비로소 친히 양직을 응징하기로 했다. 그러자 얼마 후 뜻밖의 보고가 들어왔다. 추모제의 출정 소식을 듣고 몹시 두려워하던 양직이, 스스로 오라를 한 채로 군문軍門 앞으로 나와 항복을 청하고 있다는 것이었다. 추모제가 직접 나가보니 양직이 무릎을 꿇은 채로 아뢰었다.

"신을 꼬드겨 배반하게 한 놈은 사마 고주孤舟입니다. 청컨대 신과 고주를 함께 죽이셔서 신의 원통함을 덜어 주옵소서."

이에 추모제가 진위를 알아보게 하니 과연 고주의 죄가 있어 그를 참살해 버렸다. 대신, 양직을 사면해 주고는 오히려 그를 장령 공격의 선봉으로 삼게 했다. 성은에 감읍하던 양직이 량하 땅을 지나 산수酸水 땅에 이르러 마침내 장령의 비리군과 죽기 살기로 대판 싸웠다. 그리고는 끝내 비리를 깨뜨리고 말았으니, 추모제의 관용과 용인술을 더욱 빛나게 해 준 승전보였다.

그런데 〈장령전투〉에서 양직의 많은 군사들이 산수酸水를 마시고 중독된 데다, 추모제마저도 양직과 더불어 역시 독기에 노출되고 말았다. 추모제가 즉시 도성인 서도로 돌아와 부위염을 대신 보내고 西河 땅으로 물러나 지키면서 때를 기다리라 일렀다. 당시 장령에서는 사람들이 중독사하는 일이 많다 보니, 그곳 습속에 시체를 벌판이나 하천에다 내다 버리기 일쑤였다. 그런 상황에서 양직의 군사들이 마신 산수가 가뜩이나 오염된 데다, 적들이 2차례나 몰래 들어와 독을 살포하고 돌아갔다니 더욱 치명적일 수밖에 없었던 것이다.

2월이 되자 추모제가 진장秦章을 불러 명을 내렸다.

"장령으로 가서 중독된 군사들과 백성들을 치료해 주되, 고구려 병사가 아니더라도 중독된 모든 이에게 약을 쓰도록 하라!"

당시 장령에는 비리군에 종사하던 많은 이들도 중독되어 누워 있었는데, 진장이 몰래 가서 그들마저 치료해 주자, 장령 사람들이 진장을 아비같이 우러르게 되었다. 추모제는 전장에서조차 가급적 인간의 도리를 저버리지 않으려는 품성을 지닌 성군聖君의 모습을 보였던 것이다.

얼마 후, 이번에는 〈동부여〉에서 건신巾申 등이 찾아와서 놀라운 애기를 전했다.

"대청帶靑과 대적帶赤 등 금와왕의 형제들이 서로 다투다가 전쟁이 일어나 대적이 패해서 죽고 대청 역시 화살을 맞아 크게 다쳤습니다."

이는 즉 동부여에 내란이 일어나 금와왕의 일곱 아들 중 난릉왕蘭陵王 대청이 동해왕東海王 대적을 죽였다는 것으로, 그 형제들 사이에 거친 권력 다툼이 있었다는 말이었다. 금와왕이 늙어 권위가 쇠해지다 보니 동부여 조정이 불안해진 것이었다. 추모제가 내심으로 모친인 유화황후를 비롯해 예씨부인과 아들 유리, 기타 배다른 동생들의 안위를 걱정했다.

그런 와중에도 추모제는 백성들의 생활을 윤택하게 할 방도를 찾고, 이를 실행에 옮기는 일을 게을리하지 않았다. 을경乙耕을 주곡대가로 삼아, 도성에 큰 창고 79곳과 함께 향리에도 창고 5백여 곳을 두게 했다. 또 그릇을 굽는 가마터인 요조窯竈 3백 곳과 소금 창고 7백 곳도 만들게 했다. 오건奧犍을 장작匠作대가로 삼고, 금과 은을 다루는 공장 80곳과 대나무와 박달나무를 가공하는 공장 150곳, 조가비와 상아 가공공장 2백 곳을 두게 했다. 중실우仲室禹를 주원主園대가로 삼고, 참외 농원 3백 곳에 뽕밭 농원 20곳, 대마 농원 50곳과 양털 짜는 집 1백 곳을 조성하게 했다.

환백桓柏을 주축主畜대가로 삼아, 목양장牧羊場 1,200곳, 목우장牧牛場

150곳, 관마장官馬場 1백 곳, 거위를 기르는 양아지養鵞池 3백 곳, 양계養鷄 및 오리를 키우는 양압장養鴨場 1,200곳 외에도, 잡축장雜畜場 50곳에 양 돈장養豚場을 무려 2,700곳이나 만들게 했다. 당시는 산과 숲이 지천이 라 고기류는 주로 수렵에 크게 의존하던 때였지만, 더욱 안정적인 육류 를 확보하고자 다양한 종류의 가축과 가금을 기르는 축산정책을 적극 펼쳤던 것이다.

그해 5월, 추모제가 이제 십대 후반의 나이로 청년이 된 소후의 아들 비류沸流를 엄표패자淹淲沛者로 삼고, 을진乙眞을 사마司馬로 삼았다. 비류 는 성품이 어질고 효성스러웠으나 나약한 성품이었음에도 스스로 추모 제와 같은 부류로 여기고, 자신의 능력을 내보이기 위해 패자의 직책을 맡았다. 그런데 사실 이 모두는 모후인 소서노가 손을 쓴 덕분이었다. 그 해 소서노의 모친인 류旒태후 을乙씨가 세상을 떠났다. 추모제가 태후의 예법을 갖추게 해 홀본 우양에 있던 연타발의 무덤에 장사 지내주었다.

그 무렵 부위염의 부장이던 보연宝燕이 서하의 호족 우반于般의 처 공 珙씨를 빼앗아서 부위염에게 바쳤다. 이에 분노한 우반이 서하의 군사 들과 백성들을 꾀어내어 반란을 일으키고 말았다. 보연이 우반의 갑작 스런 기습에 패해 온천장으로 후퇴하는 사건이 벌어졌고, 이에 추모제 가 사태를 수습하기 위해 친히 서하로 출정하니, 결국 우반이 항복할 수 밖에 없었다.

추모제는 이때 부위염을 서하태수 겸 진북대장군鎭北大將軍으로 삼고, 정복鄭福을 부장副將으로 삼게 했다. 대신 소동을 일으켰던 보연은 양산 梁山 땅으로 옮기게 해 그곳을 지키게 하는 동시에, 공씨를 우반에게 돌 려보내게 했다. 겉으로는 문제를 일으킨 부위염을 여전히 신뢰하고 보 연의 죄를 묻지 않은 듯했지만, 사실 경질성 인사임이 분명했다.

그러면서도 자신의 여인을 위해 분연히 일어섰던 우반의 죄를 너그럽게 용서했으니, 추모제는 누구의 명예도 손상하지 않은 채 모든 것을 제자리로 돌려놓은 셈이었다. 추모제의 노련한 사태 수습에 부위염이 크게 깨달은 바가 있었는지, 한빈의 군사 5천을 이끌고 곧장 장령으로 향했다. 부위염이 병사들을 독려해 한 치도 물러서지 않고 용맹하게 싸운 결과, 마침내 난공불락이던 장령을 빼앗는 데 성공하면서 그곳 수장인 극동좌충㦸東左充을 참했다. 사람은 누구나 실수하기 마련인데, 추모제는 그때마다 아랫사람에게 가혹하게 굴지 않는 대신 아량과 용서로 대함으로써 사람들을 더욱 분발하게 했으니, 이것이 추모제가 지닌 그릇의 크기였다.

8월 중추절에는 서도에서 월가회를 크게 거행했는데, 이때는 맹후를 월선으로 삼았다. 그즈음 추모제가 도인道人의 경지에 오른 것으로 유명한 행인국 호원澔原의 처사處士 목공木公을 불러 서로 대화를 나누었다.

"사람들의 하루는 악惡은 많고 선善은 적어서, 악이 열에 칠이나 팔은 되는 것 같으니, 어찌하면 좋겠소?"

이에 목공이 대수롭지 않다는 듯 아뢰었다.

"능히 그 결과가 선하기만 하다면 설사 열에 하나뿐이라도 충분할 터이니, 구태여 둘이나 셋을 따지는 것이 무슨 의미가 있겠는지요? 사실 세상에서 선이라 일컫는 것들은 진정한 선善이 아니지요."

그러자 추모제가 다시 물었다.

"그렇다면 무엇이 참 선善인 것이오?"

목공이 답했다.

"아무것도 해치지 않는 것이지요."

대왕이 수긍하기 어렵다는 듯 되물었다.

"아무것도 해치지 않는다는 것은 곧 아무것도 살리지 않음이 아니겠소?"

그러자 목공이 더욱 알쏭달쏭하기 그지없는 답을 내놓았다.

"삶生이란 것이 본디 악을 바탕으로 하는지라, 善한 것은 살고자 애쓰지 않는 법이지요. 대저 삶이란 것은 살기 위해서 모든 것에 대비해야 하는 것이니, 선하게 살고자 하는 이는 필시 삶을 얻기가 어려운 법입니다. 그러므로 살기 위해 애쓰지 않는 삶이 곧 영생永生인데, 영생이란 것 또한 실체도 없고 이름도 없으며 비우고 없애고서 고요히 사라지는 적멸寂滅일 뿐입니다. 그러니 살아 볼 만한 삶이란 것도, 어진 체하면서 의義를 빌렸다가 종당엔 아무것도 얻는 것이 없음입니다."

이에 추모제가 다시금 날카로운 질문을 했다.

"경의 말대로라면 죽음이 곧 삶인데, 경은 왜 여태껏 죽지 않았소?"

그러나 목공은 아무렇지도 않은 듯 답했다.

"신 역시 여전히 삶을 얻지 못한 지 오래되었는데, 어찌 능히 죽을 수 있겠는지요?"

추모제는 흡사 선문답처럼 들리는 목공의 이야기에 크게 공감하지 못한 듯했다. 목공과의 대담이 끝나자 추모제가 주변에 이런 말을 남겼는데, 이후로는 목공을 멀리했다고 한다.

"사람 사는 세상에서 쓸 만한 도道가 아니면 들을 가치가 없는 것이니, 그런 것들은 역시 몰아내야 할 것이오."

대수롭지 않게 여길 만한 이 이야기 속에 놀랍게도 고대인들이 믿었던 당대의 철학과 신앙을 들여다볼 수 있는 단초가 들어 있었다. 당시의 고구려인들이 인간의 삶에 대해 이미 충분히 성찰하고 있었음을 보여 주는 사례이기 때문이다. 애당초 추모제는 전쟁이 난무하는 참혹한 현실 속에서, 공동체에 요구되는 철학과 정신, 지도력에 대한 답을 구하려 했을 것이다. 이에 반해 목공은 한계가 있는 인간의 삶에 대한 궁극적 통찰과 함께, 어디까지나 개인적 차원에서 인식하게 되는 삶과 행복에 대해서 주로 언급했으니, 서로의 관점에 차이가 있었던 것이다.

이러한 목공의 견해는 당시 고구려에 유행했던 선도사상의 입장을 대변한 것으로 해석될 수 있다. 선도仙道는 삶에 대한 통찰과 함께 끊임없는 심신의 수련을 통해 궁극적으로 신선神仙의 경지에 오르는 것을 추구했던 것으로 보이는데, 노자老子의 무위無爲나 석가釋迦의 해탈解脫과 같은 종교철학과 그 맥을 같이하는 측면이 있었다. 이런 부류의 사상들은 얼핏 삶을 부정하는 것으로 보이기 쉽지만, 실상은 세상의 혼돈과 고통이 개개인의 과도한 욕망에서 비롯되는 만큼 욕심을 줄이고, 물질보다는 정신에 무게를 둔 삶을 살라는 가르침에 다름 아닌 것이었다.

문명이 시작되던 상고시대의 민간신앙이 하늘(天神)에 의지하는 단군신앙이었다면, 이 시기의 〈仙道사상〉은 비이성적으로 막연한 절대자를 믿는 데서 벗어나, 인간의 삶과 자연에 대한 탐구와 사유를 통해 그 실체를 깨닫고, 궁극적인 仙에 도달하기 위해 끊임없이 몸과 마음을 수련하는 실천철학으로까지 승화되어 있었던 것이다.

이러한 선도사상은 고조선 강역을 중심으로 꾸준히 계승 발전되어 온 뿌리 깊은 민족 신앙으로, 고구려의 국선國仙이나 신라의 화랑花郞으로 승화되었고, 〈백제〉 및 〈왜〉(일본)와 같은 동북방 계열의 나라에 널리 퍼지고 유행했다. 다만, 과학이 발달하지 않은 고대의 사상이라 불로장생이나 신선神仙과 같은 미신적 요소를 떨쳐 버리지 못한 탓에, 불교佛敎나 유교儒敎처럼 좀 더 현실에 기초한 신흥 외래종교와 사상에 점차 밀려났을 뿐이었다.

그러나 일찍부터 古조선 강역에서 일어난 仙道사상이야말로 춘추시대의 노장老莊사상을 비롯한 불교 등 아시아의 종교에 적지 않은 영향을 끼친 것이 틀림없어 보였다. 특히 심신의 연마와 수련을 통해 해탈의 경지에 도달하고 神仙이 되고자 했던 염원은, 고대의 무술이나, 요가yoga 등의 발전에도 크게 기여하고 그 기원이 되었을 것으로 짐작된다.

특히 후대에 서역을 통해 들어오기 시작한 불교는 호국불교에 가까웠고, 유교 역시 철저한 신분 질서를 바탕으로 충효忠孝를 강조하는 통치 철학에 가까웠다. 그런 이유로 후대의 제왕들이 이를 지배 이데올로기로 적극 수용하는 대신, 지극히 개인적 깨달음과 수양을 추구하는 〈仙道〉를 배격하면서 韓민족의 전통사상과 신앙이 점차 소멸된 듯했다.

그 와중에 상고시대부터 전통 선도사상과 궤를 같이해 온 韓민족의 역사마저 함께 폄하·훼손되던 끝에, 궁극적으로 사라지는 화를 당하고 말았으니 안타깝기 그지없는 일이었다. 이처럼 외래종교가 민족의 역사를 압도하는 사례는 과학과 문명이 발달한 현대에 와서도 반복되고 있으니, 그만큼 인간의 심성이 나약하다는 증거일 것이다.

당시 동북아는 〈고조선〉에 이은 〈(북)부여〉의 붕괴로 전국시대나 다름없는 분열의 시대, 열국시대를 한창 지나던 중이었다. 전쟁과 약육강식이 난무하고 오직 생존만이 강조되는 참혹한 현실 속에서 추모제로서는 군주에게 필요한 통치철학을 기대했을 것이다. 그러나 시공을 초월해 지나치게 개인적 관점에서 세상을 해석하려는 목공의 견해에 태왕이 공감은커녕, 오히려 몹시 실망한 모습을 여과 없이 드러냈던 것이다.

어찌 됐든 추모제가 당대의 지성이라 부를 만한 목공木公과 이러한 담론을 펼쳤다는 사실 자체가 추모제는 물론, 그와 동시대인들의 지적 수준을 가늠하게 해 주는 일화임이 틀림없었다. 그뿐이 아니었다. 그해 추모제가 〈황룡국〉의 태악太樂에 대한 소문을 듣고는 좌우에 말했다.

"나는 종묘를 세우고 〈태악〉을 설치하고 싶소만, 자칫 이 일로 지나치게 문文을 번창시켜서 나라를 그르칠까 두렵소이다."

그러자 협보가 아뢰었다.

"개마와 선비를 아직 굴복시키지 못했으니, 그 일(태악)을 먼저 하심은 옳지 않습니다."

이에 추모제가 태악을 세우는 일을 그만두었는데, 어쩔 수 없는 전란의 시대였기에 예악 등은 정신적 사치로 치부되기 십상이었을 것이다.

10월이 되니 추모제가 행북㭗北으로 거동해 마리에게 해산海山을 쳐서 빼앗으라는 명을 내렸다. BC 32년경, 행인왕이었던 조천袓天은 〈자오곡전투〉에서 대패해 북극으로 달아났다. 그 조천이 언제부터인가 해산으로 숨어 들어와 굴속 은거지에서 수년 동안이나 숨어 지내는 고초를 겪으면서도, 〈북갈〉의 잔여 세력을 모아 재기하려 했던 것이다. 그러나 끝내 이때 마리에게 또다시 패하면서 마침내 손을 뒤로 묶고 나와서 항복했다.

당시 행인국 사람들은 신선사상에 빠져 있었는데, 이를 핑계로 은밀하게 황음을 즐긴다는 소문이 파다했다. 추모대왕이 조천을 꾸짖었다.

"황룡은 글文을 하고 그대의 나라 행인은 仙을 한다지만, 양쪽 모두 음란하다 들었소. 文과 仙이 모두 좋은 道이긴 하지만, 지나치게 빠지면 음식을 먹거나 색을 탐할 수도 없는 지경이 되는 법이오. 좋은 도리라해도 지나치면 상하게 되는 법임을 그대는 알기나 하는 것이오?"

그러자 주변의 여러 장수들이 조천을 주살하라 청했다. 그럼에도 정작 추모제는 그가 고두막한(동명제) 시절에 세운 공을 고려해 주살하지 않고, 동도東都로 보냈다. 이어 조천을 호瀿 위쪽으로 두 물줄기 사이에 살도록 허용해 주었으니 아마도 조하潮河와 난하를 말하는 것으로 보였다. 추모제가 조천으로 하여금 그곳에서 기운을 회복하라고 배려한 것이었으니, 조천이 머리를 조아리고 감격해했다. 대신 조천의 처첩과 노비들 모두를 빼앗아서 공을 세운 여러 장수들에게 내려 주었고, 값진 보물은 소후의 궁으로 보내 후비들에게 나눠 주게 했다. 이로써 6년에 걸친〈행인국〉정벌이 완료되었다.

그 무렵 추모제가 또다시 동부여의 예씨부인과 유리의 꿈을 꾸고는 마리에게 말했다.

"내가 대업 때문에 모후와 처자를 타국에 내버려두었더니, 이렇게 누차 꿈을 꾸고 있소. 필시 처자들이 나를 원망하고 있는 것이 틀림없을 것이오……"

이에 마리가 아뢰었다.

"예후께선 현명하신 분이니 필시 원망하진 않으실 것입니다. 설령 모셔 오려 해도 금와왕이 성모께서 움직이실 것을 우려해 응해 주지도 않을 것이고, 또한 홀본 사람들도 소황후의 입지를 걱정하며 수긍하지 않을 것입니다. 몇 년 더 기다려 보심이 어떠신지요?"

그 말에 추모제가 수긍을 하면서도 고개를 떨군 채, 못내 괴로운 표정을 거두지 못했다.

그 무렵 관중貫仲이라는 중마한 사람이 황금 4백 근과 은銀 1천 근 및 동銅 8백 근을 바쳐 왔다. 추모제가 기꺼이 이를 받아 황후궁으로 보내고 관중을 황후궁의 사자使者로 삼았다. 대신 그로 하여금 금화金花 조성하는 일을 맡게 하는 외에, 어기御器와 어칠御漆 등을 만들게 했는데, 그러자 협보가 나서서 간하였다.

"태왕폐하, 군주로서 백성들의 물건을 받고 작위를 주는 일은 성인의 도리가 아닐 것입니다."

그러나 추모제는 협보의 말을 물리치고 듣지 않았다.

"나는 지금 창업 중이오. 상과 봉록을 주고 물품을 사들이거나, 전쟁을 수행하는 것들 모두를 금, 은, 동과 철鐵에 의지하고 있는데, 어찌 받지 않을 수 있겠소?"

고구려는 여전히 북부여 고토 전체를 되찾지 못한 상황이라 전쟁이 끝나지 않았으므로, 통치자의 처지에선 막대한 군비나 나라의 재정을 우선시해야 했던 것이다.

이듬해 동명 13년인 BC 25년 정월, 추모제가 〈동부여〉의 책성으로 사신을 보내서 성모께 차茶를 바치고, 예씨부인에게 팔찌와 향낭을 드리게 했다. 2월에는 마침내 부위염과 정복 등이 오랫동안 버티던 고현성高顯城을 쳐서 빼앗고, 그곳의 추장들인 각신角辛과 호두虎頭 등을 생포해 서도로 잡아 왔다. 고구려에 맞서 끝까지 저항했던 인물들이라 모두들 이들의 죽음을 당연하게 여겼지만, 추모제가 전혀 다른 명령을 내려 주위를 놀라게 했다.

"이 자들은 주인을 위해 충성을 다한 충신들이다. 마땅히 죽음을 면하게 해 주고, 대하에서 종군케 하라!"

그곳은 3년 전 〈북갈〉 토벌 시에 10명의 장군을 두고 말갈인들을 다스리게 한 북옥저의 땅이었으니, 유능한 장수들의 쓰임새가 여전히 긴요했던 것이다.

그 무렵에 〈아유타국阿隃陀国〉이라는 나라에서 2명의 사신이 찾아왔다. 자신들의 나라는 서해西海의 기슭에 있는데, 고구려로 오던 중에 공물을 모두 (中)마한 사람들에게 빼앗겼다고 했다. 결국 마한을 오가던 뱃길까지 끊겨 귀국할 때는 산길로 돌아갈 것이라고 했다. 추모제가 하

신하信夏과 월당月當 등에게 명하여 경무장한 기병을 이끌고 이들을 풍성豐
城(하북풍윤豐潤 추정) 남쪽까지 호송해 주라 일렀다. 위험을 무릅쓰고
입조한 이들의 노고에 보답하고, 외교 관계를 넓히려는 의도였다.

그해 4월이 되자, 고구려가 마침내 〈개마국蓋馬國〉 토벌에 나섰다. 고
구려군은 힘들이지 않고 북하성北河城을 빼앗아서 거점을 삼고, 북하의
동쪽과 서쪽을 공략해 들어갔다. 개마왕 연의燕宜가 있는 힘을 다해 동
성東城을 지켜 내려 했으나, 이내 수세에 몰리고 말았다. 성을 빠져나간
연의가 배를 이용해 몰래 남구성南口城으로 들어갔으나, 곧바로 추격해
온 고구려군에 성이 포위되었다. 남구성이 워낙 견고해서 오래도록 버
틸 수는 있었으나, 장기간의 고립으로 식량이 떨어지자 성안의 병사들
과 백성들이 말을 잡아먹거나 풀을 뜯어 먹어야 했다.

결국 한 달이 지나자 남구성을 지키던 호등胡登이 더 이상 버티지 못
하고 성을 들어서 항복해 왔다. 추모제는 오히려 그가 성을 훌륭하게 지
켜 냈다며 포상으로 화답하는 동시에 을음에게 다음의 명을 내렸다.

"남구성민들이 오랜 고립으로 굶주리고 고통이 심했을 것이오. 식
량을 아끼지 말고 넉넉하게 풀어 지친 백성들을 후하게 구휼하고 잘 위
로하도록 하시오!"

그러자 남구의 백성들이 크게 기뻐하며 좀 더 일찍 투항하지 않은 것
을 원통하게 여겼다. 추모제는 을음을 현토태수 겸 남구진장鎭將으로 삼
고, 1만 2천의 군병으로 둔을 만들어 2년 치의 곡식을 쌓아 두게 하는
한편, 한소로 하여금 배를 만들어 대비케 했다. 을음이 다스리는 〈현토
군〉은 고구려 영내의 郡으로, 서쪽의 漢나라 〈현도군〉과 구별되는 곳이
었으며, 이로써 같은 이름의 현도군이 국경을 사이에 두고 고구려와 漢
나라에 동시에 병존하게 되었다.

몇 달 뒤 현토태수 을음이 하성河城을 공격해 빼앗았다. 그러자 선비왕 섭신이 사신을 보내와서 고구려군이 먹을 공물을 바쳐 왔다. 그 무렵 정공의 군대가 용호龍湖에 근접해 개마와 서로 대치하다 보니 아무래도 두려운 마음에 미리 찾아와 손을 쓴 것이었다.

추모대제가 그즈음에 병선을 만드는 조선造船기술의 대가大家 한소의 딸 평坪씨를 부인으로 맞아들였다. 이어 西河에 나가 보리를 파종하고 평씨부인과 온천을 하고 돌아왔다. 10월에는 추모제가 두눌원에 가서 사냥하고, 잉어를 기르는 리택鯉宅 열 곳을 설치하게 했다. 잉어가 고운 진흙이 있는 물가를 좋아하다 보니, 그 곁에 가마를 만들어 질 좋은 흙으로 질그릇을 구워 내게 한 것이었다. 그 무렵 소황후가 모든 비들과 공주들을 거느리고 함께 갱羹(국, 탕)을 끓이는 법을 익혔다.

그해 추모제가 소후의 딸 아이혜阿爾兮를 훤萱태자의 비로 삼고, 오화奧花공주를 비류沸流의 태자비로 삼게 했다. 이듬해인 동명 14년인 BC 24년 정월이 되자, 추모제가 원정길에 입는 군복인 정포征袍와 털가죽 옷을 용호와 하성에 주둔해 있는 군사들에게 보내 주고, 기장으로 빚은 술까지 딸려 보내 위로했다. 2월에는 행인왕이었던 조천祖天을 행남패자荇南沛者로 삼아 신분을 전과 같은 수준으로 복원시켜 주었다.

그즈음 한소漢素가 나이가 들고 병이 나서 물러났고, 오건이 좌보에 올랐다. 그해 유화부인의 모친이자 태왕의 외할머니인 호인好人태후가 71세로 세상을 떠났는데, 그간 태왕이 훤후와 함께 극진히 모셨으니 복이 많은 삶이었다. 〈동부여〉에서도 금와왕 또한 병이 들어 누워 있었는데, 호好태후의 부음을 들은 성모(유화)가 심히 애통해하다가 같이 몸져 눕고 말았다. 대소帶素는 자신이 후사後嗣인 지라, 조만간 보위에 오를 것을 기대하며 처인 해화解花로 하여금 성모를 곁에서 보살피고 약 수발을 들게 했다. 성모는 그때까지 금와왕과의 사이에서 8남 2녀를 두었는데, 해화공주는 그 첫딸이었다.

이 소식을 접한 추모제가 그 즉시 진장秦章을 불러 명을 내렸다.

"지금 서둘러 책성으로 가서 모후의 환후를 돌보도록 하라!"

아울러 이때 유리와 그의 배다른 아우들에게도 황금 100근씩을 보내 주었다.

그 무렵 추모제가 꿈을 꾸었는데, 유화부인이 책성에서 용산龍山의 남령南嶺으로 도망 나오는 내용이라서 점을 치게 했다. 그러나 불길한 해몽이 나왔기에 명산대천名山大川과 지신地神에게 제를 올렸다. 이를 계기로 태왕이 〈개마〉 정벌을 부쩍 서두르게 했다. 8월이 되어 오간烏干이 고성菰城, 동성東城 등 세 성을 빼앗고, 정공이 우성羽城에 진주했다.

그런데 하필 그러는 사이에 안타깝게도 유화부인의 부음訃音이 책성으로부터 당도하고 말았다. 추모제가 대성통곡을 하며 슬퍼했다.

"아아, 어머니의 소원대로 나라를 세우고 키운들 진정 무슨 소용이란 말이더냐? 어머니를 찾아뵙지도 못하고 돌아가시게 했으니, 불효 중의 불효고, 천추의 한이로다!"

추모제가 급히 명을 내려 월가회를 파하게 하고, 온 나라의 백성들이 흰 옷을 입게 했다. 또 〈개마국〉 정벌을 위해 북하성北河城에 주둔해 있던 토벌군을 불러들이게 했다. 사실 유화부인은 이미 7월에 돌아간 것이었으나, 큰비가 내려 부음을 알리는 사신의 도착이 지체된 것이었다.

고구려 황궁이 온통 비통한 분위기에 빠진 가운데서도 추모제가 황궁대가 구도仇都와 소형小兄 송의松義를 급히 〈동부여〉로 보내 조상하게 했는데, 그때 황금 4백 근 등 어마어마한 부의와 함께 옥관玉棺에, 황태후적복翟服 2벌을 바치게 했다. 봉거鳳車 세 대에 싣고 호군護軍 120명을 딸려 보낼 정도의 물량이었으니, 모친의 장례를 부탁하기 위한 최고 수준의 성의 표시였다. 그러는 와중에도 병석에 있던 한소가 다시 일어나 하양성河陽城을 빼앗는 데 성공했고, 수자리(진지)를 만들어 놓은 다음 돌아왔다.

소황후는 추모제가 지나치게 모친의 죽음을 슬퍼해 몸이 상할까 염려되어 한소의 딸인 평씨를 궁으로 불러들이고, 맹후로 하여금 거문고를 타서 추모제를 위로하게 했다. 그때 비류와 고루가 추모제에게 조모인 성모를 조상하고 슬쩍 유리를 만나보고 오겠다고 청했다. 그러나 추모제는 태자들의 나이가 아직 어리고 세상이 험하다며 허락하지 않았다. 여전히 사납기 그지없는 금와왕의 아들 형제들을 믿지 못한 것이었다.

추모제는 그 대신 大선인仙人 목공木公을 〈동부여〉로 보내 금와노왕老王에게 약을 바치는 동시에, 성모 빈전殯殿에서 경經을 외고 유골遺骨을 나눠서 돌아오길 청하게 했다. 그러나 추모제의 아우인 해소解素가 모후의 유골을 나눌 수 없다며 반대하고 나섰고, 그러자 금와왕이 타일렀다.

"추모의 어미이거늘 너는 어찌 못 하게 하는 것이냐?"

결국 동부여 금와왕이 유화부인을 화장火葬해 유골을 나누게 한 다음, 사당을 세우고 황후의 예로 장사 지냈다.

10월이 되자 마침내 〈동부여〉에 조문 사절로 갔던 목공이 유화부인의 유골을 나누어 모시고 돌아왔다. 추모제가 용산龍山의 남령南岺에 신묘神廟를 조성하고, 모친의 유골을 옥관玉棺에 안장했으니, 실로 꿈이 현실로 되어 버린 듯했다. 추모제는 훤황후와 더불어 소복素服을 입었고, 나머지 후비后妃들이 뒤를 따랐는데, 사흘간 크고도 엄숙한 제사가 진행되었다. 추모제는 유화부인의 장례가 끝나는 대로 곧 주신主神대가 재사와 소형 오천을 동부여로 보내 영험靈驗한 음식과 방물方物을 금와왕에게 바치고, 유골을 나눠 준 은혜에 보답했다.

생모의 장례를 계기로 추모제는 다시금 창업의 각오를 새롭게 한 듯했다. 곧바로 어구狁狗와 마려馬黎에게 1만 군사를 내주고, 정공 및 오간의 군대를 지원하여 재차 개마 공략에 나서게 했다. 그 무렵 개마가 비리의 도성이던 불이성을 장악했던 모양이었는데, 비로소 이때 마침내 난공불락이던 울암성蔚岩城(불이성, 위나암)을 빼앗는 데 성공한 것이었다. 이어서 고구려군이 멀리 떨어진 개마의 도성을 향해 진격하자, 연의燕宜는 처자식들을 데리고 다시금 황수潢水(시라무룬강, 서요하)의 북방으로 달아나 버렸다.

얼마 후 어구가 〈개마국〉 도성의 진보珍寶들을 거두어 서도로 보냈다. 추모제는 무골武骨을 개마로 보내 승리를 거둔 군병들을 잘 먹이게 하고 겨울옷을 하사하여 노고를 치하했다. 이때도 태왕의 각별한 명이 내려졌다.

"개마의 백성들을 약탈하지 말고, 그들이 편안하게 눌러살면서 고구려에 복종하게 하라. 아울러 연의의 아들 소쾌小噲를 개마왕으로 올려주고, 해마다 조공을 바치게 하라!"

이로써 추모대제가 고구려를 건국한 이래 15년 만에, 비로소 옛 북부여 땅 모두를 되찾는 대업大業을 달성했다. 〈순노〉부터 시작해서 〈갈사〉, 〈홀본〉, 〈환나〉, 〈비류〉, 〈황룡〉, 〈낙랑〉, 〈양맥〉, 〈말갈〉, 〈북옥저〉, 〈백웅〉, 〈숙신〉, 〈비리〉, 〈자몽〉, 〈구다〉, 〈행인〉, 〈섭라〉, 〈개마〉, 〈선비〉 등의 땅이 고구려에 병합되었거나, 절대적인 영향력 아래 놓이게 된 것이었다.

추모대제가 장악했던 이때의 강역은 대략 옛 〈번조선〉(기씨, 위씨)의 강역에 해모수의 〈부여〉 땅을 더한 것으로, 대릉하 동쪽으로 금와왕이 다스리는 〈동부여〉의 강역이 제외되었을 뿐이었다. 당연히 그 중심은 〈고구려〉의 도성 홀본(舊承德) 인근이었으며, 그 서쪽으로 난하灤河와 패수浿水, 조선하朝鮮河와 대요수遼水(영정하)라는 4大강을 주무대로 했다. 이들 강은 하나같이 발해로 흘러 들어가는데, 특히 제일 서쪽의 영정하가 곧 고대의 대요수였다. 그중 조선하는 13세기 〈원元〉 치세까지 유지해오던 강 이름을, 명청明淸시대부터 조선의 명칭을 뺀 채로 조하朝河, 또는 조백하潮白河로 달리 불렀다고 한다.

이처럼 〈동부여〉를 탈출한 이래로, 그토록 꿈에 그리던 대업을 달성하고, 사실상 옛 古조선의 강역에 있던 천하를 평정하는 위업을 일구어 낸 추모대제의 감회는 실로 남다른 것이었다. 따라서 추모제는 생모인 유화부인이 이를 보기 직전에 세상을 떠난 데 대해 크게 아쉬워했다.

"아, 모후께서 조금만 더 살아 계셔서 당신의 꿈이기도 했던 옛 부여의 고토를 이 아들이 되찾는 모습을 보고 가셨더라면 얼마나 좋아하셨을까. 조금 더 일찍 서두를 것을. 후회막급이로다……"

추모제는 대업을 이루는 데 공이 많은 오건烏健을 태보로, 해덕解德을 좌보로 삼는 인사를 단행해 분위기를 일신하려 했다. 아울러 이때서야 비로소 친척과 자녀들에게 골고루 벼슬을 내리고 봉지를 하사하면서 피붙이들을 챙기기 시작했으니, 점차 수성守城에 무게를 두려 한 듯했다.

추모제가 11월에 개마에 주둔해 있던 군병들을 호해湖海에서 훈련을 시키게 했는데, 나태해지는 것을 막기 위한 통상적인 조치였다. 그러자 개마와 이웃한 선비왕 섭신涉臣이 군사들이 먹을 양식으로 소와 양을 보내오고, 미녀 수십 명을 병사들을 훈련시키는 장수들에게 주며 환심을 사려 했다. 그랬더니 고구려의 장수들이 기고만장해 섭신의 사신들을 핍박하며 더 많은 것을 내줄 것을 강요했다.

자신의 성의가 통하지 않자, 섭신은 아무래도 고구려의 공격이 임박한 것이라 지레 판단하고 아예 저항하기로 마음먹었다. 섭신이 서둘러 이웃한 〈자몽紫蒙〉에 도움을 청했는데, 자몽왕 西川은 고구려로부터 자칫 화를 당할까 두려워, 오히려 고구려에 급히 사신을 보내서 이 사실을 고하고 말았다. 선비왕이 약속과 달리 반란을 도모한다는 보고를 접한 추모제는 이번에도 장졸들에게 성급하게 굴지 말고 인내할 것을 주문했다.

"섭신이 필시 과도한 두려움으로 저러는 것이니, 섭신과 더불어 원한을 만들지 않도록 주의하라!"

이어 길사吉士를 섭신에게 보내어 위로하며 그를 타이르게 했다.

"내가 개마를 친 것은 부득이한 것이었소. 경은 충성스럽게도 일찍이 찾아와서 신하로 복속한 지 오래되지 않았소이까? 최근 개마를 쳤던 장졸들이 경에게 불미스럽게 굴었던 바는 이미 다스려 놓았으니, 행여 이를 걱정하다가 스스로 벨 일은 하지 마시오. 해日(천제)를 향한 충정이 변하지 않는 한, 그대의 나라는 안전할 것이니, 스스로 망동해서 화를 부르지 말아야 할 것이오."

그제야 섭신이 크게 안도하며 스스로 아들 섭준涉俊을 인질로 보내오고, 영원히 부자父子 간의 나라가 되겠노라고 선언했다. 선비가 다시 복속해 오는 모습을 보이니 추모제가 이를 허락하고, 섭신의 사태를 마무리했다.

그 후 추모제는 7일간의 〈성모참회대경연聖母懺悔大經筵〉을 행하였는데, 이때 모친의 모습을 본뜬 성모상聖母像을 만들어 모시게 했다. 모후를 일찍 모시지 못한 불효를 참회하는 행사로, 오방奧芳부인을 성모(유화부

369

인)의 사당을 주관하는 질秩1품 공부인公夫人으로 삼아 관리하게 했다.

나중에 추모대왕 사후 고구려에서는 두 곳의 신묘神廟 즉, 한 곳에서는 부인상婦人象을 한 〈부여신夫餘神〉을, 또 다른 곳에서는 부여신의 아들인 〈고등신高登神〉을 모셨다. 이는 물의 신 하백河伯의 딸인 유화부인과 그녀의 아들이자 고구려의 시조인 추모대제를 함께 기리던 것으로, 매년 10월에 개최되는 〈동맹東盟〉이라는 이름의 국가적 제천祭天행사로 발전했다.

12월에는 〈오환〉의 소계후蘇鷄侯인 원두기元杜紀가 사신을 보내 내조했는데, 뜬금없이 개마왕이던 연의의 죄를 면해 줄 것을 청했으나 추모제로부터 호되게 추궁을 당하고 말았다.

"연의가 스스로 찾아와서 한마디만 하면 끝날 것을, 어찌 구차스럽게 다른 이들을 끼워 넣는단 말인가?"

이에 사신이 쩔쩔매며 물러갔으나, 연의가 이내 사신을 다시 보내 호피虎皮와 도기陶器를 바치면서 청하였다.

"두 딸을 바쳐서 입궁시킬 것이며, 영원토록 임금의 신하가 되고자 합니다!"

추모제가 다시 타일렀다.

"허어, 그저 형제가 되자고 해도 될 일을 어찌해서 군신까지 들먹이는 게냐? 오늘이라도 당장 서로 만나서 의견을 나누면 될 것이다!"

그러나 연의는 단지 두 딸만을 보내고 끝내 찾아오지 않았다. 이에 협보가 연의의 행동이 의심스럽기 짝이 없다며 토벌을 하자고 주청했으나, 추모제는 다른 답을 내렸다.

"연의나 섭신은 모두들 간사한 물건들이라 하루아침에 깨뜨리기는 어려울 것이다. 그러니 서서히 마땅한 방도를 찾으면 될 것이므로 조급하게 애태울 필요까지는 없을 것이다."

그 무렵 추모제가 종부宗府대가 오춘奧春을 〈동부여〉 책성으로 보내 예를 갖추게 하면서, 금와왕에게 여러 보물과 함께 누런 낙타 2필과 예쁜 사향노루 한 마리, 감초주 두 항아리를 보내주었다. 예씨부인을 포함해 유리와 유화부인의 아들 등 자신의 형제 피붙이들을 잘 보살펴 달라는 의미였다. 금와왕이 매우 기뻐했으니, 비록 이제는 경쟁국의 임금이었지만 서로 父子의 예를 지키려 애쓰는 모습이었다. 이와 함께 추모제가 군신들에게 말했다.

"올해는 하늘이 내게 복을 주지 않아 어머니를 여의었으니, 내가 덕을 잃은 것이 틀림없소이다. 나라 안에 죽음을 기다리는 죄수들과 잡혀 온 생구生口들 및 팔려 온 노비들을 풀어 주고, 정복전쟁을 멎도록 할 것이오. 병들거나 상한 군졸들 모두에겐 봉록을 늘려 주고 치료해서 낫게 해 줄 것이며, 그들의 처자와 부모들을 진휼토록 하시오."

그해 연말에 추모제는 30여 명에 이르는 창업공신 모두에게 범 가죽虎皮과 큰 거울大鏡 2매씩 그리고 향비香婢 일곱 명씩을 하사하고, 그간의 노고를 위로했다. 〈오이烏伊·마리摩離·협보陜父·부분노扶芬奴·한소漢素·재사再思·무골武骨·묵거黙居·오건奧犍·오명奧命·오춘奧春·우진于眞·부위염扶尉厭·부어구扶菸狗·정공鄭共·마려馬黎·오간烏干·을경乙耕·구분仇賁·구도仇都·일구逸苟·분영焚永·길사吉士·도희都喜·환복桓福·환백桓柏·송태松太·화서禾黍〉 등이 명예롭기 그지없는 고구려의 창업공신 반열에 이름을 올린 자들이었다.

이제 고구려는 옛 북부여의 남쪽과 번조선의 옛 강역, 특히 대요수(영정하)의 동쪽 대부분을 차지하면서 명실공히 제국帝國으로 성장해 있었다. 그 과정에서 주변국들과 정통성을 놓고 서로 치열하게 경쟁하기도 했는데, 우선 〈비류국〉과는 고조선의 정통성을 놓고 다투었고, 〈행인국〉과는 북부여에 대한 정통성을 놓고 승리했다. 〈북옥저〉를 제압한 것은 낭인들처럼 떠도는 사나운 말갈(예맥) 집단을 제압한 셈이었다. 고구려는 이런 경쟁을 모두 승리로 이끌고 북부여의 옛 속국 대부분을 제후국으로 두는 데 성공한 것이었다.

이들 나라들은 이제 고구려가 정통으로 북부여를 계승한 나라임을 인정해, 조공의 관계를 맺고 교류했다. 일부는 고구려에 편입되기도 했으나, 대부분의 나라들은 독립적으로 자치권을 유지한 것으로 보이니 고구려는 분명, 일종의 제국과 같은 형태를 갖춰 나가고 있었다. 다만, 이들 중 일부는 후일 고구려에 대항하면서 그 압박을 피해 한반도로 이동해 새로운 거점을 마련하게 되는데, 비리국은 전라북도에, 황룡국은 평북, 개마국이 함북에, 행인국도 백두산 동남쪽 함경남도에 자리했던 것으로 보였다.

제3권 끝

제3권 후기

유교를 통치이념으로 택한 漢무제는 재위 40여 년간 흉노와 수십 번의 전쟁을 치른 강성 군주였다. 그는 흉노의 왼팔을 꺾겠다며 동북 조선으로의 진출을 시도함은 물론, 반대편 서쪽으로 피해간 흉노와도 하서전쟁을 일으켰다. 그 와중에 BC 121년경, 흉노로부터 하서주랑을 빼앗는 데 성공하면서 서역으로 통하는 실크로드가 열렸다. 이때 청년장수 곽거병이 휴도왕정에서 제천금인상을 탈취하고, 휴도왕의 가족을 포로로 잡아갔다. 무제가 휴도왕의 장남에게 金씨 성과 일제라는 이름을 내려 주니, 그의 후손들이 무제를 포함 7대에 걸쳐 漢황실에 충성했다. 후일 김씨들이 한반도로 이주해 들어와 나라를 세우니, 무제와 김일제의 만남은 숙명적인 역사적 사건이었다.

그 무렵 동북의 위씨조선은 번국의 소왕들을 탄압하면서 중앙집권 통치를 강화했다. 위씨왕조의 강압적 통치는 전통적으로 분권주의에 기반을 둔 토착 소왕들과 귀족들의 반발을 샀다. BC 128년경 발해만 깊숙이 산동반도 위쪽에 있던 창해국이 漢을 끌어들여 위씨조선에 반기를 들었다. 그러나 한무제가 오히려 창해를(예맥조선) 병탄하려 들면서 漢과 창해의 전쟁으로 변질되었고, 끝내 창해국이 붕괴되고 말았다. 흉노를 막북으로 몰아내는 데 성공한 무제는 창해와 낙랑 지역에 요서군을 세워 위씨조선을 압박했다.

BC 109년경, 무제가 〈동부도위사건〉을 일으키면서 끝내는 양측의 〈朝漢전쟁〉으로 비화됐다. 무제가 우거왕에 저항하던 토착 소국들의 연합과 손을 잡고 약 6만의 수륙군을 동원해 위씨조선을 공격했다. 강성한 우거왕이 漢군의 공세를 막아 내고 1년 이상을 버텼으나, 끝내는 무제의 이간계와 내부 반란, 토착 소국들의 배후 협공으로 위씨조선이 백 년을 채우지 못한 채 무너졌다. 한무제가 재빨리 漢四郡을 설치해 조선을 지배하려 했으나, 고두막한을 비롯한 토착민들의 강력한 저항에 밀려, 난하 서쪽으로 현도와 낙랑 2군을 설치하는 데 그쳤다.

요동에서는 漢나라 진출을 저지하는 데 앞장선 고두막한이 불이성에서 동명왕을 자처했는데, 무제 사후 BC 86년경 북쪽의 부여성으로 입성해 해부루천왕을 내쫓고 〈북부여〉를 탄생시켰다. 그사이 漢과의 오랜 전쟁으로 인구가 급감하고 궁핍해진 흉노는 거듭된 재해와 내부분열에 시달렸다. 선비 모계 혈통의 동명왕은 힘이 빠진 흉노와의 혼인동맹으로 백 년 만에 관계를 개선하고, 선비를 포용하는 등 부여(조선)의 부활을 시도했다.

그러나 BC 68년경 북부여의 번국들이 선비와 말갈(예맥)로 나뉘어 패를 이루어 벌인 〈하상전쟁〉이 터졌다. 노쇠한 동명왕이 이를 막지 못해 내란이 이어졌고, 그 틈에 해부루가 〈동부여〉를 일으켰다. 흉노는 五선우 시대를 거쳐 동서로 분열되더니, BC 51년, 동흉노 호한야선우가 漢의 감천궁까지 내려가 선제에게 무릎을 꿇고 투항했다. 서흉노 질지선우는 천산산맥을 넘는 서진을 택했으나, BC 36년경 오손의 질지성에서 서역도호부에 패해 전사하고 말았다.

북부여의 몰락은 본격적인 조선의 열국시대를 초래했고, 치열한 각축전이 벌어졌다. 무제 사후의 漢이 요동에 신경 쓰지 못한 것은 실로 다행이었다. BC 57년경 북경 북쪽의 연산 아래 포구진한에 파소여왕이

〈사로〉를 건국했고, 난하 동쪽에 있던 〈마한〉의 세력이 서진해 위씨 조선의 낙랑 땅을 차지했다. 20년쯤 지난 BC 37년경, 동부여를 떠난 주몽(추모)이 홀본부여 왕녀 소서노와 함께 〈고구려〉를 세우고 북부여 승계를 선언했다. 추모제는 탁월한 지도력으로 이웃한 소국들을 차례대로 병합시키고, 새로운 제국의 건설에 나섰다.

漢나라는 곽광 일가의 권력 농단으로 서서히 쇠락하는 가운데, 성제의 모후 왕정군이 등장한 이래로는 새로이 왕씨들의 세상으로 바뀌었다. 그 무렵 절세미녀 왕소군이 호한야에게 시집을 간 것은, 흉노의 몰락과 함께 북방민족인 흉노가 漢족에 동화됨을 시사하는 사건이었다. 흉노가 통일제국 漢을 시종일관 상대해 준 덕에, 동북의 조선(부여)은 열국시대를 거치면서도 다시금 부활할 수 있는 힘을 축적할 수 있었다.

전통적으로 북방민족은 지도자의 혈통을 중시했다. 주몽의 외조부 옥두진은 청하백의 신분으로 금와왕의 이종사촌이자 동부여의 국상을 지냈다. 홀본이나 순노 등 북부여에 속한 열국의 백성들이 동부여의 왕자 주몽을 추앙하기에 충분했던 것이다. 주몽의 등장과 고구려의 건국은 조선과 북부여의 부활을 알리는 신호탄이었다. 주몽이 영웅적인 활약과 탁월한 리더십으로 제국을 일으키는 과정은 감동 그 자체다. 흔히 신라, 고구려, 백제 삼국이 한반도에서 일어났다고 알려졌지만, 실제로는 북경 조선하 일대에서 건국되었다. 우리는 아직도 상고사가 이토록 엉망이 된 사실조차 모르고 있다.

목차

古國 3

ⓒ 김이오, 2024

초판 1쇄 발행 2024년 8월 12일

지은이   김이오
펴낸이   이기봉
편집   좋은땅 편집팀
펴낸곳   도서출판 좋은땅
주소   서울특별시 마포구 양화로12길 26 지월드빌딩 (서교동 395-7)
전화   02)374-8616~7
팩스   02)374-8614
이메일   gworldbook@naver.com
홈페이지   www.g-world.co.kr

ISBN   979-11-388-3451-3 (03810)